선택

Rebellious Desire

by Julie Garwood

Rebellious Desire

선택

줄리 가우드

박지영 옮김

현대문화센타

프롤로그

1788년, 영국

성난 목소리에 놀란 아이는 잠에서 깼다.

아이는 침대에서 일어나 앉아 잠이 덜 깬 눈을 비볐다.

「낸니?」

아이는 갑자기 조용해진 방안에서 작게 속삭였다. 방 건너편 난롯가에 있는 흔들의자를 쳐다보니 의자는 비어 있었다. 추위와 무서움으로 벌벌 떨던 아이는 재빨리 이불을 푹 뒤집어썼다. 낸니가 항상 있던 곳에 있지 않잖아.

꺼져 가는 난롯불은 어둠 속에서 오렌지 빛으로 밝게 빛났다. 네 살짜리 어린아이가 생각하기엔 그것은 마녀나 악마의 눈동자 같았다. 아이는 보지 말아야지 하고 마음을 굳게 먹고 두 쪽짜리 창문으로 시선을 돌렸다. 그러나 그 눈동자가 창문까지 따라와 기묘하게 그려낸 거인 같은 그림자는 아이에게 더 큰 무서움을 주었다. 또한 그 눈동자는 창문 유리에 부딪히는 마른 나뭇가지에 생명력을 불어넣은 것 같았다.

「낸니, 어딨어?」

어린아이는 울먹이는 소리로 다시 속삭였다.

그때 남자의 거친 목소리가 들렸다. 그것은 아빠의 고함소리였다. 아빠의 목소리는 거칠고 단호하게 들렸지만 무서움은 금방 사라졌다.

혼자가 아니야. 아빠가 가까이 계셔. 안전해.

무서움이 사라지자 아이는 이내 호기심이 생겼다. 새 집으로 이사와 지금까지 한 달 넘게 살았으나, 손님은 한 사람도 보지 못했는데. 아빠가 누군가에게 소리치고 계셔. 분명히 무슨 일이 벌어지고 있는 거야.

급히 침대 가장자리로 가서 바닥으로 내려가기 위해 엎드렸다. 침대 옆 딱딱한 마룻바닥에는 베개가 여러 개 놓여 있었다.

아이는 침대에서 내려가서 베개 하나를 밀쳤다. 그리고 맨발로 조용히 방을 가로 질러갔다. 아이는 발가락이 가려질 정도로 긴 하얀색 잠옷을 입고 있었다. 눈 옆에 있는 곱슬곱슬한 까만 머리카락을 뒤로 넘기고는 조심스럽게 손잡이를 돌렸다.

아이는 층계참에 다다라 걸음을 멈췄다. 그때 또 다른 남자의 목소리가 들렸다. 그 낯선 남자는 아이의 푸른 눈이 놀람과 두려움으로 휘둥그래질 정도로 끔찍한 욕설과 저주의 말을 큰소리로 쏟아 붓고 있었다. 난간 너머로 살짝 보니 아버지가 낯선 사람과 마주보고 계셨다. 아이는 계단 꼭대기에 있어서 현관 홀의 어둠 속에 가려져 있는 또 다른 남자의 모습을 볼 수 있었다.

「경고했었지, 블랙스톤! 우린 네놈이 더 큰 문제를 일으키지 않도록 해주는 대가로 많은 돈을 받았지.」

낯선 남자는 단어를 똑똑 끊어가면서 고함쳤다.

갑자기 낯선 남자가 권총을 꺼냈다. 그것은 아빠가 자신의 방어를 위해 갖고 다니는 권총과 아주 흡사했다. 아이는 그 남자가 아빠에게 총을 겨냥하는 것을 보고 아빠에게로 가려고 구부러진 계단을 황급히 내려갔다. 아빠가 날 달래주고 모든 것이, 모든 것이 괜찮다고 말해주실 거야.

계단을 다 내려왔을 때 아빠가 낯선 남자를 때렸고, 권총이 남자의 손에서 벗어나 어린 소녀의 발치에 쿵 하고 떨어졌다.

그때 어둠 속에서 또 한 사람의 남자가 나타났다.

「퍼킨스가 안부를 전해달라더군. 그리고 저 계집애에 대한 걱정도 하지 말라는 전갈도 전해주고 말이야. 당신 딸년은 비싸게 팔아 넘길 수가 있거든.」

남자는 성마른 목소리로 말했다.

아이는 온몸이 부들부들 떨려와 말하는 남자를 쳐다볼 수가 없었다. 만약 쳐다본다면 오렌지 빛으로 타오르는 악마의 눈동자를 볼 것 같았다. 순간, 공포가 엄습해왔다. 만약 힘껏 용기를 짜내 쳐다본다면 자기 주변을 둘러싸고 있는 악마를 느끼고, 냄새맡고, 맛볼 것 같았다. 그것을 보면 장님이 될 거라는 것을 알아.

어린애가 악마라고 생각한 남자가 어둠 속으로 사라졌다. 바로 그때 다른 남자가 아버지에게 스트레이트를 한 방 날리더니, 세게 밀쳤다.

「네놈의 목구멍을 따면, 앞으로 말을 못할 테지.」

남자가 소름끼칠 정도로 웃으면서 말하는 동안 아빠는 무릎을 꿇고 쓰러졌다. 아빠가 일어서려고 노력하고 있을 때 침입자가 칼을 꺼내들었다. 사악하고 야비한 웃음소리가 마치 보이지 않는 유령 수백 마리가 서로에게 비명을 질러대는 것처럼 벽 주변에서 울려 퍼져 현관 홀을 가득 채웠다.

그 남자는 한 손에 들고 있던 칼을 다른 손으로 옮겨 쥐면서 아버지 주위를 천천히 돌았다.

「아빠, 제가 도와드릴게요.」

아이는 훌쩍거리면서 권총 쪽으로 손을 뻗었다. 권총은 눈 속에 떨어져 있었던 것처럼 차갑고 무거웠다. 그리고 아이의 통통한 손가락이 방아쇠를 미끄러지듯이 잡았을 때 딸깍 하는 소리가 났다.

두려워서 벌벌 떨리는 손으로 권총을 잡고 팔을 쭉 뻗어 싸우고 있는 두 남자에게 총을 겨눈 채 권총을 아버지에게 주기 위해 아이는 천천히 발걸음을 옮겼다. 하지만 낯선 남자가 아빠의 어깨를 구부러진 긴 칼로 푹 찌르는 광경을 보는 순간, 아이는 더 이상 움직일 수가 없었다.

아이는 고통스럽게 울부짖었다.

「아빠! 제가 도와드릴게요. 아빠!」

공포에 질린 아이는 어찌할 바를 몰라 울고만 있었다. 싸우고 있던 두 남자가 거칠게 투덜거렸다. 어둠 속에 있던 낯선 남자가 이 싸움에 합세하기 위해 달려나왔다. 그러나 더 이상의 움직임은 없었다. 세 사람 모두 네 살짜리 어린애가 그들에게 총을 겨누고 있는 믿지 못할 광경에 어안이 벙벙한 모습이었다.

「안돼!」

순간, 악마가 비명을 질렀다. 그는 더 이상 웃고 있지 않았다.

「도망쳐라, 캐롤라인. 도망가, 애야, 달려!」

경고가 너무 늦었다. 아이는 아빠에게로 달려오다가 잠옷 자락에 걸려서 넘어졌다. 그리고 본능적으로 권총의 방아쇠를 당겼다. 아이는 현관 홀에 가득 찬 악마의 웃음소리처럼 소름끼치게 울려 퍼지는 총소리에 놀라서 눈을 감았다.

잠시 후 아이는 눈을 뜨고 아빠를 찾아 주위를 둘러보았다. 그러나 더 이상 아무것도 볼 수 없었다.

1

1802년, 영국

    몇 번의 요란한 총소리가 영국 시골 도로의 맑은 공기와 나무와 숲이 만들어낸 고요함을 가로질러 울려 퍼졌다. 그 소리는 그곳에서의 잔잔한 평화로움을 정적 속으로 몰아넣었다.

    캐롤라인 메리 리치몬드와 사촌 채러티, 흑인 하인인 벤자민은 동시에 그 소리를 들었다.

    채러티가 그 소리를 천둥이라고 생각하고 창문 밖을 내다보니 맑고 푸른 파란색을 띤 하늘은 청명한 가을 날씨답게 먹구름 한점 보이지 않았다. 그녀는 이내 혼란스럽다는 듯이 얼굴을 찌푸렸다.

    채러티가 그 사실에 대해 막 말하려 할 때, 사촌인 캐롤라인에 의해 그녀는 임대 마차 바닥으로 밀려 쓰러졌다.

    캐롤라인은 사촌이 안전하다는 것을 확인하고 손가방에서 진주로 장식된 권총을 꺼냈다. 순간, 마차가 길모퉁이에서 멈췄다. 그녀는 재빨리 채러티 위에서 대응자세를 취했다.

「캐롤라인, 뭐 하는 거야?」

억누른 목소리가 마차 바닥에서 새어나왔다.

「총소리가 들렸어.」

앞자리에 앉아 있던 벤자민도 이미 자신의 무기를 꺼내들고 창 밖을 조심스럽게 살폈다.

「나쁜 일이 생겼나봐요! 이곳에서 벗어나서 조용해질 때까지 기다리는 게 좋겠어요.」

마부는 심한 아일랜드 사투리로 고함치며 서둘러 마부석에서 내려와 수풀 속으로 도망쳤다.

「뭐가 보여?」

캐롤라인이 물었다.

「수풀 속에 숨은 마부밖에는 안 보여요.」

벤자민이 혐오감을 명백하게 나타내면서 대답했다.

「난 아무것도 보이지 않는데.」

채러티가 언짢은 목소리로 말했다.

「캐롤라인, 제발 발 좀 치워줘. 네가 내 드레스 등 전신에 발자국을 내고 있잖아.」

채러티는 앉으려고 버둥대다가 겨우 무릎 꿇고 앉는 데 성공했다. 본넷(끈, 리본으로 턱 밑에서 매는 여자아이용 모자)은 목까지 내려와 있었고, 곱슬거리는 숱 많은 금발머리는 분홍과 노란색의 리본과 함께 헝클어져 있었다. 철테 안경 또한 그녀의 작은 코에 이상한 각도로 걸려 있었다. 채러티는 매무새를 고치는 동안, 정신을 집중하느라 눈을 가늘게 떴다.

「캐롤라인, 솔직히 말해서 난 네가 날 보호하기 위해 난리 법석을 떨지 않았으면 좋겠어. 오, 이런, 내 안경알 하나가 없어졌잖아.」

그녀는 신음 소리를 내며 덧붙여 말했다.

「내 드레스 어딘가에 떨어져 있을 거야. 그들이 잠복해 있다가 여행자를 터는 강도라고 생각하니?」

캐롤라인은 채러티가 한 말의 마지막 부분에 관심을 보였다.

「총소리의 숫자와 마부의 반응으로 볼 때 그런 것 같아.」

채러티가 신경질적으로 수다 떠는 것을 막기 위해 캐롤라인의 목소리는 본능적으로 부드럽고 차분했다.

「벤자민, 가서 말들이 어떻게 되었는지 좀 살펴봐줘.」

벤자민은 고개를 끄덕이며 문을 열었다.

남의 눈을 끌 정도로 거구인 그의 몸이 움직이자 마차가 흔들렸다. 그리고 나무로 된 좁은 입구를 나가기 위해 그는 넓은 어깨를 비스듬히 기울여야만 했다. 말이 묶여 있는 마차 앞으로 가는 대신에 그는 뒤로 돌아갔다. 그곳에는 아라비아산 말 두 마리가 묶여 있었다. 그 말들은 보스턴에서 가져온 것으로 캐롤라인의 아버지인 블랙스톤 백작에게 드릴 선물이었다.

종마는 짜증을 내고 있었다. 암말도 마찬가지였다. 그러나 벤자민이 캐롤라인만이 완전히 이해할 수 있는 리듬 있는 아프리카 말을 중얼거리자 말들은 금세 차분해졌다. 그는 말의 고삐를 풀고 마차 옆쪽으로 끌고 갔다.

「여기서 기다려, 채러티. 그리고 머리도 숙이고 있고.」

캐롤라인이 마차 밖으로 나가면서 사촌에게 명령조로 말했다.

「정말 조심해야 돼.」

채러티가 의자에 앉으면서 대답했다. 그러나 캐롤라인의 조심하라는 말을 완전히 무시하고 채러티는 창 밖으로 고개를 쑥 내밀었다. 캐롤라인이 종마에 오르는 것을 돕고 있는 벤자민이 보였다.

「벤자민, 너도 조심해야 해.」

채러티가 신경질을 부리고 있는 암말에 탄 덩치 큰 남자에게 낮은 목소리로 말했다.

캐롤라인은 나무 사이를 뚫고 앞장 서 갔다. 그녀는 기습적으로 강도들의 뒤를 덮치려고 마음을 먹었다. 총소리가 난 숫자로 보아 네다섯 명의 공격자가 있는 것 같았다. 수적 열세 속에서 그녀는 살인자들 속으로 달려들고 싶진 않았다.

나뭇가지에 그녀의 푸른색 본넷이 찢어지자 재빨리 벗어버렸다. 짙은 검은색 머리카락이 핀에서 빠져나와 호리호리한 어깨 주위에 곱슬거리며 엉클어져 있었다.

그들은 성난 목소리를 듣고 정지했다. 짙은 숲 뒤에 숨어서, 캐롤라인과 벤자민은 탁 트인 시야를 확보했다. 길가의 광경을 둘러보던 캐롤라인은 안 좋은 예감이 차갑게 척추를 파고드는 것을 느꼈다.

말을 탄 우락부락한 남자 넷이 웅장하고 멋진 검은색 마차 옆을 둘러싸고 있었다. 그들은 마차에서 천천히 내리고 있는 아주 부유해 보이는 한 신사를 주시하고 있었다.

캐롤라인은 부유해 보이는 남자의 다리 사이에서 새빨간 피가 계속 흘러나오는 것을 보고 분노와 연민으로 헉 하는 소리가 터져나올 것 같았다.

금발머리의 부상당한 신사는 분필처럼 창백해진 핸섬한 얼굴이 고통으로 일그러져 있었다. 그는 마차에 기대어 자신을 습격한 사람들을 경멸스럽다는 시선으로 오만하게 쳐다보고 있었다. 그러다가 갑자기 그의 눈이 휘둥그래졌다. 잠시 후 그의 얼굴에서 거만함이 사라지고 그 자리에는 공포의 분위기로 휩싸였다.

캐롤라인은 그 남자의 태도가 급작스레 변한 이유를 재빨리 눈치챘다. 다른 사람들이 쳐다보는 태도로 봐서 두목임에 확실한 복면을 하지 않은 남자가 천천히 권총을 들어올렸다. 의심의 여지없이 그 강도는 잔인하게 살인을 하려는 참이었다.

「저놈이 내 얼굴을 봤어. 어쩔 수가 없어. 죽여야 해.」

두목이 동료들에게 말했다. 강도 중 두 명은 즉시 승낙한다는 투로 고개를 끄덕였고, 세 번째 남자는 망설이고 있었다.

캐롤라인은 그가 어떤 결정을 내릴지 기다리지 않았다. 그녀에게 자기방어 수단을 가르쳐야 한다고 주장하는 사촌오빠 네 명과 수년 동안 함께 한 결과였다.

그녀의 사격은 정확하고 날카로웠다. 그녀의 총알이 두목의 손을 맞추자, 그에 대한 반응으로 두목은 고통스럽게 울부짖었다.

벤자민은 투덜대며 자신의 총을 캐롤라인에게 건네주고 총알이 없는 그녀의 빈 총을 받았다. 캐롤라인은 건네받은 총으로 다시 방아쇠를 당겼고, 두목의 왼쪽에 있는 남자를 맞췄다.

그리고 일은 끝났다. 강도들은 큰소리로 욕설과 경고의 말을 퍼부어대면서 우레와 같은 빠른 속도로 흩어져 떠나갔다.

캐롤라인은 말발굽 소리가 사라질 때까지 기다렸다가 자신의 말을 끌고 금발머리의 신사에게로 다가갔다. 그리고 재빨리 땅으로 미끄러져 내렸다.

「제 생각으론 그들이 돌아올 것 같진 않은데요.」

캐롤라인이 부드러운 목소리로 말했다. 그녀는 아직도 손에 권총을 들고 있었지만 신사가 앞으로 걸어나오자 권총을 재빨리 내렸다.

남자는 혼이 빠진 상태에서 서서히 제정신으로 돌아오는 것 같았다. 캐롤라인보다 약간 더 짙은 의심 많은 파란색 눈이 그녀를 노려보고 있었다. 그리고 점차적으로 상황을 이해해가는 것 같았다.

「그들을 쏜 사람이 바로 당신이오? 당신의 총알이…….」

가엾은 남자는 자신의 생각을 마무리 지을 수 없는 것처럼 보였다. 이 사건이 그에게는 너무나 큰일이었음이 분명해.

「그래요, 제가 그들을 쐈죠. 벤자민이 좀 도왔구요.」

캐롤라인은 자기 뒤에 서 있는 거인에게 손짓을 하면서 말했다.

신사는 캐롤라인에게서 시선을 돌려 벤자민을 보기 위해 그녀의 머리 위를 쳐다봤다. 흑인에 대한 그의 반응은 기절할 것처럼 보였다. 캐롤라인은 그가 입은 상처가 끔찍하고 아파서 이해력에 문제가 있다고 생각했다.

「내가 총을 쏘지 않았더라면, 당신은 지금쯤 죽어 있을 거예요.」

방금 전 상황에 대해 매우 논리적이라고 생각되는 설명을 한 후에, 캐롤라인은 벤자민에게로 돌아섰다. 그리고 말고삐를 그에게 건넸다.

「마차로 돌아가서 채러티에게 상황을 전해줘. 지금쯤 몸살이 날 정도로 걱정하고 있을 거야.」

벤자민은 고개를 끄덕였다.

「그리고 화약상자와 채러티의 약품상자를 가져와.」

캐롤라인은 돌아서는 벤자민에게 큰소리로 말했다. 그러고 나서 다시 낯선 남자에게로 돌아서서 물었다.

「당신의 마차 안으로 들어갈 수 있겠어요? 그러는 것이 제가 상처를 치료하는 동안 당신이 보다 편안할 거예요.」

그녀의 말에 남자는 고개를 끄덕이며 천천히 마차 계단을 올라갔다. 마차로 오르던 남자는 상처의 통증으로 미끄러져 뒤로 쓰러질 뻔했다. 그러나 캐롤라인이 뒤에서 양손으로 그를 부축했다.

그를 포도주색 의자에 앉히고, 캐롤라인은 그의 쭉 뻗은 다리 사이로 바닥에 무릎을 꿇고 앉았다. 상처가 이상한 곳에 있어 캐롤라인은 조금 당황했다. 자신이 앉아 있는 이상한 장소에 대한 반응으로 뺨이 화끈거리는 것을 느꼈다.

선명한 피가 황갈색 사슴가죽 바지 위로 줄줄 흘러나올 때까지 그녀는 다음에 무엇을 어떻게 할까 주저하고 있었다.

「아주 끔찍하오, 이건.」

남자의 목소리는 당황했다기보다는 아프다는 기색이 역력했고, 캐롤라인은 그 남자에게 연민을 느꼈다.

상처는 왼쪽 허벅지 안쪽 사타구니에 있었다.

「당신은 매우 운이 좋군요. 총알이 관통했어요. 제가 이것을 조금 찢어도 된다면, 아마도…….」

캐롤라인이 속삭였다.

「이것을 찢겠다고!」

남자는 캐롤라인의 말에 화가 난 듯 신경질적인 목소리였다. 그녀는 남자를 쳐다보기 위해 고개를 들었다.

「내 부츠! 당신, 내 부츠를 보고 있는 거요!」

캐롤라인이 보기에 남자는 거의 히스테리 상태였다.

「부츠가 아니라요, 제가 당신 바지를 조금 찢어도 될까요?」

그녀가 조용한 목소리로 말했다.

남자는 한번 숨을 깊게 들이쉬고는, 허공을 쳐다본 후에 고개를 짧게 끄덕였다.

「꼭 그래야만 한다면 찢으시오.」

그가 체념한 듯 말했다.

캐롤라인은 그의 말이 떨어지자마자 발목 위에 숨겨놓은 작은 단검을 재빨리 꺼냈다.

그녀의 행동을 보고 있던 남자가 처음으로 웃었다.

「항상 그렇게 만반의 준비를 하고 여행을 하오, 아가씨?」

「우리가 지금까지 여행해온 곳에서는, 아주 조심을 해야만 하는 게 현실이죠.」

캐롤라인이 설명했다.

딱 달라붙은 바지 밑으로 칼날의 끝을 세우는 것은 매우 어려웠다. 바지는 남자의 피부처럼 딱 달라붙어 있었고 그래서 캐롤라인은 그 남자가 앉을 때마다 무척 불편할 거라는 막연한 생각을 했다.

부지런히 손을 놀린 다음에야 마침내 그 남자의 사타구니 부분의 천을 찢을 수 있었다. 그러고 나서 옷자락을 넓게 벌려 붉은 살이 모두 들어나게 했다.

신사는 자기 앞에 무릎을 꿇고 있는 아름다운 여자의 이상했던 액센트를 알아차렸다. 그리고 그녀의 허스키한 목소리에서 식민지 특유의 어투를 발견했다.

「아, 당신은 식민지로부터 왔군요! 내가 듣기엔 그곳은 야만적인 곳이라던데.」

그는 상처의 끝 주변을 주의 깊게 살펴보는 캐롤라인을 보고 내심 놀라웠지만 계속해서 말했다.

「확실히 당신은 무기를 갖고 다녀야겠소.」

캐롤라인이 남자를 올려다보고 놀라움을 역력히 드러내는 목소리로
대답했다.

「맞아요. 전 식민지에서 왔죠. 그러나 제가 무기를 갖고 다니는 이유
는 그게 아니에요. 아니고 말고요.」

그녀는 고개를 세게 저으면서 덧붙였다.

「전 지금은 런던에서 오는 길이에요.」

「런던이라 말했소?」

남자는 혼란스럽다는 표정을 또다시 지었다.

「정말이에요. 저희는 거기서 일어난 나쁜 일에 대해 많은 이야기를 들
었어요. 그래요, 살인과 강도에 대한 수없이 많은 이야기가 보스턴까지
들려오는 걸요. 런던은 타락과 부패의 소굴이에요, 그렇지 않나요? 제
사촌과 저는 최대한 조심해야 한다고 약속했죠. 오늘 일어난 이 총격전
만 봐도 그래요.」

「하! 나도 식민지에 대한 이야기는 조금 들었소. 하지만 런던은 훨씬
더 품위 있는 곳이오. 나의 친애하는 엉뚱한 아가씨!」

신사가 대답했다. 캐롤라인이 듣기에 그는 아주 잘난 체하는 듯한 어
투로 말했다. 하지만 그 말을 듣고도 그녀는 화가 나지 않았다.

「당신은 물론 당신네 나라 편을 들겠죠. 전 당신이 그러는 것이 존경
할 만하다고 생각해요.」

캐롤라인은 한숨을 쉬면서 대답했다. 그가 적당한 대답을 하기 전에
그의 다리로 시선을 옮겼다. 그리고 덧붙여 말했다.

「당신 넥타이 좀 풀어주실래요?」

「뭐라고 했소?」

남자가 대답했다. 그는 조심스럽게 또박또박 발음하면서 아랫입술을
깨물었다. 캐롤라인이 생각하기엔 통증이 심해진 것 같았다.

「출혈을 막기 위해 묶을 수 있는 끈이 필요해요.」

캐롤라인이 설명했다.

「누가 이 이야기를 듣는다면, 난 이렇게 이상한 곳에 총을 맞은 것 이

상으로…… 창피를 당할 거요. 더구나 내 상처를 숙녀에게 내보이고, 그
후엔 내 넥타이로……. 제길, 모든 게 너무해, 너무하다고!」

「당신의 넥타이에 대해서는 염려하지 마세요. 제 속치마를 좀 찢으면
되요」

캐롤라인은 어린아이를 달래듯이 말했다.

남자는 황당한 듯한 눈초리로, 그녀의 손아귀에서 자신의 소중한 넥타
이를 지키고자 노력하는 반면, 캐롤라인은 동정 어린 표정을 유지하려고
노력했다.

「그리고 제가 매우 불행한 이 사건에 대해 아무한테도 말하지 않겠다
고 약속할게요. 또한 전 당신 이름조차 모르잖아요. 편의를 위해서 지금
부터 전 당신을…… 당신네 국왕의 이름을 따서 조지라고 부르려고 해
요. 괜찮지요?」

남자의 눈에는 여전히 황당한 듯한 표정이 역력했지만 캐롤라인은 자
신이 지어준 이름을 그가 마음에 들어하지 않는 것이라고 추측했다. 그
리고 그가 또 짜증을 부리는 것이라고 나름대로 단정지었다.

「당신네 국왕의 이름이 맘에 들지 않는다면 다른 이름도 있어요. 스미
스는 어때요? 해롤드 스미스라고 하는 것은 맘에 들어요?」

남자는 고개를 끄덕이다가 길게 한숨을 쉬었다.

「맘에 드는 것 같군요.」

캐롤라인이 남자를 쳐다보며 말했다. 그러고 나서 그의 무릎을 가볍게
톡톡 치고는 마차에서 재빨리 내린 후 몸을 숙여 패티코트 밑자락을 길
게 찢었다.

빠르게 접근해오는 말발굽 소리에 캐롤라인이 깜짝 놀라 고개를 들었
다. 그 소리가 벤자민과 그들의 임대 마차가 있는 반대쪽에서 다가오는
것을 알아차리고 순간, 그녀는 온몸이 얼어붙었다. 강도가 돌아오고 있
는 것일까?

「제 권총을 주세요, 스미스씨.」

그녀는 단검을 재빨리 숨기며 말했다. 그리고 패티코트 찢은 자락을

열려진 창문 안으로 던졌다.

「그러나 총알이 없잖소」

남자가 공포에 질린 목소리로 말했다.

캐롤라인도 똑같은 공포를 느꼈다. 그녀는 치마를 걷어올리고, 도움을 청하러 달려가고 싶은 마음이 굴뚝같았다. 하지만 이내 그런 겁쟁이 같은 생각을 멈췄다. 그것은 방어할 능력도 없는 부상당한 신사를 혼자 남겨 두는 것을 의미하잖아.

「총알이 없을지도 모르죠. 그러나 당신과 나만이 그 사실을 알고 있잖아요」

캐롤라인은 태연하게 용감한 척했다. 그리고 이내 창문으로 무기를 건네받고, 호흡을 고르기 위해 깊게 숨을 들이쉬었다. 벤자민도 이 새롭게 위험이 다가오는 소리를 들었기를 맘속으로 빌었다. 하느님, 제 유일한 바람은 지금 손이 떨리지 않아야 한다는 것입니다!

모퉁이로부터 말 탄 사람이 나타났다. 캐롤라인은 말에 시선을 고정시켰다. 그 말은 거대한 검은색으로 그녀의 아라비아산 종마보다 세 뼘은 더 커 보였다.

그것이 자신을 짓밟아 죽일 것 같다는 무시무시한 생각을 했다. 캐롤라인은 그녀가 밟고 서 있는 땅이 울리는 것을 느끼고 뒤로 약간 물러섰다. 그러나 권총은 꼭 잡고 있었다.

그녀는 말이 멈추는 동안 얼굴로 날아드는 먼지를 피하고자 위험한 줄 알면서도 눈을 감았다.

캐롤라인은 한 손으로 눈을 비비고 나서 눈을 떴다. 거대한 말 위에서 자신에게 곧장 겨누어진 반짝이는 총구가 보였다. 숨을 씩씩거리고 있는 말과 권총은 너무나 위협적이었다. 캐롤라인은 재빨리 말을 타고 있는 사람에게로 시선을 맞췄다.

그것은 큰 실수였다. 그녀를 내려다보고 있는 덩치 큰 남자는 말과 권총보다 훨씬 더 위협적으로 느껴졌다.

이마로 흘러 내려온 황갈색의 머리카락도 그 남자의 냉혹하고 윤곽이 뚜렷한 얼굴을 부드럽게 하지 못했다.

그의 턱은 단호하고 단단해 보였고, 코도 마찬가지였다. 이해심이나 부드러움이라고는 눈곱만치도 없는 그의 금갈색 눈동자가 그녀를 찌를 듯이 노려보자, 그녀의 침착한 태도가 흔들렸다. 그의 눈초리는 타는 듯이 뜨거웠다.

이럴 순 없어. 그녀는 혼잣말을 했다. 캐롤라인은 그와 시선이 마주쳤을 때 눈을 깜박이지 않으려고 노력하면서 거만해 보이는 남자를 쏘아보았다.

4대 브래드포드 공작인 제레드 마커스 벤튼은 지금 보고 있는 광경을 믿을 수가 없었다. 권총으로 자신의 심장을 똑바로 겨눈 채 자기 앞에 서 있는 푸른색 눈을 가진 아름다운 미인의 모습을 노려보면서 그는 종마를 진정시켰다. 지금의 전체적인 상황을 받아들이기가 어려웠다.

「여기서 무슨 일이 일어난 거요?」

그가 너무나 강한 명령조로 말해서 그의 말이 뒷다리를 들고 날뛰기 시작했다. 그는 강력한 허벅지를 사용해서 말을 금세 진정시켰다.

「가만히 있어, 릴라이언스.」

그가 거칠게 화내듯이 말했다. 그러나 그는 단호한 명령과는 반대로, 말의 목을 쓰다듬어주었다. 이런 무의식적인 애정 표시는 그의 얼굴에 나타난 냉혹한 표정과 극한 대조를 이루었다.

그는 계속해서 캐롤라인을 노려보고 있었다. 그래서 결국 캐롤라인은 강도가 돌아온 것이 더 낫겠다고 생각했다. 그녀는 이 낯선 남자가 자신의 허세를 금방 알아차릴까봐 두려웠다.

벤자민은 어디에 있는 거지? 말발굽 소리가 다가오는 것을 들었을 텐데. 그렇고 말고, 땅이 아직도 흔들리고 있잖아? 아니면 내 다리가 떨리고 있는 걸까?

맙소사, 날 먼저 진정시켰어야만 했는데!

「여기서 무슨 일이 일어났는지 말하시오.」

낯선 남자가 다시 명령했다. 그의 목소리는 캐롤라인을 공포 속으로 무자비하게 휩쓸고 지나갔다. 그래도 여전히 그녀는 움직이지 않았다.

지금 그녀가 느끼는 두려움이 목소리에 묻어 나와 그 남자에게 이점을 주는 것이 두려워서 그녀는 대답도 하지 않았다. 그녀는 총구를 낯선 남자에게 겨눈 채 요동치는 맥박을 진정시키려고 노력했다.

브래드포드는 재빨리 주위를 둘러보았다. 2주 동안 친구에게 빌려준, 그가 제일 아끼는 마차가 지붕에 섬뜩한 총알 구멍이 여러 개 난 채로 길가에 서 있었다. 그는 마차 안 쪽에서 뭔가 움직이는 것에 시선을 집중시키고 나서 그곳을 자세히 살폈다. 그리고 이내 그의 친구의 금발머리인 것을 확인했다. 브래드포드는 속으로 안도의 한숨을 쉬었다. 친구는 안전했다.

그는 자기 앞에 당당하게 서 있는 여자가 그 사건에 대한 책임이 없다는 것을 본능적으로 알았다. 그녀가 희미하게 떠는 것을 보고는 그 기회를 잡았다.

「총을 버리시오!」

요청이 아니었다. 브래드포드 공작은 요청할 경우가 있더라도 거의 요청이 아니고 명령이었다. 그리고 보통의 경우, 그는 항상 원하는 것을 얻었다.

브래드포드는 그 건방진 계집애가 자신의 명령을 완전히 무시하고 계속 노려보자 이것은 보통 상황이 아니라고 결정해야만 했다.

캐롤라인은 먹구름처럼 그녀 앞에 거대한 모습으로 우뚝 서 있는 남자를 쳐다보면서, 떨지 않으려고 전력을 다했다. 힘이 겨울 외투처럼 얼굴을 찡그리고 있는 남자를 둘러싸고 있었다.

캐롤라인은 그에 대한 자신의 강한 반응에 놀라고 있었다. 단지 그는 남자일 뿐이야. 그녀는 머리를 젓고, 생각을 정리하려고 애썼다.

그 남자는 거만하고 당당해 보였다. 그리고 입고 있는 옷으로 볼 때, 매우 부유한 것 같았다. 그의 짙은 색 조끼는 스미스씨의 진녹색 재킷과 똑같은 스타일이었다.

그의 황금색 사슴가죽 바지는 유행에 걸맞았고, 너무 꽉 달라붙어 있어 그가 움직일 때마다 근육이 움직이는 것이 보였다. 또한 헤시안 부츠(19세기 초기에 영국에서 유행했던 술이 달린 거의 무릎까지 닿는 부츠)는 반짝반짝할 정도로 윤이 났다. 그리고 냉소적으로 보이는 그 남자도 똑같은 형태의 넥타이를 하고 있었다.

캐롤라인은 다친 남자가 그가 아는 사람들 중 하나라도 이 끔찍한 사건에 대해 들을까봐 걱정했던 것을 기억했다. 그리고 그녀가 아무에게도 말하지 않겠다고 약속한 것도 기억했다. 캐롤라인의 생각으로는 자신을 노려보고 있는 낯선 남자는 확실히 남의 이야기를 퍼뜨릴 유형처럼 보였다. 그를 자기가 갈 길로 보내는 것이 최선이겠군.

「아가씨, 청력에 무슨 문제가 있소? 난 분명히 당신에게 총을 버리라고 말했소.」

그는 소리 지를 맘은 없었다. 그러나 자신을 겨눈 그녀의 총과 그에게 용감히 맞서고 있는 그녀의 눈에 사로잡혀 버렸다는 것을 자인했다. 매우 특이한 색깔의 눈동자로군.

「당신이 먼저 총을 내려놓으세요.」

캐롤라인이 대답했다. 목소리가 심하게 떨리지 않아서 기뻤다. 그건 작은 승리였다. 그러나 승리라는 사실은 다 같은 거잖아.

캐롤라인은 마차를 등지고 있어서, 부상당한 신사가 그녀를 몹시 놀래키고 있는 낯선 남자에게 손을 흔드는 것을 보지 못했다.

브래드포드는 짧게 고개를 끄덕여 답례했다. 친구에 대한 무언의 질문으로 한쪽 눈썹을 활처럼 치켜 올렸다. 그 모습은 지금까지 보여주었던 냉소적인 모습은 아니었다. 그건 마치 가득 찬 칠판에 글씨가 갑자기 지워져버린 것과 같았다. 캐롤라인은 또한 그의 위협적인 분위기도 빨리 사라지기를 바랐다.

그녀는 상대편 남자의 태도가 변한 데 대해 더 이상 생각할 시간이 없었다.

「우리가 비긴 것 같소. 아니면 서로에게 총을 쏠 거요?」

그 남자가 깊고 성량이 풍부한 목소리로 말했다.

캐롤라인은 기쁘지 않았다. 그녀는 그가 냉혹해 보이는 입의 양끝을 살짝 들어올리는 것을 보았다. 그 반응으로 자신의 척추가 빳빳해지는 것을 느꼈다.

난 깜짝 놀랐는데 어떻게 저 사람은 저렇게 무관심하고 즐거운 태도로 있을 수 있는 거지.

「당신이 총을 버리세요. 전 당신을 쏘진 않을 거예요.」

캐롤라인은 부드럽게 말했다.

브래드포드는 그녀의 말을 무시하고 말 목을 가볍게 두드리면서 그녀를 음미하듯이 쳐다봤다. 그의 행동으로 봐서 그 말을 소중히 여기고 있는 것이 분명했다. 캐롤라인은 불현듯 새로운 무기를 발견했다.

물론 그는 결코 항복하지 않겠지. 그는 어떤 여자에게도 굴복하지 않을 거야!

브래드포드는 조금 전에 자신의 적이 떠는 것을 보았다. 그리고 그녀가 완전히 무너지는 것은 시간 문제라는 것도 감지했다. 마지못해 그녀의 용기를 칭찬했다. 저런 용기는 지금까지 어떤 여자에게서도 본 적이 없어. 그러나 용감하든지 그렇지 않든지 간에 여자에 불과해. 그러므로 열등한 존재야. 모든 여자들은 근본적으로 모두 똑같으니까. 그들 모두는…….

「전 당신을 쏘지는 않을 거예요. 그러나 당시의 말은 쏠 수 있어요.」

그녀의 계획은 적중했다. 그 남자는 말에서 떨어질 뻔했다.

「당신은 감히 그렇지 못할 거요.」

그는 화가 나서 고함쳤다.

그의 부정적인 대답에 대한 답변으로 캐롤라인은 팔을 내려 총알이 없는 총구를 말머리로 향하게 했다.

「정확히 눈 사이를 쏠 거예요.」

그녀가 약속했다.

「브래드포드!」

마차 안에서 부르는 소리가 났다. 그 소리에 공작은 말에서 뛰어내려

자기 앞에 서 있는 여자의 목을 졸라 죽이고 싶은 타오르는 마음을 간신히 멈추었다.

「스미스씨? 이 사람을 아세요?」

캐롤라인이 큰소리로 말했다. 그녀는 말에서 내리고 있는 남자에게서 시선을 떼지 않았다. 그리고 그가 바지 허리에 총을 꽂는 것을 아주 만족스럽게 쳐다봤다.

안도의 물결이 그녀에게 몰려왔다. 결국 꺾지 못할 정도로 다루기 힘든 사람은 아니었군. 이 영국인이 현재 사교계의 전형적인 표본이라면, 캐롤라인이 생각하기에 사촌이 옳은 것 같았다. 아마도 그들 모두는 여자 같은 남자일 거야.

브래드포드는 캐롤라인에게 돌아서서 그녀의 생각을 중단시켰다.

「어떤 신사도 협박하……」

그렇게 무분별하게 말을 할 때조차도 그는 그게 얼마나 어처구니없는 것인가를 알고 있었다.

「전 신사분한테 많은 것을 하라고 요구하지 않았는데요.」

캐롤라인은 그가 문장을 끝마칠 의사가 없다는 것을 알고 대답했다.

스미스씨가 머리를 창문 밖으로 쑥 내밀었다. 그런 급작스런 동작이 통증을 일으켰는지 작게 신음 소리를 냈다.

「그녀의 총엔 총알이 없어, 이 사람아. 뇌졸증 환자처럼 떨지 말게. 자네 말은 안전할 거야.」

그의 목소리에서는 즐거운 웃음소리가 묻어 나왔다. 캐롤라인도 웃지 않을 수가 없었다.

브래드포드는 여자가 아름답게 웃는 모습과 그녀의 눈 속에서 번져 나오는 장난기를 보고 잠시 동안 아무 생각도 할 수 없었다.

「당신을 속이기는 아주 쉬웠죠.」

캐롤라인은 덧붙여 말했다. 그리고 자신에게 놀라운 속도로 걸어오는 남자를 보는 순간, 그 말을 한 것을 후회했다. 게다가 그는 전혀 웃고 있지도 않았다. 확실히 저 남자는 유머센스가 부족하다고 생각하면서 뒤로 물러섰다.

그의 찌푸린 얼굴에는 매력적인 요소라고는 전혀 없었다. 덩치 또한 마찬가지였다. 그는 키가 너무 크고 체격이 좋아 거의 벤자민만큼 거대했다.

캐롤라인은 벤자민이 그 낯선 남자 등뒤로 조용히 몰래 다가가는 것을 알아채고 마음이 놓였다.

「당신의 총에 총알이 있었다면, 정말 내 말을 쏘았을 거요?」

낯선 남자가 오른쪽 뺨을 약간 이죽거리면서 물었다. 캐롤라인은 총을 내리고 그 말에 대답하는 편이 낫겠다고 결정했다.

「물론, 안 쏘죠. 저렇게 아름다운 말에 어떻게 흠집을 내겠어요. 다시 말하면 당신은……」

브래드포드는 등뒤에서 저벅거리는 소리를 듣고 돌아섰다. 벤자민이 그와 눈이 맞닿을 정도로 가까이 와 있었다. 두 사람은 한동안 서로를 주시했다. 그는 벤자민이 갑자기 나타난 것에 대해 전혀 위축당하지 않고 있었다. 스미스씨의 반응과는 전혀 다르게 그는 단지 지금의 상황이 궁금한 것 같았다.

「나에게 그 약을 줄래, 벤자민? 저 남자에 대해서는 걱정하지 마. 저 남자는 스미스씨의 친구야.」

그녀는 턱으로 그 거만한 남자 쪽을 가리키면서 말했다.

「스미스씨라고?」

브래드포드는 마차 안에서 그를 보고 웃고 있는 남자를 혼란스럽다는 투로 쳐다보면서 물었다.

「오늘 그는 해롤드 스미스예요. 저에게 진짜 이름을 알리고 싶지 않나 봐요. 그가 매우 부끄러운 처지에 있어서 말이에요. 그래서 제가 당신네 국왕의 이름을 따서 조지라고 부르겠다고 했더니, 그가 싫어해서 해롤드로 바꾸었죠.」

캐롤라인이 설명했다.

그 순간 채러티가 핑크색의 폭넓은 드레스를 모양 좋게 발목 위로 잡아들고 길모퉁이에서 뛰어왔다. 브래드포드가 몹시 당황한 표정으로 쳐다보고 있어서 캐롤라인은 채러티가 끼여드는 것을 환영했다. 영국인들은 모두 항상 저렇게 혼란스러운가?

「캐롤라인! 마부가 숲 속에서 나오려고 하질 않아.」

채러티는 잠시 멈추었다가 호흡을 가다듬고 다시 달려왔다. 그녀는 벤자민 옆에서 갑자기 멈추고 그에게 짧은 미소를 보냈다. 그러고 나서 그녀는 잠시 브래드포드를 보고는 그를 지나쳐서 마차 창문을 통해 그녀를 보고 있는 남자를 쳐다봤다.

「위험이 지나갔니? 내가 모든 것이 괜찮다고 말해주면 마부가 마부석으로 돌아오겠다고 약속했거든. 그가 날더러 알아보라고 했어. 캐롤라인, 우린 즉시 방향을 바꿔서 런던으로 돌아가야만 해. 내가 큰아버지가 계신 시골집으로 가자고 했다는 것은 알지만, 지금은 내가 어리석었다는 것을 깨달았어. 캐롤라인, 네가 옳았어! 우린 네 아버지의 타운하우스(시골에 본 주택이 있는 영국 귀족의 도시 주택)에서, 큰아버지게 전갈을 보냈어야 했어.」

채러티가 말했다.

브래드포드가 보기에 빠른 말로 지껄이고 있는 채러티는 마치 걸어다니는 회오리바람 같았다. 그는 한 여자에서 다른 여자에게로 시선을 돌렸다. 그는 두 여자가 정말로 친척 관계인지 믿기가 어려웠다. 그들은 전혀 닮은 데가 없었고, 행동도 달랐다.

채러티의 키는 브래드포드가 보기에는 약 155센티미터 정도로 작아 보였다. 그리고 차분하지 않은 금발 곱슬머리와 장난기로 반짝이는 담갈색 눈동자를 갖고 있었다. 캐롤라인은 그녀의 사촌보다 7센티미터는 족히 커 보였고, 검은색 머리카락과 아주 놀랄 만큼 아름다운 맑은 파란색 눈동자를 둘러싼 숱 많은 속눈썹을 갖고 있었다. 둘 다 날씬했다. 채러티는 부산스럽지만 귀엽고 예뻤다. 그리고 그 사촌은 매우 매력적이며 아름다웠다.

차이는 그들의 외모에서 그치지 않았다. 자그만 금발머리 아가씨는 조금은 경박해 보였고, 집중력과 진실성이 부족한 것 같았다. 그녀는 그의 눈을 똑바로 쳐다보지 않았다. 그래서 그녀가 소심할 것이라고 판단을 내렸다.

캐롤라인은 그의 눈을 똑바로 쳐다보면서 아주 당당했다. 그녀는 그와 무릎이 마주칠 정도로 가까이 서서도 그를 쳐다보았고 지금까지 줄곧 그렇게 당당했다.

두 사촌은 행동에서도 눈에 띄게 달랐다. 브래드포드는 그들의 모습은 아주 다르지만 둘 다 매력적인 것에 마음이 끌렸다.

「스미스씨, 여긴 채러티예요.」

캐롤라인은 사촌에게 애정이 넘치는 미소를 지으면서 말했다. 그녀는 일부러 브래드포드를 무시했다. 그리고는 그 남자가 계속 찡그리고 있기 때문이라고 자신을 정당화시켰다.

채러티는 서둘러 마차 창문 쪽으로 가서, 발꿈치를 들고 마차 안을 들여다보았다.

「벤자민이 그러던데 당신이 다쳤다면서요! 어마, 안됐어라! 지금은 좀 괜찮아졌나요?」

다친 남자는 황급히 자신의 몸을 가리려고 기를 쓰는 모습이었다.

「저는 캐롤라인의 사촌이에요. 우린 제가 기억하는 한 자매처럼 자랐어요. 그리고 우린 나이도 비슷해요. 제가 6개월 언니죠.」

설명을 하면서 채러티는 캐롤라인에게 양 볼의 보조개가 드러나게 미소를 지었다.

「마부는 어디에 있어요? 그도 또한 숲 속에 숨었다고 생각하세요? 마부를 찾아 숲 속을 둘러봐야 한다고 전 생각해요.」

「맞아. 그거 참 훌륭한 생각이야. 내가 스미스씨의 다리를 치료하는 동안 너와 벤자민이 마부를 찾아보는 게 어때?」

캐롤라인이 말했다.

「오오, 내 예의범절이 도대체 어떻게 된 거지? 매우 이상한 상황에서 만났을지라도 우린 모두 자기 소개를 해야만 해요. 앞으로 무슨 일이 생길지 누가 알겠어요.」

「안돼!」

거의 마차바퀴가 흔들릴 정도로 강한 외침이 마차 안에서 흘러나왔다.

「스미스씨는 우리와 모르는 사람으로 있기를 원하셔. 그리고 우리는 내가 한 것처럼 이 사고를 잊겠다고 약속해야만 해.」

캐롤라인은 상냥한 목소리로 설명했다. 그리고 사촌을 한쪽으로 잡아당겨 작은 소리로 말했다.

「저 남자는 끔찍할 정도로 당황하고 있어. 너도 영국인이 어떤지 잘 알잖아.」

그녀가 덧붙여 말했다.

브래드포드는 그녀들 가까이 서 있어서 그 설명을 들을 수 있었다. 그가 캐롤라인에게 마지막 말이 무슨 뜻이냐고 물어보려고 할 때 채러티가 말했다.

「그가 다쳐서 당황했다고? 아주 이상하군. 상처가 심하니?」

「아니. 처음에는 그런 줄 알았는데, 그건 피가 많이 나서 그랬던 거야. 그러나 상처가 너무 미묘한 곳에 있어.」

캐롤라인이 단호하게 말했다.

「오, 이런!」

채러티는 동정 어린 눈빛으로 말했다. 그리고는 마차 안에 있는 남자를 힐끗 보고 나서 캐롤라인을 다시 쳐다봤다.

「미묘하다고 했니?」

「그래.」

캐롤라인은 사촌이 상세하게 말해주기를 원한다는 것을 알고 있었으나 스미스씨의 의사를 존중해서 더 이상 말하지 않았다.

「우리가 끝마치고 떠나는 것이 빠르면 빠를수록 더 좋을 거야.」

「왜 그렇지?」

「그가 다친 것을 매우 당황스러워 하고 있기 때문이야.」

캐롤라인은 사촌에게 단호한 어투로 대답했다. 그녀는 채러티에게 모든 사실을 말하지 않았고, 자기 자신에게도 그랬다. 스미스씨의 거만한 친구 때문에 서두르기를 원했다. 그에게서 벗어나는 것이 빠르면 빠를수록 더 좋을 것 같았다. 그 남자는 그녀를 이상하고 자극적인 방법으로 놀래켰다. 캐롤라인은 그런 감정을 전혀 좋아하지 않았다.

「그는 멋쟁이니?」

채러티는 그 질문이 마치 끔찍한 질병이라도 되는 듯이 작게 물었다.

캐롤라인은 대답하지 않았다. 그리고 벤자민 쪽으로 가서 약가방을 받아들었다. 그리고 마차 안으로 들어가서 나지막한 목소리로 말했다.

「채러티에 대해서는 걱정하지 마세요. 안경을 쓰고 있지 않아서 당신을 보지 못했을 거예요.」

벤자민은 그 말을 듣고 나서 채러티에게 팔을 내밀었다. 그녀가 즉시 팔을 잡지 않자, 그는 그녀의 팔을 잡고 천천히 멀리 데리고 갔다. 브래드포드는 그 두 사람을 보면서, 지금의 상황을 이해하려고 노력했다.

「자네도 내가 있는 이곳으로 들어오는 게 낫겠는데.」

스미스씨는 친구에게 소리쳤다.

브래드포드는 고개를 끄덕이고 캐롤라인이 들어간 반대쪽 문으로 걸어갔다.

「내 곤경에 대해 비밀을 지켜줄 것이라고 믿을 수 있는 사람은 거의 없죠. 그러나 브래드포드는 비밀을 지켜줄 사람이죠.」

스미스씨는 캐롤라인에게 설명했다.

캐롤라인은 아무 말 없이 이미 피가 멈춘 상처를 살펴보았다.

「술을 좀 갖고 있나요?」

그녀는 마차 안으로 들어와서 스미스씨 건너편에 앉아 있는 브래드포드를 완전히 무시하고 물었다.

그 마차는 캐롤라인이 빌렸던 임대 마차보다 훨씬 더 넓었다. 그러나 스미스씨 앞에 앉아 있음에도 불구하고 브래드포드의 왼쪽 다리가 그녀의 어깨를 건드렸다. 스미스씨가 그를 안으로 들어오라고 했기 때문에 자신이 상처를 소독하고 붕대로 묶을 때까지 밖에서 기다리라고 하는 것은 부적당해 보였다.

「브랜디가 약간 있소. 독한 술이 당신 취향에 맞겠소?」

그 남자가 대답하는 소리에 그녀의 생각은 그에게로 되돌아왔다. 그는 조끼 주머니에서 회색통을 꺼냈다.

「술이 조금이라도 남아 있다면, 상처를 싸매기 전에 조금 뿌리게요. 엄마가 말씀하시기를 술은 감염을 막는다고 하셨죠.」

캐롤라인이 짧게 설명했다. 그녀는 어머니가 이 이론에 대해 확신하지 못했으나 하여간 그렇게 했다는 것을 덧붙여 말하지 않았다. 그리고 이 방법이 확실히 효과가 있을 거라고 말했다.

「아마 몹시 쓰릴 거예요. 당신이 비명을 지르더라도 당신을 비웃지 않을게요.」

「난 아무 소리도 내지 않을 거요, 아가씨. 그리고 당신이 그런 말을 한다는 것 자체가 나한테는 모욕이오.」

술을 상처에다 붓기 바로 전에 그는 아주 거만한 태도로 말했다. 그러고 나서 그는 떠나갈 듯이 소리를 질러댔고, 의자에서 굴러 떨어질 뻔했다.

브래드포드는 완전히 무기력해져서, 동정으로 얼굴을 찡그렸다.

캐롤라인은 오래된 빗물과 젖은 나뭇잎 냄새가 나는 노란색 가루가 든 작은 병을 들고, 상처에 아끼지 않고 뿌렸다. 그러고 나서 긴 패티코트 자락으로 가능한 재빨리 감아 나갔다.

「이 약이 상처 부위를 마취시키고 봉합시킬 거예요.」

그녀는 차분한 목소리로 말했다.

브래드포드는 그녀의 허스키하고 관능적인 매력이 담긴 목소리에 푹 빠졌다. 그는 자신이 친구와 자리를 바꿀 수 있기를 바랐다. 그리고 이내 말도 안되는 자신의 생각에 머리를 저어야만 했다. 무슨 문제가 생긴 거지? 그는 넋을 잃고 혼란스러워했다. 이 여자에 대해 이렇듯 이상한 반응을 보이다니. 전에는 한 번도 경험하지 못한 일인데.

브래드포드는 지금 자신에게 일어나고 있는 감정의 변화에 대해 색다른 느낌을 가졌다.

그녀는 그의 지배력에 도전을 했다. 하늘도 알겠지만 그것은 브래드포드에게는 아주 놀라운 일이었다. 검은머리 계집애한테 이렇게 강한 반응을 보이다니. 브래드포드는 자신이 수년 전에 실수를 저질렀던, 학창 시절에 그랬던 것처럼 어찌할 바를 몰랐다.

「그렇게 소리를 질러대다니, 내가 겁쟁이처럼 행동했군요.」

스미스씨가 속삭였다. 그는 작은 레이스 조각이 붙어 있는 이마를 찡그리며 눈을 내리깔았다.

「이렇게 불쾌한 치료법을 사용하다니 당신의 어머니는 야만인이군.」

친구의 얼굴에 나타난 고통스러운 표정을 보면서 브래드포드는 그가 약점을 인정하는 것이 얼마나 어려운가를 알았다. 그리고 그 생각을 바꾸려고 하면 할수록 점점 더 어려울 것이라는 것 또한 알고 있었다.

「스미스씨, 당신은 거의 아무 소리도 내지 않았어요.」

캐롤라인은 단호하게 반박했다. 그녀는 그의 무릎을 살짝 치고 그를 올려다보았다.

「당신은 매우 용감했어요. 그럼요, 당신이 그 강도들과 마주 서 있던 모습은 아주 인상적이었어요.」

캐롤라인은 칭찬이 효과를 나타낸다는 것을 알고 있었다. 스미스씨의 거만한 분위기가 이내 되살아나기 시작했다.

「당신은 용감했어요. 그 상황에선 어쩔 수가 없었죠. 그리고 전 당신이 엄마를 야만인이라고 부른 것을 용서해주겠어요.」

그녀는 부드럽게 미소지으면서 덧붙여 말했다.

「난 그 건달 놈들에게 맞서 아주 대담하게 행동했소. 물론 당신이 본 것처럼 내가 어찌하기엔 수가 너무 많았소.」

스미스씨가 인정했다.

「그랬었군요. 당신은 당신의 행동을 매우 자랑스러워해야만 해요. 그렇게 생각하지 않으세요, 브래드포드씨?」

「나도 그렇게 생각하오.」

브래드포드는 즉시 대답했다. 그녀가 드디어 자신의 존재를 알아줘서 매우 기뻤다.

스미스씨는 그가 기뻐하는 것에 대해 투덜거렸다.

「이 근처에서 유일한 겁쟁이는 제가 고용한 아일랜드인 마부뿐인 것 같군요.」

캐롤라인이 말했다.

「아일랜드인을 싫어하오?」

브래드포드는 발음을 천천히 하면서 물었다. 그녀의 격렬한 어조에 호기심이 생겼다. 캐롤라인은 화가 나서 반짝거리는 눈으로 그를 올려다보았다. 브래드포드는 그녀가 지금 그녀의 얼굴에서 묻어나는 표정처럼 열렬하게 사랑도 하는지 궁금했다. 그리고 이내 그 말도 안되는 생각을 지워버렸다.

「내가 지금까지 만났던 아일랜드인들은 모두 악한이었어요. 엄마는 제 판단력에 보다 편견이 없어야만 한다고 말씀하셨죠. 그러나 전 어쩔 수가 없어요.」

캐롤라인이 시인했다.

그녀는 한숨을 내쉬고는 자신의 임무로 되돌아갔다.

「옛날에 제가 훨씬 더 어렸을 때 아일랜드인 세 명이 저를 공격했죠. 만약 벤자민이 끼여들지 않았더라면, 무슨 일이 벌어졌을지 모르겠어요. 아마도 여기서 그 사건에 대해 말하고 있지 못할 거예요.」

「당신보다 우수한 사람이 있다는 것을 믿기가 어렵군요.」

스미스씨가 말참견을 했다.

그 말은 칭찬처럼 들렸고, 캐롤라인은 그렇게 받아들였다.

「전 그때 자기 방어 수단을 알지 못했어요. 그 사건이 있은 후에 제 사촌들은 끔찍할 정도로 화를 냈죠. 그래서 그날부터 그들 모두가 교대로 자신을 방어하는 방법을 가르쳐줬죠.」

「저 여자는 걸어다니는 무기고라네. 그녀는 런던으로부터 스스로를 보호할 거라고 했네.」

스미스씨가 친구에게 말했다.

「우리 세련된 식민지와 당신의 부끄러운 런던의 차이점에 대해 한번 더 말해볼까요, 스미스씨?」

캐롤라인의 목소리는 웃음으로 가득 차 있었다. 그 남자의 생각을 고통스러운 상처에서 다른 데로 돌리기 위해 그녀는 화제를 바꿨다. 그리고는 부드럽고 확실한 동작으로 그의 허벅지에 긴 끈을 빙빙 감았다.

스미스씨의 고통스런 표정이 천천히 사라져갔다.

「내가 느끼기에 훨씬 더 좋아진 것 같소 당신은 내 생명의 은인이오, 사랑스런 아가씨.」

캐롤라인은 그의 열렬한 말을 듣지 못한 척하고 또다시 재빨리 화제를 바꿨다. 그녀는 칭찬을 받으면 늘 거북해했다.

「당신은 2주만 지나면 춤도 출 수 있을 거예요. 당신은 사교계의 성대한 모임에 참석하겠죠? 사람들이 말하는 것처럼 당신은 사교계에 속해 있나요?」

스미스씨는 그 순진한 질문에 마치 목에 뭐가 걸려서 질식할 것 같은 소리를 냈다. 캐롤라인은 잠시 동안 그를 쳐다보다가 브래드포드에게로 시선을 돌렸다. 그녀는 그의 눈 속에 즐거움이 어른거리는 것을 보면서 그가 눈웃음을 지으니까 핸섬해 보인다고 생각했다.

스미스씨가 계속 기침을 하며 숨을 헐떡이는 동안, 대답을 할 수 없어 보였기 때문에 그녀는 끈기있게 대답해주기를 기다렸다.

그녀는 대답을 기다리면서 브래드포드는 멋쟁이가 아니라고 생각했다. 솔직히 약간 실망스러웠지만 인정해야만 했다. 그뿐만 아니라 그는 스미스씨하고는 행동도 전혀 딴판이었다. 옷은 비슷하게 입었으나, 캐롤라인이 생각하기에 브래드포드는 레이스로 만든 손수건 같은 것은 갖고 다닐 것 같진 않았다.

또한 그의 허벅지 살은 갓 태어난 아기의 살같이 보드라울 것 같지도 않았다. 아니고 말고, 그의 살은 거칠고 단단할 거야. 또한 그는 스미스씨보다 훨씬 더 근육질이었다. 살이 조금도 처지지 않았는 걸. 그는 키가 무척 커서 그 키만으로도 상대편을 쉽게 압도할 수 있을 것 같았다. 그가 여자와 함께 있을 땐 어떨까? 캐롤라인은 지금 자신이 그리고 있는 놀라운 생각에 볼이 화끈거렸다. 왜 이러는 건지 모르겠네. 그의 벗은 모습을 상상하고, 그가 여자를 만질 땐 어떨까에 대해서 생각하다니. 도저히 믿을 수가 없어.

브래드포드는 약간 붉어진 그녀의 뺨을 보고 스미스씨가 자신을 비웃고 있다고 생각한다고 믿었다. 그는 즉시 대답했다.

「우리는 사교계에 속해 있소. 하지만 스미스씨는 나보다 더 많은 모임에 참석하고 있소.」

그는 자신은 파티에 잘 참석하지 않는다는 말은 덧붙이지 않았다. 파티에 참석하려고 인내심이 바닥 날 때까지 노력해봤다고 생각했다. 진실한 감정을 말하는 대신에 그는 질문을 했다.

「당신 아버지를 방문했다고 말했소? 그럼, 당신은 식민지에서 살고 있소? 당신의 어머니와 함께 말이오?」

브래드포드는 캐롤라인에 대해서 될 수 있는 한 많은 것을 알고 싶었다. 그는 가능한 많은 정보를 모으려는 충동이 생긴 것을 인정하려고 하지 않았다. 그 자신에게조차도 그건 단순한 흥미이지 그 이상은 아니라고 속였다.

캐롤라인은 눈살을 찌푸렸다. 정중하게 묻는 질문에 대답하지 않는 것도 무례한 일이겠지. 그러나 저 남자들한테 나에 대해 아무 말도 하고 싶지 않은데. 런던에는 잠시 동안만 머무를 것이고 그리고 영국에서 친분관계를 맺고 싶지도 않았다. 그러나 두 남자의 얼굴에 나타난 기대감을 다른 곳으로 돌릴 방도가 없었다.

그녀는 조금이라도 말해야만 했다.

「제 어머니는 오래 전에 돌아가셨죠. 제가 아주 어렸을 때 보스턴으로 가서 살았어요. 제 숙모와 삼촌이 저를 키우셨고, 전 숙모를 엄마라고 불렀어요. 당신도 보시다시피 절 정말로 잘 키워주셨죠. 그래서…… 적응하기가 보다 쉬웠죠.」

그녀는 무관심하게 어깨를 움츠리면서 말했다.

「런던에는 오래 머무를 거요?」

브래드포드가 물었다. 그녀의 대답을 듣고 싶은 마음에 조바심이 나서 손을 무릎 위에 놓고 몸을 앞으로 내밀었다.

「채러티는 저희가 이곳에 머무르는 동안에 사교적인 행사에 참석하고 싶어해요.」

그녀는 그의 질문을 피해 엉뚱한 대답을 했다.

브래드포드는 그녀가 그의 질문을 피하는 데 대해 얼굴을 찌푸리며 말했다.

「사교계 행사가 곧 시작할 거요. 당신은 모험을 하고 싶지 않소?」

그녀의 순진무구한 기대감을 망치고 싶지 않은 그는 목소리에서 냉소를 없애려고 노력했다. 그녀는 여자였다. 그러므로 그런 경박한 모임에 참석하고 싶어 안달을 하는 게 당연했다.

「모험이라고요? 전 그런 식으로는 생각해 보지 않았는데요. 하지만 전 채러티가 파티를 즐길 것이라고 확실히 믿어요.」

그녀가 브래드포드를 심각한 얼굴로 쳐다봤다. 그는 그녀의 시선에 사로잡혔다. 강렬하게 꽂히는 그녀의 시선은 어떤 남자라도 말을 더듬게 하고, 무슨 생각을 했는지 잊어버리게 할 것 같았다. 물론 브래드포드는 무슨 말을 하고 있었는지 생각해내려고 노력하는 동안에, 서둘러서 자신은 경험이 너무나 많아서 그런 계집애들의 교묘한 술책으로는 자신을 속일 수 없다고 스스로에게 주의를 주었다.

그러나 그는 자신의 미숙한 반응에 더욱 놀랐다. 제기랄, 지금까지 여자에게 압도당해 본 적도, 마음이 이끌린 적도 없었는데. 도대체 무슨 일이지? 앞에 무릎을 꿇고 있는 여자에 대해 모든 것을 알고 싶어하는 것은 눈이 마주친 바로 그 순간에 일어난 열기임에 분명해. 맹세해도 좋아. 그녀는 순결해 보였고, 오랫동안 밖에서 추위에 떨던 남자를 정말로 따스하게 해줄 것 같았다.

브래드포드의 검은 눈이 캐롤라인을 옭아매고 있던 순간은 스미스씨가 헛기침을 하고 질문을 함으로써 깨졌다.

「당신은 사교계 행사를 고대하고 있지 않죠, 그렇죠?」

캐롤라인이 보기에 그는 자신의 질문에 대해 몹시 놀란 것 같았다.

「전 생각해 보지 않았어요.」

캐롤라인이 대답했다. 그리고 생긋 웃고 나서 덧붙였다.

「그것에 대한 이야기는 좀 들었어요. 그들은 아주 배타적이고 폐쇄적인 집단이라면서요. 그리고 사람들은 항상 끔찍할 정도로 관습적이고요. 채러티는 사교계에 데뷔하는 날 제 아버지를 당황하게 할 만한 일을 저지를까봐 걱정하고 있어요. 당신도 보셨다시피 그녀는 예의에 맞는 행동을 원해요.」

그녀의 목소리가 부자연스럽게 들리자, 브래드포드는 점점 더 호기심이 생겼다.

「당신이 런던의 화젯거리가 될 거라고 확신하오.」

스미스씨가 거만한 목소리로 말했다.

그는 칭찬한다고 한 말이었는데 캐롤라인이 고개를 끄덕이며 그에게 심각한 표정을 지어 보이자 당황했다.

「그게 바로 채러티가 저에 대해 걱정하고 있는 거예요. 그녀는 제가 무슨 끔찍한 일을 저질러서, 런던 사람들 모두에게 알려질까봐 두려워하고 있어요. 당신도 보시다시피, 전 정말 관습적이지가 않거든요. 엄마는 절 반항아라고 불렀죠. 유감스럽게도 그 말은 사실이에요.」

그녀가 매우 무미건조한 어투로 자신의 성격에 대해 말했다.

「아니, 아니오. 내 말뜻을 잘못 이해한 것 같소.」

스미스씨가 말했다. 그는 깃발처럼 손수건을 허공에다 흔들었다.

「내가 말하고자 한 것은 사교계가 당신을 열렬히 받아들일 거라는 거였소. 난 확신할 수 있소.」

「정말 친절하시군요. 그러나 전 별로 바라지 않아요. 전 보스턴으로 돌아갈 것이기 때문에 그건 별로 중요하지도 않거든요. 푸머가 직접 절 몰아내도 저한테는 중요하지 않아요.」

캐롤라인이 작게 말했다.

「푸머?」

브래드포드와 스미스씨는 동시에 그 이름을 말했다.

「플루머 아니면 브루머인가? 스미스씨, 제가 이 늘어진 끈의 끝을 잡을 수 있게 다리를 조금만 움직여주세요. 그럼, 하던 일을 계속할 수 있겠네요.」

캐롤라인이 어깨를 으쓱대며 말했다.

「브루멜을 말하는 거요? 보우 브루멜말이오?」

브래드포드가 웃음기가 감도는 목소리로 물었다.

「맞아요, 아마 그게 맞는 이름인 것 같군요. 저희가 보스턴을 떠나기 전에 메이버리 부인이 말하길 브루멜이 사교계를 지배한다고 했어요. 당신도 물론 알고 계시겠지만요. 메이버리 부인은 저희가 떠나기 바로 직전에 그곳에 왔죠. 그래서 그녀의 이야기가 정확하다고 믿어요.」

「그럼, 그녀가 뭐라고 말했소?」

브래드포드가 물었다.

「그건요, 브루멜이 한 아가씨를 사교계에서 쫓아내겠다고 마음을 먹으면, 그녀는 수녀원으로 들어가는 것이 더 나을 거랬어요. 그녀의 사교활동은 엉망이 되버려서, 치욕스럽게 집으로 돌아가야만 한다고요. 그런 힘을 가진 사람을 상상할 수 있으세요?」

그녀는 브래드포드에게 질문을 하고 그를 올려다봤다. 그리고 좌절감에 휩싸여서 한숨을 짓고는 시선을 내리깔았다. 브래드포드가 가까이 있다는 사실이 그녀를 자극시켰다.

캐롤라인은 스미스씨가 괴로워하듯이 인상을 쓰고 있는 것을 보았다.

「이런, 제가 붕대를 너무 꽉 묶었나요?」

「아…… 아니오, 괜찮소」

스미스씨가 말을 더듬었다.

「브루멜이 저를 내쫓든 말든 제가 개인적으로는 신경 쓰지 않는다는 것을 당신은 이해해야만 해요. 제게 있어 런던은 아무 의미가 없어요 그러나 채러티가 제 행동으로 인해 구설수에 휘말리고 마음의 상처를 입을까봐 정말 걱정이에요. 그녀가 창피당하는 것은 보고 싶지 않거든요. 맞아요. 그게 걱정이죠.」

「내 느낌으론 보우 브루멜은 당신과 당신의 사촌은 내쫓을 것 같진 않소.」

브래드포드가 잘라 말했다.

「당신은 무시해버리기에는 너무나 아름답소.」

스미스씨가 말참견을 했다.

「매력적이라는 것은 받아들여지는 것과는 아무런 상관이 없어요. 중요한 것은 그 사람의 내면이에요.」

캐롤라인이 충고했다.

「그런 고상한 사실 외에도, 그가 자신의 잿빛들을 무척 소중하게 여긴다고 들었소.」

브래드포드가 건조한 목소리로 말했다.

「잿빛들이라고요?」

「그의 말 말이오. 그가 감히 당신이나 당신의 사촌을 쫓아내려 한다면 당신이 그의 말을 쏠 것이라는 것을 난 확신하오.」

브래드포드가 말했다.

그의 표정은 심각해 보였으나 눈은 따스하고 장난기가 서려 있었다.

「전 절대로 안 그래요!」

캐롤라인이 말했다.

그는 웃었고, 캐롤라인은 머리를 저었다.

「당신, 농담하는 거죠.」

캐롤라인이 말했다. 그리고는 스미스씨를 돌아보면서 말했다.

「자, 끝났어요. 이 약을 바르고 매일 붕대를 갈아주세요. 그리고 아무쪼록 더 이상 피를 흘리지 마세요. 피는 이미 많이 흘렸으니까요.」

「당신 엄마의 또 다른 치료법이오?」

스미스씨가 의심스럽다는 표정으로 물었다.

캐롤라인은 고개를 끄덕이고 마차에서 내렸다. 그녀는 마차 문을 닫기 전에 스미스씨의 다리를 건너편 의자에 있는 브래드포드의 거대한 몸 옆에 걸쳐놓았다.

「당신이 옳은 것 같군요, 스미스씨. 당신의 아름다운 부츠가 엉망이 된 것 같군요. 장식 술도 진흙투성이구요. 아마 메이버리 부인이 말해준 브루멜의 방법인 샴페인으로 닦으면 다시 괜찮아질 거예요.」

「그건 아주 중요한 비밀인데.」

스미스씨가 화가 나서 말했다.

「그것은 비밀일 리가 없어요. 메이버리 부인이 모든 사람들이 그것을 알고 있다고 말했고, 또 당신도 알고 있잖아요.」

그녀는 자신의 논리적인 말에 대한 대답을 기다리지 않고 브래드포드 쪽으로 돌아섰다.

「이제부터는 당신이 친구를 돌볼 거지요?」

브래드포드가 캐롤라인에게 고개를 끄덕였을 때 채러티가 소리쳤다.

「마부를 찾았어. 교회 첨탑처럼 목을 빼고 있더라니깐, 하지만 그 사람이 돌아오려고 하지 않아.」

캐롤라인은 고개를 끄덕이고 말했다.

「당신네 둘 다 안녕히 가세요. 벤자민, 지금 떠나자. 브래드포드씨가 스미스씨를 간호할 테니까.」

벤자민은 브래드포드가 한 번도 들어보지 못했던 언어로 캐롤라인에게 말을 했다. 그러나 브래드포드는 캐롤라인이 웃고 고개를 끄덕이는 것을 보고, 그녀는 그 말을 완전히 알아들었다는 것을 알았다.

그러고 나서 그들은 떠났다. 두 남자는 아무 말 없이 검은머리의 요정이 그녀의 사촌과 함께 길을 따라 떠나는 것을 바라봤다.

브래드포드는 좀더 보기 위해 마차에서 뛰어내렸다. 또한 그의 친구도 창문 밖으로 머리를 빼고 멀어져가는 모습을 바라보았다.

브래드포드는 웃고 있었다. 금발머리의 조그마한 사촌은 캐롤라인에게 말을 하고 있었고, 말없는 흑인은 권총을 뽑아들고 뒤쫓아가면서 그들의 안전을 배려했다.

「제기랄, 내가 왕의 광기에 빠진 것 같아. 식민지에서 온 계집애한테 아직도 홀딱 빠져 있다니 말이야.」

「그건 잊어버려. 난 그녀를 원해.」

브래드포드가 무뚝뚝한 목소리로 말했다. 그의 어조는 단호했다. 그의 친구는 현명하게도 고개를 힘차게 끄덕이면서 동의했다.

「나도 그녀가 식민지에서 왔든지 말든지 간에 신경 쓰지 않네.」

「자네가 그녀를 쫓아다니면 어떤 소동이 생길까. 만약 그녀의 아버지가 작위가 없다면…… 그럼, 그건 간단한 문제가 아닐 걸세. 지위를 기억하게나.」

「그럼, 그걸 비난하겠나?」

브래드포드가 아주 흥미롭다는 듯이 물었다.

「난 절대로 그러지 않을 걸세. 난 자네 편을 들겠네. 그녀가 내 생명을 구해주었거든.」

브래드포드가 한쪽 눈썹을 치켜 올렸다. 그러자 그의 친구가 서둘러서 무언의 질문에 대답했다.

「그녀가 그 악당들을 급습해서 두목의 손을 정확하게 총으로 맞추었지. 그놈이 날 쏘기 바로 직전에 말이야.」

「그녀가 그런 능력이 있다는 걸 조금도 의심하지 않아.」

브래드포드가 말했다.

「다른 놈은 어깨를 맞췄어.」

「그녀가 내 질문에 교묘히 피해나가는 것을 자네는 알아차렸나?」

스미스씨가 껄껄 웃었다.

「난 자네의 웃는 모습을 보리라고 생각하지 않았네, 브래드포드. 하지만 자넨 오늘 계속 웃고만 있더군. 사교계는 쑥덕공론으로 난리가 날 걸세. 자네는 쉽게 그녀와 함께 있을 순 없을 걸. 난 그런 도전을 할 수 있는 자네가 부럽네.」

브래드포드는 대답하지 않았다. 대신 방향을 바꿔 세 사람이 사라져간

길모퉁이를 향해 멀뚱히 바라만 보고 있었다.

「사교계 여자들이 그녀를 보면 대단한 반응을 보일 걸. 그녀의 눈 색깔을 봤나? 그녀의 관심을 끌려면 대단한 노력을 해야 할 걸, 브래드포드. 제기랄, 이봐, 내 신발 꼴 좀 보게나!」

브래드포드 공작은 그의 말을 무시했다. 그러고 나서 의미 있는 웃음을 지었다.

「그럼, 브루멜, 자네 감히 그녀를 내쫓을 건가?」

_2_

임대 마차는 런던으로 돌아오고 있었다. 마부가 임무에 성실하지 못하다고 생각한 벤자민은 그의 행동을 감시하기 위해서 마부 옆에 앉아 가기로 했다.

채러티와 캐롤라인은 마차 안에서 서로 마주보고 앉았다. 한동안 채러티가 수다를 떨고 나서 그들은 각자의 생각에 빠져 침묵이 흘렀다.

채러티는 심하게 짜증을 부리지 않았다. 수다스럽게 떠들어대는 것이 채러티의 가공할 만한 긴장을 해소하는 데 필요하다는 것을 캐롤라인은 이해했다. 캐롤라인은 독단적으로 생각할 수 있는 반면, 그녀는 채러티의 모든 생각에 관여를 했다.

사촌이 모든 사람과 모든 것을 나누는 것을 좋아했기 때문에 그건 특별히 영광스런 일은 아니었다. 그녀의 어머니는 채러티가 보스턴 저널보다 최신 소식을 더 빨리 전한다고 말했었다.

캐롤라인은 채러티와는 전혀 달랐다. 그녀는 조용하고 수줍음이 많았다. 그리고 그녀는 자신이 남에게 속을 쉽게 털어놓는 성격이 아니라는 것을 오래 전에 받아들였다. 사촌과 달리 캐롤라인은 혼자서 자신의 문제를 해결했다.

「우리가 드디어 영국에 도착한 지금, 즉시 행동에 옮길 계획을 세우자. 그리고 지금 앞으로 할 일을 네가 말해줬으면 좋겠어.」

채러티가 서둘러서 말했다. 그녀는 들고 있는 핑크색 장갑을 손으로 비틀고 있었다.

「채러티, 우리가 벌써 여러 번 한 이야기잖아. 그게 네 맘에 들지 않게 되어 간다는 것을 알아. 하지만 걱정하지 마. 그렇지 않으면 넌 나이도 먹기 전에 늙어서 주름살 투성이일 걸. 내가 널 도울 거란 것은 너도 알잖아. 그리고 넌 조심하겠다고 약속만 하면 돼.」

캐롤라인의 음성은 부드러웠으나 단호했다.

「알았어. 조심이라! 중요한 거지. 내가 너만큼만 과묵하다면 얼마나 좋을까, 라이니. 넌 항상 너무 차분하고, 자제력이 있잖아.」

그녀는 캐롤라인이 어렸을 때 쓰던 애칭을 사용해서 말했다. 채러티는 아주 길게 한숨을 내쉬어서 그녀의 사촌을 웃게 했다. 채러티는 확실히 연극적인 재능이 있었다.

「하지만 그가 결혼했다면 난 어쩌지?」

캐롤라인은 대답하지 않는 편이 낫겠다고 마음먹었다. 그녀의 목소리에서 분노와 좌절이 엿보였다. 그러면 채러티는 또 눈물을 터뜨리겠지. 이렇게 긴 여행 후에 캐롤라인은 그 일을 감당해낼 수 없을 것 같았다.

남자들이란! 그들은 모두 악당들이야. 물론, 사랑하는 사촌들은 빼고 말이야. 착하고 사랑스런 채러티가 영국인에게 마음을 준 이유를 캐롤라인은 도무지 이해할 수 없었다. 지금도 보스턴에는 채러티의 관심을 끌려는 구혼자들이 넘쳐났다. 그러나 그녀의 사촌은 세계를 절반이나 돌아온 사람을 선택했다.

그 영국인인 폴 블리츨리가 보스턴을 방문했을 때 두 사람은 우연히 만났고, 채러티는 만나자마자 사랑에 빠져버렸다고 말했었다. 그 말도 안되는 이야기에서 캐롤라인이 믿는 부분은 단지 그녀가 사랑에 빠졌다는 사실뿐이었다. 안경을 쓰지 않은 채러티는 시내 광장에 있는 체스터 너트가의 모퉁이를 돌자마자 폴 블리츨리 품속으로 문자 그대로 빠져버 렸었다. 둘의 관계는 6주간 계속되었고, 어느 누구보다도 그들의 사랑은 아주 열렬했다.

채러티는 자신이 사랑을 맹세했고, 또한 블리츨리도 그렇게 했다고 캐 롤라인에게 털어놓았다. 그가 갑자기 사라진 이후에도 채러티는 그 영국 인이 결혼할 의사가 있다고 흔들림없이 믿고 있었다.

그녀는 정말로 순진했다. 그러나 캐롤라인은 그렇게 쉽게 속지 않았 다. 그녀와 나머지 가족들은 그 남자를 단 한번도 만나보지 못했다. 만 찬 약속을 할 때마다 폴 블리츨리는 마지막 순간에 참석해야 할 다른 일이 생겼다.

사람들에게 조심스럽게 물어본 결과, 그 영국인이 사촌의 마음을 가지 고 놀고 있다는 캐롤라인의 의심은 점점 굳어져 갔다. 채러티는 블리츨 리가 친척을 방문하러 보스턴에 왔다고 했으나, 어느 누구도 그 사실을 아는 사람은 없었다.

블리츨리는 보스턴 항구에서 끔찍한 폭발이 일어났던 날 밤에 사라졌 다. 영국 함선 3척과 미국 선박 2척이 완전히 파괴됐다. 캐롤라인은 자 신의 의심을 말하지도 않았고 증거도 없었지만, 폴 블리츨리가 어떤 식 으로든 그 폭발사건과 관련이 있으리라고 확신했다.

식구들은 블리츨리가 사라져서 내심 안도의 한숨을 내쉬었다. 그들 모 두는 채러티가 곧 그 열렬한 감정에서 벗어날 거라고 믿었다. 그러나 그 믿음은 잘못된 것이었다. 마침내 블리츨리가 자신을 버렸다는 사실을 인 정하고 나자 채러티는 슬픔에 빠져 헤어나오지 못했다. 그녀가 무슨 일 이 벌어졌고, 왜 그런 일이 일어났는지 알아볼 거라고 캐롤라인에게 믿 을 때까지 되풀이해서 맹세했다.

「내 자신이 부끄러워. 내가 계속해서 내 걱정거리를 말하는 동안에 너 는 네 걱정거리에 대해서는 한마디도 하지 않았어.」

채러티는 캐롤라인의 생각을 방해하면서 말했다.

「난 걱정거리가 없는 걸.」

캐롤라인이 이의를 제기했다.

「넌 너의 아버지를 14년 동안이나 보지 못했어. 근데 전혀 걱정되지 않는다고? 날 바보로 아니, 캐롤라인. 너는 확실히 당황하고 있을 걸! 네 아버지는 네 인생을 완전히 바꿔놓았어. 그런데도 넌 그게 아무것도 아닌 것처럼 행동하고 있어.」

채러티는 머리를 저으며 화를 냈다.

「채러티, 그건 내가 어쩔 수 있는 일이 아니야.」

캐롤라인이 짜증을 내면서 말했다.

「그 편지가 왔을 때부터 넌 가면 속에 숨어 있었어. 난 네가 당황했다는 것을 알아! 난 네 아버지에 대해 무척 화가 나. 넌 우리 가족인데, 네가 기억조차 못하는 그 사람의 가족이 아니라.」

채러티와 함께 아침 승마를 하고 돌아왔을 때 보스턴 집에서 일어난 괴로운 장면을 기억하면서 캐롤라인은 고개를 끄덕였다. 나머지 가족들이 어두운 표정으로 그들을 기다리고 있었다.

채러티의 어머니는 캐롤라인이 채러티와 마찬가지로 자신의 딸이라면서 울었고, 슬픈 표정을 역력히 나타냈다. 캐롤라인이 네 살 때부터 그녀가 키웠다. 그리고 캐롤라인이 기억하는 한 그녀를 엄마라고 불렀다. 채러티의 아버지는 좀더 자제력이 있어서 감정을 감출 수 있었다. 그래서 그는 그녀가 영국으로 돌아가야만 한다고 매우 사무적으로 그녀에게 말했다.

「네 아버지가 편지에서 위협했던 것처럼 너를 정말로 찾으려고 한다고 생각하니?」

채러티가 물었다.

「그래, 변명의 여지가 없어. 아버지는 내가 끔찍하게 약하다고 생각하고 계실 걸. 너도 알다시피 그가 돌아오라고 요청할 때마다, 너희 어머니께서 내가 또 병에 걸렸다고 써서 보내셨잖아. 확신하건대 어머니께서 지어내지 않은 유일한 병은 흑사병뿐일 걸. 아마 그것도 어머니가 생각을 못해서 못 쓰셨을 거야.」

캐롤라인이 말했다.

「그러나 그는 아주 오랫동안 널 원하지 않았잖아. 그리고 그는 너를 우리에게 보냈어.」

「그건 단지 일시적인 일이었을 뿐이야. 난 무슨 일이 일어났는지 몰라. 그러나 내 어머니가 돌아가신 후에 나의 아버지는 날 돌볼 수 없었고, 그래서 그는…….」

캐롤라인이 말끝을 흐리며 대답했다.

「그는 백작이잖아! 그는 널 돌볼 사람을 고용할 수도 있었어. 그리고 이렇게 오랜 시간이 지난 후에야 네가 되돌아오기를 바라는 이유가 뭘까? 모든 것이 말이 안돼.」

채러티가 말했다.

「내 생각이지만 그 문제에 대한 답변을 구하는 데는 훨씬 많은 시간이 걸릴 것 같아.」

캐롤라인이 말했다.

「캐롤라인, 네가 아주 어렸을 때 하나라도 기억나는 게 있니? 내 어린 시절의 기억 중 가장 오래된 것은 여섯 살 때 내가 브루스터네 다락에서 떨어진 거야.」

「없어, 내 모든 기억은 보스턴에서부터 시작해.」

캐롤라인이 대답했다. 그녀는 위가 조여오는 것을 느꼈다. 그리고 그 대화가 끝나기를 바랐다.

「하여간, 네가 그 남자를 싫어하지 않는 이유를 이해할 수가 없어. 그런 식으로 날 보지 마. 미워하는 게 잘못이라는 것은 알아. 하지만 네 아버지는 확실히 널 원하지 않다가 14년이 지난 지금에서야 마음을 바꾸셨어. 그는 네 감정을 전혀 고려하지 않았어.」

「난 내 아버지가 자신이 생각하기에 가장 좋은 일을 하셨다고 믿어.」

캐롤라인이 대답했다.

「케이먼도 네가 떠나서 무척 화가 났어.」

채러티는 자신의 큰오빠 이름을 들먹이면서 말했다.

「내가 네 부모님과 형제들한테 빚을 졌다는 것을 기억해. 또한 그들이 화가 나지 않았다는 것도 기억하고 있어. 증오와 분노는 파괴적인 감정이고 그건 아무것도 변화시킬 수 없어.」

캐롤라인이 말했다. 그녀의 말은 마치 맹세처럼 들렸다.

채러티는 눈살을 찌푸리며 고개를 저었다.

「난 너의 온화한 태도를 이해할 수가 없어. 넌 항상 계획을 가지고 있었지. 네가 어떻게 할 것인지 말해줘. 유순하게 받아들이는 것은 너답지 않아. 넌 일이 되어 가는 대로 받아들이는 사람이 아니라…… 일을 주도해 가는 사람이잖아.」

「일이 되어 가는 대로 받아들이는 사람이라?」

캐롤라인은 사촌의 말에 싱긋이 웃었다.

「내가 무슨 말을 하는지 알잖아. 넌 사건을 주도해 나가지, 가만히 앉아 있지는 않잖아.」

「음, 난 아버지와 함께 1년을 보내려고 생각하고 있어. 난 그에게 그럴 빚이 있거든. 그리고 난 그를 좋아하려고 노력도 할 거야. 그리고 나서 물론 보스턴으로 돌아갈 거야.」

「네 아버지가 허락하지 않으면 어떻게 할 건데?」

채러티가 다시 장갑을 비틀기 시작하자 캐롤라인은 그녀를 진정시키기 위해 서둘러서 대답했다.

「내가 아주 불만스러워 한다면, 그가 날 보스턴으로 돌려보내줄 것이라고 믿어. 인상쓰지 마, 채러티. 그건 단지 내 바람일 뿐이야. 제발 내 믿음을 흔들지 말아줘.」

「난 어쩔 수가 없어. 아아, 그는 네가 거처를 정하기도 전에 널 결혼시킬 수도 있어.」

「그건 말도 안 되는 소리야. 난 아버지가 그러지 않을 거라고 믿어.」

「네가 6개월이 지나도 돌아오지 않으면 널 보스턴으로 데려가기 위해 케이먼이 올 거라고 루크와 저스틴에게 하는 말 들었니?」

캐롤라인은 고개를 끄덕이고 대답했다.

「들었어. 그리고 항상 내성적이고 말수가 적은 조지도 같은 말을 했지. 네 형제들은 나에게 너무나 의리가 있어.」

캐롤라인은 사촌들의 모습을 그리면서 미소지었다. 그렇게 오랫동안 그들과 함께 있을 수 있었다니 자신이 행운아임에 틀림없다고 생각했다. 그녀는 자신의 성격이 그들의 영향의 결과라고 믿었다. 외모와 성미가 급한 것은 채러티의 큰오빠인 케이먼을 닮았고, 때때로 조지의 내성적인 면도 나타났다. 그리고 저스틴의 페어플레이 정신과 루크의 아주 독특한 유머감각이 있었다.

「보스턴을 떠나기 전에 우린 먼저 네 아버지에게 편지를 보내고 그가 그 편지를 받았는지 확인할 때까지 기다렸어야만 했어.」

채러티가 말했다.

캐롤라인이 웃었다.

「넌 참 편리한 기억력을 갖고 있구나, 채러티. 네 엄마가 네가 나와 함께 가도 좋다고 허락하자마자, 넌 즉시 떠나자고 난리였잖아.」

「그건 단지 케이먼이 날 보내지 말라고 엄마를 설득하고 있었기 때문이야.」

채러티가 설명했다. 그녀의 목소리는 어리석은 사람한테 복잡한 것을 설명하고 있는 것처럼 들렸다. 그녀는 한숨을 쉬고 나서, 캐롤라인에게 물었다.

「네가 부상당한 남자를 치료하는 것을 도와준 그 키가 큰 남자는 누구니?」

캐롤라인은 화제가 갑자기 바뀌자 어리둥절했지만 채러티는 계속 말을 이었다.

「아주 잘생겼던데.」

「그는 잘생기지 않았어. 내 말은 난 조금도 그에게 매력적인 점을 발견하지 못했다는 거야.」

캐롤라인이 자신이 느낀 혼란스러움에 놀라면서 날카롭게 반대 의사를 표시했다.

「좀 심각할 수 없니! 내가 안경을 쓰지 않았어도 그 남자가 드물게 잘 생겼다는 것 정도는 알 수 있어.」

「근데 그 남자는 거만해.」

캐롤라인의 어조가 거만하게 들렸으나 사촌은 신경 쓰지 않았다.

「우린 아마도 그를 다시 보진 못할 거고, 그게 끝이야.」

채러티는 혼란스럽다는 듯한 눈빛으로 사촌에게 말했다.

「대단히 건장한 남자였어. 거기다 그는 매우 훌륭한 파란색 눈을 갖고 있었어.」

「파란색이 아니라 황금색 반점이 있는 짙은 갈색이었어.」

캐롤라인은 생각할 틈도 없이 말했다.

채러티가 크게 웃었다.

「너도 그가 잘생겼다는 것을 알고 있잖아. 내가 널 속였지. 나도 그 사람 눈동자가 파란색이 아니라는 것은 알고 있었거든.」

채러티는 만족스럽다는 듯이 말했다. 그리고는 캐롤라인이 짜증내는 것을 무시하고 계속해서 말했다.

「그런데 그 사람 머리는 잘 기억이 안 나. 좀 자르거나 좀 곱슬거릴 필요가 있을 것 같던데.」

「이상한 것 같지 않던데.」

캐롤라인이 관심 없다는 듯이 어깨를 으쓱하고 말했다.

「그는 날 좀 놀래켰어. 그는 매우…….」

채러티가 말했다.

「강력해 보인다고?」

캐롤라인이 말참견을 했다. 채러티가 고개를 끄덕이자 캐롤라인이 말을 이었다.

「그의 이름은 브래드포드고 난 더 이상 그에 대해 말하고 싶지 않아. 잃어버린 안경알은 찾았니?」

「응, 찾아서 벤자민에게 줬어. 우리가 네 아버지의 타운하우스에 도착하면 고쳐주겠다고 약속했어. 강력해 보인다는 것이 정말 맞는 말인 것 같다고 난 확신해. 브래드포드란 남자는 쉽게 다룰 수 없을 거야.」

채러티가 아는 체하듯이 고개를 끄덕이면서 말했다.

「무슨 말을 하고 있는 거니?」

「네가 클래런스에게 했던 것처럼 그를 조정할 수는 없을 것이라고 했어.」

「난 클래런스를 조정하지 않았어. 우린 단지 친구일 뿐이야.」

캐롤라인이 항의했다.

「클래런스는 널 강아지처럼 졸졸 따라다니지. 그는 너를 상대하기에는 너무나 약해. 케이먼조차도 그렇게 말했는 걸. 넌 강한 사람이 필요해. 그렇지 않으면 네가 남자를 너무 피곤하게 할 거야.」

채러티가 말했다.

「넌 말도 안되는 소릴 하고 있어.」

캐롤라인이 대답했다. 자신의 성격에 대해 채러티가 대수롭지 않게 한 말에 마음이 상했다.

「기다려 보면 알 거야. 난 브래드포드씨가 널 바라보는 것을 봤어. 그가 널 따라다닐 거라고 난 믿어. 그럼, 믿고 말고.」

캐롤라인이 항의하려고 하자 그녀가 서둘러서 말했다.

「네가 사랑에 빠진다면, 브래드포드씨처럼 강한 남자가 네 마음을 갖는다면, 네 태도가 변할 걸. 물론, 보스턴으로 돌아가기로 맹세했으니깐, 네가 영국인과 사랑에 빠지는 일은 없겠지만 말이야.」

캐롤라인은 사촌의 말도 안되는 소리에 일언반구도 하지 않았다. 그녀는 누구하고도 사랑에 빠지고 싶은 마음이 없었다. 그녀가 수면부족 상태에 있어서인지 채러티의 싱거운 말이 마음을 심란하게 했다.

보스턴에서 런던까지의 여행은 끝없이 긴 것 같았다. 그러나 캐롤라인은 금세 배에서의 생활에 익숙해져서 그 배의 선장이 칭찬을 할 정도였다. 하지만 채러티와 벤자민은 배멀미로 고생을 했다. 그래서 캐롤라인은 그들이 멀미하는 것을 보살피고 그들의 짜증을 받아주느라 많은 시간을 보냈다. 그것은 사람을 아주 지치게 하는 일이었다.

그들은 어젯밤은 배에서 보내고 아침에 블랙스톤 백작에게 그들이 도착했다는 연락을 보냈다. 심부름꾼이 돌아와서 백작님께서는 지금 런던에서 마차로 3시간 걸리는 시골 저택에 계신다고 했다. 캐롤라인은 타운하우스로 가서 아버지에게 자신이 도착했다는 것을 알리는 전갈을 보내기로 마음을 먹었었다. 그러나 참을성이 없는 채러티가 마차를 빌려서 시골집으로 가자고 주장했었다.

「드디어 도착했구나!」

그들이 타운하우스에 도착하자 채러티는 외쳤다. 그녀의 목소리는 흥분이 넘쳐흘렀고, 조금도 지쳐 보이지 않았다. 그녀의 행동은 신경질적으로 떠들어대는 것만큼 캐롤라인을 짜증나게 했다.

채러티는 마차 밖으로 몸을 쑥 내밀고는 가늘게 뜬 눈으로 저택을 바라보았다. 캐롤라인은 문을 열기 위해 그녀의 팔을 잡아당겨야만 했다.

「난 아름다운 집일 거라는 것을 알고 있었어. 네 아버지는 백작님이신걸. 이런, 캐롤라인, 너 긴장하고 있니?」

채러티가 말했다.

「물론, 아니야. 아버지는 여기에 계시지 않는 걸.」

그녀는 앞에 서 있는 요즘 유행하는 벽돌로 지은 타운하우스를 꼼꼼히 살피면서 말했다. 그 집은 아주 인상적이었다. 여러 개의 긴 직사각형의 창문은 건물 정면에 나 있었고, 그 창문들은 붉은 벽돌과 멋지게 어우러지는 아이보리색으로 장식되어 있었다. 그 모습이 저택을 품위 있고 당당해 보이게 했다.

도로에서 세 계단 위에 있는 정문도 아이보리색으로 칠해져 있었다. 나무로 된 문 중앙에는 금박으로 장식된 화려한 검은색 노커(내방을 알리기 위해 현관에 장식한 쇠붙이)가 있었다. 그러나 캐롤라인이 그것을 건드리기도 전에 문이 열렸다.

캐롤라인이 집사라고 생각한 남자도 그가 일하는 집만큼이나 인상적이었다. 모습을 부드럽게 해줄 하얀색 넥타이도 하나 없이 온통 검은색 옷을 입은 그 사람은 캐롤라인이 블랙스톤 백작의 딸이라고 말하기 전까지는 완전히 무표정한 얼굴을 하고 있었다. 그녀의 말을 듣자마자 표정이 변했다. 그는 채러티보다 1인치 정도밖에 안 컸으므로, 캐롤라인을 올려다보면서 미소를 지었다. 기껏해야 아주 희미한 웃음이었으나 캐롤라인이 생각하기에 진실해 보였다.

그는 세 사람을 안으로 맞이하고는 자신을 데이톤이라고 소개했다. 그리고 백작의 시종이라고 아주 진지한 자세로 설명했다. 다가오는 사교계 행사에 맞춰 하인들이 집을 재단장하는 것을 감독하기 위해 백작보다 조금 먼저 왔고 백작님은 해질녘까지는 도착할 거라고 했다.

저택은 활기차게 움직이고 있었다. 사람들이 이방 저방으로 걸레와 양동이를 들고 바삐 움직이는데, 캐롤라인은 자신들이 방해가 되고 있다고 생각했다.

그녀는 즉시 데이톤의 현실적인 태도를 고마워했다. 그는 지체없이 두 명에게 짐을 풀라고 시켰다. 2층에는 커다란 서재와 다섯 개의 침실이 있었다. 캐롤라인과 채러티는 붙어 있는 방을 배정 받았다.

캐롤라인은 2층에 있는 방을 둘러본 후에, 벤자민과 3층으로 가서 그의 침실이 만족스러운가를 살폈다. 그리고 짐을 풀고 있는 그를 혼자 남겨두고 2층으로 돌아와 채러티가 여벌의 안경을 찾는 것을 도왔다.

캐롤라인은 짐을 푸는 것을 감독하고 있는 채러티를 남겨두고 방을 나왔다. 그녀는 불안하고 기분이 좋지 않았다. 그리고 그 이유도 알았다. 아버지가 해질녘에는 도착하실 거였고, 그녀는 자신에 대한 아버지의 반응이 걱정됐다. 아버지의 편지 내용처럼 실물도 자애로우실까? 내 외모에 대해 기뻐하실까, 아니면 실망하실까? 날 좋아하실까? 그리고 무엇보다도 중요한 것은 내가 아버지를 좋아할까?

그녀는 계단 끝에 있는 강한 인상을 주는 서재 앞에 멈춰 안을 둘러보았다. 서재 안은 반짝반짝 윤이 났고, 먼지 한 점 없이 깨끗했다. 그러나 따뜻해 보이는 방은 아니었다. 아버지는 서재만큼이나 엄격하실까?

캐롤라인은 1층에 있는 방들을 둘러봄에 따라 점점 더 아버지의 성격에 대해 걱정이 되었다.

모든 것이 완벽해! 완벽하고 끔찍하게 냉담하군! 타일을 붙인 현관 홀 왼쪽의 응접실은 매우 우아했다. 금색과 아이보리색을 주조로 해서 희미한 노란색을 가미해 우아하고 아름다웠으나 마음을 끌지는 못했다.

캐롤라인은 사촌들이 그 방에서 편안하게 지내는 모습을 상상했으나, 소용없는 일이었다. 훌륭하게 비치된 가구들은 흙이 어디서 묻었는지 기억조차 못하는 작업복과 부츠를 걸친 덩치 큰 활기찬 남자들을 버텨낼 것 같지 않았다. 아니고 말고, 케이먼과 저스틴, 루크와 조지도 자신만큼이나 불편함을 느낄 것 같았다.

현관 홀 오른쪽에는 커다란 식당이 있었다. 거대한 마호가니 식탁과 12개의 의자가 중앙에 놓여 있었다. 건너편 벽에 붙은 선반에 있는 훌륭한 금테를 두른 크리스털 컵도 캐롤라인의 시선을 끌었다. 식당 역시 안락해 보이지 않았다. 단지, 부와 호화로움만을 뽐내고 있었다.

캐롤라인은 긴 복도를 따라 내려가 손님을 맞이하는 방 바로 뒤에서 또 다른 서재를 발견했다. 방문을 열어 보니 어질러진 안이 보여 크게 안도했다.

그녀가 생각하기에 이 방이 아버지가 쓰시는 방임에 틀림없었다. 그녀는 자신이 그 신성한 성역으로 허락없이 들어가도 되는지 잠시 머뭇거리다가 안으로 들어갔다.

아름다운 책상이 시선을 끌었고, 두 개의 오래된 의자와 벽 두 면을 차지한 선반에 꽂혀 있는 책들도 시선을 끌었다.

다른 쪽 벽에는 정원으로 난 창문이 있었다. 캐롤라인은 그 창문 너머로 아름다운 정원을 한동안 바라보았다. 그러고 나서 나머지 한쪽 벽으로 몸을 돌렸다. 순간, 그녀는 자기 앞에 펼쳐진 광경에 깜짝 놀라서 숨이 멈출 지경이었다.

바닥에서 꼭대기까지 벽면이 온통 자신이 그린 그림으로 가득 차 있다니! 그녀가 아주 어렸을 때 그린 조잡한 동물 그림에서부터 좀더 자라서 그린 집과 나무 그림까지 있었다.

그것들 가운데 캐롤라인의 눈에 들어오는 그림이 있었다. 그것을 자세히 쳐다보던 그녀는 머리를 가로저으면서 웃었다. 그것은 그녀가 처음으로 가족을 그린 거였다. 보스턴 부모님과 채러티, 사촌들과 그녀의 아버지까지 모든 사람이 그곳에 있었다. 그러나 그녀는 아버지를 무리에서 좀 떨어진 곳에 서 있는 모습으로 그렸다.

그녀가 사람들을 그려놓은 방식은 매우 우스꽝스러웠다. 캐롤라인은 커다란 원으로 몸통을 그렸고, 보다 큰 주의를 끈 것은 이빨이었다. 조그만 얼굴에 다들 웃으면서 드러내놓은 그 거대한 이빨이라니! 가족 그림을 그린 것은 아마 여섯 살쯤 되어서인 것 같았다. 그리고 그것을 매우 자랑스러워했다는 것을 기억했다.

아버지가 자신이 그린 모든 그림을 보관해왔다는 사실에 놀란 캐롤라인은 이내 마음이 푸근해졌다. 채러티의 어머니가 그녀에게는 아무 말도 없이 그림들을 보냈음에 틀림없었다.

캐롤라인은 책상 모서리에 기대 서서 오랫동안 그림들을 쳐다보았다. 초기 그림에는 그녀의 아버지가 있었으나, 나이를 먹고 솜씨가 늘어갈수록 아버지의 모습은 그림 속에서 사라져갔다는 것을 느낄 수가 있었다.

자신이 그린 모든 그림을 보관해왔다는 깨달음은 그녀에게 있어 그를 아버지로 느끼게 했다. 그가 자신의 어린 시절을 이런 식으로 봐왔구나 하고 그녀는 생각했다. 이 생각에 이르자 갑자기 슬퍼졌다.

캐롤라인은 혼란스러웠다. 그림을 장식해놓은 것으로 봐서 아버지는 날 정말로 사랑하시는 것 같아. 그런데 왜 날 식민지로 보냈을까? 시간이 지나가면서 내가 삼촌과 숙모를 아빠, 엄마라고 부르기 시작했다는 것을 아셨을 텐데. 내가 그들의 '아기'가 되었을 때는 네 살에 불과했었거든. 채러티의 오빠들이 내 오빠가 되는 것은 아주 당연하잖아. 새로운 환경과 새로운 가족 속에서 내 어릴 적 기억이 희미해져 버릴 거라는 사실은 아버지도 알고 계셨을 거야.

그녀의 생각 속에서 죄의식이 퍼져나갔다. 그는 날 위해 희생을 했어. 엄마가 수도 없이 말씀하셨잖아! 백작은 자신의 딸이 동생 가족과 함께 안정된 가정환경에서 보다 많은 사랑을 받고 보다 만족하며 살기를 원하신다고 말했었잖아.

왜 자신의 사랑만으로는 충분하지 않다고 생각하셨을까?

맙소사, 내가 그에게 딸로서 해준 것이 하나도 없잖아. 그에게 편지를 몇 자 쓰는 것에도 나는 얼마나 주저했던가! 그건 가슴이 아플 정도로 이기적이고 성실하지 못한 짓이었어! 보스턴에서 오지 않으려고 계획을 세우고 음모를 꾸몄고, 삼촌을 아빠라고 불렀었는데. 더 나쁜 것은 진짜 아빠의 사랑을 잊고 있었다는 거야. 차라리 이 그림을 안 본 것이 좋을 뻔했어.

캐롤라인은 눈에 눈물을 가득 담은 채 방에서 달려나갔다. 그녀는 보스턴에 되돌아가기를 바랐고, 그런 생각을 하는 자신을 부끄러워했다. 그녀는 죄의식을 느꼈다. 또한 자신이 하찮게 느껴졌다. 자신이 겁쟁이 같았다. 내가 조금이라도 보스턴의 가족한테 하는 것처럼 아버지한테 아무 거리낌없이 사랑과 믿음으로 대할 수 있을까?

캐롤라인은 침실로 가서 침대에 누워 자신의 감정을 헤아렸다. 뇌의 이성적인 부분에서는 자신이 어렸을 때 다른 가족한테 보내졌으므로, 사랑과 믿음의 문제는 중요하지 않다고 말했다. 그러나 마음은 여전히 아팠다. 차갑고 무정한 아버지라면 훨씬 더 쉬울 텐데! 그녀는 보스턴에서 런던으로 오는 동안 줄곧 비극의 여주인공같이 행동했었다. 그러나 지금, 그건 단지 역할에 불과했었다는 것을 인정했다.

앞으로 어떻게 하지? 그녀는 아무리 생각해도 그 해답을 찾을 수가 없었다. 마침내 누적된 피로가 그녀를 덮쳤고, 꿈도 꾸지 않는 깊은 잠에 빠졌다.

캐롤라인은 한 번 깨어난 것 외에는 다음날 아침까지 잘 잤다.

밤에 그녀는 문이 삐걱대며 열리는 소리에 잠에서 깼다. 즉시 정신을 차렸으나 나이든 남자가 문간에서 머뭇거리다가 침대로 다가오는 것을 보고는 자는 체했다. 남자의 얼굴에서 눈물이 흘러내렸다. 그는 자기 동생의 나이든 모습 같아 보였다. 캐롤라인은 침대 옆에 서 있는 남자가 아버지라는 것을 즉시 알 수 있었다.

캐롤라인은 그가 이불을 당겨 어깨까지 덮어주는 것을 느끼고 그의 자상한 행동에 감정이 북받쳐 마음이 아팠다. 그녀의 관자놀이를 쓰다듬을 때 그의 손이 떨리는 것을 느꼈다. 그는 부드럽고 사랑이 넘치는 목소리로 속삭였다.

「집에 잘 왔다, 내 딸아.」

그는 몸을 숙여 그녀의 이마에 깃털 같은 가벼운 키스를 했다. 그러고 나서 조용히, 아주 조용한 걸음으로 방을 나갔다. 담배 냄새와 향수 냄새가 방안 가득 남아 있었다.

캐롤라인은 눈을 떴다. 그녀는 그 냄새를 알아차렸고 기억해냈다. 그녀는 그 향기와 느낌을 가진 사람의 모습을 기억해내려고 노력했다. 그러나 그녀가 어렸을 적에 잡으려고 애썼던 개똥벌레만큼 쉽지 않았다.

지금은 그 냄새만으로도 충분해. 아침 안개가 그녀를 둘러싸고 있는 것처럼 흐릿한 기억은 사랑과 만족의 감정을 불러일으켰고 그것은 그녀에게 안정감을 주었다.

그녀는 아버지가 문 손잡이를 잡고 문을 닫으려고 할 때까지 기다렸다가 불쑥 말했다.

「안녕히 주무세요, 아빠.」

그녀는 수년 동안 자신이 매일 밤 그렇게 해왔던 것처럼 느껴졌다. 그녀가 모든 것을 기억하고 있지는 못하지만, 본능적으로 알았다. 그녀는 그런 감정을 문자화시키려고 노력하면서 중얼거렸다.

「사랑해요, 아빠.」

인사는 완벽했다. 캐롤라인은 눈을 감고, 기억들이 옛날의 개똥벌레처럼 스쳐서 날아가게 했다.

결국 집에 온 것이다.

3

브래드포드 공작은 아름다운 푸른 눈의 아가씨를 잊을 수가 없었다. 그녀의 순진무구함은 그를 유혹했고, 그녀의 미소에 눈이 부셨다. 무엇보다도 그녀의 뛰어난 위트는 그를 즐겁게 했다.

공작은 천성적으로 냉소적이어서, 사실 어떤 여자도 쉽게 그를 기쁘게 할 수 없었다. 그러나 그녀가 그의 말을 쏘겠다는 대담한 위협으로 그에게 무모하게 도전해왔던 것을 생각할 때마다 그는 웃음이 터져나왔다. 그녀는 용기가 있었고, 브래드포드는 그 때문에 그녀가 좋았다.

그 사고가 일어난 날, 브래드포드는 브루멜을 자신의 집으로 데려와 하인들에게 정성 들여 간호하라고 시켰다. 그러고 나서 그는 런던 집으로 가서 캐롤라인이 누구의 딸인지 찾는 작업에 착수했다.

그녀의 신분에 대해 알고 있는 유일한 단서는 그녀가 아버지를 방문하기 위해 런던으로 왔다는 것이었다. 그녀가 사교계의 모임에 대해 말하는 것으로 봐서, 그녀의 아버지는 사회적인 명사일 거라고 생각했다. 아마 그는 작위가 있을지도 몰랐다. 그 조그만 사촌은 런던에 있는 타운하우스로 돌아가서 캐롤라인의 아버지를 기다리자고 말했었다. 그녀의 아버지는 시골에 저택을 소유하고 있고, 사교계 행사가 시작할 때까지 그곳에 내려가 있을 것이라고 브래드포드는 결론을 내렸다.

그는 해질녘까지 해답을 찾아낼 자신이 있었다. 그러나 4일이 지나고 나자, 자신감이 사라졌다. 사소한 실마리도 찾을 수 없었다. 전에는 느끼지 못했던 좌절감을 느꼈다. 그래서 그의 기분은 몹시 언짢아졌다.

이제 그가 집에 돌아온 첫날 하인들이 보고 놀라워했던 웃음기는 완전히 사라졌다. 하인들은 자신들이 잘못 본 것이라고 쑤군거렸었다. 그들의 주인은 접근하기 어렵고 퉁명스러운 본래의 성격으로 되돌아갔다. 요리사는 예측할 수 없는 사람은 싫기 때문에 지금이 좋다고 모든 사람이 듣게 말했다. 그러나 브래드포드의 시종인 핸더슨은 아주 중요한 일이 자신의 주인에게 일어난 것을 눈치채고 걱정했다.

핸더슨은 공작의 가장 친한 친구인 윌리엄 프랭클린 섬머스 밀포드 허스트 백작이 예기치 않게 방문했을 때 마음이 놓였다.

핸더슨은 기쁜 마음으로 나선형 계단을 따라 백작을 서재로 인도했다. 밀포드 백작이 주인님에게 유쾌한 분위기를 되돌려줄지도 모르겠다는 생각을 하면서 핸더슨은 백작 옆에서 걸어갔다.

핸더슨은 브래드포드의 아버지를 10년 동안 모셨다. 그리고 비극이 일어나 아버지와 장남이 죽자, 자신의 충성과 보살핌을 새로운 브래드포드 공작에게 바쳤다. 핸더슨과 브래드포드의 가장 친한 친구인 밀포드만이 공작의 어깨 위에 작위가 놓이기 전 모습을 기억했다.

밀포드를 힐끗 보고 핸더슨은 두 친구가 매우 비슷할 때도 있었다는 것을 기억했다. 한때, 브래드포드는 그의 친구처럼 난봉꾼이었고, 사교계의 숙녀들과 스캔들을 만들고 다녔었다. 그는 지난 5년 동안 공작이 예전의 낙천적이고 태평한 성격으로 돌아갈 거라는 희망을 거의 포기했었다. 너무나 많은 일이 일어났었다. 너무나 많은 배신도 있었고.

「브래드포드가 심하게 꾸짖었나, 핸더슨? 자넨 계속 얼굴을 찡그리고 있구만.」

백작은 핸더슨이 한량은 어떠해야 한다고 아는 모든 면모를 드러내며 보통 때처럼 이를 다 드러내고 웃으면서 물었다.

「공작님께 고민거리가 생긴 것 같습니다. 물론 제가 주인님의 생각을 아는 것은 아니지만요. 그러나 백작님께서 주인님의 감정에 미묘한 변화가 생겼다는 것을 알아채시리라 확신합니다.」

핸더슨이 대답했다. 그는 더 이상 말하지 않았으나, 그의 말을 심사숙고하느라 밀포드는 심각한 표정을 지었다.

밀포드는 친구를 보자 그가 아주 긴 마차 여행에서 막 돌아온 사람처럼 보였다. 그것도 안에 앉아서가 아니라 마차 뒤에서 질질 끌려온 사람 같았다.

브래드포드는 거대한 책상에 몸을 웅크리고 앉아 책상 위에 널려 있는 봉투에 이름을 쓰는 데 몰두해서 눈살을 찌푸리고 있었다.

마호가니 탁자도 엉망으로 어질러져 있었다. 밀포드는 브래드포드가 그랬을 거라고 생각했다. 그의 친구는 면도와 새 넥타이가 절실히 필요해 보였다.

「밀포드, 조금만 있으면 끝나네. 술을 마시고 있게나.」

브래드포드가 친구에게 말했다.

밀포드는 술을 거절하고 책상 앞에 있는 편안한 의자에 앉았다.

「브래드포드, 영국에 있는 모든 사람에게 편지를 쓰고 있나?」

밀포드가 윤기 나는 부츠의 뒤꿈치를 책상 위에다 버릇없게 걸치면서 물었다.

「아주 가까운 사람한테만 쓰네.」

브래드포드가 쳐다보지도 않고 중얼거렸다.

「며칠 동안 잠을 못 잔 것 같군.」

밀포드가 말했다. 그는 여전히 웃고 있었으나 눈가에는 걱정이 서려 있었다. 브래드포드는 건강해 보이지 않았다. 그를 바라보면 볼수록 점점 더 걱정이 되었다.

「잠을 못 잤네.」

브래드포드가 한참만에 대답했다. 그가 펜을 떨어뜨리고 윙체어(등받이 좌우에 날개가 달린 안락의자)의 푹신한 쿠션에 몸을 기댔다. 그도 친구처럼 발을 책상 위에 놓고 긴 한숨을 내쉬었다.

그러고 나서 더 이상 주저하지 않고, 친구에게 캐롤라인을 만난 이야기를 했다. 그도 강도를 당한 친구의 치욕스런 사건에 대해서는 말하지 않기로 약속했으므로 브루멜에 대한 부분은 뺐다. 브래드포드는 그녀의 신체적인 특성을 장황하게 늘어놓았다. 그리고 그녀의 눈동자를 정확하게 묘사하기 위해 오랜 시간을 보냈다. 그러다 마침내 자제력을 되찾아 모든 조사가 막다른 골목에 다다랐다고 성난 목소리로 말하면서 이야기를 서둘러 마무리 지었다.

「자네는 엉뚱한 데서 찾고 있는 것 같은데.」

그는 브래드포드가 그 사건에 대해 말하는 것을 들으면서 웃음을 멈추고 생색내는 말투로 말했다.

「식민지가 우리 런던보다 세련되었다고 그녀가 정말로 믿는 것 같은가?」

브래드포드는 그 질문을 무시하고 그 전에 한 말에 정신을 집중했다.

「내가 엉뚱한 곳을 찾고 있다는 것이 무슨 뜻이지? 그녀는 아버지에게로 막 돌아왔어. 난 그것을 추적하고 있는데.」

브래드포드의 목소리는 거칠었다.

「사교계 사람 대부분이 앞으로의 사교계 행사를 위해 아직 돌아오지 않았어. 그리고 그게 자네가 아직 아무런 소문도 듣지 못한 간단한 이유야. 이봐, 진정하게나. 그녀는 애쉬포드가의 파티에 참석할 걸세. 그걸 기대하게나. 모든 사람이 참석하니 말일세.」

밀포드가 인내심 있게 말했다.

「사교계 행사가 그녀에겐 아무런 의미가 없다고 했어.」

브래드포드는 사교계의 행사에 관해 캐롤라인이 한 말을 되풀이하면서 목소리를 낮춰 말했다.

「정확히 그녀가 한 말이었네.」

「매우 이상하군.」

밀포드는 웃지 않으려고 안간힘을 썼다. 그는 친구가 그렇게 오랫동안 말을 하는 것을 보지 못했었다. 그게 심각한 문제에서 야기된 것이 아니라는 것을 알고 안도감으로 머리가 가벼워졌다. 또한 그는 옛날에 둘이서 함께 런던을 휩쓸고 다니곤 했던 것처럼 친구를 놀리고 싶었다.

「하나도 이상하지 않네. 나도 사교계 행사에는 전혀 참석하지 않고 있지 않나.」

브래드포드가 어깨를 으쓱하며 반박했다.

「자넨 내가 말한 것을 잘못 알아들었군. 내가 말한 것은 자네가 매우 이상하게 행동하고 있다는 것일세. 난 지금까지 자네의 이런 모습을 못 본 것 같은데. 야, 이건 볼 만한 사건인데! 그리고 그 이유가 다름 아닌 식민지에서 날아온 여자라니.」

밀포드는 싱긋이 웃으면서 말했다. 그는 계속할 수도 있었으나 웃음이 터져 나오는 것을 참을 수가 없었다. 그리고 친구가 불쾌하게 얼굴을 찡그리자, 밀포드는 여러 차례 크게 숨을 헐떡이면서 웃어댔다.

「자네, 정말로 행복한 것 같은데, 그렇지 않나?」

브래드포드는 밀포드가 자신의 말을 들을 수 있을 만큼 조용해지자 날카롭게 말했다.

「사실 그래. 난 자네가 2년 전에 했던 매우 열렬한 맹세를 기억하고 있네. 모든 여자들이 한 가지 목적에 매달리는 것이나, 자네의 마음을 빼앗긴 것이나 멍청하기는 매한가지로군.」

밀포드가 말했다.

「누가 어쨌다고 이러나? 난 단지 호기심이 생겼을 뿐이야. 그게 다 일세. 날 놀리지 말게, 밀포드. 자네의 생각과는 전혀 다르네.」

브래드포드의 목소리는 처음엔 흥분되었지만 점차 조용한 음성으로 말했다.

「진정하게나. 난 진실로 자네를 돕고 싶네.」

밀포드가 진지한 표정을 지으려고 노력하면서 말했다.

「재봉사를 알아보게나. 그녀가 식민지에서 왔다면, 그녀는 유행에 뒤떨어져 있을 걸세. 그녀의 친척들은 그녀의 복장 때문에 난처해지고 싶지 않을 것이야. 그러므로 새로운 드레스를 맞추게 할 걸세.」

「자네의 추론에 놀랐네.」

브래드포드가 대답했다. 그의 눈은 희망의 빛으로 반짝이면서 웃고 있었다.

「왜 난 그걸 생각해내지 못했을까?」

「왜냐하면 자네는 나처럼 3명의 여동생이 없기 때문이지.」

밀포드가 대답했다.

「그 동안 자네 여동생들을 잊고 있었군. 요즘 그녀들을 못 봤는데.」

「자네한테서 숨겨놓았지. 자네는 내 동생들을 지겨워 할 걸세. 그러나 내가 맹세하건대 내 여동생들을 포함해서 모든 여자들이 말하는 것은 유행일세.」

밀포드가 싱긋 웃으면서 말했다. 그리고 이내 심각한 목소리로 말을 이었다.

「단지 반한 건가 아니면 그 이상인가? 지난 5년 동안 자네는 시내에 있는 매춘부만을 데리고 다녔어. 자네는 좋은 가문에서 자란 숙녀한테는 익숙하지 못해, 브래드포드. 이것 참, 극적인 반전이군.」

브래드포드는 즉시 대답하지 않았다. 이성적으로는 확실히 대답할 말이 없었다. 단지 느낌일 뿐이었다.

「난 이게 단지 일시적인 광기라고 믿네. 그러나 그녀를 다시 보자마자 난 그녀에 대해서 완전히 잊어버릴 거야.」

브래드포드가 마침내 대답했다.

밀포드는 고개를 끄덕였다. 그러나 그는 친구의 말을 조금도 믿지 않았다. 브래드포드가 너무나 심각하게 말해서 밀포드는 감히 반박할 수가 없었다. 그는 편지를 쓰고 있는 친구를 남겨두고 방을 나와 경쾌한 걸음으로 계단을 내려갔다. 그리고 떠나기 전에 애정의 표시로 핸더슨의 어깨를 찰싹 때렸다.

밀포드 허스트 백작은 지난 5년 동안 아무도 하지 못한 일을 해낸, 식민지에서 온 그 독특한 미인을 하루 빨리 만나고 싶었다. 그녀가 알지 못할지라도, 캐롤라인이라 불리는 그 숙녀는 브래드포드 공작에게 인간미를 되돌려주었다.

밀포드는 이미 그녀가 좋아졌다.

아침이 왔고 태양과 함께 새로운 생각과 계획이 떠올랐다. 몇 시에 잠자리에 들던지 간에 항상 일찍 일어나는 캐롤라인 리치몬드는 만족스럽게 기지개를 활짝 펴면서 태양을 맞이했다.

그녀는 재빨리 간편한 보라색 드레스를 입고 다루기 힘든 머리카락을 흰색 레이스 리본으로 묶었다.

채러티는 아직도 자고 있었고, 벤자민은 위층에서 들려오는 소리로 봐서 지금 막 일어난 것 같았다. 캐롤라인은 식당에서 아버지를 기다리기로 마음먹고 아래층으로 내려갔다. 그는 벌써 윤기 나는 긴 식탁머리에 앉아 있었다. 한 손에는 찻잔을 들고, 다른 손에는 신문을 들고 있었다.

그는 캐롤라인이 문간에 서 있는 것을 알아채지 못했다. 캐롤라인도 주의를 끌 만한 행동을 하지 않았다. 대신에 그가 신문을 읽는 것처럼 유심히 그를 쳐다볼 기회를 얻었다.

그의 혈색 좋은 얼굴은 둥글었고 그녀처럼 광대뼈가 높았다. 그는 자신을 길러준 남자보다 더 나이 들고 원숙한 모습이었다. 그래, 그는 그의 동생인 핸리와 아주 많이 닮았어. 불현듯 그녀는 자신이 운이 좋다는 것을 인정해야만 한다고 깨달았다. 정신적인 아버지가 둘이나 되었다. 삼촌 핸리는 자신을 길러주었고, 그녀는 그를 누구보다도 사랑했다. 자신에게 생명을 준 남자에게 사랑을 나누어주는 것도 불충실해 보이지 않았다. 그가 바로 자신의 진짜 아버지이고, 그를 사랑하는 것은 자신의 의무라고 다시 한 번 다짐했다.

백작은 마침내 누군가가 자신을 바라보고 있다는 것을 느꼈다. 그는 막 차를 한 모금 마시려던 참이었으나 갑자기 얼어붙은 듯이 가만히 있었다. 놀라움이 그의 담갈색 눈동자에 뚜렷이 나타났다. 눈동자가 매우 반짝였다. 캐롤라인은 자신이 느끼는 거북한 감정이 아니라 애정이 표정에 나타나기를 바라면서 미소지었다.

「좋은 아침이네요, 아버지. 안녕히 주무셨어요?」

그녀의 목소리가 떨렸다. 아버지를 만나자 극도로 긴장이 되었다.

찻잔이 쨍그랑 소리를 내면서 식탁 위로 떨어졌다. 차가 쏟아졌으나 그는 전혀 그런 상황을 보지도, 듣지도 못한 것 같았다. 그는 일어서려고 했으나 다시 털썩 주저앉았다. 그의 눈에는 눈물이 고였다. 그는 흰색 내프킨 끝으로 눈물을 닦았다.

아버지도 나만큼이나 긴장하고 불안해하는 것 같아. 그렇게 생각하니 캐롤라인은 마음이 놓였다. 그녀의 아버지는 혼이 빠진 사람처럼 행동했다. 그런 그를 캐롤라인은 뭘 해야 할지 모르고 있다고 생각했다. 그가 들고 있던 신문이 천천히 바닥에 떨어지는 것을 보고 그녀는 자신이 처리해야겠다고 결심했다.

그녀는 자신에 대한 아버지의 반응이 걱정되었으나 계속 미소를 지으면서 가까이 다가갔다. 그녀는 아버지 옆으로 걸어가서 생각할 틈도 없이 그의 불그스레한 볼에 키스를 했다.

망연자실한 상태에 있던 그는 그녀의 행동에 놀라 자리에서 일어났다. 그가 갑자기 일어서자 의자가 쓰러졌으나 개의치 않고 그는 캐롤라인의 어깨를 잡고 꼭 끌어안았다.

「실망하지 않으셨죠? 제 모습이 아빠가 상상하신 것과 같나요?」

캐롤라인이 그의 품에 안겨서 속삭였다.

「난 조금도 실망하지 않았단다. 어떻게 그런 생각을 할 수 있지? 난 순간적으로 어리벙벙해졌을 뿐이란다. 넌 네 엄마와 꼭 닮았구나. 난 정말 자랑스럽다.」

그가 다시 그녀를 안으면서 말했다.

「제가 정말로 어머니를 닮았나요, 아버지?」

그의 포옹이 느슨해지자 그녀가 물었다.

「그렇고 말고. 널 다시 한 번 보자꾸나.」

그 말은 애정이 넘쳐 으르렁대는 소리 같았다. 캐롤라인은 할 수 없이 뒤로 물러나서 그가 볼 수 있게 빙그르르 돌았다.

「정말 아름답구나. 앉아라. 무리해서 병이 나면 안되지. 난 네가 지치는 게 싫구나.」

그가 얼굴을 찡그리면서 말했다.

그녀는 그가 빼준 의자에 앉았다.

「아버지, 물어볼 말이 있어요. 말하기가 어렵지만 우린 서로에게 솔직해야 하겠죠. 제가 어렸을 때 그린 그림들을 보면서 이게 유일한 방법이라고 결정했어요. 그래서…….」

그의 기대하고 있는 모습을 보자 그녀의 어깨가 축 처졌다. 그리고 애기를 시작하는 대신에 한숨을 내쉬었다.

「네가 아주 건강하다고 말하고 싶은 거냐?」

아버지가 눈을 빛내면서 물었다.

캐롤라인은 머리를 치켜들었다. 그리고 그녀는 자신이 매우 놀란 것처럼 보인다는 것을 알았다.

「예, 그래요. 전 여태까지 한번도 아픈 적이 없었던 걸요. 정말 죄송해요, 아버지.」

그녀의 아버지는 아주 만족스런 웃음을 지었다.

「네가 아픈 적이 없다는 것이 미안하다는 것이냐, 아니면 네 숙모 메리가 날 속여서 미안하다는 거냐?」

「정말 부끄러워요.」

정직하게 인정했으나 그녀의 기분은 조금도 나아지지 않았다.

「정말 전 너무나…….」

「만족스러웠니?」

아버지가 고개를 끄덕이면서 물었다. 그가 자신의 의자를 일으켜 세워 다시 앉았다.

「예, 만족스러웠어요. 전 오랫동안 작은아버지 가족들과 함께 살았어요. 전 메리 숙모를 제 어머니라고 생각했고, 엄마라고 불렀어요. 사촌들이 제 오빠가 되었고, 채러티는 늘 제 자매였어요. 그렇지만 아버지를 잊은 적은 없어요. 제가 아버지를 잘못 생각하고 있기는 했지만 진짜 아버지가 누구인지는 늘 기억하고 있었어요. 하지만 아버지가 절 부르실 거라고는 생각해보지 않았어요. 전 아버지가 그런 식으로 사는 것에 아주 만족해하신다고 생각했어요.」

그녀가 서둘러서 말했다.

「캐롤라인, 이해한다.」

아버지가 말했다. 그는 그녀의 손을 가볍게 두드리고 나서 이내 말을 이었다.

「내가 너를 부르기까지 너무나 오랜 시간이 걸렸구나. 그러나 이유가 있단다. 아직 말할 수는 없지만 말이다. 넌 이제 집으로 돌아왔고, 그게 중요한 거지.」

「우리가 잘 지낼 수 있을 거라 생각하세요?」

캐롤라인의 질문에 아버지는 깜짝 놀란 표정을 지었다.

「그러리라 믿는다. 내 동생네 가족에 대해 말해주려무나. 채러티도 이 곳에 온 것으로 알고 있다. 메리가 편지에서 쓴 것처럼 채러티는 정말로 복슬복슬한 털뭉치 같냐?」

그의 애정이 넘친 목소리를 듣고 캐롤라인은 미소지었다. 그것은 그녀의 사촌에 대한 아주 적절한 표현이었다.

「그녀가 지금도 뚱뚱하냐고 물으신 거라면 대답은 '노'예요. 먹는 대신에 수다를 떨죠. 그녀는 매우 날씬하고 매력적이에요. 전 그녀가 금발머리에 조그마한 체구라도 큰 소동을 일으킬 거라고 믿어요. 저희는 그게 사교계가 좋아하는 필수 조건이라 들었거든요.」

그녀가 싱긋이 웃으면서 말했다.

「내가 최신 유행과 소식을 몰라서 유감이로구나.」

그녀의 아버지가 말했다. 그의 웃음기는 사라졌고, 대신 걱정스럽다는 듯이 눈살을 찌푸리고 있었다.

「네가 말했듯이 우리 서로를 정직하게 대하자꾸나, 애야. 나도 너한테 편지를 쓸 때 거짓 이야기를 썼단다.」

캐롤라인의 눈이 휘둥그래졌다.

「그러셨다고요?」

「그래, 그러나 이제 사실을 말해야겠구나. 난 네가 내 동생네 가족과 함께 보스턴으로 떠난 이후에는 어떤 무도회에도 참석하지 않았단다. 나를 은둔자처럼 생각할까봐 두려웠단다.」

「정말이세요?」

아버지가 고개를 끄덕이자, 캐롤라인이 말했다.

「하지만 아버지, 아버지가 보내신 편지엔 모든 일이 상세하게 쓰여 있었어요, 가십까지도요! 어떻게 그렇게 정확하게 써 보내실 수가 있으셨어요?」

「내 친구 루드맨 덕택이지. 그는 모든 행사에 참석을 해서 나에게 최근 소식을 알려주었지. 내가 너에게 이야기를 꾸며대기에 충분할 만큼 말이다.」

아버지가 소심하게 웃으면서 대답했다.

「왜 그러셨어요?」

캐롤라인은 그가 한 말에 대해 곰곰이 생각해본 후에 물었다.

「파티를 좋아하지 않으세요?」

「많은 이유가 있지만 지금은 너에게 말하고 싶진 않구나. 네 어머니의 오빠인 에임스먼드 후작과 난 14년 동안 한마디도 하지 않았단다. 그가 간혹 파티에 참석하기 때문에 난 참석하지 않았단다. 그게 지금 내가 생각해낼 수 있는 간단하지만 적절한 설명인 것 같구나.」

캐롤라인은 호기심 때문에 그 문제를 중단할 수가 없었다.

「14년이요? 그건 제가 보스턴에 가 있던 세월이네요.」

「정확히 그렇단다. 후작은 너를 떠나 보낸 데 대해 불같이 화를 냈고, 내가 널 영국으로 데려올 때까지 나하고 한마디도 하지 않겠다고 공공연하게 말했단다. 그는 널 멀리 보내야만 했던 이유를 알 수가 없었고,

나도 설명하지 않았단다.」

그가 말했다.

「알았어요.」

캐롤라인은 물론 아버지의 말을 이해할 수 없었다. 아버지가 하신 말을 생각하면 할수록 점점 더 혼란스럽기만 했다.

「아버지, 하나만 더 여쭤볼게요. 그리고 다른 이야기해요.」

「뭐냐?」

그녀의 아버지가 활짝 웃었다. 그래서 그녀가 제일 궁금하게 생각했던 말을 꺼내기가 더욱 어려웠다.

「왜 절 멀리 보내셨죠? 엄마, 아니 메리 숙모님께서는 제 친엄마가 돌아가셨을 때 아빠가 슬픔에 젖어서 절 돌볼 수가 없었다고 설명하셨어요. 아빠가 제 안녕만을 고려해 그들과 함께 있으면 보다 행복할 거라고 생각하셨다고 말씀하셨죠. 그게 사실인가요?」

캐롤라인은 아버지가 대답을 하기도 전에 계속해서 말했다.

「그렇다면 왜 절 그렇게 오랜 세월 동안 멀리 보내셨지요?」

그녀는 자신의 질문의 밑바닥에 깔린 생각은 말하지 않았다. 모든 정황으로 미루어보아 아버지가 자신을 원하지 않았다는 것을 나타냈다. 그것이 진짜 진실일까? 내가 가족 사이의 불화에 낀 것일까? 후작을 어떤 식으로든 벌주기 위해 날 멀리 보낸 걸까? 아버지가 자신을 충분히 사랑하지 않으셨나?

캐롤라인은 미간을 찌푸리고 모든 가능성과 결과를 고려했다. 숙모의 설명은 간단했지만 캐롤라인이 이제는 과거의 잘 믿는 어린아이가 아니라 어른이기 때문에 숙모의 설명은 더 이상 이치에 맞지 않았다. 그러나 그림들은 모든 쉬운 설명들과 맞지 않았다. 왜 아버지가 그것들을 보관하고 계실까?

「넌 참을성이 있어야겠구나, 캐롤라인.」

아버지가 말씀하셨다. 그의 목소리는 논의의 여지가 없을 만큼 날카로웠다.

「난 그때 내가 최선이라고 생각한 일을 했다. 그리고 언젠가는 네가 만족할 때까지 모든 것을 설명해주겠다고 약속하마.」

그는 헛기침을 하고 나서 화제를 바꿨다.

「황소라도 잡아먹을 만큼 배가 고프겠구나. 마리! 음식과 차를 빨리 가져오너라.」

그는 어깨 너머로 소리치면서 내프킨으로 쏟아진 차를 닦았다.

「전 배고프지 않아요. 흥분해서 식욕을 잃었나봐요.」

캐롤라인이 말했다.

「그거 잘됐구나. 마리는 새로 고용한 요리사인데 그녀의 요리 솜씨가 형편없단다. 올해 들어 벌써 세 번째로 바꾼 거란다.」

그녀의 아버지가 대답했다.

캐롤라인은 자신이 물어보고 싶은 수도 없이 많은 질문들을 생각하면서 미소지었다. 그러나 아침식사 내내 아버지가 대화를 주도해나가서 그녀는 고개를 끄덕이거나 가로젓는 것 외에는 아무 말도 하지 못했다.

식사를 마쳤을 때 캐롤라인은 거의 음식을 건드리지도 않았다. 요리는 정말 수준 이하였다. 롤빵은 이빨이 부러질 정도로 단단했고, 생선도 너무 익혔다. 병에 쌓인 먼지로 봐서 매우 오래된 것이 분명한 잼은 시고 물이 생겨 맛이 없었다.

그녀는 아버지를 따라 서재로 들어가면서 벤자민이 부엌일을 도와줄 마음이 있는지 알아봐야겠다고 생각했다. 그는 요리하는 것을 좋아했고, 보스턴에서도 음식 만드는 것을 돕곤 했었다.

그녀는 아버지에게로 주의를 돌렸다. 그는 자랑스럽게 웃으면서 그녀의 그림들 앞에 서 있었다. 그리고 그림 뒤에 날짜를 적어놓은 것을 캐롤라인에게 보여주었다. 그런 식으로 그녀의 솜씨가 느는 것을 지켜보았다고 설명해주었다.

「전 그림 그리는 것을 포기했어요. 보시다시피 전 재능이 부족해요.」

캐롤라인이 웃으면서 그에게 말했다.

「그건 중요한 게 아니지. 넌 언어에 재질이 있다고 핸리가 편지에 썼던데.」

「사실이에요. 그러나 제 액센트는 형편없어요. 그리고 제 노래는 남에게 불쾌감까지는 주지 않지만 피아노도 꽤 친다는 소리를 들었죠. 물론 칭찬은 모두 가족들이 해준 것이지만요. 그들은 좀 편견이 있거든요.」

그녀가 웃으면서 말했다.

아버지가 웃음을 터뜨렸다.

「네가 그런 허풍 때문에 괴로워한다는 것처럼 보이지는 않는구나, 캐롤라인. 그러나 네 재능을 과소평가하지는 말아라.」

그는 의자에 앉아서 캐롤라인에게 앉으라고 손짓을 했다.

「말해주렴, 왜 핸리가 채러티를 너와 함께 보낸 거냐? 너도 알다시피 난 무척 기쁘면서도 놀랍구나.」

캐롤라인은 즉시 채러티가 폴 블리츨리에게 홀딱 반한 사실과 그가 갑자기 사라져버린 이야기를 아버지에게 했다. 그녀는 이야기를 마치고 나서 물었다.

「그 남자를 아세요, 아버지?」

「모르는 사람인데. 그러나 내가 아주 오랫동안 세상과 인연을 끊고 살아서 그럴 게다.」

그녀의 아버지가 대답했다.

「아버지, 데이톤이 아버지께서 사교계 행사를 위해 돌아오셨다고 했는데, 올해는 파티에 참석하려고 하시나보죠?」

「아니란다. 난 항상 매년 이맘때쯤이면 런던으로 돌아온단다. 내 시골집은 겨울에 살기엔 너무 외풍이 세거든. 그리고 매년 이때가 되면 데이톤은 타운하우스에서 지금 당장이라도 파티를 열 수 있도록 항상 준비를 해왔단다. 내가 마음을 바꿀 때를 대비해서 그가 준비하는 것이지. 그러나 지금은 그가 그렇게 해온 것이 기쁘구나. 아름다운 내 딸과 함께 다시 파티에 참석해야겠다. 난 정말로 그러고 싶단다. 넌 커다란 소동을 불러일으킬 것이다, 캐롤라인.」

그녀의 아버지가 너무나 즐겁다는 듯이 웃었다.

「후작님 때문에요?」

캐롤라인이 물었다.

「아니다. 바로 너 때문이란다. 물론 후작님도 네가 런던으로 돌아와서 기뻐하실 게다. 하지만 내가 생각한 것은 바로 너에게 반해버릴 젊은 청년들이란다. 그건 볼만 할 거야. 네 엄마도 자랑스러워할 게다.」

그녀의 아버지가 대답했다.

「어떻게 엄마를 만나셨어요, 아버지? 전 엄마를 전혀 기억할 수 없어요. 그래서 유감스러워요. 메리 숙모께서는 엄마가 매우 우아하셨다고 말씀해주셨어요.」

블랙스톤 백작은 꿈꾸는 듯한 눈빛으로 부드러운 미소를 지었다.

「그래, 네 엄마는 우아하고 사랑스러웠단다, 캐롤라인.」

그는 캐롤라인의 손을 꼭 잡고 그가 활달하고 명랑한 검은머리 여자와 어떻게 알게 되고, 어떻게 사랑하게 되었는지 이야기를 했다.

「그녀는 널 낳고 무척 기뻐했단다, 캐롤라인. 난 아들을 바랐고, 딸 이름은 전혀 생각해놓지도 않았었지. 네가 태어나자 네 엄마는 눈물이 날 정도로 좋아했단다. 그래, 정말로 기뻐했었지.」

「아버지는 실망하셨나요?」

캐롤라인이 웃으면서 물었다. 그녀는 그가 말하는 방식으로 봐서 그렇지 않았다는 것을 알았으나 그가 직접 말해주는 것을 듣고 싶었다.

「나도 네 엄마만큼이나 기뻤단다.」

그녀의 아버지가 털어놓았다. 그는 딸의 손을 꼭 잡은 채 주머니에서 손수건을 꺼내 눈물을 닦았다. 그러고 나서 그는 쉰 목소리로 말했다.

「그럼, 이제부터 가능한 빨리 너와 채러티의 새 드레스를 맞춰야겠구나. 애쉬포드 공작님의 연례 무도회가 2주일 후에 열리니, 그곳에 참석하도록 하자꾸나. 그 늙은 악당이 매년 내게 초대장을 보내거든. 그는 내가 나타나면 무척 놀랄 게다.」

그녀의 아버지는 자신 옆에 아름다운 딸을 데리고 입장할 때 애쉬포드의 얼굴 표정을 상상하면서 껄껄 웃었다.

캐롤라인은 아버지가 그들이 참석할 파티에 대해 이야기하면서 점점 더 흥분해가는 것을 보았다.

아버지의 장난기 어린 모습에서 사촌인 루크가 생각났다. 그는 새로운 모험을 시작하려고 하는 어린애처럼 흥분했다. 그녀는 너무 많은 것을 기대하지 말라고 말해주고 싶었으나 그의 열정을 꺾지 않기로 했다.

그가 하는 말을 들으면서 그녀는 아버지를 실망시키지 않기 위해서 최선을 다하겠다고 맹세했다. 사정이 허락한다면 그럴 수 있을 것 같았다. 2주가 지나기 전에 예의범절을 배울 수 있을지도 몰라. 확실히 도전해볼 만한 일이잖아. 캐롤라인은 최선을 다하겠다고 결심했다.

그녀는 아침 내내 아버지가 지난날에 대해 말하는 것을 들으면서 아버지 옆에 앉아 있었다. 그가 자신의 이야기는 거의 하지 않고 영국의 문제점들과 사건들에 대해 점점 더 많은 말을 하고 있다는 것을 그녀는 알아차렸다.

캐롤라인은 그가 지난 세월 동안 얼마나 외롭게 지냈을까 하는 생각에 마음이 아팠다. 자신을 14년 동안 그의 옆에 둘 수도 있었는데도 그렇지 않은 것은 온전히 그의 선택이었을 것이다. 그러나 그녀는 사실이 그렇더라도 그를 비난할 수는 없었다.

그녀를 멀리 보낸 데에는 다른 이유가 있을 것이라고 그녀는 확신했다. 조만간 아버지가 그렇게 한 까닭을 알게 되겠지.

캐롤라인은 자신이 보스턴에 있는 친지들에게 한 어리석은 약속이 깨질 것을 알았다. 그건 어린아이가 화가 나고 혼란스러운 상황에서 한 약속일 뿐인 걸. 이제 사실을 받아들이겠어. 내가 있을 곳은 아버지 곁이야. 보스턴으로 다시 돌아갈 수는 없어. 내 미래는 이곳에 있어.

4

캐롤라인은 유머감각을 총동원해서 현재의 고통스런 상황을 꾹 눌러 참고 있었다. 그리고 채러티는 앞으로 벌어질 일에 대해 흥분을 감추지 못했다.

사촌은 옷을 맞추는 일을 좋아했고, 그래서 마담 뉴코트와 금세 친해 졌다. 그녀는 옷감과 사람에 대해 눈썰미가 뛰어난 재단사였다. 채러티 는 캐롤라인이 속으로 호된 시련이라 일컫는 것들을 매순간 즐겼다.

블랙스톤 백작은 한 벌만 주문한 것이 아니라 두 사람에게 완벽한 옷 장을 갖추어야 한다고 주장했다.

마담 뉴코트는 채러티에게는 분홍색과 옅은 노란색을 권했다. 그녀의 작은 키를 돋보이게 하기 위해 여기저기에 레이스를 달았다. 그리고 채 러티의 자그마한 체구에는 맞지 않는다며 주름 장식은 하지 않았다.

캐롤라인은 파란색과 라벤더색, 그리고 아이보리색 천으로 싸여 있었 다. 그 중에서도 옅은 아이보리색 드레스는 그녀의 머리색과 피부색에 잘 어울렸으나, 그녀가 보기에는 몸에 꼭 맞고 목이 깊게 패여 있어 그것을 입고 있는 자신이 야해 보였다. 또한 그녀는 야해 보인다는 자신의 생각을 채러티에게 그대로 전했다.

「엄마는 네 가슴을 숄로 싸주실 걸. 그리고 아빠는 집 밖으로 나가지도 못하게 할 거야. 네가 그 옷을 입고 사람들 앞에 나서면 큰아버지는 구혼자들을 쫓아버리기 위해 지팡이를 휘두르셔야 할 거야.」

채러티가 웃으면서 말했다.

「내가 맹세하건대 난 핀에 찔리고 너무 조여서 온몸에 피멍이 든 것 같아.」

캐롤라인이 말했다.

캐롤라인 앞에 무릎을 꿇고 앉은 마담 뉴코트는 그녀의 말을 무시한 채 자신의 걸작품에 마무리 손질을 했다.

「큰아버지께서는 언제 돌아오시니?」

채러티가 화제를 바꾸었다.

「내일. 후작님은 런던에서 멀리 떨어진 곳에 살고 계시거든. 그래서 오늘 밤은 그곳에서 주무시고 내일 돌아오실 거야.」

캐롤라인이 대답했다.

「후작님은 네 엄마의 동생이니, 오빠니?」

채러티가 물었다.

「오빠야. 그리고 외삼촌이 한 분 더 있어. 프랭클린 삼촌은 엄마가 아직까지 살아 계신다면…… 엄마보다 두 살 어릴 거야. 말이 되니?」

「약간은. 왜 네 아빠는 후작님에게 네가 영국으로 돌아왔다고 전갈을 보내지 않은 거지? 그러면 그분이 런던으로 올 수도 있었잖아. 난 이해하기가 힘들어.」

「아버지가 직접 말하고 싶으시대. 그에게 설명하기를 원하신다고 말씀하셨어. 너도 알다시피, 아버지가 말씀해주시기 전에는 나한테 외삼촌이 두 명 있다는 것조차 모르고 있었어. 아버지가 지금 그런 경의를 표한다는 것이 이상해, 그렇지 않니?」

캐롤라인이 심각한 얼굴로 말했다.

채러티는 잠시 동안 생각에 잠겼다가 어깨를 으쓱하더니 그 이야기를 재빨리 종결지었다.

「내가 네 몸매의 반만이라도 된다면 얼마나 좋을까.」

채러티가 천에 꽂혀 있는 바늘을 흩뜨리지 않으려고 아주 조심스럽게 분홍색 드레스를 벗으면서 슬픈 듯이 말했다.

「너무 큰 거보다야 작은 게 더 낫지. 네 몸매는 완벽해.」

캐롤라인이 말했다.

「마담 뉴코트? 캐롤라인은 자신이 다리가 너무 길고 사교계 사람들이 좋아하기에는 가슴이 너무 크다고 믿고 있어요.」

채러티가 말했다.

「난 그렇게 말한 적이 없어. 하지만 난 실용적이지. 다리가 긴 것은 말을 탈 땐 유리해. 그러니까 내…….」

그녀는 말을 다하지 못하고 대신에 자신의 가슴을 톡톡 쳤다.

그 모습을 보고 있던 채러티가 웃음을 터뜨렸다.

「우리가 지금 하고 있는 이야기를 들으면 케이먼이 우리의 따귀를 때릴 걸.」

「맞아.」

캐롤라인이 웃으면서 맞장구를 쳤다. 그리고는 거울을 힐끗 쳐다보며 머리를 매만졌다.

「내 머리카락은 너무 차분하지가 않아. 머리를 좀 자를까?」

「안돼!」

「알았어. 그럼, 난 야생의 처녀처럼 하고 돌아다닐게.」

캐롤라인이 달래듯이 말했다.

「내가 조금 잘라줄게. 그러면 우리가 보스턴으로 돌아갈 때쯤이면 다시 자랄 거야.」

캐롤라인은 자신의 결정을 채러티에게 말해야만 한다는 것을 알았다. 그녀의 얼굴에서 미소가 사라졌다.

「내가 보스턴으로 돌아갈 건지 확정짓지 못하겠어, 채러티.」

채러티가 항의하려고 하는데 캐롤라인이 재빨리 머리를 가로저으며 그녀의 말을 막았다. 그건 마담 뉴코트 앞에서 말할 성질의 것이 아니었다. 다행스럽게도 채러티가 이해를 했다.

그러나 그 재단사가 떠나자마자, 채러티는 그 문제를 다시 꺼냈다.

「네가 성급한 결정을 하지 않길 바래. 이곳에서 단지 2주 밖에 머무르지 않았잖아. 네가 결정하기 전에 좀더 시간을 갖고 생각해봐. 맙소사, 오빠들은 네가 집에 오지 않는다면 아마 발작을 일으킬 걸.」

「경솔하지 않겠다고 약속할게. 채러티, 그러나 난 아버지를 저버릴 수 없어. 난 정말 그럴 수 없어.」

캐롤라인이 대답했다. 그녀는 체념한 듯이 한숨을 쉬고는 작은 소리로 말했다.

「난 집에 왔어. 여기가 내가 있을 곳이야. 아버지가 살아 계시는 동안은 말이야.」

「넌 네 아버지를 저버릴 수가 없다고 말하지만, 그게 바로 네 아버지가 너한테 한 일이잖아.」

채러티가 반박했다. 그녀의 얼굴이 벌겋게 달아올랐다. 캐롤라인은 그녀가 매우 화가 났다는 것을 느꼈다.

「14년 동안이나 널 무시해 왔잖아! 어떻게 그걸 잊을 수가 있니?」

「난 잊지 않았어. 그러나 그런 데는 어떤 다른 이유가 있을 거야. 모든 간단한 설명 아래에 그 이유가 숨어 있고 언젠가는 아버지가 나에게 말씀해주실 거라고 나는 확신해.」

캐롤라인이 대답했다.

「너하고 토론하자는 게 아니야. 며칠 있으면 우리가 지금껏 기대했던 첫 무도회에 함께 갈 거야. 큰아버지는 우리와 함께 할 무도회 일로 흥분해 계셔. 그래서 난 그의 열정을 깨고 싶지 않아. 다시 말해서 네가 생각할 시간을 충분히 가진 다음 결정하겠다고만 약속해줘. 그럼 난 이 문제를…… 2주 동안은 다시 꺼내지 않을게. 그후에 네가 내린 결정에 대해 생각해볼 시간을 갖자. 그런데 캐롤라인, 넌 영국사람을 좋아하지 않잖아!」

채러티가 선언하듯이 말했다.

「내가 많은 사람을 만나본 것은 아니잖아.」

캐롤라인이 대답했다.

그러고 나서 캐롤라인은 문득 얼마 전에 그녀가 도와준 부상당한 남자와 그 친구하고 했던 대화가 생각났다. 브래드포드란 남자가 자신에게 영향을 미친 것은 분명한 일이었다. 그녀는 자신이 생각했던 것보다 그 남자에 대해 더 많은 생각을 했다. 그리고 그에 대한 생각을 그칠 수가 없었다. 아무튼 그는 그녀를 두렵게 했다. 그런 사실을 그녀 자신이 인정하게 되자 그녀는 즉시 자신이 드라마틱하게 행동했다고 생각했다. 결국 그는 단지 남자에 불과하잖아.

드디어 손꼽아 기다리던 첫번째 무도회가 열리는 밤이 왔다. 블랙스톤 백작이 말한 것처럼 애쉬포드가의 파티는 사교계 행사의 시작을 알리는 신호탄이었다. 모든 중요한 사람들이 참석할 것이다.

캐롤라인은 그 파티를 위해 치장을 하느라 긴 시간을 보내고 있었다. 하녀가 공들여 매만져준 머리가 리본과 핀에서 빠져나왔다. 결국 캐롤라인은 머리를 빗어서 어깨까지 늘어뜨렸다.

그녀는 가슴선이 많이 파인 보라색 드레스를 입었다. 그것에 어울리는 신발과 눈이 부실 정도의 하얀 장갑은 그녀의 아름다움을 더욱 완벽하게 해주었다. 캐롤라인은 침실에 있는 황금빛으로 빛나는 거울 앞에 서서 자신이 매우 만족스럽게 보인다고 생각했다.

데이톤이 그녀의 시중을 들도록 고용한 주근깨투성이의 메리 마거릿은 그녀의 새로운 주인이 얼마나 아름다운가에 대해 계속해서 말했다.

「아씨의 눈이 드레스 색깔처럼 보여요. 마술 같아요. 제가 생쥐로 변해서 무도회에 따라갈 수 있다면 얼마나 좋을까요. 아씨 때문에 대단한 소동이 일어날 거예요.」

그녀가 작은 소리로 말했다.

캐롤라인은 큰소리로 웃었다.

「네가 생쥐로 변할 수 있다면, 소동이 일어나는 것은 바로 너 때문일 거야. 그러나 만약에 자지 않고 날 기다릴 맘이 있다면, 내가 모든 것을 말해주겠다고 약속할게.」

캐롤라인이 놀리듯이 말했다.

하녀의 기쁨에 찬 표정을 본 캐롤라인은 하녀가 무릎을 꿇고 쓰러졌더라도 놀라지 않았을 것이다. 그런 동경이 그녀를 불안하게 했다.

「난 매우 긴장돼, 메리 마거릿. 오늘 밤이 내 첫 무도회거든.」

「그러나 아씨는 레이디(백작 이상의 귀족의 딸에 대한 존칭) 캐롤라인이잖아요. 아씨는 태어나면서부터 그런 지위를 가지고 계셨는 걸요. 게다가 아씨는 매우 아름다우세요.」

메리 마거릿이 한숨을 내쉬면서 말했다.

「난 소박한 시골처녀일 뿐이야.」

캐롤라인이 반박했다. 하녀가 뭐라고 말할 듯이 보였으나, 캐롤라인은 재빨리 도와줘서 고맙다는 인사를 하고 아버지와 채러티에게로 갔다.

두 사람은 계단 밑에서 기다리고 있었다. 캐롤라인이 보기에 채러티는 사랑스러움이 넘쳐났다. 그녀의 금발머리는 분홍색 리본과 함께 곱게 땋아 내렸고, 리본과 같은 색인 그녀의 드레스는 어깨를 감싸면서 파인 것이 그녀의 목선을 더욱 돋보이게 했다.

희미하게 빛나는 연한 분홍색이 그녀의 뺨에 예쁜 홍조를 띠게 했다. 캐롤라인은 사교계가 자신의 사촌을 받아들일 거라고 확신했다.

블랙스톤 백작은 딸이 계단을 내려오는 것을 흐뭇한 미소로 지켜봤다. 그는 그녀의 모습에 만족하는 자랑스러운 미소 속에서 뜨거운 눈물이 고였다. 그녀는 그가 조끼주머니에서 손수건을 꺼내 눈물을 닦아내기를 기다렸다가 오래 기다렸냐고 물었다.

「14년 동안의 긴 세월을 기다렸지.」

그는 생각할 틈도 없이 말했다. 캐롤라인은 그의 솔직한 대답에 얼굴 가득 미소지었다.

「오늘 밤에는 더욱 아름다워 보이는구나. 오늘 파티에 온 남자들에게서 너를 단단히 지켜야겠구나.」

그가 말했다.

그들이 마차를 타고 무도회장으로 가는 도중에, 채러티가 큰아버지에게 물었다.

「큰아버지께서 늘 생각하고 계신 사람이 있나요?」

「무슨 말이냐?」

캐롤라인의 아버지는 그 말을 이해하지 못했다.

「채러티는 아버지께서 특별한 숙녀분에게 매혹되어 있는지 알고 싶어 하는 거예요.」

캐롤라인이 설명했다. 그녀는 아버지가 지난 세월 동안 은둔자처럼 살았다고 채러티에게 말하지 않았었다.

「아, 그 말이구나! 없어, 없단다, 아무도 없단다. 옛날에는 가끔 레이디 틸만을 에스코트했었지.」

그가 대답했다.

「그녀도 오늘 밤 그곳에 있겠군요.」

캐롤라인이 말했다.

「그녀의 남편은 내가 네 엄마랑 막 결혼했을 무렵에 죽었단다, 캐롤라인. 그녀한테는 딸이 하나 있었지. 난 그 애가 어떻게 성장했는지 궁금하단다.」

백작이 말했다.

「하지만 큰아버지, 혼자 사시는 것은 외로우셨을 텐데요. 전 상상할 수도 없어요.」

채러티가 심각한 얼굴로 말했다.

「그건 네가 늘 오빠들하고 같이 있어서 그런 거란다.」

그가 대답했다.

「그리고 캐롤라인도요. 내가 기억하는 한 그 아이는 내 자매였어요.」

채러티가 말참견을 했다.

마차가 커다란 돌로 지어진 저택 앞에 멈출 때까지 세 사람은 침묵을 지켰다. 그 저택은 캐롤라인에게는 궁전처럼 보였다. 그녀는 자신의 위가 꼬이는 것같이 느껴졌다. 그녀는 긴장하고 있었다.

「가을치고는 따뜻하구나.」

그녀의 아버지가 두 사람이 마차에서 내리는 것을 도우면서 말했다. 그는 왼손으로 캐롤라인의 팔꿈치를 잡고, 오른손으로는 채러티의 팔을 잡고서 그들 사이에서 걸었다.

채러티는 계단에 걸려서 넘어질 뻔했다. 캐롤라인이 안경을 쓰라고 말했다.

「안에 들어가서 쓸게. 나도 내가 너무나 바보 같다는 것은 알지만 내가 안경을 쓰면 너무나 끔찍해 보인단 말이야!」

채러티가 말했다.

「그건 말도 안된다. 네가 안경을 쓰면 얼마나 사랑스러워 보이는데 그러니. 품위 있는 모습을 보여주렴.」

그녀의 큰아버지가 말했다.

하지만 채러티는 그 말을 믿지 않았다. 그들이 수백 개의 촛불이 밝혀져 있는 현관 홀로 들어섰을 때 채러티는 안경을 벗어서 큰아버지의 재킷 주머니에 넣으며 말했다.

「제가 오늘 밤 큰아버지가 얼마나 잘생겨 보이시는지 말씀드리지 않았네요.」

캐롤라인의 아버지 또한 답례로 한바탕 찬사를 늘어놓았으나 캐롤라인의 귀에는 하나도 들리지 않았다. 그녀는 자신을 둘러싼 위엄 있는 광경을 대하고는 멍청히 바라보지 않으려고 온 신경을 쏟고 있었다.

블랙스톤 백작은 즉시 길게 서 있는 주빈들의 맨 앞에 있는 주최자에게 그의 딸과 질녀를 소개했다. 애쉬포드 공작은 희미한 금발기가 남아 있는 흰머리의 노인이었다. 캐롤라인은 그가 끔찍하게도 자부심이 강하겠다고 생각했으나 그가 그녀의 아버지를 다정하게 껴안자 이내 생각을 바꾸었다.

애쉬포드 공작은 그녀에게서 눈을 뗄 수가 없는 것 같았다. 또한 그는 더 잘 보기 위해 외알 안경을 쓰기까지 했다. 그녀는 그의 매우 무례한 시선을 무시하려고 노력하면서, 갑자기 자기한테 팔이나 다리가 하나 더 생겼나보다고 생각했다. 그리고 그가 자신을 보는 식으로 채러티를 보지 않는다는 것을 알아차렸다. 그때 아버지가 무도회장 입구에 있는 계단으로 데리고 가자 너무나 고마웠다.

그것 모두가 채러티에게는 흐릿하게 보였을 것이다. 그녀는 밤의 흥분 속으로 점차 빠져들었다. 오늘 밤 그녀는 상류사회 사람들과 어울릴 것이다. 그들 중에는 폴 블리츨리에 대해 아는 사람이 있을 게 분명했다. 채러티에게 있어 오늘 밤은 잃어버린 사랑을 찾기 위한 첫 발걸음을 내딛는 셈이다.

블랙스톤 백작은 한쪽에는 딸을, 다른 쪽에는 그의 팔을 꼭 잡고 있는 질녀와 함께 무도회장 입구에 섰다. 바닥까지는 계단이 네 개 있어 세 사람은 무도회장 안의 사람들을 한눈에 볼 수 있었다.

아버지와 딸은 서로 잡고 있지 않았으나, 채러티는 계단을 내려갈 때 넘어질까봐 백작의 팔을 꼭 잡고 있었다. 채러티의 눈은 빛을 발했고, 얼굴은 기대감으로 붉어졌다.

그와는 반대로 캐롤라인은 아주 침착해 보였다. 그녀는 아버지의 키와 위엄에 어울리게 거만한 자세로 꼿꼿이 서 있었다. 그녀는 침착한 표정을 지으면서 자신을 쳐다보고 있는 사람들을 바라보았다.

백작은 자신의 아름다운 딸과 질녀를 사람들 모두가 쳐다본다고 확신이 설 때까지 그곳에 서 있었다. 또한 그는 지금이 생애 최고의 순간이라고 생각했다.

웅성거리던 사람들은 무도회장에 그들이 나타나자 눈에 띄게 조용해졌다. 채러티가 그곳에 오래 서 있는 것에 긴장해가는 동안, 백작은 자부심에 푹 빠져들었다.

멈췄던 음악이 다시 연주되면서 용감해 보이는 남자 몇 명이 그들에게 다가왔다.

「남자들이 오고 있군.」

캐롤라인의 아버지는 가볍게 웃으면서 속삭였다.

캐롤라인은 소개해달라는 사람들이 몰려들자, 이제부터가 모험의 시작이라고 생각했다. 남자들이 더 많이 몰려들면 들수록, 캐롤라인은 점점 더 뒤로 물러섰다.

캐롤라인은 환하게 웃으면서 침착한 모습으로 아버지 옆에 서 있었으나 속으로는 초조하고 불안했다. 그녀는 몰려든 남자들과 채러티가 수줍은 체하면서 이야기하는 모습에 감탄하지 않을 수 없었다. 본래의 자신의 모습처럼 아주 화려한 봄꽃이 활짝 핀 그녀를 보았다. 그러나 정적 캐롤라인 자신은 자신감이 어떻게 된 것 같았다. 본래 자신의 모습 같지 않게 수줍어하며 어색해했다.

채러티에게는 댄스 요청이 쇄도했고, 그녀는 화사한 봄꽃이 되어 춤을 추었다. 그러나 블랙스톤 백작은 딸에게 접근하려고 하는 남자들에게 그녀는 자신의 친지부터 만나봐야 한다며 물리쳤다.

그녀의 아버지는 시선을 방 반대편으로 옮겼다. 캐롤라인도 그의 시선을 따라 방향을 돌렸다.

나이가 지긋한 한 남자가 무리에서 떨어져 나와 댄스플로어 옆을 지나 천천히 걸어왔다. 그는 어깨가 구부정했고, 머리가 조금은 빠진 대머리였다. 캐롤라인은 지팡이를 짚은 그의 모습에서 온화함을 느낄 수 있었다.

「누구예요, 아버지?」

캐롤라인이 물었다.

「에임스몬드 후작님이란다. 네 엄마의 오빠지.」

그녀의 아버지가 대답했다.

「아버지가 만나러 가셨던 분이요?」

「그래, 캐롤라인. 내가 설명해드릴 게 있었단다.」

블랙스톤 백작이 말했다. 그는 미소를 지으면서 캐롤라인의 손을 두드리며 덧붙였다.

「그분은 지금은 널 받아들일 게다. 내가 그렇게 되도록 신경을 좀 썼단다.」

캐롤라인은 그 말에 어리둥절했다. 뭘 설명했다는 거지? 또 왜 외삼촌이 날 받아들이지 않을 거라 생각한 거지? 그녀는 지금 아버지에게 물어볼 수 없다는 것을 알고 있다. 그러나 집에 가서 지금의 궁금증을 알아봐야겠다고 마음먹었다.

그녀는 다시 후작에게로 시선을 돌리고, 그가 매우 약해 보인다고 생각했다.

「후작님과 중간에서 만나뵙기로 해요.」

캐롤라인이 그녀의 아버지에게 말했다.

그녀는 아버지의 대답을 듣지도 않고 어깨를 쭉 편 채 자신의 아버지와 14년 동안이나 한마디도 하지 않았던 남자를 향해 걸어갔다. 그리고 반목이 끝났다는 것을 알았다. 1주일 전에 그녀 아버지의 방문으로 깨어진 관계가 다시 복구되었을 것이다.

그녀는 무도회장 중간에서 그를 만났다. 그녀는 환한 미소를 지으며 조금도 주저하지 않고 그의 볼에 키스를 했다.

그녀의 외삼촌은 흡족한 미소를 지었다. 그리고는 다정하게 그녀의 양손을 잡았다. 그러나 지팡이 때문에 이내 한 손을 놓아야만 했다.

두 사람은 한마디 말도 없이 서로를 한동안 쳐다보고만 있었다. 캐롤라인은 무슨 말을 해야 할지 몰라 난처했다.

마침내 후작이 입을 열었다.

「네가 날 삼촌이라 불러준다면 정말로 기쁘겠구나.」

그의 목소리는 몹시 쉬어 있어서 거의 긁는 것처럼 들렸다. 감정이 북받친 음성이었다.

「나한테는 동생 부부인 프랭클린과 로레타밖에 없단다. 네 엄마가 죽은 후론, 그들만이 내 가족이었단다.」

「아니에요. 제 아버지와 저도 있어요.」

캐롤라인이 상냥한 목소리로 대답했다.

그녀의 말에 그는 몹시 기뻐했다. 캐롤라인은 아버지가 뒤에서 헛기침하는 소리를 들었다.

후작은 눈살을 찌푸리면서 블랙스톤 백작을 쳐다봤다.

「자네는 얘가 제 엄마를 쏙 뺐다는 말은 하지 않았네. 오늘 얠 보고 기절할 뻔했네.」

「말했었습니다. 기억력이 흐릿해서 기억 못하시는 겁니다.」

백작이 대답했다.

「하! 내 정신은 새 송곳처럼 날카롭네, 블랙스톤.」

캐롤라인의 아버지가 웃었다.

「프랭클린과 로레타도 오늘 밤 이곳에 왔나요? 그들을 보지 못했는데. 난 캐롤라인이 그들을 봤으면 하거든요.」

후작이 인상을 썼다.

「여기 어딘가 있을 걸세.」

그가 어깨를 으쓱대며 대답했다. 그러고 나서 다시 캐롤라인에게로 시선을 돌리고는 덧붙였다.

「얜 내 눈을 판에 박은 듯이 꼭 닮았네, 블랙스톤! 얜 우리 집안 사람들을 그대로 닮았어.」

캐롤라인은 자신이 그의 눈을 닮았다는 것을 인정해야만 했다. 그리고 외삼촌이 그녀의 아버지를 자극하는 이유가 너무도 궁금했다. 그리고 지금 장난기 가득한 그의 눈에서 흐뭇함이 배어 나왔다.

「하지만 얜 내 머리카락을 쏙 뺐죠, 아니라고는 말 못할 걸요, 에임스몬드!」

캐롤라인은 웃음을 터뜨렸다. 두 사람이 자신을 앞에 두고 싸우는 모습에 그녀는 웃음을 참을 수가 없었다.

「제가 두 분과 혈연관계란 사실을 모든 사람이 알 거예요.」

그녀가 말했다. 그녀는 한 손으론 외삼촌의 팔을 잡고, 다른 손으로는 아버지의 팔을 잡았다. 그녀는 두 사람이 서로를 얕잡아보는 것이 아니라는 것을 충분히 느낄 수 있었다.

「앉아서 이야기할 장소가 있을까요? 아버지께서 얼마 전에 방문하셨지만, 두 분께서는 할 말이 많으신 것 같은데요.」

세 사람은 근처에 있는 엘코브(실내의 벽의 일부를 안으로 들어가게 한 작은 방)로 걸어갔다. 채러티가 오자, 대화는 무도회와 주의를 끌려고 애쓰고 있는 남자들의 얘기로 바뀌었다.

「저도 삼촌이라고 불러도 될까요? 허락하신다면 그러고 싶어요. 어떻게든 먼 친척이지 않나요?」

채러티가 후작에게 물었다.

후작은 채러티의 솔직한 표현에 기뻐했다. 그는 그렇게 하라고 고개를 끄덕였다.

「우리는 혼인을 통해 연결되어 있다고 생각하는데. 네가 날 삼촌이라고 불러주면 기쁘겠구나. 캐롤라인이 어렸을 땐 날 마일로 삼촌이라 불렀지.」

「갑자기 왜 이렇게 소란스럽지?」

블랙스톤이 갑자기 물었다. 그는 후작이 앉아 있는 창가 쪽 의자 옆에 서 있었고, 캐롤라인은 백작이 서 있는 다른 한쪽에 서 있었다. 후작은 캐롤라인이 사라지지 않는다는 확인이 필요한지 그녀의 손을 꼭 잡고 있었다.

캐롤라인은 아버지를 따라 무도회장의 입구를 바라보다가 순간 놀라서 돌아섰다. 그녀는 손님들 사이에 큰 소동을 일으키면서 그곳에 서 있는 사람을 보고 눈이 휘둥그래졌다. 부상당해 도와준 바로 그 남자잖아. 스미스씨! 물론 본명은 스미스씨가 아니겠지. 그 이름은 그 거북한 상황에서 그 남자를 위해 지어준 이름일 뿐이니까.

그녀는 미소를 지으려고 노력하면서 그 남자를 바라보았다. 그가 우쭐대며 서 있는 것이 공작 같다고 생각했다. 사람들이 그를 조심성있게 쳐다보는 것으로 봐서, 그는 인기 있는 멋쟁이일 것이라고 생각했다.

그의 수수한 검정색 옷은 방안에 있는 다른 남자들의 옷과 같았다. 그러나 그는 귀까지 올라오는 새하얀 스카프를 하고 있었다. 그녀는 그가 스카프를 구기지 않고 고개를 돌릴 수 있는지 궁금했다.

「드디어 브루멜이 왔군. 공작의 무도회가 지금에서야 승인 도장을 받았군.」

그녀의 삼촌이 만족스럽게 말했다.

「브루멜이라고요?」

캐롤라인은 온몸에 힘이 쭉 빠지는 것을 느꼈다.

「브루멜이라고 말씀하셨어요?」

그녀는 그가 그렇게 말했다는 것을 잘 알고 있으면서 다시 물었다. 그녀는 스미스란 이름의 남자에게 브루멜에 대해 어떻게 말했는지 기억하고는 정말 큰일 났다고 생각했다. 그녀는 그 남자에 대해 무례한 말을 하지 않았기를 바라면서 그때 했던 대화 내용을 자세하게 기억해내려고 미친 듯이 노력했다. 하느님 맙소사, 그를 플루머(뽐내는 사람)라고 부르지 않았나?

브루멜은 주위를 돌아보면서 혼자 서 있었다. 방 반대편에 있는 어떤 사람에게 인사로 고개를 끄덕일 때조차도 그는 지루한 표정을 짓고 있었다. 브루멜은 계단을 내려와서 천천히 사람들 속을 지나 걸어갔다. 그는 매우 중요한 인물처럼 걸었다. 사람들이 길을 터주었을 때, 캐롤라인은 그가 정말로 중요인물이라는 것을 깨달았다. 그는 또한 흐트러짐 없이 걸었다. 그의 상처가 완전히 나은 것 같아 캐롤라인은 만족스러웠다.

그녀는 브루멜의 뒷모습을 계속 바라보다가 호기심에서 그가 인사한 사람을 쳐다봤다.

그러자 그가 보였다. 브래드포드가! 그는 멀리 떨어진 곳에서 벽에 기댄 자세로 세 사람에게 둘러싸여 있었다. 채러티가 캐롤라인의 시야를 약간 가렸다. 그래서 그녀는 더 잘 보기 위해 고개를 숙여야만 했다. 브래드포드에게 이야기하고 있는 남자들은 그의 주의를 끌려고 노력하고 있었으나, 브래드포드는 그들에게 관심을 두지 않았다. 그는 그녀를 바라보고 있었다!

아버지가 그녀에게 무슨 말을 했고, 채러티도 그녀의 주의를 끌려고 했다. 마일로 삼촌이 그녀의 팔을 잡아당겼으나, 캐롤라인은 그 모든 것을 알아차리지 못했다. 그녀는 자신을 뚫어지게 쳐다보고 있는 남자에게서 시선을 뗄 수가 없었다.

그는 그녀가 기억하고 있던 것보다 더 잘생겼고, 주변사람들보다 머리 하나는 더 큰 것 같았다. 그의 머리는 손질을 한 것 같았으나, 여전히 조금은 바람에 헝클어진 것처럼 보였다. 그것이 그의 접근하기 어려운 분위기를 부드럽게 했다. 그것은 거의 그를 약해 보이게까지 했다. 그러나 그의 입은 전혀 약해 보이지 않았다. 아주 단호해 보였다. 그녀는 그가 자주 웃는지 궁금했다.

그가 얼마나 큰지, 그의 어깨가 얼마나 넓은지 왜 기억하지 못했을까? 그녀는 문득 스파르타 전사인 레오니다스 황제가 떠올랐다. 그리고 다른 시대에 태어났더라면, 브래드포드는 그 강력했던 전사와 관련이 있을 것이라고 생각했다.

브래드포드 공작은 그날 밤 내내 그녀를 지켜보고 있었다. 그녀가 침착하고 당당한 모습으로 블랙스톤 백작과 함께 나타난 순간부터, 그는 줄곧 그녀에게 매혹되어 있었다.

그녀는 놀랄 만큼 아름다웠다. 그리고 그녀의 등장은 즉각적인 반응을 불러일으켰다. 그는 자신이 넋을 잃은 유일한 사람이 아니라는 것을 알고는 그 사실에 매우 초조함을 느꼈다. 세상에, 방안에 있는 모든 젊은 청년들이 그녀를 바라보고 있다니!

빌어먹을! 난 그녀에 대한 권리가 있지. 그녀는 내게 속하게 될 것이야. 그는 그녀를 갖고 싶고, 복종시키고 싶은 강렬한 욕망에 머리를 저었다. 사교계에 대한 지루함이 그녀가 문으로 걸어 들어오면서부터 싹 사라져버렸다. 그는 아버지와 형의 죽음과 함께 사라졌던 삶에 대한 열정이 갑작스레 치솟는 것을 느꼈다.

브래드포드는 오로지 그녀가 참석할지도 모른다는 희망에서 오늘 밤의 파티 초대를 받아들였다. 사교계의 모든 사람들은 애쉬포드 공작의 연례 무도회에 참석했다. 그래서 브래드포드는 캐롤라인의 아버지도 예

아닐 것이라고 믿었다.

그의 내리뜨는 듯한 시선은 캐롤라인이 예기치 못했던 것으로 그녀를 흥분시켰다. 그녀는 볼이 달아오르는 것을 느꼈고, 자신이 당황해하고 있다는 것을 알았다. 브래드포드가 이 장소에 있으므로 해서 그녀를 아주 거북하고 극도의 긴장상태로 몰아갔다.

캐롤라인은 자신이 신경질적인 웃음을 터뜨릴 위험이 있다는 것을 알기 때문에 그가 자신에게 이렇게 두려운 존재로 영향을 미치는 것을 용납할 수가 없었다. 그러면 그녀 주변에 있는 사람들에게 어떻게 설명해야 하지? 그녀는 자신에게 물었다.

무수한 생각이 황량한 벌판을 가로지르는 돌풍처럼 그녀의 머릿속에서 휘몰아쳤다. 그녀는 한 가지 생각에 몰두할 수가 없었다.

그는 자신이 내게 어떤 영향을 미치고 있는지 알고 있을까? 절대로 그렇지 않을 거야! 그녀의 손은 떨렸고, 관능이 넘쳐났다. 그녀는 말도 안되는 생각으로 뒤죽박죽이 되었다.

그녀는 점점 더 초조해졌다. 설상가상으로 그녀는 뭔가 버릇없는 짓을 할까봐 걱정되기 시작했다. 만약 자신이 그런다면 그것은 분명 브래드포드 때문일 것이라 단정지었다. 그녀가 안절부절못하고 있는 데 대해 그가 매우 만족해하는 것처럼 보였기 때문에 마음이 조금은 편안해졌다. 그리고 만약 그녀가 완전히 얼간이처럼 굴지라도, 그는 그런 행동이 모두 자신 때문에 일어난 것을 알면 기뻐할 것이다.

캐롤라인은 정신을 가다듬고 무관심하고 지루한 표정을 지으려고 애를 썼다. 그녀는 무도회장에 있는 다른 숙녀들의 얼굴 표정을 흉내내려고 노력했다. 그런 표정을 지었다고 생각한 순간, 그녀는 아무 미련 없이 그 표정을 포기했다.

그녀는 짧은 미소를 짓고는 자신이 정말로 지루해본 적이 없어서 그런 표정을 지을 수가 없다는 사실을 인정했다. 정말 어떻게 그런 표정을 지어야 하는지 모르는 걸.

브래드포드는 미소를 짓고 있는 그녀를 보고 자신의 감정을 쉽게 표현하는데 놀라면서도 그녀에게 만족한 미소를 지어 보였다.

그는 좀체로 얼굴에 표정을 드러내지 않았다. 그런데 지금 그는 시내에 처음으로 나온 젊은 총각처럼 행동하고 있었다.

캐롤라인은 품위를 지키고자 노력하면서 그의 미소에 대한 답례로 고개를 끄덕였다. 그녀는 그를 당황하게 할 수 없다는 것을 인정하고 자신을 둘러싸고 있는 사람들에게로 시선을 돌리려고 했다. 순간, 브래드포드의 장난기 어린 눈빛을 느낀 그녀는 그에게서 시선을 뗄 수가 없었다. 그가 천천히 눈꺼풀을 내리깔며 도발적이고 과장되게 윙크를 하는 것을 보고 그녀는 잠시 동안 그에게 매혹되었다.

캐롤라인은 그의 경박한 행동에 머리를 가로젓고는 화난 표정을 지으려고 했으나 웃음이 터져나와 그럴 수가 없었다. 패배를 인정하고 재빨리 그에게서 등을 돌렸다.

그녀는 그가 자신의 반응을 보았다는 것을 알았다. 감독이 필요한 어리석은 여자아이처럼 느끼면서, 캐롤라인은 심호흡을 한번하고는 주변의 대화에 귀기울였다.

후작과 백작은 캐롤라인과 채러티를 누구에게 소개시킬까와, 보다 중요한 건 누구를 소개시킬 것인가에 대해 아주 격렬하게 논쟁하고 있었다. 캐롤라인은 사촌을 한쪽으로 끌고 가서 귀엣말로 속삭였다.

「그들이 여기에 있어, 채러티. 반대편 벽 쪽에. 안돼, 보지 마.」

그녀가 말했다.

「누가 있다고?」

채러티가 물었다. 그녀는 캐롤라인 뒤쪽을 보려고 곁눈질을 했다.

「보지 말라니까! 넌 어쨌든 그들을 볼 수 없어. 그들은 아주 멀리 떨어져 있거든.」

「캐롤라인, 침착해. 누가 이곳에 있다고 그래?」

채러티는 한 손을 엉덩이에 대는 것으로 자신이 화가 났다는 것을 알렸다.

「우리가 도착하던 첫 날에 도와주었던 남자 말이야.」

캐롤라인은 채러티가 옳았다는 것을 생각하며 설명했다. 그녀는 침착할 필요가 있었다. 도대체 어떻게 된 거지? 그녀는 자신이 겁 많은 암말처럼 느껴졌다. 그리고 그 이유를 도저히 이해할 수 없었다.

「그리고 브래드포드도 있어. 그 두 사람이 여기에 있다니까.」

캐롤라인이 말했다.

「오, 아주 멋지구나! 우린 인사를 나눠야만 해.」

채러티가 기쁜 표정으로 생긋 웃었다.

「아니, 전혀 멋지지 않아. 난 하나도 멋지지 않다고 생각해.」

캐롤라인이 날카롭게 말했다.

채러티는 눈살을 찌푸렸다.

「캐롤라인, 네 말을 생각해봐. 무슨 일 있니? 네가 몹시 두려워하는 것 같아.」

채러티의 말에 캐롤라인이 겁먹은 것 같았다. 캐롤라인과 살아오는 동안 내내 그녀가 지금처럼 두려워하는 모습은 본 적이 없었다.

채러티는 갑자기 자신이 빈틈없는 사촌보다 아주 우월한 것처럼 느껴졌다. 캐롤라인은 당황한 것처럼 보였고, 채러티는 그녀의 모습에 놀라서 입을 딱 벌리고 바라보지 않도록 조심해야만 했다.

채러티가 다음 댄스에 나가야 했기 때문에 더 이상 그 이야기를 할 시간이 없었다. 그때 클래이미어 자작이 아주 커다란 혼란 속에 빠져 있는 캐롤라인에게 인사를 해 그녀의 주의를 끌었다.

캐롤라인은 자신의 팔꿈치를 잡은 그의 손이 축축하다는 것을 느끼면서 그와 함께 댄스플로어의 중앙으로 걸어갔다. 그녀는 자작이 긴장하고 있다는 생각이 들자 그가 긴장을 푸는 것을 도와주고 싶었다. 그녀는 그에게 생긋 웃어 보였다. 그리고 이내 그녀는 자신이 매우 성급한 행동을 한 것에 후회했다. 그 불쌍한 남자는 자신의 발에 발이 걸려 넘어졌다. 캐롤라인은 그가 일어설 수 있도록 팔꿈치를 잡아주었다.

그때부터 그녀는 침착한 표정을 지으려고 조심했다. 또한 그녀가 돌아서서 인사하고 그를 올려다봤을 때 또다시 그가 넘어졌기 때문에 그를 쳐다보지 않으려고도 주의했다. 음악이 시작되자 캐롤라인은 춤추는 방법을 가르쳐준 케이먼에게 고마워하면서 자신에게 요구되는 복잡한 스텝에 몰두했다.

브래드포드가 자신을 쳐다보고 있다는 것을 알았으나 그 쪽을 쳐다보지 않겠다고 맹세했다. 그녀는 댄스플로어로 나왔을 때 그를 완전히 무시하기로 결심했었다. 그녀가 50번이나 자신에게 상기시킨 것처럼 그는 너무나 거만했다. 그녀는 그가 잘 훈련되고 무자비한 스파르타 전사 같다고 생각했다. 그리고 그녀는 스파르타 문화를 전혀 좋아하지 않았다.

브래드포드는 댄스가 끝나기를 기다렸다가 움직였다. 그에게 뭘 그렇게 뚫어지게 쳐다보고 있냐고 브루멜이 물었을 때 그는 턱으로 캐롤라인 쪽을 가리켰다. 브루멜은 순간, 몹시 놀랐지만 돌아서서 자신의 감정을 가라앉히고 캐롤라인을 쳐다봤다.

마침내 댄스가 끝났다. 캐롤라인은 자작과의 춤추기를 한쪽 무릎을 꿇을 정도로 힘겹게 끝마쳤다. 자작이 발을 여러 번 밟아서 그녀는 발이 점점 아파 오는 것을 느꼈다.

자작이 그녀에게 더 피해를 주기 전에 캐롤라인의 아버지가 왔다. 그리고 그 서투른 젊은이는 떠나기 전에 또다시 고개를 깊이 숙이며 인사를 하고 돌아섰다. 그리고는 다시 돌아서서 캐롤라인의 손을 잡았다. 그녀가 손을 빼기 전에 그는 몸을 앞으로 숙이고 그녀의 손등에 매우 요란하게 키스를 해댔다.

캐롤라인은 웃지도 않았다. 자작은 돌아올 것을 약속하며, 마침내 떠났다.

「이런 모욕은 참을 수가 없네요, 아버지. 하지만 영국인은 안절부절못하는 사람들인 것 같아요」

캐롤라인은 자작이 서둘러서 멀어져가는 것을 보면서 말했다.

「너도 영국인이기 때문에, 내 화내지 않으마.」

그녀의 아버지가 이를 들어내고 웃으면서 대답했다.

바로 그때 브래드포드가 브루멜과 함께 그녀 앞에 서 있었다. 그들이 앞에서 시야를 가렸기 때문에 그녀는 두 사람을 완전히 무시할 수 없었다. 그녀는 브래드포드의 가슴을 쳐다보다가 가까스로 위를 올려다봤다.

「소개받고 싶어서 왔습니다.」

브래드포드가 깊고 낮은 목소리로 천천히 말했다. 그는 그녀의 아버지에게 말했으나 시선은 그녀에게 고정되어 있었다. 캐롤라인은 그가 자신의 입술을 쳐다보고 있다는 것을 느끼고는 신경질적으로 혀끝으로 입술을 축였다.

블랙스톤 백작은 매우 기뻐했다.

「좋아, 내 딸을 소개시켜주겠네, 캐롤라인 메리라네. 캐롤라인, 애야, 이분들은 브래드포드 공작님과 조지 브루멜씨란다.」

브래드포드는 브루멜을 쳐다보며 씩 웃었다.

「이번엔 자네가 먼저인 것 같은데?」

「물론이지.」

브루멜이 대답했다. 그는 캐롤라인을 바라보며 미소지었다. 주변이 조용해졌다. 캐롤라인은 그곳에 있는 모든 사람들이 그들이 하는 말을 들으려 한다고 생각했다. 자신이 시골 품평회의 구경거리처럼 느껴졌다.

「만나뵙게 되서 정말로 기쁘군요.」

브루멜의 매우 의례적인 말투였다. 그는 손가락 끝이 바닥에 닿을 정도로 몸을 숙여 정중히 인사를 했다.

「식민지에서 왔죠?」

그가 그녀의 손을 잡고 천천히 입으로 들어올리면서 말했다. 이 애정이 넘치는 동작 때문에 헉 소리가 주변에서 들려왔다. 그리고 캐롤라인은 고마움과 장난기 어린 눈빛으로 빛났다. 그녀는 아버지의 기쁨에 넘치는 표정을 보고 얼굴이 달아오르는 것을 느꼈다. 그게 얼굴이 붉어진 이유임에 분명해!

「제가 식민지에서 왔다는 것을 알아차리시다니 정말로 통찰력이 뛰어나시군요, 브루멜씨.」

캐롤라인이 대답했다.

「날 보우라고 부르세요. 내 이름인 조지라고 부르겠다는 사람도 있지만, 난 내 별명을 좋아하지요.」

「당신의 이름이 정말 조지예요?」

캐롤라인은 웃지 않으려고 필사적으로 노력하면서 물었다. 그가 신원을 밝히지 않으려고 할 때 그녀가 제안한 바로 그 이름이라니. 그건 또한 영국 국왕의 이름이기도 했기 때문에 그녀는 있을 수 있는 우연의 일치라고 생각했다.

「그렇소, 그리고 아주 최근에 매우 아름다운 젊은 숙녀분이 그렇게 부르겠다고 다시 한 번 제안했지만, 난 그걸 거절했소.」

그가 한숨을 쉬며 덧붙여 말했다.

그가 하는 말에 그녀가 더 이상 웃음을 참을 수 없음을 알면서도 농담을 하고 있었다. 캐롤라인은 앙갚음을 하고 싶은 충동을 느꼈다.

「우린 같은 친구분을 갖고 있나봐요, 보우.」

브루멜은 약간 당황한 것처럼 보였고, 캐롤라인은 생긋 웃었다.

「그래요, 해롤드 스미스씨는 당신에 대해 말하곤 하셨죠. 그러나 오래 전에 그 사람이 가진 것을 모두 팔아 식민지로 이사왔기 때문에 당신은 기억할 수 없나 보군요. 그는 또한 런던이 매우…… 야만적이라고 말했죠. 전 그가 바로 이렇게 말했다고 확신해요.」

브루멜과 브래드포드는 서로를 쳐다본 후에 그녀를 다시 바라보았다. 두 사람은 웃음을 터뜨렸고, 그 웃음이 끝나기 전에 브루멜은 손수건으로 눈 주위를 닦아야만 했다.

「그럼, 스미스씨는 잘 지내고 있습니까?」

브래드포드는 자제력을 되찾고는 물었다.

캐롤라인은 브래드포드에게 미소를 지어 보이고는 다시 브루멜을 쳐다봤다.

「물론이죠, 제가 보기에는 그는 매우 좋아 보여요. 그 사람은 한쪽 다리에 문제가 있었는데 지금 걸어다니는 것으로 봐서는 완전히 나은 것 같아요.」

「그 불쌍한 남자의 병이 무엇인데?」

백작이 끼여들어서 물었다.

「통풍(관절염의 일종)이에요.」

캐롤라인이 즉시 대답했다.

순간, 브루멜이 헛기침을 하기 시작하자 브래드포드는 그의 등을 몇 차례 두드렸다.

「수년 동안 이렇게 웃어 본 적이 없지요. 아가씨, 오늘 당신을 만나 매우 즐거웠고 다시 만나기를 진심으로 바라오.」

브루멜이 마지막 말은 큰소리로 말했다. 캐롤라인은 그게 가까이에 있는 다른 사람들을 위해서였다는 것을 알았다.

「오늘 밤이 끝나기 전에, 당신의 사촌도 만나보고 싶군요.」

캐롤라인은 고개를 끄덕이며 브루멜이 멀어져가는 것을 바라봤다. 그리고는 브래드포드를 바라보며 자신이 그에게 다른 곳으로 가지 않냐고 물어볼 정도의 강심장이었으면 하고 바랐다.

아버지가 후작님을 위해 샴페인을 가지러 가야겠다고 말하자마자 음악은 다시 리듬을 타고 흘렀다. 브래드포드는 캐롤라인과 춤을 추겠다고 그녀의 아버지에게 정식으로 허락을 구했다. 그때 왈츠가 흘러나왔다. 백작이 허락하는 말을 할 때 캐롤라인은 고개를 젓고 있었다.

브래드포드는 그녀의 거절을 무시하고 손을 잡았다. 그는 밖으로 나가는 문 근처까지 그녀를 거의 끌고가다시피 했다. 그러고 나서 돌아서서 그녀를 팔로 감쌌다.

캐롤라인은 그의 검은색 재킷에 시선을 고정시켰다.

「왈츠를 어떻게 추는지 몰라요.」

브래드포드는 그녀의 허리에서 손을 떼고 그를 볼 수 있도록 그녀의 얼굴을 들어올렸다.

「내 단추는 당신에게 대답해줄 수 없소.」

그가 유머로 가득 찬 목소리로 대답했다.

「전 제가 왈츠를 어떻게 추는지 모른다고 말했어요.」

캐롤라인이 다시 말했다. 브래드포드의 손가락이 그녀의 턱 아래 민감한 부분을 스치고 지나갔다. 그녀는 갑자기 다리가 떨리는 것을 느꼈다.

「팔을 내게 두르시오.」

브래드포드가 실크처럼 부드러운 목소리로 속삭였다. 그가 몸을 앞으로 숙였다. 그래서 그들의 얼굴은 거의 맞닿을 것 같았다.

캐롤라인이 머리를 저었다. 브래드포드는 다시 그녀를 무시하고 그녀의 손을 들어올려 자신의 어깨에 올려놓았다. 손을 약간만 움직여도, 그녀는 그의 머리카락을 만질 수 있을 것 같았다. 그들은 경쾌하게 움직였고, 그녀는 빙글빙글 돌았다. 지금 그녀가 생각할 수 있는 것은 그의 팔에 안겨 있다는 느낌뿐이었다.

춤추는 동안 그들은 한마디도 하지 않았고, 캐롤라인은 그 사실에 감사했다. 그녀는 자신이 서투르고 불안해한다고 느꼈다. 그녀의 허리에 놓인 그의 손은 낙인을 찍는 것처럼 뜨거웠다.

그녀는 왼손을 움직여 그 자세의 이점을 살렸다. 그의 목 밑에 있는 부드러운 갈색 머리카락에 닿을 때까지 그녀는 손가락을 살그머니 뻗어 보았다. 그리고는 브래드포드가 자신의 대담한 행동을 알아차리기 전에 손가락을 뗐다.

그러나 그는 알아차렸다. 목뒤의 민감한 피부를 가볍게 스친 느낌은 그를 몹시 혼란스럽게 했다. 이 순간 그가 압도당한 것처럼 그녀가 압도당할 때까지 그녀를 들어올려 키스하고 싶은 갑작스런 욕망이 생겼다.

캐롤라인은 주변을 둘러보고 즉시 춤추고 있는 다른 숙녀들은 왼손을 파트너의 어깨에 그렇게 높게 올려놓지 않고 있다는 것을 알아차렸다. 그녀는 올바른 자세를 흉내내려고 즉시 손을 움직였다. 그녀는 브래드포드를 날카롭게 노려보았다.

「우리는 너무 달라붙어서 춤을 추고 있어요. 저는 아버지를 난처하게 하고 싶지 않아요.」

캐롤라인이 말했다.

브래드포드는 마지못해서 손의 힘을 풀고 그녀가 뒤로 물러설 수 있도록 했다. 그는 귀여운 악당처럼 히죽 웃으면서 물었다.

「당신이 내게서 떨어지고 싶은 이유가 그것뿐이오?」

「물론이지요.」

캐롤라인은 대답했다. 그녀는 다리에 힘이 빠져오고 심장이 미친 듯이 뛰는 것을 느꼈다. 그러나 그런 반응을 알게 할 수는 없었다. 그녀는 그를 쳐다보지 않으려고 애썼다. 그리고 그때서야 주변에 있는 많은 여자들이 아주 불쾌하다는 듯이 얼굴을 찌푸리고 있은 것을 알아차렸다.

「브래드포드? 왜 저 사람들이 우리를 쳐다보며 불쾌한 얼굴을 하고 있지요?」

그녀는 용기를 내어 재빨리 그를 쳐다보고 물었다.

브래드포드는 주변을 한번 둘러보고 나서 다시 캐롤라인에게 시선을 맞췄다.

「당신이 뭔가 예의에 맞지 않는 행동을 하고 있지요?」

그녀는 그의 귓가에 대고 의심이 가득 찬 목소리로 물었다.

브래드포드는 웃으면서 그녀에게 말했다.

「불행하게도, 우린 매우 예의에 맞게 행동하고 있소. 나이든 부인들 중엔 이 새로운 형식의 춤을 좋아하지 않는 사람도 있소. 전통주의자들은 왈츠를 받아들이지 않지요.」

캐롤라인은 고개를 끄덕였다.

「아, 그래요.」

그녀는 다시 그를 쳐다보고 시선을 맞추고는 생긋 웃었다.

「그럼, 당신은 전통주의자인가요 아님 급진주의자인가요?」

「당신이 보기엔 어떻소?」

브래드포드가 물었다.

「오, 제 생각엔 물론 급진주의자 같아요. 당신은 상원에서 문제를 일으키는 사람일 거라고 확신해요. 제가 맞지요? 그렇죠?」

캐롤라인은 즉시 대답했다.

브래드포드는 어깨를 으쓱했다.

「난 경우에 따라선 완고하다고 알려져 있소. 그러나 내가 지지하는 문제가 난관에 봉착할 때만 그렇소.」

「그러나 당신은 존경받고 있어요. 그게 당신이 물려받은 작위 때문인가요? 아니면 당신이 한 일 때문인가요?」

캐롤라인이 말했다.

브래드포드가 웃었다.

「내게 뭔가 가치 있는 일을 한 게 있냐고 묻고 있는 거요? 당신은 내가 존경받고 있다는 것을 어떻게 안 거요?」

그가 물었다.

「사람들이 당신을 보는 방식에서요. 제 아버지는 전통주의자세요. 그가 아직 정계에 몸 담고 계신다면, 아마도 모든 문제에서 당신과 반대쪽 입장을 취하실 걸요. 브래드포드, 도는 것을 그만두면 안될까요? 어지러워요.」

캐롤라인이 말했다.

브래드포드는 말이 끝나기가 무섭게 춤추는 것을 멈추고 캐롤라인의 팔꿈치를 잡고는 발코니 문 쪽으로 데리고 갔다.

「당신의 아버지는 젊었을 때 나보다 더 급진주의자였소.」

브래드포드가 말했다.

그녀는 놀란 표정을 지었다.

「사실이오. 그는 아일랜드 소송의 승자였소.」

브래드포드는 계속해서 말했다.

「아일랜드 소송이 뭐죠?」

캐롤라인이 물었다.

「자치문제요. 당신의 아버지는 아일래드인들이 스스로를 통치할 준비가 되었다고 믿지 않으셨소. 그러나 그들에게 정부 내 발언권을 주고 처우를 개선하려고 투쟁하셨소.」

브래드포드가 설명했다.

캐롤라인은 브래드포드의 말에 깜짝 놀랐다. 그리고 정당하다고 믿는 것을 위해 싸우는 아버지의 젊었을 때 모습을 그려보려고 노력했다.

「지금은 유순하고 상냥하신데요. 당신이 지금 말한 것을 믿기가 어렵군요. 당신을 정말 믿지만요.」

그녀는 그의 말이 의심스럽다고 말한 것에 그가 감정이 상하지 않기를 바라면서 황급히 말했다.

브래드포드는 웃음을 멈출 수가 없었다. 그녀가 그의 말을 믿을 수 없다고 말해놓고는 서둘러서 그가 그렇지 않다고 설명하는 것이다. 그녀는 늘 그렇게 다른 사람의 감정을 배려하나 보지?

캐롤라인은 브래드포드가 쳐다보는 것을 알아차리지 못했다. 그녀는 아버지가 그런 활동을 왜 그만두셨을까 궁금해하면서 아버지에 대한 생각에 잠겼다. 왜 아버지는 모든 것에서 물러났을까…… 삶에서 조차?

브래드포드는 젊은이 몇 명이 캐롤라인에게 접근하고자 굳게 결심한 모습으로 다가오는 것을 보았다. 음악은 다시 연주되었고, 브래드포드는 다시 캐롤라인을 자신의 팔 안으로 잡아끌었다. 그녀를 아예 놔주고 싶지 않았다. 캐롤라인을 한번 더 보면 완전히 잊어버릴 거라고 밀포드에게 당당하게 말했으나 지금 그 말이 어리석었다는 것을 깨달았다.

캐롤라인은 그가 다시 자신을 팔로 안았을 때 아무 말도 하지 않았다. 또한 찡그린 표정을 숨기려고도 하지 않았다. 그녀는 넋을 잃고 그에게 안겨 있었고, 그의 손이 자신의 등을 더듬자 몸을 떨었다.

캐롤라인은 브래드포드에게 반응하는 식으로 다른 남자에게 반응한 적이 없었다. 그녀는 이런 강렬한 육체적인 이끌림이 혼란스러웠다. 그녀는 그러면 안된다는 것을 인정하면서도 밤새도록 그의 팔에 안겨 있는 것이 가장 만족스러울 것 같다고 생각했다.

그리고 마침내 그가 자신에게 키스하면 어떨까 하는 생각에 이르렀을 때, 그녀는 지금이 유혹을 물리쳐야만 할 때라고 생각했다.

「전 싫어요. 이런…….」

그녀는 말을 끝마칠 수가 없었다. 그녀는 왈츠를 좋아하지 않는다고 말하려고 했으나, 그가 거만한 말투로 끼여들었다.

「당신한테 일어나고 있는 일이 싫다고 했소?」

캐롤라인은 눈을 크게 뜨고 거의 고개를 끄덕일 뻔했다. 그녀는 아슬아슬하게 멈추고 눈살을 찌푸렸다.

「도대체 무슨 말을 하는 거예요?」

「부인하지 마시오, 캐롤라인. 내게도 그런 일이 일어나고 있소.」

「아무것도 일어나지 않았어요. 당신이 또 빙글빙글 돌아서 날 어지럽게 만들고 있는 것을 빼고는요. 또 여긴 너무나 더워요. 춤을 충분히 췄다고 생각하지 않으세요?」

캐롤라인이 희망을 담아 말했다.

「그렇소, 여긴 너무 덥소.」

브래드포드가 대답했다. 그들은 방을 한바퀴 빙 돌아서 다시 문 앞에 있었다. 캐롤라인은 브래드포드로부터 벗어날 수 있기를 바라면서 미소를 지었다. 그러나 춤추는 것을 멈추고도 그는 그녀를 놓지 않았다. 대신에 그녀의 팔을 잡고 앞쪽으로 데리고 갔다. 그녀가 그것에 대해 뭐라고 말하기도 전에 그는 그녀를 열려 있는 문을 통해 어둠 속으로 데리고 나갔다.

5

「제 팔을 놓으세요. 우리는 이러면 안돼요.」

캐롤라인이 화난 목소리로 소리쳤지만 화를 내는 것이 그의 결심에 조금도 영향을 미치는 것 같지 않았다. 고집불통의 남자는 캐롤라인을 끌다시피 하면서 계속 걸어갔다. 그러자 밤바람을 쐬고 있던 몇 쌍의 남녀가 호기심이 가득 찬 눈으로 그들을 쳐다봤다.

다른 사람들이 쳐다본다는 것을 의식하고 캐롤라인은 찌푸린 얼굴을 애써 침착한 표정으로 바꾸려고 노력했다. 그건 그녀에게 있어 몹시 힘든 일이었다. 브래드포드를 바닥에 쓰러뜨리고 몇 번 힘껏 차주는 것이 그녀가 지금 하고 싶은 일이었다. 숙녀답지 못한 생각이었으나, 그 생각은 그녀를 몹시 기쁘게 해주었다. 그녀의 사촌이 남자를 비탄에 빠뜨리는 방법을 모두 가르쳐주었기 때문에 그녀는 그렇게 할 수 있고, 아니면 적어도 그의 자만심을 약간은 깨뜨릴 수 있다고 확신했다.

갑작스레 생긴 그녀의 자신감은 그에게서 손을 빼낼 수조차 없다는 사실을 인정하고 나서 이내 사라져버렸다. 보스턴에 자신감을 두고 왔나? 그녀는 그가 하는 대로 따라가면서 스스로에게 물었다.

발코니는 저택의 삼면에 걸쳐 있었다. 그리고 브래드포드는 그들이 정말 단 둘이 있을 때까지 난간의 외딴 끝으로 계속 걸어갔다.

난간에는 바람에 꺼지지 않도록 큰 유리병 속에 놓인 촛불이 몇 개 있어서 따뜻한 밤을 낭만적으로 밝히고 있었다. 브래드포드는 발코니가 끝나는 데서 멈추고는 캐롤라인의 얼굴을 쳐다보기 위해 돌아섰다. 근처에 있는 촛불이 그의 얼굴을 비쳐주어 그를 매우 부드러워 보이게 했다.

「이제 당신이 나에게만 주의를 집중할 수 있겠군. 난 런던 사람 절반과 함께 당신을 공유하고 싶은 마음은 추호도 없소」

브래드포드가 불쑥 말했다.

「그럼, 이제 전 당신에게 주의를 집중하고 있어요. 당신은 저와 무얼 하실 거죠?」

브래드포드는 그녀의 도전적인 목소리를 듣고 웃었다. 그는 그녀의 눈에서 두려움과 혼란을 읽었으나 그녀의 잔잔한 음성은 그게 사실이라는 것을 부인했다. 그녀는 위축되거나 기절하는 타입은 아니었다. 그는 그녀가 상대해볼 만한 맞수라고 생각했다. 어떤 장애물이 있든지 간에 그녀를 소유하기를 원하는 한 그녀를 가질 거라고 그는 대답할 뻔했다. 그녀가 아주 천천히 뒤로 물러선 것으로 봐서 그의 시선에서 그런 생각을 알아차렸음에 분명했다.

브래드포드는 재빨리 그녀가 물러나는 것을 막았다. 그는 그녀의 어깨를 잡은 손끝에서 매끄러움을 느꼈다. 그리고 그녀가 몸을 뺄 때까지 무엇을 하려고 했는지 잊어버리고 있었다.

「오, 안돼! 그러지 마시오.」

그가 속삭였다. 그리고는 그녀를 잡아 돌려세웠다. 그녀는 벽과 난간 사이에 갇히자 자신은 끈 달린 인형이고, 그는 조종자 같다고 생각했다. 매력이 넘쳐 나는 그녀는 분명 덫에 걸려 있었다. 브래드포드는 그것이 즐거웠다.

「제가 지나가게 해주실래요?」

캐롤라인이 말했다.

「이야기를 하기 전에는 안되오.」

브래드포드가 대답했다.

그는 세상의 모든 시간을 가진 것처럼 행동했다. 캐롤라인은 몹시 화가 났다.

「정말 제멋대로군요! 당신은 제가 당신과 말하고 싶어하지 않는다는 사실을 완전히 무시하고 있군요.」

「물론, 당신은 그렇겠지. 우리 사이에 뭔가 일어나고 있소. 난 그걸 느꼈고, 당신도 알 것이라 생각하오. 난 구애하느라 시간을 낭비하고 싶진 않소, 캐롤라인. 난 뭔가를 원하면 반드시 그걸 갖소.」

브래드포드가 그녀에게 말했다.

캐롤라인은 부인하지 않았다. 그녀는 정말로 그와 단 둘이 있고 싶지 않았다. 브래드포드는 그녀를 긴장시켰다. 그와 함께 있으면 자제력을 잃었다. 또한 그와 함께 있으면 매우 버릇없이 행동했다. 그리고 그가 똑같은 무례함으로 대응하면 소름이 끼쳤다.

「그럼, 당신이 절 원한다고 결정했나요?」

캐롤라인의 목소리가 점점 작아져서 브래드포드는 그녀의 질문을 듣기 위해 몸을 숙여야만 했다. 그는 대답하지 않고 그녀를 쳐다보고 있었다. 그의 시선은 그녀가 알고 싶어하는 모든 것을 말해주고 있었다.

그녀는 심한 욕을 퍼부어서 그를 꼼짝 못하게 해놓고 그 자리를 떠나야 한다고 생각했으나 아무 말도 할 수 없었다.

「내 솔직함이 당신을 놀라게 했소?」

마침내 브래드포드가 침묵을 깼다. 그의 목소리는 침착하면서도 아주 부드러웠다.

「나도 당황하고 있소. 그걸 인정하는 게 쉬운 일은 아니었소.」

그가 억지로 웃으면서 말했다.

물을 끓게 할 정도로 뜨거운 그의 시선에 그녀는 흥분을 느꼈다. 그리고 어떻게 대응해야 할지 몰랐다.

「당신이 그런 식으로 쳐다보면 전 긴장이 되요.」

그녀는 한숨을 쉬고는 고개를 흔들면서 말했다.

「당신에게 경고해두는 게 좋겠군요. 심하게 긴장하면 전 웃기 시작할 거고 그럼, 당신은 창피할 걸요.」

「캐롤라인, 단지 우리 사이에 뭔가 있다는 것만은 인정하시오.」

브래드포드가 말참견을 했다.

「우린 서로에 대해 잘 몰라요.」

캐롤라인이 항의했다.

「당신이 생각하는 것보다 나는 당신을 더 잘 알고 있소.」

브래드포드가 대답했다. 캐롤라인의 눈에 불신의 빛이 나타나자 그는 고개를 끄덕여서 자신의 말을 확고히 했다.

「당신은 성실하고, 믿을 수 있고, 당신이 관심을 갖고 있는 사람들에게 애정을 갖고 있소.」

그녀가 얼굴을 붉히는 것으로 보아 자신이 그녀를 난처하게 하고 있다는 것을 알았으나 조금도 신경 쓰지 않았다. 그는 그녀가 자신의 느낌을 털어놓게 하려고 마음먹었다. 다른 것은 중요하지 않았다.

「당신이 어떻게 그런 것을 알 수 있죠?」

캐롤라인이 물었다.

「우리가 처음 만났던 날에 알았소. 그때 당신은 놀랐으나 내게 용감히 맞섰소. 그때 당신의 유일한 관심사는 다친 친구가 더 큰 피해를 당하는 것을 막고자 하는 것이었소. 용기는 내가 좋아하는 자질이오.」

그가 덧붙여 말했다. 그는 더 이상 웃지 않고 심각한 어조로 계속해서 말했다.

「우리가 이야기 나누었을 때, 당신이 뭔가 끔찍한 일을 저질러서 친척들에게 누를 끼칠까봐 당신은 걱정했었소. 당신은 또한 식민지에 있는 가족들에 대해서도 말했소. 그것으로 당신이 그들에게 성실하다는 것은 매우 분명한 거요. 마지막으로 당신은 숙모를 엄마라고 부른다는 말을 했소. 그때 당신의 눈은 그녀에게 느끼고 있는 깊은 애정을 나타내고 있었소.」

「개도 성실하고, 믿을 수 있고, 애정이 넘치죠.」

캐롤라인의 야유에 그녀 위에 우뚝 서 있던 남자는 마지못해 웃었다.

「오늘 밤 우리가 춤출 때 당신은 내 팔 안에서 떨고 있었소. 당신이 추웠다고 말할 거요?」

그는 그녀를 몰아세우고 있었다. 그러나 캐롤라인은 미소로 대응했다.

「나에게 좀 정직해질 수 없소?」

「정직은 제게 완전히 결여되어 있기 때문에 제가 타인에게서 느끼는 가장 좋아하는 특징이지요.」

캐롤라인은 화를 내는 대신 야유로써 대응했다.

「전 약속을 전혀 안 지키고, 그건 저도 어쩔 수가 없어요. 그러므로 제가 우리 사이에 특별한 감정이 있다는 데 동의한다고 해도, 당신은 제가 사실을 말하는지 아닌지 알 길이 없을 걸요.」

브래드포드는 씩 웃고는 머리를 저었다.

「그럼, 우리가 증명을 해보면 되지 않소.」

그가 말했다. 즐거움이 그의 눈에서 어른거렸다. 캐롤라인은 자신이 한 말을 그가 믿지 않는다는 것을 알았다. 그녀는 거짓말을 했고, 그는 그것을 알고 있었다.

「그럼, 제가 당신에게 뭔가를 느끼고 있는지, 아닌지를 어떻게 증명해 보일까요?」

캐롤라인이 물었다. 그녀는 몰두해서 심각한 표정을 짓고 있었다. 순간 그녀의 눈빛이 반짝였고, 브래드포드는 그녀가 뭔가를 하려고 한다는 것을 금세 알아차렸다. 그는 그녀가 다음 동작을 취하기를 기대했다.

「방법이 있어요! 당신이 발코니에서 뛰어내리면 어때요? 제가 당신을 멈추기 위해서 소리를 지르지 않는다면, 제가 관심이 없다는 것을 당신은 알게 되겠죠.」

「만약 당신이 소리를 지른다면 어떻게 되는 거요?」

브래드포드가 아주 재미있다는 듯이 웃으면서 말했다.

「음, 그땐 제가 당신에게 무언가를 느끼고 있다는 것을 알게 되겠죠.
물론 당신의 모든 뼈가 부러지겠지만요. 하지만 우린 대답을 얻을 수 있
잖아요?」

그녀가 생긋 웃었다. 브래드포드는 그녀가 지금 한 얘기의 결과를 그
리면서 기뻐하고 있다고 생각했다.

「다른 방법도 있소. 당신의 주된 관심사인 내 몸을 부수지 않아도 되
는 거요.」

브래드포드가 제안했다.

「전 당신의 몸에 관심이 없어요. 그리고 대화가 점점 이상해지네요.
다른 사람이 우리 말을 들으면 어떻게 생각하겠어요?」

캐롤라인이 재빠르게 대응했다.

「당신은 항상 다른 사람이 어떻게 생각할까를 걱정하오?」

「영국에 오기 전까지는 그런 데 신경도 쓰지 않았어요. 그건 힘든 일
이죠. 빈틈없이 행동하는 것은 무척 피곤한 일이에요.」

캐롤라인이 인정했다.

브래드포드는 그녀의 솔직한 말에 미소를 지었다.

「캐롤라인, 당신에게 키스하고 싶고 그렇게 할 거요.」

그녀는 움직이지 않았다. 그녀는 매우 큰 그물에 걸린 작은 동물처럼
최면에 걸린 것 같았다. 브래드포드는 그녀 뒤에 있는 벽을 양손바닥으
로 짚었다. 그리고 천천히 몸을 숙였다.

「매우 낭만적이시군요. 그렇게 할 거라고요? 그럼, 그게 그렇게 하찮
은 일인가요?」

캐롤라인이 침착한 목소리로 말했다.

왜 자꾸 그를 도발하는 거지? 그녀는 약간은 미친 듯이 자문했다. 그
래 봤자 현재보다 더 나빠지기만 할 텐데.

「당신은 우리 사이에 아무것도 일어나지 않았다고 주장하고 있소. 가
능한 내 시선을 피하면서 말이오. 그리고 아직도 내 팔 안에서 떨고 있
소. 당신의 몸은 당신의 말과는 정반대인 것 같소.」

캐롤라인이 고개를 끄덕여서 브래드포드를 놀라게 했다.

「저도 알아요」

그녀의 말은 장밋빛 입술이 그를 유혹하는 것만큼이나 그를 기쁘게 했다. 그는 더 이상 참을 수가 없었다. 그러나 천천히 행동하기로 맹세했다. 그의 입술이 부드럽게 그녀의 입술에 닿았다. 캐롤라인은 고개를 돌리려고 했으나, 브래드포드가 그녀의 아랫입술을 잡고 꼼짝 못하게 했다. 그는 또다시 보다 강하게 그녀에게 키스했다.

그는 그녀에게 가볍게 키스를 하려고 마음먹었으나, 자신이 그 이상을 바라고 있음을 느꼈다. 드디어 그의 입이 그녀의 입을 벌렸다. 그리고 그의 혀가 그녀의 달콤하고 따뜻한 입 안으로 들어가는 것에 그녀가 저항하자, 브래드포드는 한 손으로 그녀의 턱을 잡아 입을 벌렸다. 그의 혀는 그녀의 달콤한 입 속으로 들어가 쓰다듬고, 탐험하며, 그의 몸이 갈망하는 것을 취했다.

캐롤라인은 그의 혀가 처음 닿았을 때 충격을 받았다. 그녀는 남자가 여자에게 이런 식으로 키스한다는 것조차 몰랐다. 그녀는 당황해서 움찔했다. 그러나 자신이 완전한 기쁨으로 헐떡이는 소리를 들었다. 그녀는 키스도, 자신의 혀도 멈출 수가 없었다. 그녀의 혀는 처음에는 살며시 그후엔 점점 더 열정적으로 그의 혀를 감쌌다. 고무하는 듯한 그의 깊은 으르렁대는 소리를 듣자 캐롤라인은 그에게 더 가까이 가고자 그의 목에 팔을 둘렀다.

그녀는 그럴 수 있으리라 생각도 못했는데 키스는 점점 깊어지고 뜨거워졌다. 그녀는 브래드포드의 넓은 어깨에 매달려 그들 사이에 달콤한 와인처럼 기쁨을 주고받으며 양껏 마셨다.

키스가 길어지면 길어질수록 브래드포드는 더 많은 것을 요구했다. 그는 정열로 거칠어졌고, 자신도 좀더 가까이 다가가고자 그녀의 얼굴을 잡았다. 지금까지의 그 어떤 키스도 그에게 지금처럼 감명을 주고 자극을 주지 못했다. 그는 불같이 타오르는 욕망으로 그녀를 원했다. 그는 탐닉하면 할수록 더 많은 것을 원했다.

그는 혀를 집어넣었다가 잠시 빼고는 재차 그녀의 입술을 찾았다. 캐롤라인은 관능의 바다에 빠져서 떨기 시작했다. 자신의 몸을 관통하고 있는 불완전한 열정을 느꼈다. 그녀는 그들 사이에 일어난 일의 강렬함에 놀랐다. 그녀는 마침내 그에게서 몸을 떼고 벽에 기댔다. 그녀의 호흡은 생각만큼이나 거칠어져 있었다.

브래드포드가 자제력을 회복하는 데는 시간이 걸렸다.

캐롤라인은 자신의 눈에 나타난 당혹스러움을 그가 보지 못하게 하려고 눈을 내리떴다. 그녀는 음란하게 행동했고, 틀림없이 그가 자신을 정조도 없는 헤픈 여자라고 생각했을 거라고 믿었다.

「이제 우리 사이에 아무것도 없다고 나에게 말해보시오.」

브래드포드의 목소리는 단호했다. 그의 목소리는 쉬어 있었고, 캐롤라인은 그가 승리를 과시하고 있다는 것을 알아차리고는 짜증이 났다.

「당신의 키스가 즐거웠다는 것을 부인하진 않겠어요.」

캐롤라인이 말했다. 그녀가 그를 올려다보자, 브래드포드는 다시 그녀의 눈빛에 매혹되었다.

「당신을 원하오, 캐롤라인.」

브래드포드는 아주 달콤한 말이라고 생각했다. 그는 그녀의 표정이 변한 것을 알아차리고 자신의 성급함을 후회했다.

캐롤라인이 어떻게 대답할까 생각하는 동안 침묵이 흘렀다. 그녀는 화가 났다. 그녀는 모든 것을 자신의 탓으로 돌렸다. 거리의 여자처럼 그의 키스에 반응했지, 그렇지 않니?

「당신이 나를 원한다고요?」

그녀는 충격 받은 목소리로 말했다.

「어떻게 감히 나에게 그런 말을 할 수 있죠. 제가 당신의 키스에 반응했기 때문인가요? 전 당신이 절 원하는 것에는 조금도 관심 없어요.」

그녀의 눈에 눈물이 고였다. 지금의 상황이 혼란스러워 참을 수가 없었던 것이다.

그녀는 브래드포드에게 대답할 틈을 주지 않았다.

「당신의 작위와 지위 때문에 원하는 모든 것을 가질 수 있다고 생각하시나보죠? 당신이 절 가질 수 있다고 생각했다면 실수한 거예요, 공작님. 전 사교계의 일원도 아니고, 물질적인 제공에 내 마음은 조금도 흔들리지 않아요.」

「모든 여자들이 물질적인 제공에 마음이 흔들리오.」

「가격만 적당하다면, 당신이 원하는 모든 여자를 가질 수 있다고 말하고 있는 거예요?」

브래드포드가 대답으로 어깨를 움츠리자 캐롤라인이 몸을 쭉 펴고 똑바로 섰다. 그가 노려보는 것에 그녀도 노려보는 것으로 맞섰다.

「당신은 절 모욕했어요.」

「내가 당신을 솔직하게 대했기 때문에 그러오?」

「아니에요. 당신이 말한 것을 당신이 정말로 믿고 있기 때문이에요. 제가 당신네 국왕인 조지에게 절 바치지 않는 것처럼 당신에게도 바칠 수 없어요.」

그녀가 대답했다.

「내가 당신을 원한다고 말했기 때문에, 당신에게 정부가 되달라는 소리라고 생각했나 보군. 난 당신이 기뻐할 줄 알았는데 내가 당신을 모욕했다고?」

브래드포드가 말했다. 그는 크게 격노했고, 그녀에게 자신의 분노를 느끼게 했다.

「그러나 만약 내가 당신에게 구애하고서 당신의 손을 잡고 결혼해달라고 했다면, 그럼 어떻겠소?」

그는 캐롤라인을 똑바로 쳐다보고 있었다. 두 얼굴은 몇 센티미터만 떨어져 있었다. 그는 그녀가 무엇을 원하는지 알았다. 그리고 그것을 인정하는 것이 무척 화가 났지만 그녀가 원하는 대로 해줄 만큼 그 또한 그녀를 원했다.

「그러면 당신은 태도를 바꾸겠소?」

캐롤라인은 그가 앞서 한 말에 주의를 집중했다. 그의 뻔뻔스러움을 믿을 수가 없었다.

「칭찬이라고요? 하! 당신은 우리 사이에 뭔가가 있다고 말했죠. 하지만 그건 단지 육체적인 이끌림뿐이지 그 이상 아무것도 아니에요. 당신은 그런 하찮은 이유 때문에 제가 당신에게 몸을 던지리라고 정말로 믿는 거예요? 하지만 전 당신과 결혼하지 않아요. 당신은 성실하고, 믿을 수 있고, 애정이 있는 여성을 원한다고 말했죠. 그러나 당신에겐 그런 성품이 하나도 없네요.」

캐롤라인이 단호하게 말했다.

「그럼, 당신은 그걸 어떻게 알았소?」

브래드포드가 물었다.

캐롤라인은 몹시 화가 나서 그의 시선에 조금도 위축되지 않았다.

「첫째, 당신은 저에게 당신의 정부가 되달라고 했어요. 그리고 그 이유는 단지 우리가 서로에게 이끌렸다는 것이죠.」

「그러면 내가 당신을 정부로 원하는 이유가 뭐라고 생각하시오?」

브래드포드는 그녀의 따지는 말을 이해하려고 노력하면서 물었다.

「그리고 난 당신에게 내 정부가 되달라고 말한 적도 없소.」

그는 다른 사람이 듣는 것에는 신경도 쓰지 않고 큰소리로 말했다.

「오, 하지만 당신은 그랬어요. 둘째, 내가 좋아하기엔 당신은 너무 자기 중심적이에요. 전 외모보다 중요시하는 게 있어요, 공작님. 전 이해심 많은 사람과 결혼할 거예요. 그리고 제가 결혼할 사람은 분명 영국인은 아닐 거예요.」

「도대체 영국인이란 게 어쨌다는 거요.」

브래드포드가 고함쳤다. 하지만 그의 분노가 갑자기 마술처럼 사라지고 웃고 있었다. 경멸적인 태도가 완전히 뒤집혔군. 식민지 사람을 경멸하는 것은 바로 영국인이었지 그 반대가 아니었다.

「당신도 또한 영국인이라는 것을 잊어버렸소?」

캐롤라인은 그의 질문을 무시하기로 했다.

「영국 상류사회의 대다수 사람들이 성실하지가 못해요.」

캐롤라인이 대답했다.

그녀는 그를 화나게 하려고 애썼으나, 완전히 실패하고 있다는 것을 알았다. 또한 그의 웃음에 당황해서 이야기를 계속하기가 힘들었다. 그가 조금 전에 보여준 분노가 더 낫군. 이런 갑작스런 변화는 말도 안돼. 캐롤라인은 다시 당황해서 어쩔 줄을 몰랐다.

「많은 사람들이 필요할 때 그들은 자신의 국왕에게 등을 돌렸어요. 한때 친아들이 그를 배신했고, 물론 또 하겠지요. 왜 웃는 거지요? 당신이 지금 모욕당하고 있다는 것을 모르세요?」

캐롤라인은 금방 꺾은 꽃을 햇빛에 너무 오래 두어 시들어버린 것 같은 기분을 느끼면서 긴 열변을 끝냈다.

「이제 내가 말할 차례라고 믿는데. 첫째, 내가 당신을 원하는 이유를 말하겠소.」

브래드포드가 단호하게 말했다.

「당신이 절 원하는 것에 관심 없어요.」

캐롤라인이 이의를 제기했다. 그녀는 누가 말을 엿듣는 사람이 있는지 그의 어깨 너머를 둘러보고 나서 자신의 적수에게 시선을 돌렸다.

「당신이 제게 키스하는 방법에서 제 생각엔 당신이 열망하…… 아니, 당신이 제 몸을 원하는 것 같아요.」

캐롤라인의 목소리는 점점 작아졌다.

그녀의 얼굴이 붉어졌으나 달리 어찌할 방법이 없었다.

「내가 당신이 내 침대 속에 있기를 정말로 원하고 있다는 것을 인정하오. 그리고 당신은 무척 아름다운 여자요.」

「그건 중요하지 않아요.」

캐롤라인이 날카롭게 쏘아붙였다. 브래드포드는 그녀의 말투에서 자신이 얼마나 사랑스러운지 알지 못한다는 것을 알아차렸다. 그건 아주 신선한 일이었다. 대다수의 여자들이 원하는 것을 얻기 위한 무기로 자신의 외모를 이용한다는 것을 그는 잘 알고 있었다.

「당신이 날 웃게 한다는 것을 알고 있소?」

그가 물었다.

캐롤라인은 그가 계속하기를 기다렸다. 그가 더 이상 말하지 않자, 캐롤라인은 불만을 나타냈다.

「물론, 제가 당신을 웃게 한다는 것을 알고 있지요. 당신이 날 보고 웃는 것을 지금 막 멈췄잖아요. 전 귀머거리가 아니에요. 그리고 제 생각엔 안에 있는 사람들도 당신의 웃음소리를 들었을 것 같군요.」

그녀는 성난 목소리로 말하며 얼굴을 찌푸렸다.

「난 당신을 보고 웃지 않았소. 당신과 함께 웃은 거지.」

브래드포드가 주장했다. 그는 심각한 표정을 지으려고 애썼으나 헛수고였다.

「그럼, 왜 난 웃고 있지 않죠? 날 갖고 놀지 마세요. 헛수고예요. 당신이 정직을 강조하니까 숨김없이 털어놓겠어요. 전 당신에게 끌리고 싶지 않아요. 전 통제할 수 있는 상황하에 있는 것을 좋아하는 사람이에요. 그리고 다른 사람이 절 놀라게 하고 압도하는 것은 참을 수가 없어요. 그러므로 당신이 거만하고, 매우 건방지고, 위협적이고, 압도적이기 때문에 우린 조금도 잘되지 않을 거예요. 전 당신이 다른 사람을 원하게 될까봐 두려워하겠죠. 항상 무시당해도 마음쓰지 않는 온순한 사람을요. 제가 당신이 적당한 사람을 찾는 것을 도와드릴까요? 당신의 요구조건을 알려주세요.」

그녀의 눈은 다시 그 특유의 빛을 띠고 있었다. 브래드포드는 그녀의 다음 말을 듣고 싶었다.

「당신은 성실하고, 믿을 수 있고, 애정이 있는 사람을 원한다고 했죠. 아, 맞다! 잊어버릴 뻔했네요. 당신이 보고 웃을 수 있는 사람도요.」

「정직이 빠졌소.」

브래드포드가 이빨을 드러내고 웃으면서 말참견을 했다. 캐롤라인이 알고 있든 모르고 있든 간에 그에게 희망을 주었기 때문에 웃고 있는 것이다. 그녀는 그가 두렵다고 인정했다. 브래드포드는 그 말을 그녀가 그에 대한 자신의 반응을 두려워한다는 것으로 해석했다. 그는 지금 새로운 자신감을 얻었다.

「물론, 정직해야만 하겠죠. 자, 그럼, 당신의 완벽한 여자가 금발머리였으면 좋겠어요, 갈색머리였으면 좋겠어요? 눈은 파란색이 좋아요, 아님 담갈색? 키가 컸으면 좋겠어요, 작았으면 좋겠어요? 제게 말만 하면 제가 안에 들어가서 찾아보지요.」

「검은머리에 성난 푸른색 눈동자를 가진 여자요. 그리고 키는 크고 작은 것의 중간쯤 될 거요.」

브래드포드가 말했다.

「그건 바로 저잖아요. 전 완벽하지 않아요, 공작님. 전 흠이 있어요.」

캐롤라인이 대답했다.

「나도 알고 있소.」

브래드포드가 그녀에게 말했다. 그는 더 이상 참을 수가 없었다. 그는 몸을 숙여 그녀에게 키스했다.

키스가 눈 깜박 할 사이에 끝나버려서 캐롤라인이 저항할 틈도 없었다. 그녀는 브래드포드를 힘껏 밀어냈다.

「당신이 내 결점을 알고 있다고요?」

「당신은 영국인과 아일랜드인을 혐오하고 적당하지 않은 때 웃는 것 같소. 또한 매우 성미가 급하고 옳지 않은 결론을 성급히 내리는 경향이 있소. 더 말해야 하오?」

브래드포드가 대답했다.

「됐어요, 그만하세요. 그러나 당신이 말한 것엔 틀린 점도 있군요. 제가 모든 영국인과 아일랜드인을 싫어하는 것은 아니에요. 단지 무례한 사람만 싫어하는 거죠. 전 성질이 급하고 부적당한 때에 웃는 경향이 있지요. 하지만 난 이런 결점을 없애려고 노력하고 있어요. 제가 정확하지 않는 결론을 성급히 내리는 경우는 드물죠. 하지만 당신은 너무나 거만해서 결점이 있다는 것을 인정하지도 않잖아요. 그러므로 당신이 훨씬 더 안된 사람이에요.」

캐롤라인이 대답했다.

「당신의 솔직함에 정신을 못 차리겠소. 그리고 당신의 겸손함에 난 무릎을 꿇을 지경이오.」

그는 싱긋이 웃으면서 대답했다. 그의 적수는 그의 굵직한 웃음소리에 조금도 고마워하지 않았다. 브래드포드는 그녀를 계속 약올리면 자신의 의사를 추진할 수 없다는 것을 알았으나 스스로 어쩔 수가 없었다. 몇 해 동안 이렇게 재미있었던 적이 없었다.

「저는 누군가가 당신의 무릎을 꿇게 할 수 있다고 믿지 않아요.」

캐롤라인이 말했다. 그녀는 미소지었고 브래드포드는 머리를 저었다.

「당신은 그 모습을 그리면서 즐거워하고 있는 거 아니오?」

그가 물었다.

「맞아요. 즐거워하고 있어요. 이제 사람들이 우리를 찾기 전에 들어가 야만 해요.」

캐롤라인이 말했다.

브래드포드는 그들이 함께 나온 것을 사람들이 보지 못했을 수도 있 다고 그녀를 설득했다. 그러나 지금 안에 있는 모든 사람들이 그들의 행 위를 상상하고 수군대며 이야기를 퍼뜨리고 있을 거라는 사실을 알았다. 안에 있는 독수리의 눈을 가진 여자들은 사소한 것이라도 놓치는 법이 없었다. 과거의 경험에서 볼 때 브래드포드 공작은 그가 뭘 하든 가십거 리가 된다는 것 또한 잘 알고 있었다.

그가 정중하게 대했기 때문에 캐롤라인의 평판은 더럽혀지지 않을 것 이다. 게다가, 이런 사실을 알려준다면 그녀는 아버지 옆으로 돌아가자 고 고집을 피울 것이다. 그는 단 1분이라도 그녀와 더 있고 싶었다. 단 지 1분만이라도 그녀와 단 둘이 말이다.

「우린 키스하지 않았어야 했고, 서로에게 그렇게 친밀하게 이야기하지 않았어야 했어요. 우린 그런 이야기들을 털어놓을 만큼 서로를 잘 알지 못해요.」

캐롤라인이 말했다. 그녀는 둘이 했던 말을 그가 완전히 잊기를 바란 다고 말하려고 했다. 그러나 브래드포드의 다음 말에 그녀는 다시 한 번 당황했다.

「난 당신에 대해 모든 것을 알고 있소. 당신은 지난 14년 동안 보스턴 근교에 있는 농장에서 삼촌과 숙모와 살았소. 당신의 삼촌은 보스턴을 고향으로 선택하고 영국에 등을 돌렸소. 또한 당신의 사촌인 채러티는 당신에겐 자매와 같소. 그녀가 6개월 언니지만 그녀는 항상 당신이 이끄는 대로 따랐소. 그리고 당신의 아버지인 블랙스톤 백작님을 사람들은 별난 사람이라고 생각하고 있고 그는 오랫동안 은둔자처럼 생활하였소. 그리고 당신은 한때 사람들과 접촉하기만 해도 병에 걸리곤 했지만 총만은 능숙하게 잘 다루오. 당신은 그걸 결점이라고 생각하고 열심히 노력해서 극복해냈소. 이만하면 충분한 거 아니오? 내가 당신에 대해 모든 것을 알고 있다고 한 것을 믿겠소? 아니면 더 계속 해야 하오?」

브래드포드가 자랑스럽게 말했다.

캐롤라인은 브래드포드의 말에 깜짝 놀랐다.

「어떻게 나의 모든 것을 알고 있죠?」

「그건 중요하지 않소.」

「그러나 왜 당신이……」

「당신에게 관심이 있어서요.」

브래드포드가 말을 가로막고 조용하게 말했다. 그의 표정이 심각해지자 캐롤라인은 다시 긴장되기 시작했다.

「캐롤라인, 난 늘 원하는 것을 가져왔소. 당신이 나를 좀더 잘 알게 되면, 받아들이게 될 것이오.」

「그런 말은 듣고 싶지 않아요! 당신은 지나치게 응석받이로 자란 아이같이 말하고 있어요.」

캐롤라인이 아주 격렬하게 항의했다.

브래드포드는 그녀의 말에 화내지 않았다. 그는 넓은 어깨를 움츠리고는 대답했다.

「당신은 내게 익숙해져야 한다고 생각하오. 그리고 조만간 당신은 그것을 받아들이게 될 거요. 캐롤라인, 난 물러서는 게 아니오, 단지 연기한 것뿐이지.」

「전 결혼한 많은 영국 여자들이 애인을 갖는다고 들었어요. 그게 나에게 당신 정부가 되달라고 말한 이유인가요?」

캐롤라인이 말했다.

「난 당신에게 내 정부가 되어 달라고 말하지 않았소. 당신은 지금 성급한 결론을 내리고 있소. 그러나 당신 말도 맞기는 하오. 결혼하고도 다른 남자와 잠을 자는 사람도 있소.」

「그럼, 그들을 동정해야만 해요. 그들은 남편을 배반했을 뿐만 아니라, 그들이 한 서약까지도 놀림감으로 삼고 있으니까요.」

캐롤라인이 말했다.

브래드포드는 그녀의 말에 기뻤으나 그녀에게 그 사실을 알리진 않았다. 그는 그녀가 계속하기를 기다렸다.

「당신은 절 잘 안다고 말했어요. 그러나 날 당신네 영국 여자 같다고 믿고 모욕했어요. 잘못된 결론을 성급히 내린 사람은 내가 아니라 바로 당신이에요.」

브래드포드는 그녀의 말을 이해하기가 어려웠다. 그는 혼란스런 표정을 지었고, 캐롤라인은 화가 나서 거친 숨을 내쉬었다.

「전 지금 당신의 사과를 기다리고 있어요.」

대답으로 브래드포드는 몸을 숙여 그녀의 머리에 키스를 했다.

「내가 경고하는데 캐롤라인, 내 마음은 흔들리지 않소. 난 당신을 가질 거요.」

캐롤라인은 그와 논쟁하려고 했으나 그것이 헛일이라는 것을 깨달았다. 브래드포드의 결심은 확고했고, 그녀는 그것을 바꿀 수 없다는 것을 알았다.

「그 말은 도전처럼 들리는군요.」

「사실이오.」

그는 의심의 여지없는 목소리로 말했다.

「만약 그게 도전이라면, 당신은 내 적이 되겠군요. 경고하는데요, 공작님. 전 제가 이길 수 없는 게임은 하지 않아요.」

캐롤라인이 부드럽게 속삭였다.

「우린 둘 다 승자가 될 거라고 생각하오, 캐롤라인.」

브래드포드가 그녀의 마음을 울리는 속삭임으로 대답했다.

「캐롤라인, 도대체 뭐하고 있는 거야!」

브래드포드와 캐롤라인이 키스를 하고 있을 때 채러티의 목소리가 들려왔다.

「오, 공작님, 당신이로군요! 당신이 제 사촌을 쫓아다니는 건 알고 있었죠. 그러나 단 둘이 이렇게 밖에 있으면 안돼요. 그건 전혀 적당하지 않아요.」

브래드포드가 캐롤라인에게서 몸을 떼었을 때 채러티는 그를 보고 생긋 웃었다.

「그가 너에게 마음을 빼앗겼다고 말했었지, 캐롤라인?」

채러티의 말에 브래드포드의 얼굴에는 미소가 피어올랐고 캐롤라인은 신음 소리를 내었다. 그녀는 이 너무나도 끔직한 자세가 그녀의 자발적인 행동이 아니었다고 채러티에게 납득시킬 방법이 없었다. 이런 세상에, 팔을 아직도 브래드포드의 어깨에 올리고 있다니.

「그만 웃고 당신이 제 사촌에게 설명하세요.」

캐롤라인이 브래드포드의 팔을 쿡쿡 찌르면서 말했다.

「좋소. 그러나 먼저 내 소개부터 하겠소.」

브래드포드는 억지로 심각한 표정을 지으면서 말했다. 캐롤라인은 그의 눈 속에 숨어 있는 커다란 즐거움을 보고 사이에 끼여들기로 했다.

「채러티, 이분은 브래드포드셔. 공작님이야. 우리가 한 키스는 영원한 작별인사였어. 그렇지요, 공작님?」

그녀는 여러 번 생각한 후에 말했다.

「내일까지 안녕히 있으라는 키스였지.」

브래드포드는 대답했다. 그는 캐롤라인이 보다 세게 찌르는 것을 무시하고 채러티의 손을 잡았다.

「당신을 만나게 되서 기쁘오, 채러티.」

브래드포드와 채러티는 농담을 몇 마디 주고받았다. 그러고 나서 채러티가 물었다.

「혹시 폴 블리츨리란 이름의 남자를 아세요?」

그녀는 승낙 받기 위해 캐롤라인을 힐끗 쳐다봤다. 캐롤라인은 용기를 주기 위해 관대하게 웃으면서 고개를 끄덕였다. 그녀는 그 문제가 채러티에게 얼마나 중요한가를 알고 있었고, 자신이 더 돕지 못한 것에 죄의식을 느끼고 있었다.

「그렇소.」

브래드포드의 침착한 대답은 소동을 불러일으켰다. 캐롤라인은 그의 팔을 잡고 그녀와 마주볼 수 있도록 앞으로 돌려세웠다. 그러나 그건 커다란 느릅나무를 옮기고자 하는 것과 같았다. 그는 꼼짝도 하지 않았다.

채러티도 그의 다른 쪽 팔을 끈질기게 잡아당기면서 그의 완전한 주의를 끌려고 애썼다.

「최근에 그 사람을 본 적이 있나요?」

채러티가 숨이 막히는 듯한 목소리로 말했다.

브래드포드는 캐롤라인의 손을 잡고 그녀를 자기 옆으로 끌어당겼다. 그러고 나서 그는 채러티에게 주의를 돌렸다. 그는 채러티가 어떻게 폴 블리츨리를 만났는지 설명하는 것을 들으면서 엄지손가락으로 캐롤라인의 손바닥을 문질렀다.

「그가 결혼했는지 말해주실래요? 그는 한마디 설명도 없이 너무나 갑작스럽게 보스턴을 떠났어요.」

채러티가 말했다.

「안 했소. 그는 결혼하지 않았소 그는 몇 달 전에 식민지에서 돌아와서 지금은 런던 근교에 있는 자신의 집에서 살고 있소」

브래드포드가 대답했다.

그 외에도 말할 게 너무나 많았으나 브래드포드는 계속하는 게 내키지 않았다. 블리츨리가 영국으로 돌아왔다는 소식에 대한 채러티의 반응에서 그는 폴이 보스턴에 있는 동안에 두 사람 사이에 애정이 싹텄다는 것을 알 수 있었다.

채러티의 눈에는 눈물이 가득 고였고, 캐롤라인은 그녀를 달래고자 브래드포드에게서 벗어나려고 했다. 브래드포드는 그렇게 놔두지 않았다. 그는 주머니에서 손수건을 꺼내 채러티에게 주었다. 그러고 나서 삼촌에게 가 있으면 곧 뒤따라가겠다고 말했다.

캐롤라인은 손수건을 보고 미소지었다. 그것에는 레이스가 달려 있지 않았다. 그건 브루멜의 화려한 손수건하고는 전혀 달랐다.

「그녀는 폴하고 사랑하는 사이요?」

브래드포드의 질문은 대답을 요구했다. 캐롤라인은 고개를 끄덕였다.

「그는 채러티에게 지키지도 못할 약속을 했어요. 그가 그녀를 비탄에 빠지게 했죠.」

그녀가 대답했다.

「폴도 역시 비탄에 빠져 있소. 나는 그가 그녀를 사랑했다고 생각하오. 그렇지 않다면, 그가 그런 약속을 할 리가 없소. 그는 명예를 아는 남자요.」

브래드포드가 말했다.

「당신이 잘못 안 거예요. 채러티는 그가 청혼을 했고, 그녀가 수락을 했다고 나에게 말했었죠. 그러고 나서 그가 사라져버린 거예요.」

캐롤라인이 반박했다.

그들이 문을 향해 걸어갈 때도 브래드포드는 여전히 캐롤라인의 손을 잡고 있었다.

「내가 알고 있는 것을 당신에게 말해주겠소. 그러나 채러티에게 말하겠다고 결심하기 전에 당신은 오랫동안 심사숙고해야 할 거요. 내가 말할 것은 단지 당신 사촌의 아픔만 더하게 할 거요. 그러나 그녀가 사실을 알아야 한다고 생각하오.」

캐롤라인은 브래드포드의 얼굴을 보기 위해 돌아섰다.

「말해주면 제가 결정하도록 하지요.」

그녀가 요구했다.

「폴은 보스턴에서 다쳤소. 거기서 폭발이 있었고, 그의 배가 부서졌소. 그는 거의 죽을 뻔했소. 그리고 평생 동안 흉터가 남아 있을 거요. 그는 여기서 마차로 1시간 정도 걸리는 곳에 있는 작은 집에서 은둔자처럼 살고 있소. 그리고 친지들조차 만나고 있지 않소.」

「그 사람을 만나봤나요?」

캐롤라인이 물었다. 그녀는 그 이야기에 소름이 끼쳤고, 사촌과 폴 블리츨리에 대한 걱정으로 마음이 아팠다.

「그렇소, 그가 런던으로 돌아온 직후에 만나봤소. 그는 한쪽 팔을 쓸 수 없고 얼굴도 엉망이 되었소.」

캐롤라인은 눈을 감은 채 머리를 저었다.

「전 그가 그렇게 사라져버리자 최악의 상황이라고 생각했지요. 그러나 채러티는 그가 자발적으로 자신을 포기했다는 것을 받아들이지 않았어요.」

그녀는 깊은숨을 들이쉬고 나서 말했다.

「그의 얼굴이 어떤지 말해주세요. 절 잔인하다고 생각진 마세요, 브래드포드. 채러티에게 말해주기 위해서 알 필요가 있어요.」

브래드포드가 머리를 흔들었다.

「당신은 내 말을 듣지 않았군. 우린 어렸을 때부터 친하게 지낸 사이였소. 그러나 폴은 더 이상 날 만나주지 않았소. 그의 얼굴 한쪽은 화상을 입었고, 왼쪽 눈알은 빠져버렸소. 그는 이제 더 이상 잘생긴 사람이 아니오.」

「채러티는 그가 잘 생겼기 때문에 그를 사랑한 건 아니에요. 우리 리치몬드 사람들은 그렇게 천박하지 않아요, 브래드포드. 그건 제가 당신에게 좀 전에도 알리고자 노력했던 거죠. 여자나 남자가 생김새의 매력 때문에 누군가를 원한다는 것은 중요하지 않아요. 채러티는 당신이 알고 있는 것보다 훨씬 속이 깊어요.」

그녀는 브래드포드의 손을 잡았다. 그녀는 자신이 애정이 넘치는 행동을 했다는 것과 이에 대한 그의 반응을 의식하지 못했다. 그는 그녀가 뭘 하는지 모르고 있다는 것을 알았다. 또한 그가 한 말에만 온 정신을 몰두하고 있다는 것을 깨달았다. 그러나 그 접촉에서 작은 승리감을 느꼈다. 이건 시작에 불과하다고 그는 생각했다.

그녀가 반응하도록 만들 수 있다는 것은 그에게 있어 행복한 승리였다. 그녀는 키스에 반응을 보였으나 그는 그 방법을 가르쳐줘야만 했다. 그녀가 손을 잡은 것은 그에게는 좀 상징적인 의미였다. 브래드포드는 속으로 기뻤다.

「식구들이 채러티에게 별명을 붙였죠. 나비라고요. 그녀는 나비처럼 나풀거리고 다니는 것처럼 보이거든요. 그리고 나비처럼 예쁘기도 하고요. 하지만 그녀는 강한 사람이에요. 그녀는 폴 블리츨리를 사랑하고 있고, 그가 다쳤다고 해서 마음이 바뀌진 않을 거예요.」

캐롤라인이 말했다.

「그럼, 그녀에게 말할 거요? 폴은 내 친구요. 그래서 그를 더 괴롭게 하는 일에 끼고 싶지 않소. 폴은 지금도 충분히 괴로워하고 있소.」

브래드포드의 말은 걱정스럽게 들렸다.

캐롤라인은 고개를 끄덕였다. 그녀는 그의 걱정을 이해했다. 그리고 상황이 바뀌었더라면, 자신도 브래드포드만큼이나 방어적이었을 거라고 인정했다.

「이 문제에 관한 한 절 믿으세요.」

캐롤라인이 그에게 말했다.

그녀가 모든 재산을 달래던가 오른쪽 팔을 달라고 하는 게 더 편할 거 같았다. 신뢰라니! 그건 불가능했다. 브래드포드의 표정은 다시 단호하고 냉소적으로 변했다.

캐롤라인은 그 갑작스런 변화에 브래드포드의 턱과 입이 단호해지는 것을 알아차렸다. 그러나 그의 단호한 입술과 키스를 하고 엄격한 표정 안에 숨어 있는 부드러움을 접해본 캐롤라인은 그의 화강암 같은 모습이 감정을 숨기기 위한 한 방법이라는 것을 알았다.

「당신이 절 쳐다보는 투로 보아 제 말이 마음에 들지 않는 것처럼 생각되는군요. 절 믿고 싶지 않나요?」

캐롤라인이 말했다.

그는 대답하지 않았다. 캐롤라인은 당황해서 얼굴을 찌푸렸다. 그 문제를 중단하기로 마음먹고 그의 손을 놓았다.

「블리츨리에 대해 말해주어서 고마워요.」

그녀가 말했다. 그가 못 가게 잡기 전에, 그녀는 열려진 문을 향해 서둘러 걸어갔다. 입구에서 잠시 멈추고 그를 보려고 돌아섰다.

「그리고 당신의 사과를 받아들이겠어요. 하기가 무척 어려웠을 거란 걸 알아요.」

브래드포드는 처음에는 그녀를 너무 쉽게 보내준 것에 화가 났으나, 조금 지나자 지금의 상황이 그에게 흥미롭다는 것을 느끼게 했다. 그가 생각하기에 브래드포드 공작님이나, 캐롤라인 리치몬드는 그 사실에 조금도 감명 받은 것 같지 않았다. 그는 그녀에게 성큼성큼 다가가 팔꿈치를 잡았다.

「난 사과하지 않았소.」

캐롤라인은 미소를 지으면서 올려다봤다.

「조금만 더 지나면 했을 거예요.」

그녀는 다시 그에게서 떨어져 돌아서서 사람들을 보았다.

브래드포드는 웃음을 터뜨렸다. 그는 그렇게 오랫동안 웃거나 미소지어 본 적이 없었다. 그는 캐롤라인의 말이 옳다는 것을 알았다. 시간이 충분했다면 아마 사과했을 것이다.

그녀는 그에 대해 옳았을 뿐만 아니라 또한 그의 생각에 대해서도 맞았다. 결과야 어찌되었든 그녀가 동의했다면 자신의 정부로 삼으려고 했었다. 그녀가 자신이 알고 있는 대부분의 여자 같다고 생각하다니 그는 충분히 경솔했었다. 이제 그는 자신의 지위와 행동방침을 재평가해야만 했다.

캐롤라인 리치몬드는 브래드포드를 혼란스럽게 했다. 그는 그 사실을 인정하고 싶지 않았다. 그녀는 그의 작위와 재산을 한마디로 일축했고, 그는 그녀의 말을 거의 믿을 뻔했다.

그녀는 내가 줄 수 있는 것이 무엇인지 모르나?

물질적인 제공이 그녀에게 중요하지 않을 것이라고는 생각해보지 않았다. 결국 그녀는 여자일 뿐이야. 단지 다른 여자들보다 영리할 뿐이지. 그리고 좀더 고집이 세고. 하지만 날 단념시킬 수야 없지. 목표물이 아무리 어려울지라도 정복하고 말겠어. 그녀가 지금 누구를 상대하고 있는지 알기나 하는 건지 궁금하군. 분명히 모를 걸. 그는 지금 자신이 인상을 쓰고 있다는 것을 알고는 재빨리 마음속에서 싸우는 감정을 드러내지 않으려고 표정을 바꿨다.

캐롤라인이 사려 깊은 사람을 원한다고 말했었지! 지금까지 생각해봤을 때 브래드포드는 자신이 그렇게 생각되어진 적이 없었다. 과거에 사람들이 쑤군대던 것은 잔인하고 무정하다는 소리였다. 그런데 사려 깊음이라고? 그게 정확히 뭘 의미하는 건지 모르겠군. 그는 물론 알아낼 것이다. 그녀가 사려 깊음을 요구한다면 하느님께 맹세코 그것을 그녀가 갖게 될 것이라고.

「여기 있었구나, 캐롤라인.」

캐롤라인 아버지의 목소리가 브래드포드의 생각을 중단시켰다. 무도회장 입구에 다 와서 백작이 나타났다.

「그렇게 말없이 나가면 안된단다, 애야.」

「죄송해요, 아버지.」

반성의 빛을 보이면서 캐롤라인이 대답하고는 그의 뺨에 재빨리 키스를 했다.

「제가 넋을 잃었었나봐요.」

그녀는 브래드포드를 향해 뒤를 힐끗 보면서 덧붙였다.

「그래, 물론 그렇겠지. 네가 처음으로 밖에서 보내는 밤이니 이해할 수 있다. 즐겁니?」

블랙스톤은 기대감을 나타내는 미소를 지으면서 물었다.

그녀는 그가 기대하고 있는 것이 무엇인지 알고 있었다.

「정말 모든 것이 훌륭하고 만족스러워요. 그리고 재미있는 사람도 여러분 만났어요.」

그녀가 아버지를 보고 미소지었다. 그녀의 온화한 시선에는 애정이 감돌았다. 브래드포드가 그들에게 다가갔을 때 두 사람 사이에서 느껴지는 특별한 관계가 그는 몹시 부러웠다. 또한 그는 블랙스톤이 딸을 식민지로 보내고 14년 동안이나 만나보지 않았다는 사실을 알기 때문에 그건 주목할 만한 일이라고 생각했다. 그 행동으로 보아 그에 대한 그녀의 사랑이 거짓이 아니라는 것이 분명했지만, 브래드포드는 모든 것을 다 이해할 수는 없었다.

「네가 재밌을 줄 알았다. 그리고 자네, 브래드포드는 어떤가? 오늘 밤이 즐거운가?」

그녀의 아버지가 명랑하게 말했다.

브래드포드가 대답도 하기 전에 블랙스톤이 말을 이었다.

「자네가 오늘 밤 꽤나 큰 소동을 일으켰군. 보통 이런 모임엔 참석을 안 했지 않나?」

「제가 그 동안 의무에 태만했었죠. 그러나 습관을 바꾸기로 했습니다. 오늘 밤은 아주 흥미진진하군요. 대단히 즐겁습니다.」

브래드포드가 캐롤라인을 힐끗 보면서 말했다.

「오! 채러티와 후작님이 이리 오는군.」

백작은 질녀와 처남이 올 때까지 기다렸다가 브래드포드에게 말했다.

「에임스몬드 후작님을 알고 있지?」

캐롤라인은 아버지의 목소리가 아주 예의가 바른 존경스런 말투로 보아 브래드포드가 이곳에 참석한 작위가 있는 신사들 중에서 가장 중요한 사람임에 틀림없다고 생각했다. 그녀는 그가 아버지나 삼촌보다 훨씬 더 나이가 적다는 사실이 우스웠다.

브래드포드는 후작을 기억하고 있다고 고개를 끄덕였다. 그의 지위에 맞는 인사로 공작은 고개를 짧게 끄덕였다. 그는 확실히 예의 바르게 행동하는 방법을 알고 있군! 캐롤라인은 미소를 지었으나 그 이유를 설명할 수 없었다. 그녀는 그의 예의바른 행동이 좋았고, 그의 성질에 새로운 점을 부가시켰다.

「다시 만나게 돼서 반갑군요, 에임스몬드.」

「나도 그렇게 생각하오, 브래드포드.」

후작이 웃으면서 대답했다. 그리고는 캐롤라인의 아버지를 쳐다보고 말했다.

「호스트가 우리에게 할말이 있다고 했네.」

「알았어요. 곧 돌아오겠다, 캐롤라인.」

백작이 대답했다.

「허락해주신다면 캐롤라인을 밀포드 허스트 백작님에게 소개하고 오겠습니다.」

브래드포드가 끼여들었다.

캐롤라인의 아버지는 미소를 짓고 승낙의 뜻으로 고개를 끄덕였다. 그는 채러티와 함께 후작의 뒤를 따라갔다.

브래드포드는 무도회장의 가장자리의 벽 쪽으로 캐롤라인을 데리고 갔다.

밀포드는 브래드포드가 아름다운 여자와 팔짱을 끼고 다가오는 것을 보고 즉시 대화를 나누던 사람들에게 정중히 인사를 하고 두 사람을 향해 걸어왔다.

「캐롤라인, 내 친구를 소개하겠소, 윌리엄 섬머스 밀포드 허스트 백작이오. 밀포드, 이쪽은 블랙스톤 백작님의 따님인 레이디 캐롤라인 메리 리치몬드라네.」

브래드포드가 말했다.

「만나뵙게 되서 기쁘군요.」

캐롤라인은 말했다. 그녀의 손을 잡고 있는 잘생긴 남자를 평가하면서 가볍게 인사를 했다. 그의 웃는 모습이나 반짝이는 초록색 눈빛은 한 눈에 보아도 장난꾸러기 같아 보였다.

「나도 기쁘오.」

밀포드가 형식을 갖춘 인사를 하면서 말했다.

「이분이 식민지에서 온 바로 그 숙녀분이군. 또한 당신이 입고 있는 것은 새 드레스지요?」

그가 캐롤라인에게 물었다.

그녀는 그 물음에 깜짝 놀랐으나 이내 고개를 끄덕였다.

「그래요. 마담 뉴코트가 지은 거예요.」

그녀가 덧붙였다.

밀포드는 브래드포드에게 알겠다는 눈길을 던지고는 혼자서 웃었다.

캐롤라인이 두 사람 사이에 뭐가 흐르는지 알지 못했으나 곰곰이 생각할 시간이 없었다. 채러티가 다가와 폭넓은 치마를 펄럭이면서 멈춰섰다. 그녀는 브래드포드와 그의 친구를 보고 생긋 웃었다.

브래드포드는 즉시 그녀를 밀포드에게 소개했다. 채러티가 브래드포드와 밀포드에게 수다를 떠는 동안에 블랙스톤이 다가오자, 브래드포드는 블랙스톤에게 사적으로 만나줄 것을 재빨리 요청했다.

브래드포드와 백작이 앨코브로 가자마자, 밀포드는 채러티와 캐롤라인에게 마실 것을 가져다주었다. 채러티가 계속 대화를 주도해나갔고, 캐롤라인은 사촌이 흥분해서 하는 말을 인내심을 갖고 들으면서 미소지었다. 밀포드가 채러티의 말을 유심히 들어주는 것으로 봐서 그가 좋은 사람이고, 쉽게 친해질 수 있는 사람이라고 판단했다. 그는 천성이 온화한 것 같아 보였다.

「언제부터 브래드포드와 알고 지냈어요?」

채러티가 말을 멈추자 캐롤라인이 물었다.

「아주 어렸을 때부터요. 우린 친형제 같은 사이요.」

밀포드가 대답했다.

「저희도 친자매 같아요. 오, 이런, 우리의 호스트가 내게 신호를 보내고 있잖아? 내가 이번엔 그와 춤추겠다고 약속한 게 분명해. 그는 나이에 비해서 정말 기운이 넘쳐흘러! 제가 실례해도 될까요?」

그녀는 치마를 들어올리면서 한숨을 쉬고는 캐롤라인에게 속삭였다.

「내 발이 견디어낼 수 있도록 기도해줘.」

그리고는 핑크색 실크 드레스를 휘날리며 허둥지둥 떠났다.

「난 당신에게 빚이 있소.」

캐롤라인과 단 둘이 있게 되자 밀포드가 말했다.

캐롤라인은 밀포드에게 혼란스럽다는 표정을 지어 보이면서 설명해주기를 기다렸다.

「브래드포드는 웃음을 잊고 살아왔소. 그런데 당신이 그에게 웃음을 되찾아준 것이오.」

캐롤라인은 웃었다.

「그는 태평스런 성격은 아닌 것 같아요, 그렇지 않나요?」

밀포드는 고개를 끄덕이며 싱긋 웃었다.

「날카로운 관찰력이오. 내가 당신을 좋아하게 될 거란 걸 난 알고 있었소.」

그가 말했다.

캐롤라인의 눈이 휘둥그래졌다. 오늘 밤은 놀라운 일 투성이군. 처음엔 브래드포드가 내 과거에 대해 조용히 읊어대더니, 이젠 그의 친구까지도 날 알고 있다고 말하고 있네. 날 모르는 사람이 도대체 누구지?

「브래드포드에 대한 말을 몇 마디 들었어요. 그가 웃는 게 왜 그렇게 큰 사건이지요?」

캐롤라인이 말했다.

밀포드가 어깨를 움츠렸다.

「그를 웃게 할 만한 일은 그리 많지 않지요.」

그의 대답은 캐롤라인의 호기심을 채워주지 못했다.

「당신이 좋은 사람이라고 생각해요.」

캐롤라인이 말했다.

「그는 좋은 사람이고, 난 그렇지 않소?」

캐롤라인의 뒤에서 브래드포드의 목소리가 들려왔다.

「정확히 그래요. 당신 친구에게서 좀 배우세요.」

캐롤라인이 뒤를 돌아보며 대답했다.

브래드포드는 얼굴을 찡그렸다. 두 사람을 유심히 보면서 밀포드는 캐롤라인이 그의 친구를 조금도 불쾌하게 만들지 않았다는 것을 알았다.

캐롤라인은 자신이 사려 깊은 남자와 결혼하고 싶고, 그는 자격이 없다고 브래드포드에게 말한 것을 기억했다. 그의 초조함을 알아채고는 웃었다.

저녁식사가 준비되었다는 말을 듣고 캐롤라인은 우거지상을 하고 있는 적수를 계속 집적거릴 수 없게 되어서 유감스러웠다. 브래드포드와 밀포드 둘 다 그녀에게 팔을 내밀었으나, 그녀는 아버지와 삼촌과 함께 식사를 해야 한다고 말하면서 초대를 거절했다.

그녀는 주변을 둘러보고는 아주 많은 사람들에게 둘러싸여 있는 아버지를 발견했다. 브래드포드는 그녀의 시선을 따라가다가 더욱 심하게 얼굴을 찡그렸다.

「당신 아버지를 통해서 당신의 관심을 끌고자 하는군.」

브래드포드가 넌더리가 난다는 말투로 말했다.

캐롤라인은 돌아서서 그를 보았다.

「자넨 밤새도록 캐롤라인 옆에 있을 작정인가?」

밀포드가 싱글거리면서 물었다.

「아니.」

브래드포드는 대답했다. 그는 친구가 놀리고 있다는 것을 알면서도 초조함이 사라지지 않았다.

「그러나 오늘 밤이 끝나기 전에 저기 있는 열성적인 남자들과 이야기를 좀 할 걸세.」

밀포드는 낄낄 웃고는 캐롤라인에게 고개를 숙여 인사하고 그 자리를 떠났다. 브래드포드는 소유의 뜻으로 밖에는 해석할 수 없게 캐롤라인의 팔을 잡고 식당으로 데리고 갔다.

「채러티와 이야기하고 있는 사람이 스탠톤 백작님 아닌가요?」

캐롤라인이 물었다. 오늘 밤의 시작 무렵에 소개받았던 젊은 남자를 기억해냈다.

「아니오, 그는 스탠톤 백작이오.」

브래드포드가 대답했다.

캐롤라인은 브래드포드가 놀리는 것 같아 그를 보려고 위를 쳐다봤다. 그러나 그의 얼굴은 무표정해서 무슨 생각을 하는지 알 수가 없었다.

「제가 그렇게 말하지 않았던가요?」

그녀가 물었다.

브래드포드는 캐롤라인이 그의 말을 이해하지 못했다는 것을 알자 미소를 지었다. 아주 부드러운 미소를 지어서 캐롤라인에게 호기심을 불러일으켰다.

「'님'자를 붙이는 데는 구별이 있소. 스탠톤 백작님이라고 부른다면 그가 가족 중에서 최고로 높은 작위를 가졌다는 소리요. 그러나 스탠톤 백작이라고 말한다면 그의 가계에 더 높은 작위를 가진 사람이 있다는 소리요.」

브래드포드가 설명했다.

「가르쳐줘서 고마워요.」

캐롤라인이 말했다. 목소리에는 감사함이 가득했다.

「브래드포드 공작님이라고 부르는 것을 보니 당신 가족 중에서는 당신이 가장 작위가 높은가보죠?」

「그렇소 그러나 난 웰번 백작, 캔톤 백작, 섬머톤햄 후작, 밴톤 자작이기도 하오.」

브래드포드가 말했다.

브래드포드는 캐롤라인이 자신의 작위에 대해 놀랍다는 반응을 보이자 웃었다.

「당신은 기사이기도 하나요?」

그녀는 머리를 저으면서 물었다.

「아직은 아니오. 기사가 되는 영광은 왕이 직접 수여하는 것이지 상속

되는 것이 아니오.」

그가 대답했다.

「알겠어요. 당신은 제가 슬플 정도로 교양이 부족하다고 생각하시겠군요. 하지만 전 보스턴에서 자랐고, 거기에서는 작위가 중요하지 않아요. 게다가 사실 핸리 삼촌은 제가 영국으로 돌아올 거라곤 생각지 않으셨어요. 삼촌은 태어나기 전에 조상들이 이루어놓은 것에 의해서가 아니라 자신이 성취한 것에 의해 평가되야 한다고 믿으셨죠. 그런 이유 때문에 절 적절하게 가르치지 않았다고 생각해요. 삼촌과 저는 그게 필요하다거나 중요하다고 생각하지 않았거든요.」

캐롤라인이 말했다.

블랙스톤 백작이 다가오자 브래드포드는 떠나야만 했다.

「그 이야긴 내일 다시 하도록 합시다.」

그가 떠나기 전에 말했다. 그는 마지못해 그녀의 팔을 놓았다. 그러고 나자 그녀의 감촉이 그리웠다.

「내가 방문할 때 말이오. 당신 아버님이 허락해주셨소.」

캐롤라인은 아버지와 마주보면서 삼촌 옆에 앉아서 저녁식사를 했다. 두 사람이 사랑했던 여자인 캐롤라인의 어머니에 대한 추억을 되살려 이야기를 주고받는 아버지와 삼촌 모습에서 캐롤라인은 두 사람 사이가 다시 옛날처럼 좋아졌다는 것을 알았다.

브래드포드가 채러티를 식탁으로 데려다주고 다시 떠났다. 그는 무표정한 얼굴로 그녀에게 밤 인사를 했고, 캐롤라인은 그의 눈에 나타난 즐거움을 읽었다.

「정말 당황스러웠어! 내가 우리의 호스트에게 말을 하고 있다고 생각했는데 그가 어디로 가고 없는 거야. 그래서 난 사람들을 보느라고 정신이 없었어. 브래드포드가 나한테 다가왔을 때, 내가 분개하며 깊은 토론을 하고 있는 중이라고 생각했을 게 분명해.」

채러티가 자리에 앉자마자 캐롤라인에게 속삭였다.

캐롤라인은 샴페인을 마시다가 사레가 들 뻔했다. 그녀는 채러티의 감

정이 상할 거라는 것을 알기 때문에 웃지 않으려고 필사적으로 노력했
다. 그녀의 사촌은 아주 굴욕감을 느낀 것처럼 보였다.

「그가 뭐라 그랬는데?」

캐롤라인이 물었다.

「아무 말도 안했어. 단지 내 팔꿈치를 잡곤 여기에 데려다주었을 뿐이
야. 그는 신사야.」

채러티가 한숨을 쉬면서 작은 소리로 대답했다.

캐롤라인은 고개를 끄덕였다. 그녀는 아버지를 보고 채러티의 안경을
달라고 했다. 그러고 나서 그녀는 안경을 쓰라는 표정으로 사촌을 보면
서 그것을 건네주었다.

「너의 브래드포드에 대해 하는 말을 모두 들었니?」

채러티가 작은 목소리로 다시 물었다. 그녀는 캐롤라인의 아버지와 삼
촌 사이에 진행중인 대화를 방해하고 싶지 않았다.

「그 사람은 내 브래드포드가 아니야.」

캐롤라인이 항의했다. 그러나 물어보지 않을 수가 없었다.

「무슨 말인데?」

「그 남잔 어디에도 참석하지 않았대. 모든 사람들이 오늘 밤에 놀랐
대. 또한 그는 정말로 즐거운 것처럼 보여. 우리의 호스트도 매우 기뻐
하고 있어. 캐롤라인! 네 아버지가 수년 동안 사람들 앞에 나타나지 않
았다는 것을 알고 있었니? 그 두 기적을 일으킨 것이 바로 너라고 모두
가 믿고 있더라.」

캐롤라인은 밀포드가 그의 친구에게 웃음을 되찾아주어 그녀에게 빚
졌다고 한 말을 기억해냈다.

「그는 단지 잊어버리고 있었을 뿐이야.」

캐롤라인이 속삭였다.

캐롤라인이 고개를 들자 매우 예쁜 숙녀들 가운데 서 있는 브래드포
드가 보였다. 그들은 모두 수줍은 체하며 낄낄대고 있었다. 캐롤라인은
그 멍청한 여자들이 그에게 아양을 떨어대는 모습에 짜증이 났다. 왜 짜

증이 나는지 이해할 수가 없었다. 내가 어떻게 된 거야.

그녀는 더 이상 자신의 감정에 대해서 생각하지 않으려고 노력했다. 그때부터 그녀는 아버지와 삼촌의 친구와 친지를 만나느라 정신이 없었다. 중요한 사람을 잘못 불러서 자신의 무지를 드러낼까봐 걱정하면서 새로운 사람이 올 때마다 가능한 말수를 줄였다.

캐롤라인은 자신이 외딴 농장소녀 같다고 느꼈다. 그리고 영국 상류사회 사람들과 무수히 많은 인사를 하면서도 자신이 전혀 어울리지 않는 장소에 있다고 생각했다.

그녀는 아버지의 오랜 친구인 레이디 틸만을 소개받았다. 삼촌이 낮은 목소리로 그녀가 캐롤라인의 아버지를 한때 흠모했었다고 속삭였다.

레이디 틸만은 단지 좀더 나이가 들었고, 좀더 뚱뚱했을 뿐, 무도회에 참석한 다른 여자들과 거의 비슷했다. 그녀가 조심스럽게 기쁨과 흥미와 즐거움을 나타내자 캐롤라인은 거울 앞에서 표정연습을 했음에 틀림없다고 생각했다.

캐롤라인은 그녀를 지루하고 작위적이라고 생각했고, 그녀의 꾸며낸 매력에 실망했다. 또한 아버지가 그 여자에게 정말로 사로잡힌 것 같아서 실망했다.

캐롤라인은 레이디 틸만의 시선을 참아내기로 마음먹었다. 아버지가 얼마나 외로우셨을까 하는 생각에 그녀는 죄의식에 사로잡혔다. 그를 위해서라도 그 회색머리에 갈색 눈동자의 여자를 좋아하도록 노력해야 했다. 그러나 잠시 후에 캐롤라인은 그럴 수 없다는 것을 깨달았다. 특히 그 나이든 여자가 전혀 웃기지 않은 말에도 낄낄대는 행동이 작위적인 행동들이라고 느껴지면서 더욱 그랬다.

레이디 틸만의 딸은 외모에서나 표정에서나 그녀 어머니의 젊었을 때 모습처럼 보였다. 게다가 그녀는 나약해 보이기까지 했다.

레이첼 틸만을 대변해서 레이디 틸만이 캐롤라인과 채러티에게 알려주었다. 그리고 나서 그녀는 레이첼의 신랑감으로 정한 백작을 찾아 그 자리를 떠났다. 잠시 후 그 신랑감이 와서 나이젤 크레스트월이라고 소개하자 캐롤라인은 레이첼 틸만에 대해 또 다른 새로운 연민을 느꼈다. 그녀가 정말로 안쓰럽게 느껴졌다.

나이젤 크리스트월은 여우같이 눈이 교활해 보였다. 그는 캐롤라인을 똑바로 보지 않고 힐끔거리며 곁눈질했다. 캐롤라인은 나이젤과 함께 있는 게 매우 불편했지만 레이첼이 그에게 춤추자고 칭얼거리자 그녀가 고마웠다.

후작님이 피곤해 보여 캐롤라인이 후식을 먹으러 식당으로 가자고 제안했다. 그들이 앉았을 때 클레이미어 자작이 나타나 매우 극적으로 같이 앉게 해달라고 간청했다. 그러고 나자 테렌스 세인트 제임스도 자기 소개를 하고는 의자에 앉았다.

클레이미어 자작과 세인트 제임스가 시선을 끌기 위해 경쟁하는 논쟁을 들으면서 캐롤라인은 금세 싫증을 느꼈다. 문득 고개를 들어보니 방 건너편에 서서 자신을 바라보고 있는 브래드포드가 보였다. 캐롤라인이 보기에 매달려 있다고 밖에는 표현할 수 없게, 한 여자가 그의 옆에서 숭배하다시피 그를 올려다보고 있었다.

브래드포드는 와인잔을 들고는 인사의 뜻으로 기울였다. 아마도 건배를 하자는 것이라고 캐롤라인은 생각했다. 그녀는 고개를 끄덕이고는 컵을 잡았다. 순간, 자작이 몸을 앞으로 숙이는 바람에 캐롤라인은 손에서 컵을 놓쳤다. 마직으로된 테이블보에 샴페인이 쏟아졌으나 못 본 체하고 캐롤라인은 자작을 진정시키려고 노력했다. 그는 야단법석을 떨며 사과를 해댔고, 그녀는 이를 악물고 들어야만 했다.

마침내 그가 조용해지자, 그녀는 다시 브래드포드를 쳐다보았다. 그리고는 그 사건에 브래드포드 공작이 대단히 즐거워한다는 것을 알았다. 그는 입이 찢어져라 웃고 있었다.

캐롤라인도 같이 웃고 나서 머리를 가로젓고는 주변에서 하고 있는 대화에 다시 신경을 썼다. 세인트 제임스가 자꾸 손을 잡아서 그녀는 되풀이해서 빼내야만 했다.

마침내 파티가 끝날 무렵이 되었다. 캐롤라인은 삼촌을 꼭 껴안고 모레 차를 마시러 가겠다고 열 번이나 약속했다. 그러고 나서 채러티와 함께 애쉬포드 공작에게 오늘 파티가 무척 즐거웠다고 작별 인사를 했다.

「브래드포드가 무슨 말을 하던가요?」

캐롤라인이 아버지에게 물었다.

「내일 방문하겠다고 그러더구나.」

아버지가 매우 만족스럽다는 투로 말했다.

「내게 그런 허락을 구한 사람이 벌써 50명이나 있다고 말해주었지. 그 소식을 전혀 좋아하지 않더구나.」

기쁜 표정으로 아버지가 웃으면서 말했다.

「브래드포드는 캐롤라인을 쫓아다니고 있어요」

채러티가 말했다.

「영국 남자 반 정도는 쫓아다니고 있을 걸. 그러나 네 사촌만 초대를 받은 것이 아니지. 난 네 관심을 끌고자 하는 말도 수없이 들었단다, 채러티.」

「그러셨다고요?」

채러티는 삼촌의 말에 지나치게 기뻐하진 않았다.

「그렇단다, 그리고 내일 또 그럴 게 분명하단다. 나도 아주 오래 전에 실제로 구혼을 해봤지만 방식이 바뀌었을지는 몰라도 내 생각엔 너희 둘 다 꽃다발과 편지를 받을 게다. 알다시피 최신 유행을 따라가기가 쉽지는 않구나.」

아버지는 채러티의 깜짝 놀라는 표정을 보고는 그녀의 관심을 끌고자 하는 남자들에 관해 계속해서 말씀하셨다. 캐롤라인은 조용히 하라고 신호를 보내기 위해 그녀의 눈을 보고 머리를 흔들었다. 아버지의 즐거움을 빼앗고 싶지 않았다. 채러티와 단 둘이 있게 되면 천천히 이야기 할 수 있을 거야.

채러티는 그 의미를 알아차리고는 고개를 끄덕였다. 캐롤라인은 아버지의 말을 유심히 들으려고 했으나, 브래드포드의 얼굴이 자꾸만 떠올랐다. 문득 보스턴에 있는 구혼자인 클레런스가 생각났다. 그리고는 클레

런스와 브래드포드가 나란히 서 있는 모습을 그리며 캐롤라인은 신음
소리를 냈다.

두 남자를 비교한다는 자체가 웃기는 일이었다. 클레런스는 아직 소년
이지만 브레드포드는 남자였다.

클레런스는 캐롤라인과 있을 때 몹시 불안해하고 쑥스러워해서 그를
볼 때마다 그녀는 농장에서 갓 태어난 망아지가 떠올랐다.

그와 반대로 브래드포드를 보면 캐롤라인은 좋아하는 종마가 생각났
다. 브래드포드는 강하고 활기가 있었다. 자세에선 자신감과 힘이 묻어
나왔다. 그녀의 종마같이 그도 인내심이 있는지 궁금했다. 그 생각에 그
녀는 잠깐 머뭇거렸다. 날 가지려고 하는 욕망을 그가 참아낼 수 있을
까? 그건 말도 안되는 비교였고, 캐롤라인은 이런 우스꽝스러운 생각을
하는 것이 지쳐서 일 거라고 생각했다.

6

캐롤라인은 사촌이 푹 자고 난 아침에 폴 블리츨리에 대해 이야기하기로 결심했다.

채러티의 침실로 잘 자라는 인사를 하려고 갔는데 사촌이 침대에 누워 베개를 꼭 껴안고 울고 있었다.

「네가 쭉 옳았어. 그는 수치를 아는 사람이 아니었어. 난 최고로 끔찍한 생각을 하고 있어, 캐롤라인. 그 사람을 찾아가서 날 위해 그를 총으로 쏴줬으면 정말 좋겠어.」

채러티가 울면서 말했다.

캐롤라인은 얼굴에 미소를 띤 채 채러티의 침대 옆에 앉았다.

「참 끔찍한 생각이구나. 그러나 블리츨리에 대해 틀린 건 바로 나야. 네가 아니라, 채러티. 지금부터 난 남자에 관한 한 네 말을 듣겠어. 네 육감이 옳았어.」

캐롤라인이 말했다.

「날 놀리고 있니?」

그녀가 눈물을 닦고는 몸을 일으켰다.

「뭔가 알고 있구나, 그렇지? 말해줘!」

「블리즐리는 보스턴에서 일어난 폭발사고로 다쳤대. 너도 그날 밤 기억나지, 채러티? 항구가 화염에 휩싸였을 때 침실 창문으로 주홍색 빛을 봤잖아?」

「그래, 물론 기억나. 오 이런, 그에게 무슨 일이 일어났는지 말해줘.」

채러티의 요청에 서둘러서 캐롤라인은 자신이 알고 있는 나머지 이야기를 했다.

「내가 어떻게 해야 하지?」

캐롤라인의 이야기를 듣고 있던 채러티가 물었다.

「그가 친구들조차 만나지 않는다고 브래드포드가 말했다며. 오, 불쌍한 나의 폴! 그가 고통을 겪고 있음이 분명해.」

그녀는 다시 울기 시작했다. 몇 분 동안 채러티는 베개를 적시면서 울었다.

캐롤라인이 더 이상 참아낼 수 없을 때까지 우는소리를 들었다. 그녀는 불합리한 생각을 하나씩 지워 나가면서 계획을 생각해내려고 대단히 노력했다. 채러티가 그렇게 큰소리로 울지만 않으면 얼마나 좋을까!

갑자기 모든 방법이 떠올랐다. 캐롤라인은 사촌에게 웃으면서 말했다.

「네가 눈물을 그친다면 방법이 있을 것도 같은데. 내가 브래드포드에게 부탁은 해보겠지만 이건 별로 도움이 될 것 같지 않아.」

「무슨 도움?」

채러티는 캐롤라인의 손을 잡고는 온힘을 다해 꽉 조였다. 그녀의 몸은 작았지만 캐롤라인은 그녀의 힘이 헤라클레스 같다고 생각했다.

「너 혼자 폴을 만나서 그에게 네가 진실로 사랑하고 있다고 납득시키는 거야, 알겠어?」

채러티가 힘차게 고개를 끄덕이자 머리 꼭대기에 묶어놓은 머리카락이 풀어졌다.

「브래드포드가 만나게 해줄 거야. 내가 그렇게 하도록 할게. 나머지는 네게 달려 있어, 채러티. 내 계획에선 네가 그 어려운 역할을 해내야 하고 넌 반드시 해내고 말 거야.」

「내가 잘할 리가 없어!」

「그럼, 모든 걸 망치게 되는데.」

캐롤라인이 계획에 몰두해서 말했다.

「이해가 안돼.」

채러티가 얼굴을 찡그리면서 말했다.

「내가 벤자민을 집으로 데리고 왔던 아침을 기억하니?」

「응. 난 부엌으로 들어가 그가 손에 칼을 들고 앉아 있는 것을 보곤 몹시 놀랐지.」

「하지만 두려워한다는 모습은 보이지 않았잖아. 그리고 네 오빠들도 마찬가지였어. 케이먼이 자기 소개를 하고 나서 벤자민한테 악수를 청한 것을 기억하니?」

「응, 하지만 그게 폴하고 무슨 상관이니?」

「내 얘기를 들어봐. 벤자민은 우리를 전혀 믿지 않았어. 그렇지만 모두가 그곳에서 그를 발견한 게 그냥 아무 일도 아니라는 듯이 행동했지. 엄마가 들어와서 그 사람을 보고는 상처를 치료해주겠다고 즉시 말씀하셨지. 가엾은 벤자민은 어떻게 해볼 기회도 없었어. 그가 말하기 전에 그를 침대에 눕히고는 상처를 치료하고 붕대로 묶어주고 나서 음식을 줬어. 내가 옳게 기억한다면, 그는 칼을 내려놓지도 않았어. 첫날엔 그걸 꼭 쥐고 잠을 잤다고 생각해.」

캐롤라인이 말했다.

캐롤라인은 숙모가 얼마나 동정적이었나를 생각하면서 미소 짓고는 계속했다.

「그럼, 이제, 만약 네가 폴에게 알린다면…… 내가 말하고 싶은 것은, 만약 네가 동정심이나 불쌍하다는 맘을 조금이라도 그에게 보인다면 그러면 모든 게 끝나버릴 거야.」

캐롤라인은 채러티에게 계속 설명을 했다. 그리고 설명을 끝내고 났을 때 그게 효과가 있으리란 자신감이 생겼다.

1시간 정도 더 이야기를 하고 나서 채러티에게 다짐을 받았다. 그런 후에 캐롤라인은 내일을 위해 잠을 자야 한다고 말했다.

「하지만 네가 오늘 밤을 어떻게 지냈는지에 대해서는 말하지 않았잖아, 캐롤라인. 난 내가 들은 너에 대한 찬사에 대해 모두 말해야겠어! 넌 정말 대단한 소동을 일으켰어. 모든 여자들이 부러워하더라. 그리고 남자들은 모두가 네 아버지를 통해 널 소개받고자 했고, 너는 그 사실을 알고 있었니? 아아, 이야기할 게 너무나 많아. 네 삼촌인 프랭클린이 그곳에 있었는데도 널 만나러 오지도 않았다는 것을 아니? 그래, 그는 그곳에 있었어. 네 다른 삼촌인 후작님은 정말로 좋은 사람이더라! 하여간 그가 내게 프랭클린을 손가락으로 가리키더니 동생의 주의를 끌고자 손을 흔드셨어. 그러나 프랭클린은 우리 두 사람에게 바로 등을 돌리고는 가버렸어.」

채러티가 급히 말했다.

「아마 못 봤겠지.」

캐롤라인이 말했다.

「난 그때 안경을 쓰고 있진 않았지만 그의 찌푸린 얼굴도 다 볼 수 있었어. 멀리 떨어져 있지 않았거든. 너무나 이상했어. 하지만 영국인은 이상한 사람들이라고 네가 여러 번 말해줘서 난 그 사람의 무례한 행동을 그렇게 이해했어.」

「이상하군. 난 그를 만나지 못했고, 네 생각엔……」

캐롤라인이 대답했다.

「브래드포드가 지금껏 그 어떤 무도회에도 참석하지 않았다고 내가 너에게 말했었던가? 그가 오늘 밤에 그곳에 참석한 유일한 이유는 바로 네가 참석한다는 것을 알고 있었기 때문이라고 난 믿어. 내 말에 아니라고 고개를 젓지 마. 그가 널 쫓아다닐 거라고 전에 내가 말했었지. 그리고 네가 내 육감을 믿겠다고 말했었잖아, 기억나? 이젠 그에 대한 굴욕을 감수하고 네가 그에게 끌렸다는 것을 인정해야만 해. 제발, 캐롤라인,

난 네가 발코니에서 브래드포드와 키스하는 것도 봤어. 게다가 네가 아무도 보지 않는다고 생각할 때도 네가 그를 어떻게 쳐다보고 있었는지도 봤어.」

「내가 그렇게 분명했어?」

캐롤라인은 굴욕감을 느끼며 물었다.

「널 매우 잘 알고 있기 때문에 나는 알 수 있었지.」

채러티가 대답했다.

「맞아, 그에게 끌려. 하지만 그 사람은 날 너무 긴장하게 해.」

캐롤라인이 털어놓았다.

채러티는 미소를 짓고는 캐롤라인의 손을 어머니같이 톡톡 두드렸다.

「채러티, 우리가 영국에 도착한 날부터 내 신념이 완전히 뒤바뀌었다는 것을 알고 있니? 내가 거꾸로 매달린 것 같아. 나는 보스턴으로 돌아갈 것이라고 정말로 믿고 있었어. 너도 내가 그럴 것이라고 얼마나 뽐냈는지 기억하지. 그런데 지금은 이곳에서 살 거란 것을 유순하게 받아들이고 있잖아. 그리고 내가 브래드포드를 만났을 때도, 그가 거만하고 건방지다고 생각했는데 이젠 내가 그 남자를 좋아한다고 털어놨잖아! 내가 어떻게 된 거 아니니?」

「난 네가 지는 것을 배우고 있다고 믿어. 그것 뿐이야. 넌 양보하는 사람이 아니었거든. 난 그게 여자가 되는 과정이라고 생각해.」

캐롤라인이 화난 표정을 짓자 채러티는 웃음을 터뜨렸다.

「내가 아주 딱 맞게 말했다는 것을 알아. 그리고 넌 사랑에 빠진 것 같아, 캐롤라인. 난 정말로 믿어. 그렇게 충격 받지 마. 그게 세상이 끝났다는 말은 아니잖아.」

「그건 말도 안돼.」

캐롤라인이 말했다. 그녀는 일어나서 기지개를 켰다.

「잘 자, 채러티.」

새벽 3시가 지나서야 캐롤라인은 잠자리에 들었다. 마음은 브래드포드와 관계된 의문으로 가득 찼다. 그가 웃는 게 왜 그렇게 기적적인 일이지? 기억해두었다가 그에게 꼭 물어봐야지. 그리고는 얼굴에 웃음을 띤 채 잠이 들었다.

캐롤라인은 보통 때처럼 새벽녘에 잠에서 깨자 스스로에게 정나미가 떨어졌다. 거의 4시간밖에 자지 못해서 눈 밑에 검은 테두리가 생겼다.

베이지색 목이 약간 파진 간편한 옷을 입었고 머리카락을 가지런히 묶고는 차를 마시러 아래층으로 내려갔다.

식당엔 아무도 없었고, 어디에도 차가 준비되어 있지 않았다. 캐롤라인은 긴 복도를 따라 부엌으로 갔다. 캐롤라인이 요리사라고 짐작한 여자가 난롯가에 앉아 있었다.

캐롤라인은 커다란 부엌을 둘러보았다. 벽면에는 찌든 때 위로 먼지가 수북히 쌓여 있었고, 부엌 바닥에도 역시 층층이 먼지가 쌓여 있어 그녀는 소름이 끼쳤다. 그 불결함에 화가 나기 시작했다.

「제 이름은 마리예요. 여기에서 일한 지 1주일 밖에 되지 않았어요. 이곳이 엉망이라 아씨가 화가 나셨다는 것은 알고 있어요. 하지만 아직 청소할 틈이 없었어요.」

요리사가 호전적으로 말했다.

캐롤라인이 날카롭게 쏘아보자 요리사의 태도가 변했다.

「제 문제를 즉시 아시는 게 낫겠군요. 제가 또 고기를 태웠죠.」

캐롤라인은 여자의 목소리에서 묻어나는 적개심을 느끼고는 어리둥절했다.

「여긴 불결해.」

캐롤라인이 대답했다.

「빵은 너무 딱딱해서 씹을 수가 없고요. 그렇다고 절 해고하면, 전 무얼 해야 하죠?」

요리사가 말했다. 그녀는 울음을 터뜨리며 더러운 앞치마 끝으로 눈물을 닦았다. 캐롤라인은 어떤 태도를 취해야 할지 몰랐다. 순간 그녀가 불쌍하다고 느껴졌다.

「고용되기 전에 네가 할 일에 대해 듣지 못했니?」

캐롤라인이 물었다.

그 물음이 요리사에게 다른 고민거리를 안겨줬는지 큰소리로 울기 시작했다.

「뚝 그쳐!」

캐롤라인이 목소리에 날을 세워 말했다. 그 대답으로 요리사는 즉시 몇 번 헐떡거렸다.

「제가 거짓말을 했고, 토비가 추천장을 위조해줬어요. 분명히 그게 정직하지 못한 일이라는 것은 알았지만, 아씨, 전 일자리를 얻어야 했기 때문에 결사적이었고, 제가 잘 해낼 수 있을 거라 생각했어요. 토비의 수입만으로는 살아갈 수 없었거든요, 그래서 제가 어린 커비를 부양하기 위해선 돈을 벌어야만 했어요.」

요리사가 말했다.

「토비와 커비가 누구지?」

걱정으로 가득 찬 매우 온화한 목소리로 캐롤라인이 물었다. 마리는 속였다는 것을 숨김없이 인정하는 것으로 보아 정직한 사람 같았다. 캐롤라인은 그녀가 불쌍했다.

「제 남편과 아이예요. 전 그들에게 음식을 만들어주었는데 전혀 불평이 없었죠. 그래서 전 백작님께도 맞으리라 생각했어요. 이제 절 해고하시면 어떤 일이 벌어질지 모르겠군요!」

마리가 슬픈 얼굴로 대답했다.

캐롤라인은 잠시 동안 마리를 유심히 쳐다봤다. 그녀는 말랐으나 튼튼해보였다. 캐롤라인은 그게 요리하면서 음식을 주워 먹지 않기 때문이라고 생각했다.

「백작님께 말씀드릴 거지요, 아씨?」

마리가 손가락으로 앞치마를 꼬면서 물었다.

「우리가 아마도 타협점을 찾을 수 있을 것 같은데. 이 자리가 얼마만큼이나 탐이 나지?」

캐롤라인이 말했다.

「무슨 짓이라도 하겠어요, 아씨, 무슨 짓이라도요.」

마리가 서둘러 말했다. 그녀의 눈에 나타난 열광적인 표정을 보고 캐롤라인은 그녀가 자기보다 나이가 별로 더 많지 않다고 느꼈다. 피부에도 주름살이 없었다. 단지 눈만이 매우 늙고 지쳐 보였다.

「내 친구 벤자민을 만나 보았겠지?」

그녀가 물었다.

마리가 고개를 끄덕였다.

「그 사람이 아씨의 안전을 배려하고 있다고 들었어요.」

마리가 대답했다.

분명히 벤자민이나 아버지가 말했겠다고 생각하고 캐롤라인은 고개를 끄덕였다.

「그래, 사실이야. 하지만 부엌일도 무척 잘해. 그에게 식사를 준비하라고 부탁해놓을 테니 보고 배워.」

그녀가 말했다.

마리는 다시 고개를 끄덕이고는 벤자민이 원하는 것이면 무엇이든지 하겠다고 맹세했다.

벤자민은 캐롤라인이 상황을 설명해주자 도와줄 수 있어서 기쁘다는 말을 단지 미소로만 나타냈다. 그가 요리를 하는 것을 얼마나 좋아하는지 몰랐다면 캐롤라인은 조금이라도 그 일을 할 것을 제안하지 않았을 것이다.

마리와 벤자민이 부엌에서 서로의 영역을 구분 짓고 나자 상황이 잘 돌아갔다. 마리는 매우 겸손해하고 고마워하는 것 같았고, 벤자민도 스스로 알아서 일을 잘 처리했다. 캐롤라인은 두 사람을 남겨두고 차를 들고 식당으로 가서 아버지를 기다렸다.

1시간이 지나서야 블랙스톤 백작이 식당으로 들어왔다. 그가 생애 최고의 아침식사라고 말한 것을 먹는 동안 캐롤라인은 그와 함께 앉아 있었다. 그러고 나서 아침에 도착한 쪽지 더미를 살펴봤다. 빠른 시간 안에 만나고 싶다는 간청이 담긴 메모와 함께 꽃다발이 캐롤라인에게 밀물처럼 밀려들었다.

「브래드포드 공작님이 오늘 오후 2시에 방문할 거라고 말했니?」

아버지가 물었다.

「2시라고요?」

순간, 캐롤라인은 숨을 헐떡였다. 그녀는 자리에서 벌떡 일어나 거의 정신이 나간 사람처럼 행동했다.

「2시간도 남지 않았잖아요! 즉시 옷을 갈아입어야겠어요.」

아버지는 고개를 끄덕이고는 그녀를 뒤에서 불렀다.

「오늘 밤엔 클레이미어 자작네서 여는 파티에 참석할 거다.」

캐롤라인이 문가에서 멈춰 섰다.

「클레이미어라면 지난 밤에 만났던 그 서투른 신사분이 아닌가요?」

아버지가 고개를 끄덕이자, 캐롤라인은 난감하다는 듯이 허공을 쳐다봤다.

「그렇다면 오늘 밤에는 아이보리색 드레스는 입지 말아야 하겠군요. 그가 또 뭔가 엎지를 테니까요. 새까만 색은 유행에 맞지 않겠죠.」

캐롤라인이 어깨 너머로 소리쳤다.

브래드포드는 15분이나 늦게 왔다. 캐롤라인이 응접실로 천천히 걸어가고 있을 때였다. 데이톤이 공작님이라고 부르는 소리가 들리고 문 여는 소리와 함께 그가 나타났다.

브래드포드는 매우 건강해 보였다. 사슴가죽 바지는 전에 봤을 때처럼 꼭 맞았다. 그녀는 두드러지게 잘생긴 그의 모습에 미소를 지었다. 그는 진한 초콜릿색 외투를 입고 있어서 하얀 넥타이가 돋보였다. 그의 헤시안 부츠가 너무나 반짝거려서 고개를 숙이면 얼굴이 보일 것 같다고 생각했다.

그가 옷에 신경을 쓴 게 분명해. 하지만 나도 그랬는데 뭐, 하고 캐롤라인은 생각했다.

그녀는 어깨선이 솟은 연한 자주색 드레스를 입고 있었다. 메리 마가 렛이 그녀의 머리를 가지런히 빗어 땋아주었고, 얼굴 옆으로 머리카락 몇 가닥을 늘어뜨렸다.

자신이 브래드포드를 뚫어지게 쳐다보고 있다는 것을 캐롤라인은 깨달았다. 보라색 가죽 신발을 보이게 치맛자락을 들고는 정중하게 무릎을 굽혀 절을 했다.

「늦으셨군요, 공작님. 왜 늦으셨죠?」

그녀의 버릇없는 행동이 웃음을 자아냈다.

「그럼, 당신이 5분 정도 빨리 기다렸군. 숙녀는 아주 푹 빠졌다는 인상을 주지 않기 위해서 적어도 20분은 구혼자를 기다리게 한다는 말을 모르오?」

「그럼, 당신이 제 구혼잔가요?」

캐롤라인은 그를 향해 걸어가면서 물었다.

브래드포드는 그녀의 눈이 장난기로 반짝이는 것을 보고 고개를 끄덕였다.

「그럼, 당신은 푹 빠져 있소?」

그가 응수했다.

「물론이지요. 당신이 부유하고, 존경받고 있다는 것을 알고는 자연스레 푹 빠져버렸죠. 그걸 믿지 않으세요?」

그녀는 그의 표정이 끔찍하게도 기분 나빠하는 것처럼 보인다고 생각하면서 웃었다.

「내가 적당한 인사조차 하지 않았는데 당신은 날 도발하고 있소.」

그가 무겁게 한숨을 내쉬면서 말했다.

「하지만 좀 전에 우린 서로 인사를 했어요.」

캐롤라인이 반박했다. 브래드포드 공작이 놀랄 만한 속도로 다가오자 캐롤라인의 미소와 장난스런 분위기가 이내 사라졌다. 캐롤라인은 재빨리 뒤로 물러섰으나 긴 의자가 놓여 있어서 더 이상 뒤로 가지 못하고 그에게 붙잡혔다.

브래드포드는 캐롤라인의 어깨를 잡고는 천천히 끌어당겼다. 그가 뭘 하려는지는 아주 분명했다. 캐롤라인은 그의 어깨 너머를 쳐다보며 그를 밀어내려고 미친 듯이 애를 썼다. 문이 활짝 열려 있어서 아버지가 언제라도 들어올 수 있었다. 데이톤이 브래드포드가 도착했다는 것을 알리러 갔다는 것을 알았다. 이렇게 평판을 더럽히는 자세로 있는 자신을 보여줄 순 없었다.

「제 아버지께서…….」

캐롤라인은 말을 끝낼 수가 없었다. 브래드포드가 입술에 취할 것 같은 키스를 하자 그녀의 말하고자 하는 의도가 즉시 사라져버렸다. 그녀는 그의 얼굴을 만지면서 즉시 반응했다. 그와의 달콤한 키스에 그녀의 반항심이 사라져버린 것이다. 그리고 브래드포드가 얼굴을 들었을 때 캐롤라인은 아쉬움을 억눌러야 했다. 그가 웃기 시작했기 때문에 그런 생각이 그녀의 눈에 드러난 것이 분명했다.

「왜 어젯밤에 했던 것처럼 그런 식으로 키스하지 않는 거죠?」

캐롤라인이 물었다. 아직도 그의 얼굴을 만지고 있다는 것을 알아차리고는 재빨리 손을 내렸다.

「내가 어제처럼 키스를 하면 나 자신을 자제할 수가 없기 때문이오. 난 내 한계를 알고 있소.」

부드럽게 웃으면서 그녀가 사용한 말을 흉내내면서 그가 말했다.

「제가 당신의 자제력을 잃게 할 수 있다고 말하는 거예요?」

캐롤라인이 물었다.

브래드포드는 그녀의 푸른색 눈동자에 숨어 있는 즐거움을 보고는 그녀가 너무나 순진하다고 다시 한번 생각했다.

캐롤라인은 그를 놀리고 싶었으나 그녀의 말이 사실이라는 증거가 없었다. 그의 자제력을 잃게 할 수 있다고.

「당신이 대답해주지 않으므로 내릴 수 있는 결론은 하나뿐이군요!」

캐롤라인은 손뼉을 치면서 웃고는 난로 옆에 있는 안락의자로 건방진 발걸음으로 걸어갔다.

「그게 절 매우 강력하게 해주는 거죠, 공작님? 전 당신의 반밖에 안되는데도요.」

브래드포드는 다른 안락의자에 앉아서 긴 근육질의 다리를 앞으로 쭉 뻗었다. 편한 자세로 다리를 교차시키고는 캐롤라인의 물음에 어떻게 대답할까 생각했다. 그는 그녀를 1분 정도 가만히 쳐다보고 있었다. 캐롤라인은 그가 무언가를 곰곰이 생각하고 있다고 생각했다.

「알았어요. 당신은 농담할 기분이 아니군요. 게다가 전 아버지께서 오시기 전에 당신에게 청할 중요한 것이 있어요. 작은 부탁이에요, 브래드포드. 그리고 이 부탁을 들어주신다면 그 빚은 영원히 잊지 않을게요.」

캐롤라인은 양손을 깍지껴서 무릎 위에 얌전히 올려놓고는 브래드포드의 대답을 기다렸다.

「영원히라고 했소? 남에게 빚지고 있기에는 오랜 시간이군.」

브래드포드가 한쪽 눈썹을 치켜 올리면서 물었다.

「제 표현이 좀 심했군요. 당신이 채러티와 저를 폴 블리츨리의 집으로 데리고 가서 우리가 들어갈 수 있게 도와줬으면 해요.」

캐롤라인이 말했다.

브래드포드는 들어줄 수 없어서 미안하다는 투로 머리를 저었다.

「폴이 승낙하지 않을 거요.」

「그게 아니에요, 당신은 이해하지 못하고 있군요.」

캐롤라인이 말하면서 일어났다.

「사실, 폴이 우리가 간다는 것을 몰라야 해요. 물론, 당신은 안된다고 말하겠죠! 제 계획은 불시에 쳐들어가는 거예요.」

그녀는 브래드포드 앞에서 멈추고는 생긋 웃었다.

「정말 매우 간단한 거예요.」

그녀가 경쾌하게 말했다.

브래드포드가 새롭게 얼굴을 찌푸리자, 캐롤라인은 실망해했다. 금세 아버지가 오실 것이고 그 전에 이야기가 끝나기를 바랐다. 그녀는 엉덩이에 양손을 대고는 다급하게 설명했다.

「제 계획은, 전 오직 제 사촌만을 생각하고 있어요……. 그리고 폴도요. 전 두 사람을 위해 최선을 다하고자 하는 거예요.」
　그 말에 반응이 있었다. 브래드포드는 웃음을 터뜨렸다.
「그럼, 오직 당신만이 그들을 위한 최선의 것을 알고 있단 말이오?」
　그가 웃음을 멈추고 말했다.
「당신은 날 비웃고 있군요.」
　절망적인 목소리로 캐롤라인이 투덜거렸다. 그리고는 아버지가 계단
을 내려오는 소리를 듣고는 황급히 말했다.
「제발 그러겠다고 해줘요. 절 믿어야만 해요, 브래드포드. 제가 뭘 하
려고 있는지 잘 알고 있단 말이에요. 분명히 성공할 거예요. 그렇게 하
는 게 사려 깊은 행동이에요!」
　캐롤라인은 구걸하듯이 말하고 있다는 것을 깨달았다. 그녀는 한숨을
내쉬고 나서 허리를 쭉 펴고는 브래드포드를 단호한 시선으로 바라봤다.
「내 마음은 흔들리지 않았어요. 단지 연기되었을 뿐이에요.」
　그녀가 속삭였다. 주제는 다를지라도 그 말은 바로 브래드포드가 전날
밤에 했던 말과 똑같았다.
　백작님이 미소를 지으면서 응접실로 들어왔다. 브래드포드는 웃고 있
었고, 캐롤라인도 매우 즐거워하는 것처럼 보였다.
　그들은 평범한 대화를 하면서 1시간을 보냈다. 캐롤라인의 아버지는
브래드포드보다 먼저 자리에서 일어날 마음이 없었다. 하지만 캐롤라인
은 공작과 단 둘이 있을 방법을 생각해낼 수 없었다.
　백작과 딸은 브래드포드와 함께 입구로 걸어갔다.
「당신이 편지를 해주길 바랄게요. 내일 아침 전까지요. 그렇지 않으면
전 다른 방법을 찾을 거예요.」
　캐롤라인이 암시했다.
「자네, 클레이미어의 오늘 밤 파티에 참석할 건가? 흥미진진한 밤일
걸세. 어린 동생 클라리사가 피아노를 연주하고, 그 애의 언니가 멋진
노래를 부를 걸세.」
　백작이 브래드포드에게 말했다.

브래드포드는 전날의 일을 떠올리며 더 이상 다른 재미있는 일이 있으리라고는 생각할 수가 없었다.

「자작이 내 옷을 또 엉망으로 만들어놓을 테니 앞치마를 입고 가야겠군요.」

캐롤라인이 불쑥 말했다. 아버지가 그 말이 예의에 맞지 않는다는 뜻으로 그녀에게 눈치를 주었다. 순간, 캐롤라인은 자신이 한 말에 당황해서 눈을 내리떴다. 정말 입을 다물고 있는 것을 배워야겠다고 생각했다. 맙소사, 채러티같이 생각하는 것을 모두 말해버리는 수다쟁이가 되어 가고 있는 건가?

브래드포드는 그녀의 농담을 이해했다.

「밀포드와 함께 참석할 겁니다.」

그는 클레이미어에게 초대받을 방법을 궁리하면서 약속했다. 자작이 캐롤라인에게 구애하기를 원한다는 것을 알고 있지만, 물론 그렇게 놔둘 순 없었다. 제레드 마커스 벤튼을 제외한 어느 누구도 캐롤라인 리치몬드를 가질 수 없을 것이다.

「왜 모든 파티가 잠잘 시간이 지나서 시작하는 거죠?」

캐롤라인이 아버지에게 물었다. 그녀는 계속해서 하품을 했다. 흔들리는 마차의 움직임이 자장가처럼 느껴져 더욱 졸음이 왔다.

「네가 일찍 일어나서 그래. 난 정오까지 자서 기분이 좋아. 캐롤라인, 뺨을 다시 꼬집어봐. 창백해 보여.」

채러티가 흥이 나서 말했다.

다시 하품을 하면서 캐롤라인은 시키는 대로 했다.

「너희들이 오늘 밤 즐겁게 보내리라고 믿는단다. 클레이미어가는 괜찮은 집안이란다. 자작의 여동생들이 연주를 할 거란 말을 해주었던가?」

백작이 말했다.

캐롤라인이 고개를 끄덕였다. 그녀는 가는 동안 내내 눈을 감고 아버지와 사촌이 하는 대화에 귀기울였다. 브래드포드의 편지가 초저녁에 왔기 때문에 채러티는 기분이 최고였다. 편지는 굵은 글씨로 휘갈겨 쓰여 있었으나 요점만은 분명했다. 아침 10시에 와서 채러티와 캐롤라인을 블리츨리의 집으로 데려가겠다고 쓰여 있었다. 그리고 편지 끝에는 질문이 있었다.

'그렇게 하면 당신에게 사려 깊은 거요?'

캐롤라인은 브래드포드의 도움의 편지를 받고 나서 아버지에게 상황을 설명했다. 아버지는 가는 것은 허락해주었으나, 오후의 차 시간에 맞춰 삼촌을 방문해야 하므로 1시 정각까지는 돌아오라고 했다.

브래드포드가 먼저 와 있지 않아서 캐롤라인은 실망했다. 자작이 그녀를 바쁘게 해서 잠이 확 달아났다. 그는 그녀의 발을 여러 번 밟았고, 그의 사과는 밟힌 것보다 더 고통스러웠다. 그와의 춤은 끝날 줄을 몰랐다. 또한 그의 친절에 캐롤라인은 혼이 나갈 정도였다.

연주회가 시작되기 몇 분 전에 브래드포드가 도착했다. 캐롤라인은 맨 끝 줄에서 채러티와 아버지 사이에 앉아 있었다. 우연히 그렇게 앉은 게 아니었다. 캐롤라인은 자작을 다른 곳에 앉히기 위해서 그렇게 했던 것이다.

어린 클라리사의 덩치는 정상보다 몇 킬로그램은 족히 더 나가 보였다. 그녀는 오랫동안 준비를 하더니 캐롤라인이 횟수를 세는 것을 잊어버릴 때까지 되풀이해서 다시 시작했다. 그 소녀는 연주하는 데 최선을 다하고 있었으나 그럭저럭 들어줄 만한 정도였다. 캐롤라인은 눈을 감고 들으려고 애썼다. 그러다가 잠이 들었다.

얼굴에 생각을 나타내지 않으려고 노력하면서 브래드포드는 멀리 떨어진 벽에 기대서 있었다. 그는 그 소녀가 한번 더 다시 시작하면, 사람들 사이를 가로질러 뛰어가서 캐롤라인의 손을 잡고 밖으로 나가겠다고 맹세했다.

밀포드가 안으로 들어와 사람들을 돌아서 친구 옆에 와서 섰다.

「무엇 때문에 웃고 있는 건가?」

그가 어린 클라리사의 연주를 방해하지 않으려고 낮은 목소리로 친구에게 물었다.

「캐롤라인의 곁에 있으려고 이런 모차르트 흉내를 참으면서 내가 이곳에 있다는 사실 때문이지.」

브래드포드가 털어놓았다.

「그녀는 어딨나?」

밀포드가 방을 둘러보면서 물었다.

브래드포드는 캐롤라인이 있는 쪽을 가리키며 웃음을 터뜨렸다. 몇몇 사람들이 그를 힐끗 보자 그는 시종 지겨운 표정을 없애려고 노력하면서 인사로 고개를 끄덕였다.

「맨 뒷줄 가운데 있어, 자면서.」

「정말 영리한 여자야.」

밀포드가 낄낄거리면서 말했다.

캐롤라인은 어린 클라리사가 연주하는 동안 내내 잤다. 클라리사 언니가 노래를 준비하는 것을 기다리는 동안 가벼운 소란과 짧은 휴식시간이 있었다.

블랙스톤 백작은 캐스린 클레이미어가 노래하는 것을 몹시 듣고 싶었기 때문에 자리를 옮겼다. 자작이 단언하기를 캐스린의 솜씨가 아주 뛰어나고 타고난 청아한 소프라노 목소리라고 말을 했었다.

채러티가 삼촌을 따라가자, 브래드포드와 밀포드는 그 의자에 앉았다. 브래드포드는 캐롤라인의 오른쪽에 앉았고, 밀포드는 왼쪽에 앉았다.

「찔러 깨울까?」

밀포드가 느리게 물었다.

「코를 골면 깨우지. 제기랄, 자는 것도 아름답군.」

브래드포드가 말했다.

「여전히 그녀를 잊어버리려고 하고 있나?」

밀포드가 흥미가 있다는 투로 조용히 물었다.

브래드포드는 대답하지 않았다. 처음에는 원하는 것을 가진 후에 다른 사람에게 그녀를 넘기려고 생각했다. 이젠 그 계획이 마음에 들지 않았다. 클라리사가 언니를 위해 반주를 시작해서 그는 대답을 하지 않아도 되었다.

캐스린이 입을 열고 노래를 부르기 전까지는 들어줄 만했다. 귀청이 찢어질 듯한 소리였다. 그러나 그 끔찍한 소리에 캐롤라인이 깼기 때문에 브래드포드는 그 소리가 맘에 들었다. 그녀는 눈에 띄게 펄쩍 뛰고는 브래드포드의 허벅지를 잡고는 신음 소리를 냈다.

그러고 나서 여기가 어디고 자기가 무슨 짓을 했는지 기억해냈다. 새장에 갇힌 새처럼 비명을 질러대는 여자에 대한 자신의 불쾌한 반응보다는 잠이 들었다는 것 때문에 얼굴을 붉혔다.

브래드포드는 손으로 그녀의 손을 감쌌다. 그때서야 캐롤라인은 손을 놓은 데가 어딘지 알아차렸다. 그에게 불만스런 표정을 지으면서 손을 빼고는 즉시 밀포드를 향해 웃음을 지었다.

「이런 시련 속에서도 잠을 잘 수 있는 비결을 좀 말해주오.」

밀포드가 속삭였다.

캐롤라인은 그가 말하는 것을 들으려고 밀포드 쪽으로 몸을 숙이자 브래드포드가 그녀를 잡아당겼다.

그러나 캐롤라인은 재빨리 손을 무릎 위에 포개놓고는 브래드포드를 무시하면서 태연한 얼굴로 정면을 바라보았다. 브래드포드는 몸을 곧게 펴고 앉아 그녀의 어깨 위로 팔을 둘렀다. 캐롤라인은 그에게서 어깨를 빼려고 했으나 헛수고였다.

「예의 바르게 행동하세요. 사람들이 뭐라고 생각하겠어요?」

그녀가 투덜거렸다.

「내가 권리를 주장하고 있다고 생각하겠지.」

브래드포드가 대답했다. 그는 손가락으로 캐롤라인의 부드러운 목덜미를 천천히, 그리고 조심스럽게 더듬었다. 그녀는 그 자극적인 감각과 온 신경을 곤두세워 싸울 수밖에 없었다.

「당신 친구분은 예의가 전혀 없네요.」

캐롤라인이 이를 드러내고 웃고 있는 밀포드에게 말했다.

「내가 그에게 수도 없이 한 말이었소.」

밀포드가 속삭였다.

캐롤라인은 그의 얼굴에 나타난 바보 같은 표정을 보고 그가 도와줄 마음이 없다는 것을 알고는 화가 나서 한숨을 쉬었다.

그녀는 일어서서 다른 자리를 찾으려고 했다. 하늘이 도우셨는지 맨 앞줄에 빈자리가 있었다.

그러나 브래드포드는 그녀가 자리를 옮기게 놔두지 않았다. 그녀의 어깨에 교묘한 압력을 가했다.

「정말로 치워줬음 좋겠군요.」

캐롤라인이 작은 소리로 말했다. 그를 당황하게 만들 생각으로 그녀는 그를 노려보았다. 브래드포드가 그녀의 마음을 끄는, 한쪽으로 기운 웃음을 지으면서 마주 쳐다봤기 때문에 그 계획은 실패로 돌아갔다.

캐스린의 노래가 끝나자 의례적인 박수갈채가 있었다. 브래드포드와 캐롤라인을 포함한 몇몇 사람들이 일어났다. 그러나 캐스린이 다시 노래를 부르기 시작했다. 그러자 모든 사람들이 다시 의자에 주저앉았다.

그러나 캐롤라인은 그 기회를 이용해 앉아 있던 자리에서 빠져나올 수 있었다. 그녀는 브래드포드가 자신을 제어할 수가 없었기 때문에 웃었다.

하녀에게 어디서 몸단장을 해야 하냐고 물어본 후에 서둘러서 계단을 올라갔다. 아래층에는 사람들이 몇 명 있었으나, 2층에는 이상할 정도로 아무도 없었다. 긴 복도 끝에 화장실이 있었다. 안에는 전신 거울이 있어서 캐롤라인은 시간을 들여 몸치장을 했다.

이젠 혈색을 주기 위해 뺨을 꼬집을 필요가 없었다. 브래드포드가 단지 그곳에 있는 것만으로도 창백한 안색이 사라졌다고 생각했다. 그는 날 안팎으로 달아오르게 하는군!

캐롤라인이 화장실에서 나왔을 때 복도가 어두워졌다는 것을 알았다. 누군가 계단으로 가는 길에 있는 촛불을 끈 모양이었다. 이상하다고 생각하면서 조심스럽게 복도를 걸어갔다.

그녀가 층계에 다다랐을 때 등뒤에서 숨죽인 소리를 들은 것 같았다. 순간, 캐롤라인은 왼손으로 난간을 잡고 돌아보려고 했다. 바로 그때 갑자기 그녀의 몸이 앞으로 쏠렸다.

소리 지를 틈조차 없었다. 그녀는 문자 그대로 허공을 날았고, 난간을 잡으려고 미친 듯이 애를 썼다.

캐롤라인은 팔꿈치에 충격을 주어 난간으로 튀어오르면서 방향을 틀고자 했지만 그녀의 엉덩이가 난간에 부딪히면서 쿵 소리와 함께 바닥에 떨어졌다. 신발 한 짝은 치마를 찢으면서 치맛자락에 걸려 있었다. 그러나 그건 목선이 심하게 찢어진 것에 비하면 문제도 아니었다.

처음 바닥에 부딪혔을 때 통증을 멈추고자 팔꿈치를 본능적으로 잡으면서 자신의 옷이 찢어진 것이다. 그리고 어찌된 일인지 그녀의 손가락이 보디스(끈으로 가슴, 허리를 조여 매는 여자용 웃옷)에 매어둔 리본에 걸려 있었다.

캐롤라인은 머리카락이 헝클어진 채로 계단 가운데 넋놓고 앉아 있었다. 그녀는 팔꿈치를 문질렀다. 머리 꼭대기부터 발가락 끝까지 안 아픈 곳이 없었다. 다리가 후들거렸다. 그러나 한 손으로 난간을 잡고 다른 손으로는 드레스의 가슴 쪽을 여며 잡고 일어서려고 안간힘을 썼다.

이 끔찍한 사건에서 다행인 것은 아무도 보지 못했다는 거였다. 아픔이 천천히 사라져갔다. 그러나 몸은 여전히 마치 수천 개의 손에 의해 두들겨 맞은 것같이 느껴졌다. 그러자 화가 치밀었다. 캐롤라인은 아픔으로 신음하면서 몸을 돌려 층계 꼭대기를 쳐다봤다. 아주 높았다. 목을 부러뜨릴 뻔했군! 그러자 한 가지 생각에 사로잡혔다. 누군가가 내 목을 부러뜨리고 싶어했어.

그녀를 발견한 것은 브래드포드였다. 캐롤라인이 응접실로 돌아오지 않자, 안절부절못하는 그에게 밀포드가 불만스런 표정을 지었다.

「왜 이렇게 안 오는 거야?」

브래드포드가 투덜댔다. 열렬한 구혼자가 기다렸다가 그녀에게 말을 걸고 있을지도 모른다는 생각이 들자 자리에서 벌떡 일어섰다. 밀포드의 발을 밟고도 사과하려고 멈추지도 않았다.

그에 대한 밀포드는 호기심에서 캐스린 클레이미어가 높은 음을 낼 때 표시 나게 몸을 움찔하지 않으려고 애쓰면서 따라나갔다.

「도대체 무슨……」

브래드포드는 혼란스런 표정으로 계단 아래서 멈췄다. 그녀는 마치 지금 막 건초더미 속에서 아주 기운차게 놀다 온 것 같아 보였다. 그 헝클어진 모습에서 유일하게 빠진 것은 머리에 붙어 있을 지푸라기뿐이었다. 그리고 함께 어울린 남자뿐이라고 그는 냉소적으로 생각했다.

브래드포드는 자신이 성급한 결론을 내리고 있다는 것을 알고 있었지만 그녀가 젖가슴을 가린 부분보다 드러난 부분이 더 많이 찢어진 옷차림으로 서 있는 그녀를 보고 그렇게 밖에 생각할 수 없었다. 생각하면 할수록 그건 말이 안됐다. 그러나…….

캐롤라인은 브래드포드의 얼굴 표정이 변하는 것을 봤다. 밀포드와 그가 자신을 충분히 쳐다봤다고 생각했다. 눈가의 눈물을 닦고 나서 밀포드가 브래드포드의 팔을 잡고 있다는 것을 알아차렸다. 밀포드가 그를 정말로 말리고 있는 것처럼 보이는군!

「진정한 신사라면 그렇게 멍하니 바라만 보고 있지 않을 거예요. 곤궁에 처한 숙녀를 도와줄 거예요.」

캐롤라인은 할 수 있는 한 도도하게 말했다.

브래드포드가 그 망연자실한 상황에서 먼저 움직였다. 그리고 밀포드의 팔을 뿌리치고는 계단을 뛰어 올라갔다.

「그녀의 설명을 들어봐, 브래드포드」

밀포드가 그를 뒤따라가면서 격렬하게 말했다. 브래드포드가 계단 중간쯤에서 캐롤라인의 신발 한 짝을 주웠다.

브래드포드는 성질을 죽이려고 애썼으나 너무나 화가 나서 그럴 수 없다는 것을 알았다. 즉시 이런 짓을 한 놈을 내 손으로 잡는 것뿐이야! 그는 재킷을 벗어 재빨리 캐롤라인의 어깨에 둘렀다.

「위층에서 함께 있었던 놈이 누구요?」

브래드포드가 물었다. 그의 목소리는 믿을 수 없을 정도로 차분하고 이성적이었다.

캐롤라인은 그의 친구의 이상한 행동을 설명해주기를 바라면서 밀포드를 쳐다봤다. 그러자 밀포드가 브래드포드를 걱정스런 눈길로 보고 있는 것이 보였다.

브래드포드가 캐롤라인의 어깨를 힘주어 잡았다. 그의 얼굴은 분노로 일그러져 있었다. 캐스린의 목소리가 점점 커지면서 들려왔다.

「상황이 어수선해지기 전에 캐롤라인을 이곳에서 데리고 나가는 것이 좋겠네.」

밀포드는 친구의 긴장을 완화시키려고 노력하면서 말했다. 그리고 브래드포드가 분노를 터뜨리기 전에 두 사람을 밖으로 데리고 가는 게 좋겠다고 생각했다.

캐롤라인은 브래드포드의 손길을 무시하고 밀포드를 바라봤다.

「저 사람이 무슨 일이 벌어졌다고 생각하는 거예요?」

브래드포드가 캐롤라인을 잡고 들어올리는 동안에 밀포드는 어깨를 움츠렸다.

「캐롤라인의 드레스가 찢어져서 내가 집에 데려다준다고 블랙스톤에게 말해.」

그의 퉁명스러운 목소리에 아무 말도 할 수 없었다.

「밖에 나가면 이런 짓 한 놈의 이름을 말해주시오. 그럼, 내가……」

그가 캐롤라인을 바라보며 말했다.

「제가 위층에서 남자를 만났다고 생각하시는 거예요?」

갑자기 뜻이 통하기 시작하는군. 캐롤라인은 눈을 크게 떴다.

「당신은 내가 위층에서 누군가를 만났다고 믿는 거예요. 그리고 우리가……」

일그러진 얼굴을 하고 브래드포드가 계단을 내려가려 하자 캐롤라인이 그의 어깨를 잡았다.

「브래드포드.」

그의 뺨을 자기 쪽으로 돌리려고 애쓰면서 그녀가 말했다.

「계단에서 굴러 떨어졌어요.」

캐롤라인은 설명을 하고 있는 자기 자신에게 화가 났지만 지금의 상황을 수습해야만 했다.

「물론, 그건 밀회 후에 일어났지만요. 그 남자는 정말 매우 믿을 수 없을 만큼…… 그리고 재빨랐어요.」

캐롤라인이 날카롭게 말했다. 뒤에서 밀포드의 웃음소리가 들렸으나 못 들은 체하고 계속해서 브래드포드를 자극했다.

「그는 또한 정말 별난 생각을 하고 있더군요 그는 내 드레스 밑자락을 찢더니 제 발을 공격하더군요. 애정을 나타내는 데는 아주 이상한 방법이었어요, 그렇게 생각하지 않으세요?」

「목소리를 낮출 순 없소?」

브래드포드가 명령했다. 그의 목소리에서 날카로움이 사라지고 그의 태도에서 불쾌함이 사라졌다.

「당신은 클레이미어네 계집애처럼 소리를 질러대고 있소.」

그들은 현관문으로 갔다. 밀포드가 서둘러서 문을 열고는 세 사람이 나온 후에 문을 닫았다. 블랙스톤에게 브래드포드의 전갈을 전할 것이나 그들을 배웅하고 난 후에 할 일이었다. 그는 어떤 것도 놓치고 싶지 않았다. 그는 두 사람에게 어떤 느낌을 갖고 있어서 자신이 옳다는 것을 알아보고 싶었다.

「당신은 다칠 뻔했소.」

브래드포드가 캐롤라인의 머리 위에 대고 중얼거렸다. 그의 턱이 그녀에게 살짝 닿았다. 밀포드가 만족스럽게 바라보면서 싱글벙글 웃었다. 그의 육감은 거의 틀린 적이 없었고, 브래드포드가 자신에게 무슨 일이 일어나고 있는지 알고 나 있는지 궁금했다.

브래드포드는 밀포드가 낄낄거리는 소리를 듣고는 돌아서서 그를 보았다.

「그녀는 죽을 뻔했어, 이 사람아.」

「난 단지 조금 다쳤을 뿐이에요. 전 팔꿈치를 삐었고, 제…….」

캐롤라인이 좀 진정하기를 원하면서 끼여들었다.

「어찌된 일이오, 내 사랑? 당신도 채러티처럼 안경을 쓰오?」

그가 물었다. 그의 목소리에서 동정과 부드러움이 느껴졌다. 그 목소리를 듣고 캐롤라인이 털어놓았다.

「끔찍했어요.」

자신의 목소리가 매우 가련하게 들린다고 생각하면서 그녀는 고백했다. 자신이 얼마나 놀랐었나 생각하자 눈에 눈물이 가득 고였다. 그리고 그가 자신을 내 사랑이라고 불렀다는 것을 깨달았다.

「그리고 나를 내 사랑이라고 부르라고 당신에게 허락해준 적이 없는데요.」

브래드포드의 마차가 오자 밀포드는 서둘러서 문을 열었다.

「그녀의 머리를 조심하게, 브래드포드.」

캐롤라인이 머리를 숙이기 바로 전에 밀포드가 주의를 주었다. 그녀는 브래드포드의 어깨에 뺨을 대야만 했고, 그 느낌이 너무나 좋았다. 싱그러운 그의 향기가 매우 좋아 미소를 지었다.

브래드포드는 캐롤라인을 무릎 위에 앉히고 밀포드에게 그녀의 아버지에게 설명해주라며 재차 당부의 말을 했다. 그리고는 그녀를 끌어안고 의자 뒤로 기댔다. 그는 그녀 특유의 향기를 들이마시고 만족스럽게 숨을 토해냈다. 이렇게 그녀를 안고 있는 게 너무 행복했다.

그러나 브래드포드는 그것만으로는 만족할 수가 없었다. 그녀를 안고 있는 것은 좋았으나 브래드포드는 더 많은 것을, 훨씬 더 많은 것을 원했다.

마차가 움직이기 시작하자 캐롤라인은 마지못해 일어나 앉았다. 브래드포드가 적나라한 표정으로 그녀를 바라보자 캐롤라인은 자신의 몸이 떨려옴을 느꼈다.

「그런 식으로 바라보는 것은 예의에 어긋나요.」

캐롤라인이 속삭였다. 두 사람의 얼굴은 불과 몇 센티미터도 떨어져 있지 않았다. 그러나 더 이상 뒤로 갈 수는 없었다. 그러고 싶지 않다는 것을 자인하면서 그녀는 가슴 쪽으로 그의 재킷의 깃을 단단히 잡아당겼다.

「난 예의 바르다는 소리를 들어 본 적이 없소.」

브래드포드가 대답했다. 그의 목소리는 꿀처럼 달콤했다.

「그게 당신의 구혼자가 갖추어야 할 조건 중 하나요?」

「당신은 적합하지도 않아요.」

캐롤라인이 그가 만들어내고 있는 마력을 깨려고 노력하면서 말했다.

「왜 그런 결론을 내렸소?」

브래드포드가 궁금하다는 듯이 한쪽 눈썹을 치켜 올리고는 물었다.

「당신이 제가 부정한 짓을 했다고 믿었기 때문이죠. 그렇게 시치미떼지 마세요, 브래드포드!」

그는 바보 같은 웃음을 지어 보였다.

「잠시 동안 뿐이었소. 그리고 당신이 부정한 행동을 했다고는 생각하지 않았소.」

그가 설명했다. 그리고 부드러운 동작으로 그녀의 어깨 위로 흘러내린 머리카락을 뒤로 넘겨주었다.

「난 다른 사람이 그랬다고 믿었소.」

그가 계속해서 말했다.

캐롤라인이 고개를 저었다.

「당신은 항상 사람들을 나쁘게만 생각하나요? 그것도 좋은 일이 아니군요.」

그녀가 눈살을 찌푸리면서 말했다.

브래드포드가 거짓 한숨을 쉬었다.

「내게 괜찮은 점은 있소?」

그가 물었다. 그는 손가락 끝으로 그녀의 얼굴 가장자리를 따라 천천히 어루만졌다. 캐롤라인의 팔에 소름이 돋았지만 그러나 그녀는 이 세상 무엇보다 브래드포드가 키스해주기를 원했다.

「당신이 내게 키스를 하는 방식이 좋아요. 내가 그렇게 말하는 게 예의 바르지 못한 건가요?」

그녀가 속삭였다.

브래드포드는 대답하지 않았다. 대신에 그녀의 얼굴을 감싸고 그녀를 끌어당겼다. 그의 입술은 만족스런 한숨을 내쉬면서 깃털같이 가볍게 그녀의 입술에 닿았다.

캐롤라인은 입술의 감각을 느끼며 그의 단단한 몸을 느끼는 것이 좋았다. 둘 사이의 차이점에 열중하면서 그에게 자신을 밀어붙였다. 그는 한 손을 그녀의 목뒤에 놓고 다른 손으로는 그녀의 허리를 잡았다. 그리고 키스는 즉시 열렬하게 이루어졌다. 브래드포드는 더 이상 부드럽지 않았다. 그는 그녀가 너무나 자발적으로 천진난만하게 되돌려준 키스를 받아들였다.

캐롤라인의 심장이 심하게 뛰기 시작했고, 숨을 쉴 수조차 없었다. 그가 그녀의 모든 이성과 조심성을 사라지게 했다. 손가락으로 그의 부드러운 머리를 매만지면서 혀로는 그의 혀를 감쌌다. 그의 손길과 체취에 그녀는 압도당했다. 그녀는 키스가 끝나지 않기를 바랐고, 브래드포드가 입술을 떼자 불만에 찬 작은 신음 소리가 터져나왔다.

그 행동이 커지는 욕망을 진정시켜주기를 바라면서 그는 깊게 숨을 쉬었다. 그건 헛된 생각이었다. 그녀는 너무나 감미로웠고, 그에게는 믿을 수 없을 만큼 매력적이었다. 그는 그녀를 건너편 의자에 앉히고 고결한 귀족이 하는 것처럼 그녀의 순결을 지켜주는 진정한 신사답게 행동하겠다고 결심하고 그녀의 눈을 바라봤다. 그녀의 시선은 마치 남자와 여자가 나누는 육체적인 기쁨에 지금 막 눈을 뜬 것처럼 몽롱해 보였다.

브래드포드는 이것이 오늘 밤에 나누는 마지막 키스라고 스스로에게 말하면서 그녀에게 다시 키스할 수밖에 없었다.

그의 혀가 그녀의 혀에 닿는 순간, 둘 사이의 뜨거운 홍분이 원색적인 정열로 폭발하는 순간 그는 더 이상 멈출 수 없다는 것을 알았다. 그의 손가락이 그녀의 가는 목덜미를 따라 길게 스쳐 지나갔다. 잠깐 주저하더니 그녀의 풍만한 가슴까지 내려갔다. 그러자 신사인 체하려는 모든 생각이 사라져버렸다.

캐롤라인은 관능적인 느낌과 싸우면서 이 새로운 접촉에 저항하고자 했다. 브래드포드의 입이 그녀의 목선으로 옮겨졌다. 귀에 닿는 그의 숨결은 따뜻했고 관능적이었다. 그의 혀가 기쁨에 이르게 하자 그녀는 꼼짝할 수가 없었다.

그의 입술이 그녀의 가슴에 닿았다. 캐롤라인은 그를 제지하기에는 너무나 무력했다. 그녀는 그의 팔 안에서 매우 안전하게 둥둥 떠다니고 있는 것처럼 느껴졌다. 관능의 물결이 그녀에게 밀려들었다.

캐롤라인은 너무나 순진해서 매 손길마다, 키스를 할 때마다 새로운 감각의 세계로 찾아들었다. 그녀는 브래드포드가 언제 멈춰야 하는지 알고 있을 거라고 본능적으로 믿었다. 그가 이런 에로틱한 세계로 인도를 했으니 멈출 때도 알 것이라고. 그는 경험 있는 사람이었다.

「캐롤라인, 당신은 너무나 매력적이야.」

브래드포드가 속삭였다. 그의 목소리는 욕망으로 쉬어 있었다.

「너무나 부드러워. 당신은 사랑하기 위해 만들어진 여자요.」

그는 손으로는 한쪽 젖가슴을 어루만지면서 입술로 다른 쪽 젖꼭지를 애무했다. 그 달콤한 고문을 피하고자 캐롤라인은 그의 팔 안에서 몸을 비틀었다. 그러나 그의 어깨에 여전히 매달려서 말없이 더 해주기를 간절히 빌었다.

브래드포드는 그녀를 꼭 안고는 마침내 단단해진 젖꼭지를 입 속으로 넣었다. 그의 혀가 계속해서 민감한 피부에 닿자 캐롤라인은 아무 생각도 할 수 없었다.

캐롤라인의 내부는 욕구불만으로 타올랐다. 그녀는 이해할 수도 없고, 뭐라 말할 수도 없는 욕망으로 고통스러웠다. 그가 일으킨 이 관능적인 고문에 그녀는 놀라면서 정말로 저항하기 시작했다.

「브래드포드, 안돼요! 우린 지금 멈춰야만 해요.」

브래드포드는 길고 뜨거운 키스로 캐롤라인의 저항을 일축하고는 그녀가 그의 단단함을 알 수 있도록 몸을 밀쳐댔다.

캐롤라인은 브래드포드가 부드러운 공격을 급히 멈출 마음이 없다는 것을 알고는 더욱 놀랐다.

「당신을 진심으로 원하오, 캐롤라인. 어떤 여자도 이렇게 원해본 적이 없소.」

브래드포드는 그녀의 치마를 들어올리고 손으로 그녀의 허벅지를 애무했다. 캐롤라인은 그의 손과 그의 욕망이 너무나 뜨거워서 낙인이 찍히는 것처럼 느껴졌다. 그녀는 그에게서 몸을 뗐다. 그녀의 숨결은 그만큼이나 거칠었다. 이내 정열이 사라지고 분노가 그 자리를 채웠다.

「이런 상황이 오기 전에 당신은 멈췄어야만 해요.」

그녀가 작은 소리로 말했다.

열정으로 몽롱한 브래드포드에게 캐롤라인의 말이 전달되는 데는 시간이 걸렸다. 캐롤라인은 맞은편 자리로 가서 그가 자제력을 되찾을 때까지 기다렸다가 찢어진 드레스 위로 걸친 그의 재킷을 다시 한 번 꼭 잡았다.

캐롤라인은 갑자기 끔찍할 정도로 당황스러웠다. 그녀는 몸을 떨었다. 맘속에서 일어난 혼란이 사라지지 않았다. 자신이 정말로 브래드포드를 원한다는 것을 깨닫자 그녀는 완전히 질려 있었다. 선술집에나 있어야 한다고 자신에게 말했다. 부끄러움이 커 가면서 냉정을 되찾았다. 그녀는 냉정해지는 만큼 치욕스러워서 울음을 터뜨렸다. 이런, 수년 동안 운적이 없었는데, 빌어먹을, 모두가 그의 탓이야. 그는 경험이 있는 사람이고 자신이 무얼 하는지 알았을 거잖아!

브래드포드는 캐롤라인의 뺨에 흐르는 눈물을 봤으나 달래줄 기분이 아니었다. 그는 너무나 고통스러웠다. 모든 게 그녀 탓이었다. 그녀는 자신의 매력을 알고 나 있는 건가? 자신이 발휘하는 유혹을 그녀는 알기나 하는 건가? 어떤 종류의 사람들이 그녀를 키운 거야? 그는 점점 커가는 분노 속에서 스스로에게 물었다. 그녀에게 장난 삼아 시시덕거리는 것의 경계를 가르쳐줄 틈이 없었나?

캐롤라인은 열렬히 반응했고, 브래드포드는 하나가 되고 싶은 욕망이 그녀도 자신과 같을 거라고 생각했다. 그는 진심으로 그러기를 바랐을 것이라고 화가 나서 생각했다. 제기랄, 그녀의 마음을 할 수 있는 한 몹시 상하게 하고 싶군.

캐롤라인은 브래드포드를 노려보면서 그의 재킷 자락으로 볼에 흐른 눈물을 닦았다. 자신이 그에게 비난을 퍼부을 수 있게 지금까지의 행동에 대해서 그가 뭐라고 말하기를 바랐다. 그녀는 옷의 주름을 펴고 자세를 바꾸다가 신음 소리를 냈다. 엉덩이가 아팠다. 계단에서 떨어질 때 피멍이 든 게 확실했다. 한편으로 브래드포드가 키스할 때 전혀 아프지 않았다는 게 이상하게 생각되었다.

마차는 그녀 아버지의 타운하우스로 가는 한 골목길에 있는 구덩이를 심하게 덜컥거리며 지나갔다. 캐롤라인은 엉덩이가 부딪히자 이를 악물었다. 목숨이 달려 있다고 해도 일어설 수 없을 것 같았다.

「도대체 당신은 왜 신음 소리를 내는 거요?」

브래드포드가 거의 고함치다시피 물었다. 그는 다리를 마차 안에서 뻗을 수 있는 한 쪽 뻗어 캐롤라인의 찢어진 치맛자락을 밟았다.

「고통스러워서요.」

캐롤라인이 날카롭게 말했다.

「그것 참 잘됐군.」

브래드포드가 대답했다. 그의 목소리는 무뚝뚝했으나 더 이상 고함치지는 않았다. 캐롤라인은 지금 싸우고 싶어 몸살이 날 지경이었으므로 그것이 유감스러웠다.

「나도 고통스럽소.」

「아니, 왜 당신이 고통스러워요?」

캐롤라인이 물었다.

「농담하는 거요? 당신이 내게 당신을 원하게 만들었기 때문에 고통스럽소. 당신 정말 그렇게 순진한 거요?」

그의 음성은 점점 커졌다. 그는 손으로 무릎을 짚고 앞으로 몸을 숙여 그녀를 노려보았다.

「당신이 날 희롱하기 전까지는 나도 순진했어요. 난 당신을 신사라고 믿었고 당신이, 이렇게…… 추근대기 전에 멈출 거라고 믿었어요! 신사라구요!」

캐롤라인의 수치스럽다는 목소리로 말했다.

「당신이 나를 원한다고요! 하! 도대체 마음속에 품고 있는 생각이 정확히 뭐죠, 브래드포드?」

이제 그녀는 소리지르고 있었다. 자신이 어린애같이 군다고 생각했다. 하지만 그녀는 조금도 신경 쓰지 않았다. 분노가 터지자 속이 꼬이는 느낌과 다리가 떨리는 게 사라졌다.

「당신은 자신을 너무나 높게 평가하고 있소. 당신이 내 관심을 오래 끌 수 있을런지도 의심스럽소. 하룻밤만 같이 지내면 당신을 쉽게 잊어버릴 거요.」

브래드포드가 대답했다.

그의 말에 캐롤라인은 상처를 입었으나 그걸 그에게 알리기 전에는 죽을 수도 없었다.

「당신의 의도가 정확히 뭐죠?」

그녀가 물었다. 그녀의 목소리는 낮고 단호했다.

「날 갖고 나서 다른 사람에게 넘기는 건가요? 난 정말로 당신을 믿었는데! 내가 바보였어요.」

브래드포드는 캐롤라인의 고통스런 시선을 보자 분노가 사라졌다. 그녀를 고통스럽게 한 건 바로 자신이었다. 그는 난봉꾼처럼 행동했고, 태어나서 처음으로 죄의식을 느꼈다.

「당신이 날 흥분시키기 전까지는 신사처럼 행동했었소, 캐롤라인.」

자신이 미안하다는 말을 하고 있는 거라고 그녀가 알아주기를 바라면서 사과의 말을 중얼거렸다. 그게 그가 할 수 있는 최선의 말이었다. 그는 속으로 지금 한 말이 충분한 것 이상이라고 생각했다.

「내가 잘못했다는 말인가요?」

그녀의 말은 믿을 수 없다는 듯이 들렸다.

「캐롤라인, 내가 당신의 처녀성을 빼앗은 것처럼 행동하는 것을 멈추시오. 난 뜨거운 열정을 말한 거요.」

브래드포드가 날카롭게 말했다.

「그럼, 제가 당신이 말하는 것을 듣지 않았나 보군요? 제가 당신을 믿지 않았어야 했나요?」

캐롤라인이 인상을 쓰면서 물었다.

「남자와 여자 사이엔 믿음이란 없소.」

브래드포드가 권위를 담아 말했다. 그의 목소리는 다시 쉬어 있었다.

「믿음 없이는 아무도 사랑할 수 없어요.」

캐롤라인이 말했다. 이제 모든 분노가 사라졌으나 그녀는 그의 말에 혼란스러웠다.

그는 그녀의 말에 대답하지 않았다.

캐롤라인은 그가 자신의 말을 정말로 믿는다는 것을 알아차렸다. 그래서 그녀는 더욱 슬펐다.

「절 믿지 않는 남자와는 결혼할 수 없어요.」

「내가 결혼하자고 했소?」

브래드포드가 물었다.

「하지 않았죠. 이런 끌림이 계속될 이유가 없어요., 브래드포드. 전 당신이 줄 수 없는 것을 원해요. 우리에게 미래가 없다는 것에 의견의 일치를 보았으니까 헤어지는 게 최선이라고 믿어요.」

캐롤라인이 말했다.

「좋소」

브래드포드가 그녀의 말투를 흉내내며 말했다. 동의의 말을 중얼거릴 때조차도 그는 그녀를 놔줄 마음이 없었다. 제기랄, 그녀가 혼란스럽게 하고 있잖아!

「난 멍청이를 원하오.」

브래드포드가 말했다.

캐롤라인은 대답하지 않았다. 마차가 그녀의 집 앞에서 멈추자 그녀는 브래드포드가 움직이기 전에 문을 열려고 했다. 치맛자락이 그의 발에 걸려서 옷이 더 찢어졌다.

브래드포드는 마차에서 내려 캐롤라인을 들어올렸다. 그녀는 그에게 저항하지 않았으나 그녀의 얼굴에 불편한 기색이 역력했다.

「내일 몸이 뻐근할 거요.」

브래드포드가 말했다.

캐롤라인은 누군가가 자신을 밀었다고 말할 생각이었으나 즉시 그 생각을 지웠다. 그녀는 자기 뒤에서 소리가 난 게 상상일 뿐이라고 믿기로 생각했다. 긴 하루를 보내느라 지쳐 있어서 누군가가 자신에게 해를 입히고자 한다는 무시무시한 가능성에 대해 브래드포드와 말다툼하고 싶지가 않았다.

데이톤이 문을 열었다. 나이를 먹었을지라도 그의 발걸음은 가벼웠다. 브래드포드가 결사적으로 매달린 캐롤라인과 함께 뛰어 들어오자 그는 입구에서 비켜섰다.

「되도록 빨리 안경을 맞춰야만 하겠소.」

브래드포드가 캐롤라인을 아까 떨어진 것만큼이나 아프게 꽉 잡고 데이톤을 따라 계단을 올라가면서 말했다.

「당신은 감시자가 필요하오, 캐롤라인.」

「목소리를 낮춰요. 그리고 전 감시자는 필요 없어요.」

캐롤라인이 말했다.

「아니, 필요하오. 당신을 당신 자신에게서 지켜줄 사람이 필요하오.」

「당신이 그 자리를 맡겠다고 말하는 거예요?」

캐롤라인이 말했다. 브래드포드가 얼굴을 찌푸리자 캐롤라인이 빠르게 말했다.

「당신의 보호를 받느니 차라리 이리떼 속에 있는 게 낫겠어요. 그게 살아날 가망성이 좀 더 클 것 같네요.」

그녀가 즐겁게 말했다.

「이리떼라고 했소?」

브래드포드의 눈에 즐거운 기색이 감돌았다.

「제 말뜻을 알잖아요. 집에까지 온 마차가 당신이 하는 보호의 예라면……」

캐롤라인이 투덜거렸다.

「캐롤라인, 당신은 지금 소리치고 있소.」

브래드포드가 데이톤을 향해 고갯짓을 하면서 말했다.

캐롤라인은 놀라서 목소리를 낮췄다.

「잘 들으세요, 브래드포드. 이제 우린 끝났어요. 벤자민이 절 보호해줄 거예요.」

데이톤이 그녀의 침실 문을 열고 옆으로 비켜섰다. 메리 마거릿이 창가에 있는 흔들의자에 앉아 있다가 그녀의 여주인을 보고는 벌떡 일어나 앞으로 달려왔다.

「나가.」

브래드포드의 한마디 명령에 메리 마거릿은 문자 그대로 문 밖으로 황급히 달려나갔다. 그녀는 조금도 머뭇거리지 않았다. 그래서 캐롤라인은 격분했다.

「내 하녀에게 그런 식으로 명령하지 마세요.」

캐롤라인은 메리 마거릿이 문을 닫고 나가는 것을 보고 말했다.

「내가 소리를 지르면 벤자민이 당신의 냉소적인 눈이 깜빡할 사이도 없이 달려와 한마디도 묻지 않고 당신을 가만두지 않을 거예요.」

「그럼, 그를 불러보시오!」

그건 도전이 분명했다. 캐롤라인이 즉시 뒤로 물러서자 브래드포드는 그녀를 안고 침대로 걸어가 이불 위에 내려놓았다. 그는 조심스럽게 하려고 했으나 그녀의 몸이 침대에서 두 번이나 튀어 올랐다.

「내가 그를 부르라고 말했소!」

「그를 부르지 않을 거예요.」

캐롤라인이 한마디 한마디 끊어가면서 말했다. 찢어진 드레스가 괜찮다고 하기에는 너무나 많은 노출이었지만 신경 쓰지 않고 몸 아래 깔린 브래드포드의 재킷을 잡아당겼다. 그 옷을 자신 앞에 우뚝 서 있는 남자에게 던지며 말했다.

「내 앞에서 사라져줘요. 당신을 다시 보지 않기를 바래요.」

브래드포드는 그 재킷에는 신경 쓰지 않고 몸을 앞으로 숙였다. 그리고는 양팔을 침대에 괘고 캐롤라인을 감쌌다. 그의 얼굴과 그녀의 얼굴이 거의 맞닿을 정도로 붙어 있었다.

「이번엔 당신이 잘 들으시오, 내 조그만 맞수야. 우리 사이는 아직 끝나지 않았소. 난 무슨 수를 써서라도 당신을 가질 거요. 그게 결혼이라면 결혼을 할 수도 있소. 그러나 우린 내 규칙에 따르는 거요, 캐롤라인 리치몬드, 당신의 규칙이 아니라. 잘 알아들었소?」

「지옥이 천당으로 바뀐다면요, 공작님. 식민지가 영국을 병합한다면요, 조지왕이 퇴위하면요, 그리고 가장 중요한 것은 천성이 나쁜 난봉꾼이 신사가 된다면요, 불쾌한 브래드포드 공작님이 사려 깊어진다면요. 다시 말해서, 제레드 마커스 벤튼, 전 당신 것이 되지 않아요. 제 말을 알아듣겠어요?」

그녀가 야유하듯이 말했다.

그녀는 눈을 감고 그가 분노를 터뜨리고 반격해 오기를 기다렸다. 커다란 웃음소리에 그녀는 혼란스러웠다. 눈을 뜨자 브래드포드가 경직된 표정을 짓느라고 몹시 애쓰고 있는 것이 보였다.

「누군가 당신을 옆으로 데려가 당신이 모욕당하고 있다는 것을 설명해 줘야겠군요, 공작님. 아마도 밀포드가 가르쳐줄 거예요. 그는 당신과는 정반대인 것 같으니까요. 어떻게 그가 당신을 친구라고 생각하고 있는지 정말 놀라운 일이지만요. 당신은 너무나 역겹고 굽힐 줄 모르는 사람이에요.」

「굽힐 줄 모른다라? 난 수년 전에 했던 맹세를 지금 막 깼소. 그 모든 게 푸른색 눈동자의 다루기 힘든 한 여자가 날 미치게 만들었기 때문이오. 두 주만에 당신은 내 세계를 완전히 뒤집어놓았소」

캐롤라인은 그가 오래 전에 했던 맹세가 무엇일까 궁금해하면서 그의 말에 눈살을 찌푸렸다. 어떻게 그게 내 탓이지? 물어볼 기회가 없었다. 브래드포드의 입이 그녀의 입을 막고 키스를 하자 그녀의 모든 관심은 그것에 쏠렸다.

캐롤라인은 입을 벌리지 않으려고 노력하면서 온 힘을 다해 그의 어깨를 밀어내려고 했으나 소용이 없었다.

브래드포드가 그녀에게 하고 있는 것을 무시하기란 불가능했다. 캐롤라인은 그의 팔에 꽉 잡혀 있었고, 그의 입술이 그녀의 입술을 사로잡고 있었다.

이게 마지막 키스야, 라고 스스로에게 말하면서 캐롤라인은 브래드포드의 목에 양팔을 감았다. 단지 작별 키스 한번인데 뭐. 평생 동안 그 키스를 기억하고 음미할 거야.

그녀는 브래드포드의 욕구에 몰두해서 그의 혀가 그녀의 입 안을 부드럽게 스치게 하고 나서 자신도 그의 행동과 똑같이 하자 그가 한숨을 쉬었다. 그녀도 그가 마지못해 그녀에게서 몸을 떼고 일어서자 한숨으로 대답했다.

「이건 작별 키스였어요, 브래드포드.」

캐롤라인이 속삭였다. 그녀는 입술이 부풀어오르고 멍이든 것 같았고, 눈에는 눈물이 고였다. 긴 하루를 보내면서 지친 거라고 혼잣말을 하면서 그가 문으로 걸어가는 것을 바라보았다.

「알았소, 내 사랑.」

브래드포드가 어깨 너머로 소리쳤다. 그는 재킷을 집어들고 한쪽 어깨에 걸쳤다.

「잘 있으시오, 내일까지.」

그가 문을 열면서 말했다.

끈질긴 남자라니까! 관계를 끝내기로 합의를 보지 않았던가? 둘 사이에는 미래가 없다는 것도? 믿지 않는 남자하고는 결혼할 수 없다고 자신이 대단히 강조해서 말했던 것을 정확하게 기억하면서 캐롤라인은 마음속으로 그 대화를 되풀이했다.

아니면 자신을 믿지 않는 남자와는 결혼할 수 없다고 말했었던가? 더 이상 자신이 말했던 것을 확신하지 못해 얼굴을 찡그리다가 즉시 브래드포드의 탓으로 돌렸다. 그가 너무 화나게 해서 효과적으로 논하는 것은 말할 것도 없고 거의 말도 할 수 없었잖아. 그러나 결혼에 대해 브래드포드가 한 말을 기억했다. 그가 나와 결혼할 맘이 없다고 아주 분명히 말하지 않았던가?

「그 남잔 날 미치게 만들어.」

캐롤라인이 중얼거렸다. 그녀는 일어나서 재빨리 옷을 벗었다. 메리 마거릿이 사려 깊게 침대발치에 놔둔 파란색 로브를 입었다. 이 조그만 빨간머리 하녀가 어디로 갔을까 궁금했다. 아마도 복도 어딘가에서 떨고 있을지도 모르겠다고 생각했다. 모든 게 브래드포드가 소리를 질렀기 때문이야.

불만스런 한숨을 내쉬고는 지금 막 벗은 드레스를 집어들어 의자에 놓고 창문가로 가서 어두운 창 밖을 내다보았다.

캐롤라인은 자신이 회피하는 대답을 찾고자 애쓰면서 아주 오랫동안 그곳에 서 있었다. 그녀는 서서히 변명하는 것을 멈추고 마침내 사실을 인정했다.

자신을 항상 정직한 사람이라고 생각해 왔는데 바로 지금 자신이 전혀 정직하지 않다는 것을 알아차렸다. 그녀는 화가 난 체했으나 속으로는 웃고 있었다.

캐롤라인은 그 끔찍한 사실을 인정하고 나자 웃음이 터져나왔다. 이런, 세상에나, 그 사실은 그녀를 완전히 압도했다. 그 거만한 영국남자하고 사랑에 빠지다니!

영국에 와서부터 얼마나 모순된 행동만 하고 있는가! 웃고 있는 바로 지금도 우울한 눈물이 뺨을 타고 흘러내렸다.

그는 악당에 난봉꾼이고 전혀 적당한 사람이 아니라고 생각했다. 그러자 자신이 그에게 끌렸다는 사실에 미칠 것 같았다. 그 남자는 자신을 가질 거라고 뽐냈으나 사랑한다는 말은 한마디도 하지 않았다. 또한 남자와 여자 관계에선 믿음이란 없다고 너무나 당연하다는 듯이 말했다.

그녀는 사랑을 하는 게 그렇게 고통스럽고 비참하다는 것을 알지 못했었다. 제레드 마커스 벤튼을 사랑하는 게 그렇게 비참한 일이라면, 그도 똑같은 비참함을 맛보게 해주겠다고 맹세했다.

그렇게 하려면 그녀 쪽에서 아주 커다란 노력을 해야 했으나 그 도전을 참을 수가 없었다. 그 보상은 아주 대단한 결과일 것이다.

캐롤라인은 그가 자신을 포기하지 않겠다고 선언한 것처럼, 그를 포기하지 않겠다고 맹세했다. 물론, 그의 말은 단지 날 갖겠다는 의미였지만 난 더 많은 것을 원해.

가엾은 남자야! 그에 대해 거의 동정을 느낄 뻔했다. 거의! 성공한다면 다르지만 그에게 어떤 자비도 베풀 순 없어. 브래드포드를 바꿔서 적당하게 만들 수 있다면 다르지만.

그녀는 방이 떠나가라 웃으면서 신이 도우신다면 성공할 수 있을지도 모르겠다고 생각했다.

그는 악당이고 난봉꾼이었으나 그녀는 그가 자신의 악당이고, 자신의 난봉꾼이라고 지금 막 받아들였다. 그를 가질 거야. 그의 방법이 아니라 내 방법으로. 그래, 그 거만한 남자를 사랑해. 무슨 수를 써서라도 그가 날 사랑하게 할 방법을 찾겠어.

아, 하지만 그 사람은 다루기가 힘들잖아! 그는 자기의 규칙에 따라 하는 게임이라고 했잖아! 캐롤라인은 웃으면서 그가 정말로 안됐다고 생각했다.

아무튼, 그는 참 순진한 사람이라니깐! 그리고 그가 단지 이해하지 못하고 있을 뿐이야…… 아직까지는. 이것이 전혀 게임이 아니란 것을.

7

　다음날 아침, 브래드포드는 정각 10시에 캐롤라인과 채러티를 데리러 왔다. 그는 잠을 잘 자지 못했고, 마음은 캐롤라인에 대한 생각으로 혼란스러웠고 짜증스러웠다. 또한 그는 폴 블리츨리에 대한 그녀의 계획을 조금도 알지 못했다.

「어떻게 할 것인지 나에게 말해주시오.」

　브래드포드는 마차 안에서 그의 맞은편에 앉은 캐롤라인에게 말했다.

　캐롤라인의 옆에 앉은 채러티가 그 말에 대답했다.

「너무 긴장되요, 브래드포드! 하지만 캐롤라인이 저에게 반복해서 연습을 시켰기 때문에 전 잘할 자신이 있어요.」

　그것은 그가 원하는 대답이 아니었다. 브래드포드는 채러티의 잘될 거라는 대답이 아니라 실제 계획에 대해 알고 싶었다. 그래서 캐롤라인에게 주의를 돌렸다. 그녀는 쳐다보는 그에게 생긋 웃어 보였다. 그녀가 자신의 불만을 알고 있는 것 같았다.

　브래드포드는 오늘 캐롤라인이 매우 매력적으로 보인다고 생각했다.

그녀는 흰 장식이 들어간 짙은 파란색 외출복을 입고 있었다. 어깨엔 같은 색의 망토를 두르고 있었다. 그러나 그의 관심을 끈 것은 그녀의 눈빛에서 느껴지는 광채였다. 그녀가 세상을 정복할 준비를 끝낸 것처럼 보인다고 생각했다.

캐롤라인이 그를 보고 계속 웃자 그는 왜 그러냐는 뜻으로 한쪽 눈썹을 치켜 올렸다. 캐롤라인은 즉시 그 표정을 흉내냈다. 오늘 아침 그녀는 건방져 보였고, 전날 밤에 마차에서 했던 분노에 찬 말들은 모두 잊어버린 것 같았다.

캐롤라인의 분위기에 감염되어 브래드포드도 따라 웃었다. 그렇지만 그녀가 너무나 쉽게 자기의 기분에 영향을 미쳐 변화시킬 수 있다는 것이 조금은 이상하다고 생각했다.

캐롤라인은 브래드포드의 얼굴에 나타난 표정 변화를 보고는 웃음이 나왔다. 그는 조금 전에는 찌푸리고 있었는데 지금은 웃고 있다.

오늘은 그가 매우 잘생겨 보이지만 검은색 연미복을 입었을 때만큼 위협적으로 보이지는 않았다. 그의 바지는 품위 있다고 보기에는 여전히 딱 달라붙었으나 밍크색하고 비슷한 따스한 갈색 재킷은 그의 눈동자 색깔과 매우 잘 어울렸다.

드디어 폴 블리츨리의 집에 도착하자, 브래드포드는 채러티가 끊임없이 수다를 떨어대서 귀울음이 날 지경이어서 기쁜 마음으로 채러티가 내리는 것을 도왔다.

그는 캐롤라인을 돕기 위해 돌아서서 그녀가 내민 팔을 무시하고 허리를 잡았다. 그리고 그녀의 이마에 재빨리 키스를 했다.

「당신은 더 이상 추근거릴 수 없을 걸요.」

캐롤라인이 말했다. 그녀의 목소리는 단호했으나, 그녀가 채러티를 보고 있어서 브래드포드는 그녀의 얼굴 표정을 볼 수 없었다. 벌써 채러티는 블리츨리의 현관 앞에 서서 기다리고 있었다.

브래드포드는 캐롤라인이 자기를 쳐다보게 해서 그녀의 찌푸린 얼굴을 보았다. 그가 한 가벼운 키스 한번은 자신이 보기에는 추근거리는 것이 아니라고 지적하려고 할 때 그녀가 말했다.

「당신은 밖에 있는 게 좋을 것 같아요, 브래드포드. 그렇지 않으면 당신이 중간에 끼여들어서 모든 게 엉망이 될 거예요.」

「무슨…….」

브래드포드는 잠시 할말을 잃었다.

「그렇게 화내지 마세요.」

캐롤라인이 말했다. 목소리에서 짜증이 묻어 나왔으나 어쩔 수가 없었다. 지금 이 순간만은 그녀도 채러티만큼이나 긴장이 되었다. 만약 조금이라도 잘못된다면 채러티는 좌절할 것이고, 블리츨리는 불같이 화를 낼 것이다. 그렇게 되면 모든 게 캐롤라인의 탓으로 돌아갈 것이다. 자신이 이 계획을 세웠기 때문에.

「도대체 당신의 계획이 정확히 무엇이요?」

브래드포드가 물었다. 그는 캐롤라인의 양어깨를 잡고 상당한 힘을 가했다.

캐롤라인이 몸을 빼면서 말했다.

「지금 설명하기에는 너무 늦었어요. 그리고 당신은 저를 믿겠다고 약속했어요.」

그녀는 채러티의 손을 잡고 서둘러 걸어가서 문을 두드렸다. 그녀는 브래드포드가 뒤에 서 있는 것을 느낄 수 있었고, 그의 조용한 목소리를 들을 수 있었다.

「난 당신을 믿겠다고 말한 적 없소.」

캐롤라인은 미소를 짓고는 고개를 돌렸다.

「하지만 당신은 그랬어요.」

그녀가 말했다.

눈부시게 하얀 앞치마를 굵은 허리에 두른 까다로워 보이는 여자가 문을 열었다.

「늦으셨군요.」

그녀가 작은 목소리로 말했다. 그녀는 브래드포드 앞에 서 있는 두 여자를 완전히 무시하고 그를 올려다봤다.

「주인님은 서재에 계세요.」

그녀가 덧붙였다. 그리고는 돌아서더니 서둘러서 들어가버렸다.

채러티와 캐롤라인은 당황스런 시선으로 서로를 쳐다보았다. 브래드포드는 캐롤라인을 앞으로 가라고 쿡쿡 찔렀다. 그리고 이번에는 그녀가 채러티를 앞으로 밀었다.

브래드포드는 문을 닫고 나서 현관 왼쪽에 있는 문을 가리켰다.

「그는 거기 있소, 채러티. 내가 당신편이 되주겠소」

그의 음성은 매우 부드러워서 캐롤라인이 보기에 그 말을 들은 채러티는 거의 원상태로 돌아간 듯했다. 하지만 여전히 흥분과 긴장으로 그녀의 눈에는 눈물이 가득 고여 있었고, 작게 떨고 있던 손은 캐롤라인의 손을 꼭 붙잡았다.

「이러지 마, 지금은 자제해야 해, 그리고 우리가 얘기했던 대로 해. 지금이 아니면 결코 할 수 없어, 채러티.」

캐롤라인이 작은 소리로 격려의 말을 하면서 서재 문을 열고 채러티를 안으로 밀어 넣고 문을 닫았다.

브래드포드는 채러티와 함께 들어갈 작정이었으나 캐롤라인이 그를 막았다. 그녀는 떡갈나무로 된 문 앞에 기대서서 그를 보고 생긋 웃었다.

「이제 채러티에게 달렸어요. 그렇게 찡그리지 마세요, 브래드포드. 그럼, 제 신경이 곤두선단 말이에요.」

「캐롤라인, 내가 두 사람 사이에서 흥분될 수 있는 서로의 마음을 가볍게 해야만 한다고 생각하오 폴은 변했소」

「이 문제에 관한 한 절 믿으시라니까요.」

캐롤라인이 말했다.

브래드포드는 아무 말도 하지 않았다. 그는 블리츨리의 분노에 찬 고함소리를 듣고 주춤하고는 어깨가 축 처지는 것을 느꼈다. 그러나 조금 뒤에 달콤한 채러티의 목소리가 들려오자 그는 완전히 간이 떨어질 것 같았다. 그 자그만 사촌은 그녀가 진정으로 사랑하는 남자에게 잔소리꾼처럼 소리치고 있었다.

브래드포드는 점점 더 얼굴이 일그러졌다. 그는 자신의 생각을 캐롤라인에게 말하고자 했다. 그러나 그녀는 고개를 저으며 조용히 하라고 주의를 주었다.

「어떻게 감히 당신이 살아 있을 수가 있지요!」

채러티는 브래드포드와 캐롤라인이 들을 수 있을 만큼 큰소리로 비난을 퍼부었다.

「당신이 수치를 아는 사람이라고 믿었는데, 당신은 악당이야!」

브래드포드는 폴이 뭐라고 대답하는지 들을 수 없었지만 채러티의 힘찬 목소리에는 놀라지 않을 수 없었다.

「전 나갈 수 없어요. 당신이 얼마나 진저리 나는 남자인지 당신에게 말하기 전까지는 못 나가요. 당신은 내게 결혼을 약속했어요, 폴 블리츨리! 당신은 내 사랑을 가지고 놀았어요. 당신이 날 사랑한다고 분명히 말했었잖아!」

「날봐!」

화난 사자의 포효와 같은 명령 소리가 들렸다.

「당신을 보고 있잖아요! 마침내라고 덧붙여 말할 수 있겠군요. 보스턴에서 당신을 마지막으로 보고 몇 달이 지났어요. 눈물과 괴로움으로 하루하루를 보냈죠. 폴, 당신이 죽었다고 생각했는데. 아, 내가 바보였어요. 당신은 수치가 뭔지 몰라요, 그렇죠?」

채러티가 맞받아 소리쳤다.

브래드포드는 폴이 뭐라고 대답하는지 들으려고 기다렸으나 성난 말대꾸 대신에 컵이 깨지는 소리를 들었다.

「안에서 무슨 일이 벌어지고 있는 거요?」

그는 캐롤라인을 옆으로 밀고 안으로 들어가려고 하면서 물었다.

캐롤라인은 못 들어가게 막으려고 발버둥쳤으나 그의 힘이 훨씬 더 세다는 것을 깨닫고는 재빨리 작전을 바꿨다. 그녀는 그의 어깨를 두르고는 그의 얼굴을 자기 쪽으로 끌어당겼다. 그러고 나서 그가 가르쳐준 것처럼 철저하고, 정열적으로 그에게 키스를 했다. 그의 마음을 산란하게 만드는 작전은 성공해서 브래드포드는 즉시 자발적으로 몰입했다.

그가 마지막으로 한 일관성 있는 생각은 그의 결심을 흔들리게 할 수 있다고 정말로 믿고 있는 여자에게 키스하는 것을 끝내자마자 입구에서 있는 캐롤라인을 밀어내고 서재 안으로 들어가 채러티를 끌어내겠다는 것이었다.

서재 안에서, 채러티는 계속 모욕당한 여자의 역할을 했다. 그녀는 다른 꽃병을 집어들어 폴의 책상 근처로 세게 집어던졌다. 속으로는 자신의 행동이 너무나 끔찍했다.

그녀는 연인을 볼 때마다, 또 그의 눈 속에서 고통스런 표정을 볼 때마나 슬퍼서 울고 싶었다.

두 번째 꽃병이 거의 머리를 칠 뻔했지만 다행히 폴이 그것을 피했다. 그는 몸을 앞으로 숙이고 양손으로 책상 모서리를 잡고 일어섰다.

「제발, 당신은 이 흉측한 내 얼굴을 더 이상 볼 수 없을 거요. 안경을 써요, 채러티. 그리고 내 얼굴을 보시오.」

채러티는 아무 말 없이 지갑을 열어 가까이에 있는 탁자 위에 내용물을 쏟았다. 그리고 재빨리 철테 안경을 쓰고 돌아서서 양손을 엉덩이에 대고 폴을 오랫동안 쳐다봤다.

「봤는데요?」

그녀는 대답을 요구했다.

「당신 장님이오?」

폴 블리츨리에게서 갑자기 분노가 사라졌다. 그는 그녀의 반응에 당황했다.

「난 더 이상 핸섬하지 않소, 채러티. 내가 모든 **흉터**를 일일이 짚어줘야만 알겠소?」

그는 절망적인 목소리로 말했으나 채러티는 냉담했다.

「당신은 허영심 덩어리군요! 그게 당신의 속임순가요? 하찮은 흉터 몇개 때문에 날 버린 거라고 설득하려는 건가요? 하! 전 바보가 아니에요,

폴. 분명히 당신은 그것보단 더 잘할 수 있을 거예요. 내가 당신을 지겹게 했나요? 아니면 다른 여자가 생겼나요? 진짜 이유를 말해주면 용서해줄지도 모르죠.」

「다른 이유는 없소. 난 이제 한쪽 눈으로 밖에는 볼 수 없소, 채러티. 여기 화상 자국도 보이오? 더 이상 잘생긴 것을 발견할 수 있겠소?」

폴이 다시 고함을 치면서 말했다.

채러티는 아주 화려하게 장식된 꽃꽂이를 잡아서 폴을 향해 던졌다.

「그게 걸리면 안대를 해요.」

그녀가 명령했다.

「그럼 흉터는, 채러티, 흉터는 어떻게 해야겠소?」

「제발, 폴. 수염을 길러요. 그리고 화제를 바꾸지 마세요. 우린 당신이 나와 결혼하겠다는 약속을 어긴 것에 대해 말하고 있어요. 허영심이 아니라요.」

채러티는 숨을 쉬느라 잠시 멈춘 동안에 머리를 부풀렸다. 그러고 나서 돌아서서 지갑에다 소지품을 집어넣었다.

그녀는 폴이 자신의 모든 동작을 바라보고 있다는 것을 알고 천천히 그 일을 했다.

「제 머리 모양이 바뀌었는데도 아무 말도 하지 않는군요.」

그녀는 지갑을 잠그면서 말했다.

「당신은 자기 자신밖에 생각하지 않아요. 좋아요, 결혼하기 전에 당신이 얼마나 허영심 덩어리인지 알게 돼서 기쁘군요. 제가 당신을 바꾸겠어요, 폴. 이해하겠어요? 아니면 허영심이 많은 만큼 우둔한가요?」

「날 바꿔놓겠다고?」

채러티는 그 속삭임을 듣고 폴을 다시 바라봤다. 그의 눈에서 희망의 빛이 서서히 나타나는 것을 보고 그와 시선이 마주치는 순간 자신이 완전히 이겼다는 것을 알았다.

「그럼, 이제 내가 떠나기 전에 당신에게 최후통첩을 하겠어요.」

채러티가 말했다.

채러티는 자신의 목소리가 날카롭게 들려서 기뻤다. 그녀는 정성 들여 흰색 장갑을 끼고 나서 폴의 책상 앞으로 당당하게 걸어갔다.

「당신이 2주 안에 제 큰아버지한테 와서 당신의 의도를 말하세요. 그렇지 않으면 당신이 더 이상 절 사랑하지 않는다고 간주하겠어요.」

「영원히 당신을 사랑할 거요, 채러티. 그러나……」

「그럼, 저도 영원히 당신을 사랑하겠어요, 폴.」

채러티가 중간에 끼여들었다. 그녀는 진지한 표정으로 책상까지 천천히 걸어갔다.

폴이 그녀에게로 몸을 돌리자 그녀는 살며시 그의 뺨을 만졌다. 그러고 나서 발꿈치를 들고 서서 그의 다친 뺨을 따라 천천히 키스를 하기 시작했다.

「절 오해하지 마세요, 폴. 당신이 다친 것은 유감스러워요. 하지만 과거를 바꿀 수는 없잖아요. 우리는 미래를 봐야만 해요.」

폴이 그녀에게 길고 만족스런 키스를 했다. 키스가 끝나고 그녀의 태도가 다시 날카로워졌다.

「다신 도망칠 생각도 하지 마세요. 어디로 숨든지 간에 당신을 찾아낼 거예요. 당신이 조만간에 제 큰아버지 집에 나타나지 않는다면, 제가 매우 폭력적이 될 거라고 전 믿어요. 그 다음에 일어나는 일은 다 당신 책임이에요, 블리즐리씨.」

야무진 경고의 말을 하면서 채러티는 어깨를 쭉 펴고는 문을 열었다. 그녀는 브래드포드의 품에서 벗어나려고 하는 캐롤라인의 얼굴에 나타난 놀란 표정을 무시하고 그들을 지나쳐서 현관 밖으로 곧장 걸어갔다.

캐롤라인은 브래드포드의 키스에 얼굴을 붉히고 자신이 분명히 브래드포드에게 더 이상 추근거리지 말라고 말했었다고 중얼거리면서 황급히 사촌을 따라나갔다.

브래드포드는 캐롤라인이 두서없이 떠드는 말을 들으면서 입을 벌린 채 서 있었다. 폴이 뒤에서 말하는 소리를 듣고 돌아섰다. 그의 친구가 웃고 있어서 깜짝 놀랐다. 내가 놓친 게 뭐지? 그는 폴이 2층으로 올라가는 것을 보면서 스스로에게 물었다.

「어디로 가는 건가?」

브래드포드가 물었다. 그는 더 이상 캐롤라인에게 키스하고 있지 않기 때문에 화가 났고, 블리츨리와 채러티가 결정한 것이 무엇인지 궁금해서 짜증이 났다.

「수염을 기르러 가네.」

폴이 크게 웃으면서 어깨 너머로 소리쳤다.

채러티는 집으로 오는 길 내내 울다가 웃다가 했다. 캐롤라인은 그녀의 손을 토닥거리면서 그녀가 얼마나 폴을 사랑하는지, 그리고 얼마나 그가 고통받았는지 말하는 것을 들었다. 브래드포드는 말을 짜맞춰 무슨 일이 벌어졌었는지 알아내려고 노력했다. 마침내 캐롤라인이 그를 가엾이 여겨 설명했다.

「채러티가 동정한다는 기색을 조금이라도 보인다면, 폴이 외면할 거란 것을 알았죠. 당신이 내게 그 힌트를 주었죠, 브래드포드.」

「내가 그랬소?」

브래드포드는 한참 동안 생각을 했으나 그녀에게 그런 힌트를 준 기억이 없었다.

「물론이죠. 폴은 동정 받기를 원하지 않았어요. 그가 홀로 떨어져서 모든 것으로부터 자신을 차단시켰다는 게 그것이었죠.」

그녀는 매우 어리석은 사람을 가르치고 있다는 듯한 말투였다.

그녀는 채러티에게로 몸을 돌리고 말했다.

「그가 도망가려고 한다면 네가 총으로 그를 쏠 거라고도 말했니?」

「그랬던 것 같아. 아니면 아마 결혼불이행으로 고소하겠다고 말했을 거야. 난 그럴 수 있어. 그렇지 않니?」

채러티가 고개를 끄덕이며 말했다.

「그럴 필요는 없을 거야. 그가 너에게 아직도 사랑하고 있다고 말하고 키스까지 했다고 말했잖아. 그를 총으로 쏠 필요는 없을 것 같은데.」

캐롤라인이 말했다.

브래드포드의 눈동자는 약이 올라 있었다.

「어찌 되었건, 채러티는 아무도 쏠 수 없을 거요.」

그가 비웃었다.

「제가 그럴 수 없다는 것은 저도 알아요.」

채러티가 즉시 대답했다. 그녀는 생긋 웃더니 덧붙였다.

「하지만 캐롤라인은 마음만 먹으면 먼지 알갱이도 명중시킬 수 있어요. 그리고 내가 부탁만 하면 폴을 쏴줄 거예요.」

브래드포드가 충격을 받은 것처럼 보이자 캐롤라인과 채러티는 웃음을 터뜨렸다.

「캐롤라인, 네가 말하는 것이라면 무엇이든지 할게. 맹세해. 네 계획이 날 구했어. 네 도움을 결코 잊지 않을 거야.」

「그렇게 그녀의 계획이 만족스러웠소?」

브래드포드가 채러티에게 물었다.

「난 이제야 그 복잡한 계획을 이해하겠소. 당신한테 폴이 항복할 때까지 소리치라고 시켰군.」

그가 캐롤라인 쪽을 보고 히죽 웃더니 덧붙여 말했다.

캐롤라인은 뚱한 표정을 지었으나 채러티는 웃고 있었다.

「그가 유머 감각이 없다고 네가 말했었잖아. 하지만 난 그가 지금 농담을 한 거라고 믿어.」

채러티가 캐롤라인에게 말했다.

「하여간 캐롤라인, 채러티는 우리의 키스에 대해 당신의 아버지에게 말하지 않겠다고 약속했을지도 모르지만 난 안 했소.」

브래드포드가 말했다.

「정확히 무슨 뜻이죠?」

놀라서 눈을 크게 뜨고는 캐롤라인이 물었다.

「곧 알게 될 거요.」

브래드포드가 싱글거리며 말했다.

「그렇게 걱정하지 마시오. 당신은 나만 믿으면 되오.」

그가 가차없는 목소리로 덧붙여 말했다.

「당신이 절 믿는다고 보여준 만큼 전 당신을 믿어요.」

캐롤라인이 짜증을 내면서 대답했다. 그녀는 채러티를 보고 말했다.

「너에게 알려주는 건데 그건 아무 의미도 없는 말이야. 브래드포드는 어떤 여자도 믿지 않아.」

캐롤라인은 아무 말 없이 무슨 일이 일어났었는지 궁금해하면서 단지 두 사람을 번갈아 가면서 쳐다보았다. 갑자기 분위기가 완전히 변해버려서 그녀는 속으로 당황했다.

「당신은 제 아버지에게 말하지 못할 걸요.」

캐롤라인이 더 이상 말할 필요도 없다는 투로 말했다.

「난 할 거요.」

브래드포드의 목소리는 캐롤라인의 목소리만큼이나 강했다.

「그래봤자 아무 일도 생기지 않을 거예요.」

「당신은 스스로를 속이고 있소. 난…….」

「그건 말하지 마세요!」

캐롤라인은 거의 명령조로 소리쳤다. 그가 그녀를 가질 거라고 말할 것이 확실했다. 이미 충분할 정도로 자주 말하지 않았던가? 그런데 이젠 감수성 예민한 사촌 앞에서 말하려고 하다니.

「뭘 말해?」

채러티가 물었다.

캐롤라인도, 브래드포드도 대답하지 않았다. 그들은 둘 다 무표정의 시선으로 채러티를 쳐다봤다. 채러티는 마차 의자에 몸을 의지하여 뒤로 기댔다. 도대체 내가 뭘 어쩐 거지?

그녀는 궁금했다. 태어나서 처음으로 그녀는 자신의 생각과 의문은 남에게 알리지 않기로 결심했다.

8

다음주는 디너파티와 무도회가 꽉 차 있었다. 낮에는 그칠 새 없이 방문객이 찾아왔다. 캐롤라인은 후작이 그렇게 부르기를 주장했기 때문에 마일로 삼촌을 이틀에 한 번씩 오후에 방문했고, 점점 더 그가 좋아졌다. 후작보다 열 살은 족히 더 어린 동생인 프랭클린 삼촌도 항상 그곳에 함께 있었다.

그의 외모는 형을 닮았으나 눈은 마일로 삼촌만큼 따뜻하지 않았다. 그의 태도는 매우 자제하는 구석이 있었다.

캐롤라인은 두 삼촌 사이에 자신이 관여할 수 없는 어떤 긴장감이 흐르는 것을 느꼈다. 그들은 서로에게 매우 예의를 갖추었으나 거리감이 있었다.

짙은 갈색 머리에 담갈색 눈을 가진 프랭클린은 잘생겼으나, 쌀쌀맞아서 캐롤라인이 가까이 가기가 어려웠다.

그의 아내인 로레타는 거의 후작을 방문하는 일이 없었다. 프랭클린은 아내가 사교적인 약속으로 바쁘다고 시간이 날 때마다 되풀이해서 설명했다. 많은 사교계 사람들이 그녀가 참석해주기를 바란다고 프랭클린이 자랑스럽게 말했다. 지금까지 참석한 저녁 행사에서 로레타를 본 적이 없었기 때문에 캐롤라인은 누가 그렇게 바라는지 궁금해하지 않을 수가 없었다.

블랙스톤 백작은 간혹 가다 특별한 모임에 레이디 틸만을 데리고 갔다. 캐롤라인은 그 여자가 썩 좋지는 않았으나 아버지가 즐거워하는 것을 보는 것이 좋았다. 그는 행복할 만한 자격이 있었다. 그러므로 만약 그가 레이디 틸만을 원한다면, 그의 생각대로 하는 것도 그녀는 좋았다. 그녀는 방해할 마음이 없었다.

클레이미어의 집에서 일어난 사고는 시간이 지남에 따라 점점 잊혀져 갔다. 캐롤라인은 누군가가 자신을 밀었다고 생각했던 것이 지나친 상상력 탓이라고 이제는 믿기 때문에 브래드포드에게 털어놓지 않아서 다행이라고 생각했다. 단지 피곤하고 얼이 빠져 있었던 거야.

그러나 미지의 인물로부터 공격당할 위험이 더 이상 없다고 생각한 반면에, 브래드포드 공작이 매우 위협적으로 느껴졌다. 그 남자는 그녀를 절망의 끝까지 몰아붙였다.

캐롤라인은 끊임없이 불안함을 느꼈다. 브래드포드는 모든 행사에 그녀를 에스코트했다. 그녀가 그에게 속해 있다는 것을 멀리 떨어져 있는 사람에게도 명백하게 느끼게 하면서 그녀 곁을 잠시도 떠나지 않았다.

그녀는 그의 소유욕이나 자신을 구석진 곳으로 끌고 가서 욕망으로 키스를 해대는 건방진 태도에 신경 쓰지 않았다.

그녀를 더욱 당황하게 한 것은 그에 대한 자신의 반응이 점점 커져 가는 것이었다. 모든 사람들이 자신을 주시하고 있었기 때문에 자신의 육체적 반응에 놀랐고, 무릎에 힘이 빠지는 것을 느꼈다.

전에는 브래드포드가 그녀를 원한다는 말에 그를 비웃었다. 그러나 그와 오랜 시간을 보낸 지금은 그녀도 그를 원했다. 그와 헤어질 때마다 그녀는 비참했고, 그런 자신에 대해 화가 났다. 내 독립심과 자제력에 무슨 일이 생긴 거지?

마침내 그녀는 그를 사랑하고 있다고 자인했다. 그러나 그는 그런 말을 입에 담은 적이 없었다. 욕망은 그가 옆에 없을 때 보고 싶어하는 이유 중 단지 일부분에 불과했다. 그 남자는 분명히 결점도 있었으나 장점도 있었다. 그는 잘못에 관대하고 친절했으며 캐롤라인이 꺾을 수 없는 힘이 있었다.

그러나 그는 악마야! 아아, 그가 무엇을 하려는지, 그리고 그의 게임이 무엇인지 알아. 키스할 때마다 그의 눈이 승리감으로 번뜩였잖아. 그의 품안에 있을 때마다 난 무기력해졌고, 분명히 그는 그걸 보고 웃을 거야. 그는 내가 그를 원한다고 털어놓기를 기다리는 것일까?

캐롤라인은 자신이 처한 상황에 대해 생각하는 것만으로도 신경이 끊어질 것 같았다. 그가 사랑한다고 말하지 않는다면 나도 그를 원한다고 말하지 않을 거야. 만약 브래드포드 공작이 게임을 할 작정이라면, 나도 할 수 있어.

한편, 채러티는 더할 나위 없이 행복했고 만족했다. 폴 블리츨리가 제때에 와서 블랙스톤 백작을 만나 채러티에게 정식으로 청혼을 했다. 그는 검은색 세틴 안대를 하고 나니 그 모습이 그를 매우 대담하게 보이게 했다. 또한 수염도 기르고 있었다.

캐롤라인은 폴을 좋아했다. 그는 잘 웃는 조용한 사람이었다. 그리고 채러티를 보는 눈빛으로 보아 그가 진심으로 그녀를 사랑하고 소중히 여긴다는 것을 알 수 있었다.

왜 난 폴같이 상냥하고 붙임성 있는 사람에게 마음을 주지 않는 것일까? 캐롤라인은 사촌과 그 마음씨 고운 영국인과의 관계가 부러웠다. 그리고 폴이 채러티를 바라보는 식으로 브래드포드가 자신을 생각해주기를 바랐다. 아, 브래드포드는 나를 열렬히 쳐다보기는 하나 그의 시선은 오직 육체적인 욕망에서야. 또한 그가 날 소중히 여긴다고는 전혀 생각되지 않아.

블랙스톤 백작은 디너파티를 열 것을 결정하고 20명의 손님을 초대했다. 손님 명단에는 캐롤라인의 삼촌인 에임스몬드 후작과 프랭클린과 그의 아내인 로레타, 레이디 틸만과 그녀의 딸인 레이첼과 레이첼의 약혼자인 나이젤 크레스트월이 포함되었다. 그리고 브래드포드와 밀포드, 또한 폴 블리츨리도 초대되었다.

파티의 일정은 몸이 안 좋아 쉽게 지치는 후작을 위해서 저녁식사를 일찍 마치고 나머지 사람들은 오페라를 보러갈 예정이었다.

벤자민은 적당한 음식을 장만해야 한다는 중압감 속에서 훌륭한 요리를 만들어냈다. 정오가 되기 전에 속을 가득 채운 비둘기와 뼈를 발라낸 생선과 통째로 구워낸 닭요리를 만들었다.

데이톤은 아주 독재적으로 다른 마지막 준비를 명령해댔다. 캐롤라인과 채러티는 그가 더 잘 알 거라고 생각해서 데이톤이 시키는 것이라면 무엇이든지 했다. 채러티는 어떤 옷을 입을까에 대해서도 그의 자문을 구할 정도였다.

캐롤라인은 대담한 아이보리색 드레스를 입기로 진작에 정해놓았다. 그 옷은 가슴선이 아주 깊숙이 파였고, 그녀는 아주 유혹적으로 보이기를 바랐다. 그녀는 브래드포드와의 관계에서 우위를 차지할 때라고 생각하고 요부처럼 보이기로 계획을 세웠다. 그가 날 불안하게 만든다면, 나도 그 친절을 돌려줄 거야.

캐롤라인은 시간이 지남에 따라 점점 초조해하면서 조심스럽게 옷을 입었다. 또한 완벽한 저녁이 될 거라고 맹세했다. 그녀의 계획은 매우 간단했다. 브래드포드를 욕망으로 정신을 못 차리게 끝까지 몰아대서 그의 마음속에 있는 것을 털어놓게 하자는 생각이었다.

채러티는 거울 앞에 서 있는 캐롤라인의 전신을 훑어보자 숨이 막혀 왔다.

「브래드포드가 널 보면 아마 할말을 잃을 걸. 넌 사랑의 여신인 비너스처럼 보여.」

채러티가 속삭였다.

「너도 그만큼 사랑스러워 보여.」

캐롤라인이 미소를 지으며 대답했다.

채러티는 입고 있는 레몬색 드레스를 과시하면서 빙 돌았다.

「난 기분이 너무 좋아, 캐롤라인. 알다시피 사랑이 원기를 왕성하게 만들어주나봐.」

캐롤라인은 그렇게 생각하지 않았으나 아무 말도 하지 않았다. 바로 지금 사랑이 그녀를 비참하게 만들었다. 채러티가 옷이 찢어져서 갈아입어야 할 거라고 말할 때까지 그녀는 드레스의 보디스를 좀더 끌어올리려고 힘껏 끌어당겼다.

캐롤라인은 한숨을 내쉬고 채러티를 따라 아래층으로 내려가서 손님이 도착하면 인사하기 위해 현관 홀에서 기다렸다.

「폴과 난 영국에서 결혼하기로 결정했어.」

그녀가 캐롤라인에게 말했다.

「그러는 게 당연하지. 그럼, 어디서 결혼하려고 했는데?」

캐롤라인이 대답했다.

「보스턴에서.」

채러티가 눈살을 찌푸리면서 대답했다.

「그러나 기다리고 싶지 않아. 그리고 우리가 남편과 아내 사이가 아니라면 함께 여행할 수도 없잖아.」

캐롤라인은 못 알아듣겠다는 듯이 눈을 크게 떴다.

「하지만 여기서 살 거잖아, 채러티. 여기가 폴의 고향이잖아. 가족들을 방문하러 가겠다는 말이지, 그렇지?」

채러티는 데이톤이 앞뒤로 걸어다니는 것을 보느라 정신이 없어서 캐롤라인의 표정을 보지 못했다.

「폴은 새롭게 시작하고 싶어해. 그는 작위도 없으니까 특별히 포기할 것도 없어. 하지만 가난한 것도 아니야. 그는 큰 계획을 갖고 있어. 아빠가 자리잡게 도와주실 거야.」

채러티가 말을 마쳤다.

「물론 그렇겠지. 그는 무엇을 할 건데?」

캐롤라인이 말했다. 그녀는 흥미를 보이려고 노력했으나 갑작스럽게 슬픔이 마음을 짓누르는 것을 느꼈다. 채러티를 보낼 준비가 되지 않았다. 사촌이 그녀의 보스턴에 있는 가족과의 유일한 연결이었다.

「그는 벌써 벤자민과 오랜 시간 동안 얘기를 했어. 폴은 땅을 좀 사서 신사농부가 되고 싶어해. 그리고 벤자민이 도와주겠다고 약속했어.」

「신사농부라고? 채러티, 그런 것은 없어. 식민지엔 없다고. 힘든 노동이 필요하고 그게 현실이지. 농사는 매일 하루도 쉬지 않고 매우 힘들게 일 해야만 하는 거야.」

캐롤라인이 초조해져서 비웃듯이 말했다.

「폴은 할 수 있어. 그는 속도는 느리지만 다친 팔을 다시 사용할 수 있게 될 거야. 또한 오빠들이 그에게 방법을 가르쳐줄 거야.」

채러티가 대답했다.

「알았어.」

캐롤라인이 한숨을 쉬면서 말했다. 그녀는 아직도 벤자민이 도와줄 거란 채러티의 말을 곰곰이 생각하고 있었다. 그런데 벤자민이 채러티를 도와준다는데 왜 버림받았다고 느껴지는 것일까?

그때 첫번째 손님이 도착했음을 알리는 벨이 울렸다. 캐롤라인은 미소를 지어야만 했다. 데이톤이 문 앞에 멈추더니 돌아서서 채러티와 캐롤라인을 마지막 점검을 하듯이 천천히 훑어보았다. 그는 만족스럽게 고개를 끄덕이고는 지루한 표정을 짓고 나서 문 앞으로 돌아섰다. 드디어 저녁이 시작됐다.

브래드포드는 늦게 도착했다. 캐롤라인은 그에게 인사를 하자마자 늦게 도착해서 불쾌하다고 투덜거렸다. 그리고 나서 완벽한 저녁을 위해서는 안 좋은 시작이라는 것을 깨달았다. 또한 그녀의 드레스에 대한 그의 반응도 긍정적이 아니었다. 그녀가 얼마나 사랑스러워 보이는지 말하는 대신에, 그는 위층에 올라가서 옷을 마저 입으라고 엄격한 목소리로 속삭였다.

「전 옷을 다 입었어요.」

캐롤라인이 항의했다.

그들은 현관 홀 모퉁이에 서 있었다. 밀포드도 다가와서 브래드포드의 대답을 들었다.

「내가 보기엔 매우 좋은데, 브래드포드.」

캐롤라인을 감상하듯이 쳐다보면서 밀포드가 말했다.

「그 드레스는 윗부분이 부족해. 위층으로 가서 보다 적당한 옷으로 갈아입고 오시오.」

브래드포드가 말했다.

「싫어요.」

캐롤라인이 단호하게 대답했다.

「당신은 손님들에게 좋은 인상을 줄 만한 옷을 입지 않았소.」

브래드포드가 화난 목소리로 말했다.

밀포드가 낄낄거리며 웃자 브래드포드와 캐롤라인은 돌아서서 말없이 그를 노려보았다.

그러고 나서 캐롤라인은 브래드포드를 마주보기 위해 몸을 돌렸다.

「전 당신이 입은 바지만큼 품위 있게 옷을 입었어요.」

「내 바지가 어때서 그러오?」

브래드포드가 물었다. 불시에 그녀의 어처구니없는 말을 들었다.

「너무 꼭 끼잖아요. 다치지 않고 앉을 수나 있는지 궁금하군요.」

캐롤라인이 대답했다. 그의 모습에 감탄했다는 표정을 나타내지 않고 그녀는 그를 천천히 위아래로 훑어보았다. 어쩜 저렇게 잘 생겼을 수가! 또한 검은색 정장을 입고 있는 모습이 매우 고상해 보인다고 생각했다.

밀포드가 다시 웃음을 터뜨렸다.

「제가 식당으로 모셔도 될까요?」

그가 팔을 내밀면서 캐롤라인에게 물었다.

「그래주시면 기쁘겠군요.」

캐롤라인이 대답했다. 밀포드의 팔에 손을 얹고 브래드포드에게 냉정한 시선을 던졌다.

「예의범절이 기억나거든, 우리를 따라오세요.」

그들이 나눈 대화에 어리둥절한 브래드포드는 한동안 그곳에 서 있었다. 어떻게 그녀는 그렇게 신속하고 아무 힘도 들이지 않고 날 수세에 몰리게 할 수 있을까? 그는 자문해봤다. 그녀는 그 옷이 얼마나 유혹적으로 보이는지 모르나? 그는 자신과 같은 감정을 가진 남자가 얼마나 될지 의심스러웠다.

캐롤라인은 저녁식사 내내 브래드포드를 무시했다. 그녀는 왼쪽에 앉은 폴 블리츨리와 맞은편에 앉은 밀포드와 격의 없이 이야기를 주고받았다. 브래드포드는 캐롤라인의 오른쪽에 앉아 있었다. 그녀는 그쪽으로는 눈도 한번 돌리지 않았다.

브래드포드는 무시당하는 것을 좋아하지 않았다. 요리가 매우 훌륭하다고 말했지만 음식을 거의 건드리지도 않았다. 그는 캐롤라인도 많이 먹지 못하고 있다는 것을 알아차리고는 약간 만족스러웠다.

브래드포드는 재킷을 벗어 캐롤라인의 어깨에 둘러주고 싶은 충동과 싸웠다. 그리고 만약 나이젤 크리스트월이 계속 캐롤라인을 곁눈질하면 그를 피투성이가 될 정도로 늘씬하게 패주겠다고 맹세했다.

브래드포드는 디저트를 먹는 동안에 자신이 충분히 참았다고 생각했다. 처음에는 그녀에게 그를 받아들일 시간을 주기 위해서였다. 또한 그녀가 그에게 속하게 될 것이라는 사실에 익숙해지기를 기다렸다. 그래서 그는 한 가지씩 천천히 해 나가자고 생각했었다.

그러나 이제 그는 계속할 인내심이 부족한 것을 인정했다. 지금이 캐롤라인과 이야기를 할 때야. 그리고 빠르면 빠를수록 좋겠지.

캐롤라인은 저녁식사 후에 곧바로 갈 오페라에 대해 밀포드가 하는 말에 대해 정신을 집중하려고 했으나 자꾸 정신이 프랭클린의 아내인 로레타 캔달에게로 쏠렸다.

그 적갈색 머리의 여자는 브래드포드에게 갖은 애교를 떨면서 자신을 웃음거리로 만들고 있었다. 그리고 캐롤라인은 그녀가 당장 시시덕거리는 것을 멈추지 않으면, 자신이 뭔가 끔찍한 일을 저지를 것 같다고 생각했다. 그 여자의 드레스에 딸기 타트(과일이 든 파이)를 하나 던져버릴까. 드레스가 여러 개의 타트를 숨길 수 있을 만큼 푹 패였다는 것을 하느님만 아실 걸.

마침내 식사가 끝나자 여자들은 일어나서 떠났다. 남자들은 술을 마시면서 남아 있을 거였으나, 브래드포드가 관습을 깼다.

브래드포드는 지금 캐롤라인을 빼고는 누구하고도 대화를 하고 싶은 기분이 아니었다. 그는 캐롤라인을 따라 나가서 팔을 잡고는 이야기를 좀 하자고 말했다. 레이티 틸만과 로레타 캔달이 보고 있어서 캐롤라인은 매우 예의바르게 행동했다.

캐롤라인이 짧게 고개를 끄덕이더니 여자들이 들을 수 있게 말했다.

「중요한 거라면요.」

로레타가 브래드포드를 희번덕거리는 눈으로 쳐다보는 것에 말없이 화를 내면서 캐롤라인은 1층에 있는 아버지의 서재로 갔다.

「문을 열어두세요.」

캐롤라인이 오만한 목소리로 말했다.

「우리가 말하는 것을 남들이 들으면 안되오.」

브래드포드가 말했다. 그의 음성은 무정했다. 그는 문을 쾅 닫고 거기에 기대서서 캐롤라인을 노려봤다.

「이리 오시오.」

캐롤라인은 그 엄격한 말에 눈살을 찌푸렸다. 이런, 그가 정말로 명령하고 있잖아! 그의 눈엔 내가 하녀 같아 보이나? 분명히 아닐 거야! 참는 게 한도에 다다랐다고 생각하면서 캐롤라인은 화를 꾹 참았다.

완벽한 밤이 되기를 기대했었는데. 완벽하게 끔찍하다는 게 맞는 말인 것 같군. 아직 반도 끝나지 않았는데 말이야. 아직 오페라가 남아 있잖아. 내 성미를 건드린 건 다 브래드포드의 잘못이야. 먼저 그 거만한 남자가 1시간이나 늦게 왔잖아. 그리고 내 아름다운 드레스에 대해 뭐라고 불평을 해대더니, 유부녀랑 도가 지나치게 시시덕거렸잖아. 그리고 이젠 뻔뻔스럽게도 나에게 복종을 강요해.

그의 명령에 대한 대답으로, 캐롤라인은 아버지의 책상 모서리에 기대서서 팔짱을 끼고 말했다.

「그러지 않는 게 낫겠군요, 고마워요.」

브래드포드는 깊게 숨을 한번 들이쉬었다. 그는 미소를 지었으나, 시선은 전혀 부드럽지 않았다.

「캐롤라인, 내 사랑. 나보고 모욕당할 때를 알지 못한다고 당신이 말했던 거 기억하오?」

캐롤라인이 고개를 끄덕였다. 그 질문과 브래드포드의 차분한 어조에 그녀는 불안해졌다.

「기억나요.」

캐롤라인이 미소를 지으면서 대답했다.

「이젠 내가 당신에게 두려워할 때를 모른다고 말해야겠소.」

캐롤라인의 미소가 사라졌다. 브래드포드가 그녀에게 걸어오자 그녀는 정말 놀라서 눈을 크게 떴다.

「난 두렵지 않아요.」

캐롤라인은 거짓말을 했다.

「아, 그러나 그래야만 할 거요.」

브래드포드가 속삭이듯 말했다.

그녀에겐 승산이 없었다. 그녀가 어느 쪽으로 도망칠 것인가를 결정하기도 전에, 브래드포드가 그녀의 허리를 잡아서 자기 쪽으로 끌어당겼다. 그는 그녀에게서 눈을 떼지도 않았다. 그녀를 품에 꼭 안고 그녀가 얼굴을 들어 쳐다보자 그가 말했다.

「당신은 매력을 과시했고, 집안에 있는 모든 남자들에게 당신의 몸을 충분히 보여줬으며, 나를 무시했소. 그러더니 이젠 내 말을 듣지 않겠다고 뽐내고 있소. 알았소, 내 사랑, 난 지금이 당신이 두려워해야 할 때라고 믿소.」

그는 불같이 화를 냈다. 화를 참는 것이 매우 어렵다는 것을 잘 보여주면서 그의 얼굴이 일그러졌다.

캐롤라인은 그의 말에 놀랐다. 그가 먼저 비열하게 행동해놓고는 지금 자신을 몰아세우는 것을 용납할 수가 없었다.

「난 내 매력을 과시하지 않았어요. 로레타의 드레스가 제 옷보단 훨씬 더…… 과시적이었어요. 그리고 시시덕거린 건 당신이지 제가 아니에요, 브래드포드. 그런 식으로 날 노려보지 마세요. 당신은 유부녀랑 시시덕거렸어요, 그렇지 않으면 그녀가 결혼했다는 사실을 당신은 잊어버렸었나요?」

캐롤라인이 말했다. 그녀는 그가 대답할 틈을 주지 않고 계속 말했다.

「전 당신을 무시했어요, 하지만 그건 당신이 제 드레스를 모욕한 다음이었어요. 내가 매우 유치하게 군 건지도 몰라요. 하지만 난 오늘 밤이 완벽하기를 바랐기 때문에 당신의 말에 과민반응을 한 거죠.」

「왜요?」

브래드포드의 표정은 신중해서 캐롤라인은 그가 자신의 말을 어떻게 받아들이는지 알 수가 없었다.

「왜 완벽한 밤이 되기를 바란 거요?」

캐롤라인은 의도적으로 그의 넥타이로 시선을 돌렸다.

「제가 바란 것은 당신이…… 그러니까 제가 믿은 것은…….」

캐롤라인은 한숨을 쉬었다. 그녀는 계속 말할 수가 없었다.

브래드포드는 그녀의 목소리에서 묻어 나오는 고통에 마음이 아팠다. 그녀를 잡고 있는 손에 힘을 늦추고 그녀의 등을 부드럽게 애무하기 시작했다.

「필요하다면 당신이 생각하는 게 무엇인지 내게 말해줄 때까지 밤새도록 이렇게 서 있을 수도 있소.」

브래드포드가 말했다.

캐롤라인은 그가 한 말이 무슨 뜻인지 알았다. 그녀는 알았다는 뜻으로 고개를 끄덕이고는 말했다.

「제가 바란 것은 당신이 제게 뭔가…… 좋은 말을 해주는 거였어요! 이제 제가 솔직히 털어놨는데도 웃지 않아서 고맙군요. 전 당신이 절 원한다는 말 말고 다른 어떤 말을 해주기를 바랐어요. 그게 너무 큰 바람인가요, 브래드포드?」

브래드포드가 고개를 저었다. 손으로 그녀의 턱을 들어올려 그녀가 다시 자신을 올려다보게 했다.

「지금은 좋은 말을 하고 싶은 맘이 없소. 차라리 당신의 목을 조르고 싶소. 지난 몇 달 동안 당신은 날 혼란스럽게 했소.」

브래드포드가 캐롤라인을 두려워서 떨게 만드는 시선으로 쳐다보고는 덧붙였다.

「더 나쁜 건 내가 그걸 용납해주었다는 거요.」

브래드포드는 잠시 멈추었다가 낮은 목소리로 단호하게 말했다.

「이제 혼란은 끝났소, 캐롤라인. 게임도 끝났소. 그리고 내 인내심도 끝났소.」

「내가 당신을 원한다고 털어놓기를 기다렸기 때문에 당신이 인내심이 있다는 건가요?」

그가 고함친 데 대해 질책으로 일부러 그녀가 속삭이듯이 물었다. 캐롤라인은 정말로 슬픈 표정을 지었다.

「전 정말로 당신을 원해요. 이제, 제가 털어놓아서 기분이 좋으세요? 하지만 그렇게 기뻐하지 마세요. 브래드포드, 당신이 제 마음을 안다면 좋지만도 않을 걸요. 전 또한 당신을 사랑하게 됐어요. 그러므로 제가 당신을 진심으로 사랑하기 때문에 당신을 원한다고 말하는 거예요.」

브래드포드는 그녀의 말을 듣자 화가 풀렸다. 거의 자신을 압도하는 만족감을 느끼며 웃음을 지었다. 그는 만족했다. 고개를 숙여 캐롤라인에게 키스하려고 했으나, 그녀가 머리를 돌려서 그를 피했다.

「그렇게 잘난 체하지 마세요, 브래드포드. 전 당신과 사랑에 빠지고 싶지 않았어요. 당신은 사랑하기엔 좋은 남자가 아니에요. 제가 폴 블리츨리 같은 사람을 고르지 않은 이유를 저도 잘 모르겠어요. 당신이 차츰 절 좋아하게 될 거라고 믿어요. 하지만 그건 사마귀 같은 거겠죠. 그걸 만족스럽게 설명하지 못할 걸요, 안 그래요?」

캐롤라인이 이번에는 한숨을 쉬면서 말했다.

「이제 당신은 제가 정신을 차릴 수 없을 때까지 키스를 해댈 거죠, 안 그래요?」

브래드포드는 미소를 짓고는 캐롤라인의 머리 위에 짧게 키스를 했다. 그녀의 달콤한 향기를 들이마시자 취할 것 같았다.

「정말로 당신이 그러지 않았으면 좋겠어요, 브래드포드.」

「당신이 이 드레스를 입었다고 내가 키스하지 않으리라고 진짜 믿었던 거요?」

「믿었어요.」

그 말은 브래드포드의 입에 대고 한 속삭임에 불과했다.

브래드포드는 캐롤라인에게 키스했고, 그녀 또한 그에게 키스했다. 그의 입은 너무나 달콤했고, 부드러운 열기 같은 그의 혀가 그녀의 입 안으로 들어와 움직였다. 브래드포드가 그녀에게 팔을 두른 것처럼 캐롤라인도 그의 허리에 팔을 감았다. 그리고는 그에게 열정의 실을 짜게 했다.

마침내 키스가 끝나자 브래드포드는 캐롤라인을 꼭 끌어안았다. 그녀는 그의 가슴에 얼굴을 대고는 그가 마음속에 있는 말을 털어놓기를 기다렸다.

「나를 사랑하는 게 그렇게 고통스럽소?」

브래드포드가 물었다. 그의 목소리에서 웃음기를 느끼자 성질이 났다.

「복통 같은 거죠. 전 아주 오랫동안 당신을 싫어했고, 시간이 지나면서 그 느낌에 익숙하게 되었죠. 그러다 보니 이렇게 된 거예요」

캐롤라인이 설명했다.

「당신이 날 사랑한다는 것을 받아들였다는 얘기요, 아니면 복통이 그렇다는 말이요?」

브래드포드는 그녀의 비유에 콧소리로 물었다.

「그러면서 당신은 날 로맨틱하지 않다고 비난하는 거요!」

조심성 있게 문을 두드리는 소리가 그들의 대화를 중단시켰다. 그가 사랑한다고 말할 참이었다고 확신했기 때문에 캐롤라인은 짜증이 났다.

「브래드포드? 에임스몬드가 자네한테 할말이 있다네.」

밀포드의 가라앉은 목소리가 들렸다.

「당신이 절 이리로 끌고 와서 제 삼촌이 화가 나신 거예요. 제가 그를 찾아서 이리로 데려오겠어요.」

캐롤라인이 문으로 걸어가면서 덧붙여 말했다.

「우리 얘기가 끝났다고 생각하지 마세요, 브래드포드.」

캐롤라인은 경고의 말과 함께 문을 닫았다.

캐롤라인은 밀포드가 문 밖에서 기다리고 있으리라 생각했지만 그는 가고 없었다. 그녀는 머리를 매만지고 치마의 주름을 펴느라 조금 시간을 보내고는 서둘러서 응접실을 향해 걸었다. 그때 나이젤 클레스트월이 어두운 곳에 숨어 있다가 캐롤라인이 모퉁이를 돌려고 할 때 붙잡았다. 캐롤라인이 한마디 항의도 하기 전에 그 역겨운 남자는 그녀를 벽으로 밀어붙였다. 그는 그녀의 목에 축축하게 침을 묻히면서 키스를 해댔고, 그녀의 귀에다 외설스런 말을 속삭였다. 캐롤라인은 그런 갑작스런 행동에 너무나 화가 나고 어리벙벙해져서 즉시 그를 밀어내지 못했다.

마침내 그녀가 저항하기 시작했다. 바로 그때 브래드포드가 모퉁이를 돌아 두 사람을 보았다.

나이젤은 무엇이 자신을 쳤는지 알지 못했다. 그는 갑자기 허공을 날아 문에 부딪혀 둔탁한 쿵 소리와 함께 바닥에 쓰러졌다.

축 늘어진 나이젤의 몸 옆에 놓인 탁자의 꽃병이 흔들리더니 그의 머리 위로 떨어졌다.

캐롤라인은 혐오감으로 몸을 떨면서 클레스트월을 한동안 노려봤다.

「당신 잘못이오.」

브래드포드가 나지막히 말했다. 캐롤라인은 그의 격렬한 말에 너무 놀라서 경악스런 시선으로 쳐다보았다.

전에 그가 그렇게 화난 모습을 보지 못했었기 때문에, 그녀는 더욱 놀랐다. 그의 위협적인 자세와 얼굴 표정에서 권위가 되살아났다. 그러자 캐롤라인은 그가 정말로 두려워졌다.

두려움을 없애려고 고개를 젓고 그를 계속 바라보았다.

「저 남자가 나한테 달려들었는데 내 잘못이라뇨?」

그녀가 속삭이듯 물었다.

나이젤은 두리번거리며 일어나려고 애를 썼다. 캐롤라인은 그가 도망갈 길을 찾고 있다는 것을 알았다. 브래드포드가 캐롤라인에게 말하면서 그를 쳐다봤다.

「당신이 보통 여자처럼 옷을 입지 않는다면, 사람들이 당신을 보통 여자처럼 대하지 않을 거요.」

캐롤라인은 이내 두려움이 사라지고 머리끝까지 화가 치밀었다.

「그건 당신이 절 건드릴 때마다 당신이 스스로에게 하는 변명인가요? 제가 보통여자라면 당신 마음에 들었겠어요?」

브래드포드는 그녀의 말에 대답하지 않았다. 나이젤이 그들을 피해 천천히 지나가고 있었다. 그의 눈은 놀라서 얼이 빠진 것처럼 보였다. 브래드포드가 한 손을 뻗어 목덜미를 잡더니 그 남자의 다리가 허공에서 흔들릴 때까지 그를 벽에 밀어붙여 들어올렸다.

「다시 한 번 캐롤라인을 건드리면, 네 놈을 죽이겠다. 알겠나?」

나이젤은 대답할 수가 없었다. 브래드포드가 그의 목을 꼭 잡고 있어서 어떤 소리도 낼 수 없었다. 나이젤이 힘겹게 고개를 끄덕였다. 브래드포드는 손을 놓고 나이젤이 현관문으로 달려가 문을 열고 황급히 어둠 속으로 사라지는 것을 계속 주시했다.

캐롤라인은 레이첼이 약혼자가 갑작스레 사라진 데 대해 어떻게 행동할까 궁금해하다가 그 문제를 옆으로 제쳐놓았다.

브래드포드는 자신의 분노를 캐롤라인에게로 돌렸다. 캐롤라인이 도망칠 길을 막기 위해 그는 그녀 앞에 섰다. 캐롤라인이 어깨를 쭉 펴고 말했다.

「그를 유혹할 만한 아무 짓도 하지 않았어요. 그리고 이 문제에 대해선 당신이 절 믿어야만 해요. 당신은 무슨 일이 일어났는지 보지 못했잖아요.」

「다시 한 번 내게 믿으라고 말한다면 당신을 두들겨 패겠소. 우리가 서로를 이해해야만 할 때요, 캐롤라인.」

「거기 있었군, 브래드포드!」

긴장을 뚫고 후작의 목소리가 들려왔다. 캐롤라인이 먼저 움직였다. 그녀는 돌아서서 미소를 지으려고 애쓰면서 마일로 삼촌이 천천히 다가오는 것을 바라보았다.

「이제 집에 가야겠다.」

후작이 설명했다. 그가 캐롤라인의 손을 잡고 웃었다.

「내일 날 보러 올 거지?」

그는 몹시 바란다는 어조로 질녀에게 물었다.

「물론이지요.」

캐롤라인이 고개를 끄덕이면서 말했다.

「좋아! 브래드포드, 난 자네가 내 현관문 앞에 서 있는 모습을 보고 싶다네. 그것도 곧 말일세.」

후작이 말했다.

「즉시 방문하도록 하겠습니다.」

브래드포드가 대답했다. 캐롤라인은 그의 어조에서 존경스러움이 배어 나오고 전혀 화난 기색이 드러나지 않는다는 것을 알아차렸다. 그리고 감정을 통제하는 데 있어서는 그가 자신보다 더 세련되었다는 것을 인정했다. 그녀는 아직도 울부짖고 싶었고, 지금 자신이 느끼는 감정이 얼굴에 드러나지 않도록 마음속으로 기도했다.

「사람들은 지금 출발할 걸세. 그리고 로레타가 약속 장소로 가는 길에 날 내려줄 걸세.」

후작이 말했다. 그는 캐롤라인과 팔짱을 낀 채 돌아서서 문으로 걸어갔다.

「프랭클린이 어디로 갔는지 모르겠어. 블랙스톤이 함께 타고 갈 사람들에 대해 말하자마자, 프랭클린이 황급히 사라져버렸거든.」

후작이 질녀에게 다정하게 설명했다.

「전 아버지랑 함께 탈 거예요.」

캐롤라인은 뒤에 브래드포드가 있다는 것을 알고 자신의 생각을 후작
에게 말했다.

「아니다. 네 아버진 레이디 틸만과 어린 레이첼과 함께 갈 거다. 나이
젤의 머리카락도 한 가닥 찾을 수가 없지 뭐니. 하지만 난 그가 나타날
거라고 믿는다. 밀포드가 너와 함께 브래드포드의 마차를 타고 가겠다고
말했단다.」

캐롤라인은 어깨가 축 쳐지는 것을 느꼈다. 그녀는 지금 브래드포드와
함께 어디에도 가고 싶지 않았다. 그에게서 떨어져서 감정을 정리할 시
간이 필요했다. 자신의 분노를 없앨 수 있는 유일한 방법은 어디 조용한
곳을 찾아 혼자 생각을 정리하는 거였다.

브래드포드가 가까이 있으면 생각을 정리하기가 어려웠다. 게다가 브
래드포드와 싸울 때는 항상 최상의 정신 상태에 있을 필요가 있다고 혼
잣말을 했다. 그리고 지금 그녀는 분명하게…… 약해지는 것을 느꼈다.

캐롤라인은 두통이 난 체하기로 했다. 자신이 매우 겁쟁이처럼 행동하
고 있다고 생각하면서 극적인 행동으로 손등을 이마에 갔다댔다.

「전 기분이 좋지…….」

그녀는 말을 끝맺지 못했다. 후작이 문을 닫고 나가자마자 브래드포드
가 캐롤라인을 잡아끌었기 때문이었다. 그리고 망토가 매우 거칠게 어깨
에 걸쳐졌다.

「위장 문제요?」

브래드포드가 그녀의 망토 깃을 정돈해주면서 느리게 물었다.

캐롤라인은 그의 물음을 무시했다. 전에 그녀가 그를 사랑하는 것에
대해 말했던 이야기를 하고 있다는 것을 알았다. 그러나 그 말이 조금도
유머스럽다고 생각되지 않았다. 그녀가 흘낏 위를 올려다보니 브래드포
드의 표정이 여전히 무서웠다. 그도 그 말을 유머스럽게 하지 않았다는
것을 알아차렸다.

밀포드가 도착해서 데이톤에게 문을 열어놓으라고 시키고는 그들을
따라 밖으로 나왔다. 그는 이탈리아 소프라노 가수가 매우 볼만하다고

말하면서 오페라에 대해 떠들어댔다. 그러나 캐롤라인은 하나도 듣지 않았다. 그녀는 마차에 올라 가죽쿠션 사이에 앉았다. 다음으로 밀포드가 마차에 올라 캐롤라인 반대편 자리에 앉았다. 브래드포드가 친구 옆에 앉을 거라고 캐롤라인은 생각했다.

브래드포드는 그녀 옆자리가 아니면 어디에도 앉을 맘이 없는 것처럼 보였다. 또한 그는 앉으면서 조금도 예의를 갖추지 않았다. 캐롤라인은 그가 밟지 않도록 드레스의 치마를 잡고 아슬아슬하게 몸을 비켰다. 그리고는 마차 벽에 딱 달라붙어 있었다.

캐롤라인은 오페라 하우스로 가는 동안 내내 침묵을 지켰다. 그녀는 밀포드가 그 긴장을 충분히 느끼고 있을 것을 알았으나, 그의 불편한 심정에 대해선 조금도 신경 쓰지 않았다. 그들과 함께 타고 가는 건 그의 생각이 아니었던가?

브래드포드는 그의 친구와 이야기를 하면서 어느 정도 화가 풀린 것 같아 보였다. 캐롤라인이 그를 무시하고 있는 것처럼 그도 캐롤라인을 무시하고 있었다. 그러나 너무 가까이 앉아 있어서 그의 팔이 그녀의 옆구리를 끊임없이 스쳤고, 그의 근육질의 다리가 그녀의 다리에 밀착해 있었다.

「캐롤라인, 너무 말이 없군요. 기분이 좋지 않소?」

마침내 밀포드가 말했다.

「배가 아프다네. 그렇지만 금방 괜찮아질 거네. 그녀가 그걸 받아들이기만 하면, 훨씬 나아질 거야.」

브래드포드가 급하게 말했다.

친구의 말에 밀포드는 혼란스럽다는 표정을 지었다. 그는 두 사람을 번갈아 가면서 쳐다보았다.

「불쾌하고 황당하고, 참을 수 없는 복통을 치료하는 특별한 방법이 있지요.」

캐롤라인이 대답했다. 그녀의 목소리는 부자연스러웠다.

브래드포드는 대답하지 않았다. 밀포드는 자신이 알지 못하는 외국어를 그녀가 말한 것처럼 보였다.

그러자 캐롤라인은 밀포드를 보고 생긋 웃었다. 브래드포드가 그녀를 다시 심하게 긴장시키고 있었다. 캐롤라인은 웃기 시작했고, 밀포드가 왜 웃냐는 뜻으로 한쪽 눈썹을 치켜 올렸으나 단지 고개를 저어 답했다.

오페라는 훌륭했고, 캐롤라인은 정말로 재미있었다. 브래드포드가 옆에 있으면서 많은 사람들을 소개해주었다. 그 자리에는 브루멜도 있었는데 그는 많은 사람들 앞에서 캐롤라인에게 윙크를 했다.

브래드포드와 캐롤라인은 거의 한마디도 하지 않았다. 모든 사람들이 마차를 기다리는 동안 오페라하우스 밖은 꽤나 혼잡했다. 비가 내리기 시작했는데 여자들 몇 명이 그 재난에 날카로운 소리를 질러댔다. 밀포드와 브래드포드 사이에 선 캐롤라인은 비를 완전히 무시하고 브래드포드의 마차가 오기를 기다렸다.

마차가 멈추자 브래드포드가 문을 열고 캐롤라인이 타는 것을 도왔지만 그는 정신을 딴 데 팔고 있는 것처럼 보였다. 그러더니 갑자기 돌아서서 마차 앞으로 걸어갔다. 그가 다시 돌아와 캐롤라인과 밀포드가 타고 있는 마차 안으로 들어왔을 때에는 언짢은 얼굴을 하고 있었다.

「사람들이 당신의 아버지와 레이디 틸만이 결혼할 거라고 떠들어 대고 있소」

마차가 움직이자 밀포드가 캐롤라인에게 말했다.

캐롤라인은 지금 돈 방향이 아니라 큰 길을 더 내려가 왼쪽으로 방향을 틀었어야만 했는데 라고 생각하면서 창 밖을 내다보고 있었다.

눈살을 찌푸리면서 밀포드에게 뭐라고 했냐고 묻고는 브래드포드를 재빨리 훔쳐보았다. 그는 생각에 푹 빠져서 먼 곳을 응시하고 있었다.

「제 아버지가 레이디 틸만에게 관심이 있지요.」

캐롤라인이 대답했다. 그녀는 그 화제를 중단하고 다시 창 밖을 내다보고는 주변이 변한 것을 즉시 알아차렸다.

「커튼을 내려!」

브래드포드의 단호하고 짧은 명령에 캐롤라인은 깜짝 놀랐다. 그는 화가 난 것처럼 보였다.

「빌어먹을! 내 본능이 멈춰 있었군.」

그가 밀포드에게 말했다.

캐롤라인은 그가 밀포드에게 무슨 말을 하는지 이해하지 못했다. 두 남자는 서로 눈짓을 주고받더니 권총을 꺼내들었다.

마차가 속도를 내자 캐롤라인은 손에 힘을 주어 의자를 꼭 잡았다. 브래드포드가 그녀의 어깨에 팔을 둘러 그녀를 단단히 잡고는 옆으로 끌어당겼다.

「해리가 뭘 하려고 하는 거지?」

밀포드가 브래드포드의 마부 이름을 대면서 물었다.

「해리가 아니야.」

브래드포드가 대답했다. 그의 목소리는 온화했다. 그래서 캐롤라인은 그가 자신을 놀라게 하지 않으려고 자제하고 있다고 생각했다.

브래드포드의 머릿속은 일련의 감정으로 복잡했다. 그는 좀더 주의를 기울이지 않고 해리가 병이 나서 대신 왔다는 마부의 설명을 믿은 자신에게 화가 났다. 그러나 무엇보다도 캐롤라인이 다칠까봐 걱정이 되었다. 아마도 내가 군사적인 문제에 개입했기 때문에 누군가 날 죽이려 하고 있는 거야. 그놈이 누구든지 간에 치명적인 실수를 했어. 캐롤라인을 끌어들이다니, 죽여버리겠어.

밀포드가 커튼의 끝을 들어올렸다. 바로 그때 마부가 마부석에서 뛰어내리더니 어둠 속으로 사라졌다.

「마부가 가버렸어.」

밀포드가 태연한 목소리로 말했다.

브래드포드가 캐롤라인을 잡은 손에 힘을 더 넣었다. 그때 마차 바퀴가 튕겨 나갔다.

귀청이 떨어져 나갈 듯한 굉음소리가 났다. 그때 커튼이 떨어져 버려서 캐롤라인은 도로를 긁는 금속으로부터 불똥이 튀는 것을 볼 수 있었다. 캐롤라인은 갑자기 머리를 그의 가슴에 부딪히면서 그의 무릎으로 굴렀다.

　캐롤라인의 몸이 공중에 붕 뜰 정도로 마차가 쓰러졌다. 그녀는 말이 달려가는 소리를 듣고 그것들이 도망칠 수 있게 줄이 끊어졌다는 것을 알아차렸다. 그리고 마차 무게 때문에 질질 끌려가지 않은 것을 다행으로 생각했다.

　브래드포드가 가장 큰 충격을 받았다. 그가 맨 밑에 깔렸고, 캐롤라인은 그 위에 있었다. 밀포드는 두 사람 위에 몸을 걸치고 있었다.

　캐롤라인이 살며시 눈을 뜨니 코에서 1인치도 떨어져 있지 않은 밀포드의 권총이 보였다. 숨을 쉬려고 애쓰면서 그의 손을 조심스럽게 밀어 권총의 총구를 다른 쪽으로 보냈다.

　그녀는 밀포드의 무게 때문이라기보다는 자신의 다리가 놓인 별난 자세 때문에 신음 소리를 냈다. 그러자 밀포드가 즉시 그녀 위에서 몸을 치웠다. 캐롤라인은 앉으려고 하다가 자신의 다리가 브래드포드의 엉덩이에 걸쳐져 있다는 것을 알아차리고는 재빨리 그에게서 몸을 바로 하려고 애를 썼다. 캐롤라인은 한쪽 다리의 위치를 바꾸려고 안간힘을 쓰다가 균형을 잃고 그녀의 무릎이 그의 양 무릎 사이에 틀어박혔다.

　브래드포드가 신음 소리를 내며 캐롤라인의 엉덩이를 잡았다.

「당신이 다치지 않았다고 생각하는데.」

　그가 얼굴을 찡그리며 말하자 캐롤라인은 깜짝 놀랐다. 그녀는 손을 뻗어 그의 머리를 어루만졌다.

「당신 괜찮아요?」

　그녀가 물었다. 그녀의 음성에서는 두려움이 묻어 나왔다. 브래드포드는 그녀가 좀 전에 일어난 일보다 그가 다쳤을 가능성에 더 놀라고 있다는 것을 알아차렸다.

　그녀의 얼굴을 보기 위해 머리카락을 뒤로 넘겨주면서 그가 속삭였다.

「당신이 무릎을 치우지 않는다면, 난 곧 고자가 될 거요.」

　밀포드가 그 말을 듣고 낄낄거렸다. 그 말에 얼굴이 달아오른 캐롤라인은 밀포드의 부츠가 그녀를 세게 쳐서 다시 신음 소리를 냈다.

밀포드가 문을 열면서 사과를 하고는 밖으로 나갔다. 브래드포드는 그의 친구가 매달려서 밖으로 나가는 동안 밀포드의 발에서 캐롤라인의 머리를 감쌌다. 그러고 나서 캐롤라인을 들어올렸고, 밀포드가 밖으로 나오게 그녀를 잡아주었다.

마차는 옆으로 누워 있었다. 캐롤라인은 브래드포드가 나오는 동안 얼마나 부서졌나 보려고 마차를 한바퀴 돌아봤다.

브래드포드는 주변을 한번 둘러보더니 캐롤라인에게 여기가 런던 빈민굴의 중심부라고 설명했다. 사람들이 마차 주변으로 모여들었다. 그들은 마차 대신에 캐롤라인을 바라보고 있었다. 브래드포드가 밀포드에게 숨을 죽이고 뭔가 중얼거리고는 캐롤라인에게로 와서 그녀를 옆으로 끌어당겼다.

캐롤라인은 밀포드와 브래드포드가 둘 다 아직도 권총을 들고 있는 것을 알아차렸다. 그녀는 아직도 위험이 다 지나가지 않았다는 것을 깨달았다.

브래드포드는 거리 중간에 있는 매우 평판이 나빠 보이는 선술집의 간판을 보고는 밀포드에게 말했다.

「내가 도움을 줄 사람들을 찾아볼 동안 캐롤라인을 데리고 안에 들어가 있어.」

밀포드가 고개를 끄덕였다.

캐롤라인은 긴장하며 밀포드 옆에 바짝 붙어 밀포드가 이끄는 데로 걸어갔다. 그녀는 브래드포드가 서 있는 뒤쪽을 힐끗 보고는 그에게 조심하라는 말을 하려고 했으나 마음을 바꿨다. 자신들을 쳐다보고 있는 좋아 보이지 않는 사람들에게 자신이 안전에 대해 걱정을 하고 있다는 것을 조금도 알리고 싶지 않았다.

「악영향을 미치는 사람이라.」

캐롤라인이 선술집 문 위에 삐딱하게 걸려 있는 간판을 소리내서 읽었다.

「참 이상한 이름이네요. 그럼, 우리도 안으로 들어가서 악영향을 미쳐야 하나요?」

그녀가 밀포드에게 물었다. 그녀의 목소리는 가늘게 떨렸다. 또한 다리가 후들거렸지만 그녀는 애써 참고 있었다. 그녀는 자신이 이 사고에 반응을 보이고 있다는 것을 알았다.

밀포드가 차분해지도록 영향력을 발휘했다. 그는 미소를 지으며 그녀의 어깨를 따스하게 꼭 안아준 다음에 문을 열었다.

「레이디 캐롤라인.」

밀포드가 매우 예의를 차리는 투로 말했다.

「제가 빈민굴을 돌아보는 기술을 가르쳐 드리죠. 첫번째 레슨을 받고 싶은 마음이 있습니까?」

그가 캐롤라인이 좋아하는 장난꾸러기 같은 웃음을 지으면서 물었다.

「대단히요.」

캐롤라인이 마주 웃으면서 대답했다. 그녀는 연기가 자욱한 선술집 안으로 들어갔다. 그리고는 즉시 잘못된 장소에 있다는 것을 느꼈다. 그녀의 세련된 드레스와 털 장식이 달린 망토는 다른 사람들이 입고 있는 회색과 갈색의 노동복과 완전한 대조를 이루었다.

술집 안은 사람들이 반 정도밖에 차 있지 않았다. 캐롤라인이 세어보니 자신을 바라보는 사람이 15명 정도에 지나지 않았다. 바의 끝에 가서 설 때까지 밀포드가 그녀를 앞으로 가라고 쿡쿡 찔렀다. 그때서야 그의 의도를 알아차렸다.

밀포드는 캐롤라인을 안전하다고 생각되는 구석으로 천천히 데리고 걸어갔다. 그러고 나서 그녀를 가리고 선 채 술집 안을 둘러보았다.

그 초라한 술집의 주인이 마침내 곁눈질하던 것을 멈추고 주문을 받으러 왔다. 밀포드는 우선 브랜디 두 잔을 주문했다. 매우 기분이 좋기 때문에 모든 사람에게 한 잔씩 돌리고 싶다고 말했다.

밀포드가 한 잔씩 사겠다는 말이 끝나자마자 지금까지의 침묵이 사라졌다. 좋다는 외침이 나왔고, 위스키와 에일을 주문하는 고함소리가 캐롤라인 주변에 울려 퍼졌다.

「참 영리한 행동이에요, 밀포드. 당신은 순식간에 적일지도 모르는 사람들을 친구로 만들었군요.」

그가 돌아서 있었기 때문에 캐롤라인은 그의 어깨에다 대고 칭찬을 해야만 했다. 권총은 집어넣었으나 그의 자세는 싸울 준비가 되어 있음을 나타냈다.

「난 정말 그게 유감스럽소. 이런, 내가 신나게 싸워본 지도 벌써 수년이 지났군.」

밀포드가 웃음이 깃든 목소리로 털어놓았다.

캐롤라인도 미소를 지었으나 술집 문이 거칠게 열리고 얼룩덜룩한 옷을 입은 사악해 보이는 남자 네 명이 안으로 난폭하게 밀려 들어오는 것을 보자 금세 미소가 사라졌다.

「당신의 바람이 이루어질지도 모르겠군요.」

자신을 노려보는 남자들을 보고는 캐롤라인이 작게 말했다.

「당신이 숨기고 있는 미인을 한번 보자구.」

한 남자가 말했다. 그는 말을 마치자마자 밀포드를 밀어내려고 팔을 뻗었다. 그러나 밀포드는 꼼짝도 하지 않았다.

「여기에 있어요.」

밀포드가 체념했다는 듯이 한숨을 쉬면서 캐롤라인에게 말했다. 그리고 나서 그들 가운데로 걸어갔다. 밀포드가 그 구역질나는 남자의 턱에 주먹을 날리자 그 남자는 뒤로 자빠졌다. 그 남자의 친구들이 즉시 싸움에 합세했다.

캐롤라인은 컵과 사람들이 날아다니는 것을 피하면서 공포에 질린 채 바라보고 있었다. 싸움은 백중세여서 그녀는 밀포드가 다칠까봐 내심 걱정이 되었다.

이때 술집 주인이 팔을 뻗었다. 그는 바 모퉁이에서 캐롤라인을 자기 쪽으로 끌어당기기 위해 머리카락을 잡았다. 캐롤라인은 소리를 질렀으나 그녀의 목소리에 밀포드가 주춤하자 즉시 소리 지른 것을 후회했다. 그는 매우 공격받기 쉬운 자세로 그녀 쪽으로 돌아섰다.

「당신이 하고 있는 일에 집중하세요!」

캐롤라인이 바에서 위스키 병을 집어들고 술집 주인을 세차게 치면서 고함쳤다. 그 불쾌한 남자가 요란한 소리를 내며 바닥에 쓰러지자, 캐롤라인은 서둘러서 바 뒤쪽으로 갔다. 밀포드에게 도움이 필요하다고 생각한 캐롤라인은 그와 싸우는 남자들에게 병을 집어던지기 시작했다.

그녀의 솜씨는 형편없었다. 한 남자가 바로 다가오는데 성공해서 한 걸음 정도의 거리까지 왔을 때 그녀가 더 이상 다가오지 못할 정도로 세게 그를 맞혔다. 그 남자는 시끄러운 신음 소리를 내면서 몸을 굽히더니 바의 난간에 축 늘어졌다.

다른 손님 몇 명이 싸움에 합세하자 캐롤라인은 누가 누구의 편인지 헷갈렸다. 캐롤라인은 선반의 병을 모두 던지고 나서 또 다른 무기를 찾기 위해 바 아래를 찾아봤다. 돈 통을 밀어내자 새로운 무기고가 나타났다. 거기에 길고 구부러진 칼 몇 자루와 두 개의 장전된 권총과 무거워서 들 수도 없는 곤봉이 하나 있는 것으로 보아 주인은 과거에 곤란한 일을 여러 번 겪었던 것 같았다.

캐롤라인은 권총을 집어들었다. 하나는 바에 두고 다른 하나를 손에 움켜잡았다. 그가 한번에 세 남자를 상대하는 걸로 바서 싸움은 밀포드 쪽으로 돌아섰다고 생각했다. 그러나 그는 그 사실을 알지 못하고 있는 것 같아 보였다.

금속의 반짝임이 캐롤라인의 주의를 끌었다. 멀리 떨어진 구석에 서 있는 남자가 팔을 들어올려 밀포드에게 칼을 던지려고 했다. 캐롤라인은 주저하지 않고 총을 쏘았다. 짧은 금속소리와 함께 칼이 떨어졌고, 그 남자는 자지러질 듯 소리를 질러댔다.

싸움을 멈추고 밀포드를 포함한 모든 사람들이 손을 잡고 있는 남자 쪽으로 시선을 돌렸다.

그러고 나서 모든 사람들이 시선을 돌려 캐롤라인을 노려봤다. 그녀는 지금 이 상황을 설명해야겠다고 생각했다.

「이 싸움에서 칼을 쓰는 것은 용납할 수 없어요」

그녀가 이성적이고 위엄 있는 목소리로 말했다. 그녀의 의도는 분명했다. 두 번째 권총을 집어들고는 밀포드를 쳐다봤다.

「뭘요?」

밀포드가 입을 딱 벌리고 바라보고 있자 그녀가 물었다.

「계속 싸울 건가요, 아니면 이제 우리 떠나죠?」

밀포드가 으르렁거리는 소리를 내더니, 두 남자의 목덜미를 잡아 머리를 부딪혔다. 그러자 두 남자는 바닥에 쓰러졌다. 바로 그때 다른 남자가 앞으로 돌진해왔다. 그리고 캐롤라인은 싸움이 끝나기를 인내심 있게 기다렸다.

그건 그녀가 기대했던 것보다 더 빨리 일어났다. 선술집의 문이 경첩에서 빠져나와 벽에 쾅 하고 부딪혔다. 그 소리는 진행중인 싸움을 멈추기엔 충분하지 않았으나, 문간에 거대한 몸짓을 들어낸 남자가 지른 고함소리는 그러기에 충분했다.

브래드포드는 사람을 죽일 준비가 된 것처럼 보였다. 그가 자기네 편이란 사실에 캐롤라인은 감사했다.

「자네도 끼게나!」

밀포드가 주먹을 휘두르면서 고함쳤다.

브래드포드는 캐롤라인을 찾았다. 괜찮다는 것을 알리기 위해 그에게 생긋 웃어주자, 그의 화난 표정이 흥미가 있는 태평한 얼굴로 즉시 바뀌었다. 캐롤라인은 그가 천천히 재킷을 벗어 나무의자에 걸쳐놓는 것을 보았다. 그가 끼려나봐! 밀포드가 다시 소리치자 브래드포드가 마침내 싸움에 끼여들었다.

두 사람이 함께 한 싸움은 간단하게 끝이 났다. 그리고 캐롤라인은 그의 힘이 대단할 것이라는 짐작은 했었지만 직접 눈으로 본 광경에 몹시 놀랐다. 그는 조금도 힘들이지 않고 자기 몸무게의 두 배는 돼보이는 남자를 들어올리더니 문 밖으로 집어던졌다. 길에 신음하는 사람들이 널려 쌓일 때까지 계속 하나씩 집어던졌다. 브래드포드는 마지막 사람을 밀포드에게서 잡아떼 가볍게 발로 차서 문 밖으로 보냈다.

머리카락이 조금 헝클어졌지만 그는 여전히 단정해 보였다. 그와 반대로 밀포드는 완전히 엉망이었다. 웃옷은 찢어졌고, 바지는 더러웠다. 캐롤라인은 그가 옷 매무새를 고치며 넥타이를 똑바로 하는 것을 봤다.

「여기에 마실 게 있을 거예요.」

캐롤라인이 말하자 두 남자가 그녀에게로 몸을 돌렸다.

「그럼, 제가 병을 찾아볼게요.」

「난 당신이 모두 던져버렸다고 믿소만.」

밀포드가 말했다.

「자네가 그녀를 지킬 거라 생각했는데. 캐롤라인, 어서 거기서 나오시오. 마차가 기다리고 있소.」

브래드포드가 화를 내며 말했다.

캐롤라인은 고개를 끄덕이고는 천천히 바닥에 널린 사람을 피해 걸어 나왔다. 브래드포드는 캐롤라인을 따라나오며 고개를 저었다.

「물어보지 않겠네.」

브래드포드가 자기 옆에 서 있는 밀포드에게 말했다.

「그러지 않겠다니 다행이군요. 당신 생각으론 제가 지금 기절하거나 징징 짜고 있어야만 하겠지요, 그렇죠? 밀포드? 빈민굴을 시찰하는 것은 정말 재미있군요. 그리고 싸움도 흥미진진하고요. 왜 당신은 그걸 그만뒀죠?」

밀포드는 웃었고, 브래드포드는 인상을 썼다. 브래드포드는 캐롤라인의 손을 잡고 문으로 걸어갔다.

임대 마차 안은 매우 좁아서 캐롤라인은 브래드포드의 무릎 위에 앉아야만 했다. 그는 심각한 얼굴을 하고 있었다. 캐롤라인은 그가 대화를 듣고 있지 않다고 생각했다.

캐롤라인은 그가 창문 밖을 넋놓고 내다보면서 그녀의 볼을 쓰다듬고 있었기 때문에 자기에게 화가 난 것은 아니라는 것을 알았다.

마차가 그녀의 집 앞에서 멈추자, 캐롤라인은 밀포드에게 생긋 웃으며 말했다.

「싸움이라! 전 전에 그런 것을 겪어보지 못했어요.」

브래드포드가 마차에서 내려 캐롤라인이 내리는 것을 도와주려고 기다리고 서 있었다. 밀포드가 그녀의 손을 잡고 손바닥에 키스를 했다.

「우리의 다음 모험 때까지 잘 있어요, 레이디 캐롤라인.」

밀포드의 눈이 장난기로 반짝였고, 캐롤라인은 고마워하면서 웃었다.

「더 이상의 모험은 없을 거요.」

브래드포드가 매우 단호한 목소리로 말했다.

캐롤라인은 마차에서 내리는 자신을 돕는 그를 유순하게 따라 현관문으로 걸어갔다.

「브래드포드, 당신 제게 정말 화난 거예요?」

그녀가 속삭이듯이 물었다.

「당신을 위험 속에 놔둘 순 없소.」

브래드포드가 대답하면서 그녀의 양어깨를 잡고 바라보았다.

「난 당신에게 아무 일도 일어나지 않기를 바라오.」

그가 몸을 굽혀 캐롤라인의 볼에 키스를 했다.

데이톤이 문을 열자 캐롤라인은 마지못해 안으로 걸어갔다. 그리고 브래드포드가 따라 들어오지 않아서 실망했다.

그녀는 대화를 내일까지 미뤄야겠다고 생각했다. 그때는 그가 사랑한다고 고백하겠지. 그럼, 모든 게 잘될 거야.

9

「누군가 바퀴에 손을 댔어.」

마차가 출발하자마자 브래드포드가 밀포드에게 말했다.

「성공하진…….」

「또다시 적을 만들었나 보군, 브래드포드?」

밀포드가 물었다. 브래드포드는 이제 웃고 있지 않았다. 그는 분노했지만 캐롤라인이 집안에서 안전하게 있어서 다행이었다.

「우린 죽을 뻔했어.」

「날 죽이려고 하는 사람이 누구든지 간에 세부사항까지 고려하지 않았을 걸세. 캐롤라인은 죄도 없이 이번 사고에 끌려든 거야. 난 더 이상 그녀를 위험한 상황에 처하게 할 수 없네.」

브래드포드가 말했다.

「그녀에게 설명해줄 거지?」

밀포드가 물었다.

위협이 사라질 때까지 캐롤라인과의 교제를 중단하겠다는 브래드포드의 말에 밀포드도 동의했다. 그러나 브래드포드는 또한 캐롤라인에 대한 감정과 이별이 그녀에게 미칠 영향에 대해서도 생각했다.

「아니, 그녀도 내가 흥미를 잃어버렸다고 믿는 게 좋을 것 같네. 그렇지 않으면 그녀가 이상하게 생각할 테니까. 모든 사람이 믿게 해야 돼. 그렇지 않으면 날 움직이는 수단으로 그녀가 이용될지도 몰라.」

「그럼, 블랙스톤에게는? 그에게는 말할 거지?」

브래드포드는 머리를 저었다.

「아니, 백작이 약속을 깨고 캐롤라인에게 털어놓을지도 몰라.」

「어디서부터 시작할 건가? 그 남자를 찾는 게 빠르면 빠를수록 더 좋을 거야. 자네, 해리도 관련이 되었다고 생각하나?」

브래드포드가 고개를 끄덕였다.

「그리고 육군성에 있는 친구들하고도 이야기를 해볼 걸세.」

「이게 끝나면, 자넨 또 주체하기 어려운 전쟁을 새로 치러야 할 걸.」

밀포드가 판결을 내리듯이 말했다.

두 사람은 동시에 캐롤라인의 이름을 말했다.

마차 사건이 있은 다음 두 주 동안 캐롤라인은 참을 수가 없었다. 처음에는 브래드포드가 자신을 버렸다는 사실을 믿을 수가 없었다. 상상할 수 있는 모든 변명과 모든 말을 곰곰이 생각해 보았다. 그러다 마침내 알막스에서 브래드포드와 마주쳤던 날 밤, 그의 시선이 그녀가 존재하지도 않는다는 듯이 똑바로 지나쳐갔다. 그것으로 끝이었다.

겉보기에는 채러티가 캐롤라인보다 더 당황했다. 그녀는 브래드포드가 채찍으로 맞을 필요가 있다고 마구 고함을 질러댔다. 브래드포드의 악명 높은 행동에 대한 모든 소문을 다 말해서 캐롤라인을 더 고통스럽게 했다.

브래드포드 공작은 다시 옛날로 돌아가서 아마도 대부분의 런던 여자를 침대로 끌어들일 거라고 했다. 그는 매일 밤 다른 여자와 팔짱을 끼고 나타났다. 그는 지나치게 술을 마시고 도박을 했다. 채러티를 포함한 모든 사람들은 브래드포드가 매우 즐겁게 지낸다고 믿었다.

알막스에서 브래드포드와 마주친 후에 캐롤라인은 모든 초대를 거절하고 집에 틀어박혀 있었다. 마음을 솔직하게 털어놓은 장문의 편지를 케이먼에게 썼다. 그러나 데이튼에게 부치라고 시키고 나서는 그 충동스런 행동을 후회했다. 사촌이 그 편지를 읽어봤자 걱정만 하지 달리 그녀를 도울 수 있는 방법이 없기 때문이었다.

블랙스톤 백작은 캐롤라인이 겪고 있는 긴장을 전혀 알지 못했다. 아버지를 볼 때마다 캐롤라인은 늘 미소를 지었기 때문에 백작이 보기엔 그녀가 완벽하게 만족해하고 있는 것 같았다. 끊임없이 열리는 파티에 참석하는 것에 싫증이 나 집에서 채러티의 결혼식 준비에 전념하겠다고 그녀가 변명을 할 때도, 그는 그대로 믿었다.

캐롤라인은 아버지의 마음의 평화를 위해서 속임수를 썼던 것이다. 그녀는 백작과의 관계가 기껏해야 표면적일 뿐이라는 것을 알아차렸다. 그러나 그에게 걱정을 끼치고 싶지는 않았다. 그가 자주 브래드포드에 대해 물었지만 그때마다 두 사람의 관계는 이미 예전에 끝났다고 대답했다.

월요일 아침에 보스턴에서 편지가 도착했다. 편지에는 채러티와 캐롤라인의 활동과 관련한 많은 질문과 최근 소식이 가득 차 있었다. 핸리 삼촌은 그의 딸의 결혼을 허락했고, 벤자민을 되도록 빨리 보스턴으로 보내줄 것을 요청했다. 최근에 새로 산 말 몇 마리와 지난 봄에 태어난 망아지 일곱 마리를 관리하는 데 그가 너무나 필요하다고 했다.

벤자민은 돌아가고 싶어했다. 캐롤라인은 벤자민의 눈에서 그의 생각을 느낄 수 있었다.

「향수병에 걸렸구나?」

캐롤라인이 놀렸다.

「우리가 자네없이 어떻게 해나갈지 모르겠네. 이제 우린 곧 굶어 죽을걸세.」

캐롤라인의 아버지가 말했다. 그는 두 사람을 남겨두고 나가서 여행채

비를 감독했다.

캐롤라인도 아무에게도 말하지 않았지만 벤자민없이 잘 지낼 수 있을지 걱정이 되었다.

「우린 계속 함께였어요, 그렇죠?」

벤자민이 캐롤라인에게 물었다.

캐롤라인이 미소를 짓고 말했다.

「그랬지. 널 잊지 않을게, 친구야. 내가 널 필요로 할 땐 항상 그곳에 있어 줬어.」

캐롤라인은 다정하게 벤자민을 꼭 안았다.

다음 일요일에 캐롤라인은 그와 함께 항구로 갔다. 백작이 벤자민에게 두툼한 외투를 비롯해서 훌륭한 옷 한 벌을 마련해주었다.

「아씨가 절 마구간에서 발견했을 때 기억나세요?」

벤자민이 작별인사를 할 때 물었다.

「백년은 지난 것 같아.」

캐롤라인이 대답했다.

「아씨는 이제 혼자예요. 저에게 있으라고 한다면 가지 않을게요. 아씨는 제 생명의 은인이세요.」

벤자민이 말했다.

「그리고 넌 내 생명의 은인이고. 네 미래는 보스턴에 있어, 벤자민. 내 걱정은 하지 마.」

캐롤라인이 대답했다.

「만약 제가 필요하시…….」

벤자민이 말을 꺼냈다.

「알았어. 난 괜찮아, 정말이야.」

캐롤라인이 말을 가로막았다.

물론, 캐롤라인은 괜찮지 않았다. 집으로 가는 길 내내 그녀는 울었다. 자기 연민에 빠지지 않기가 어려웠다.

캐롤라인은 쾌활해 보이려고 최선을 다했다. 첫눈이 내렸는데도 여전히 브래드포드에게서는 아무 연락이 없었다.

캐롤라인은 토머스 아이브스의 초대를 받아들여 레이디 틸만이 여는 디너 파티에 그와 함께 갔다. 그 밤은 지겨웠으나 그녀는 아버지를 기쁘게 하기 위해 참았다.

다음날 캐롤라인은 마일로 삼촌을 방문했다. 프랭클린이 아직 도착하지 않았지만 그녀는 삼촌과 함께 즐겁게 이야기를 나누었다. 마일로 삼촌은 벤자민이 보스턴으로 떠났다는 소리를 듣고 그와 어떤 관계인지 설명해달하고 말했다.

「어느 날 아침에 제가 마구간에서 벤자민을 발견했어요. 그는 도망친 노예였고, 버지니아에서 거기까지 도망쳐온 거였어요.」

캐롤라인이 더 자세하게 말하지 않자 삼촌이 계속하라고 재촉했다.

「벤자민이 너를 보호했다고 네 아버지가 말하던대. 그럼, 보스턴이 그렇게 거칠고 야만적인 곳이냐?」

캐롤라인이 큰소리로 웃었다.

「보스턴이 아니라 제가 그렇죠. 전 끊임없이 말썽을 일으켰고, 제 안전을 배려하면서 벤자민이 늘 그곳에 있어 주었어요. 그가 여러 번 저를 구해주었죠.」

마일로 삼촌이 껄껄 웃었다.

「네 엄마랑 똑같구나. 근데 벤자민은 어떻게 된 거냐? 남부로 다시 잡혀갈 수도 있는 거냐? 도망친 노예들을 돈을 받고 잡아주는 사람들이 있지 않니?」

마일로 삼촌이 걱정하는 투로 말했다.

캐롤라인이 눈살을 찌푸렸다.

「맞아요, 노예를 잡아서 돈을 버는 사람들이 있어요, 하지만 벤자민은 이젠 자유의 몸이에요. 아빠, 아니 핸리 삼촌이 케이먼을 보내서 그의 노예문서를 샀어요.」

그때 프랭클린이 도착했고, 즉시 브래드포드의 이름이 언급됐다. 캐롤라인은 표정을 다스리고는 더 이상 공작을 만나지 않는다고 삼촌에게 설명했다. 두 사람의 관계는 끝났다고.

「그럼, 보스턴으로 돌아갈 생각이냐?」

프랭클린이 물었다.

캐롤라인은 프랭클린 삼촌이 어떻게 그런 성급한 결론을 내렸을까 하고 의아해하면서 그의 질문에 약간 놀랐다. 마일로 삼촌이 동생의 말에 불같이 화를 냈다. 그가 그렇게 괴로워하는 것을 캐롤라인은 지금까지 본 적이 없었다.

캐롤라인은 영국을 떠날 맘이 없다는 사실을 마일로 삼촌에게 납득시키는 데 거의 1시간이나 걸렸다. 그래서 마침내 그녀는 삼촌을 진정시킬 수 있었다.

그제야 프랭클린은 캐롤라인이 보스턴으로 돌아갈 것이고, 캐롤라인의 아버지가 레이디 틸만과 결혼하기로 결정했다는 소문을 들었다고 말했다. 소문에 따르면 시골에 정착하기 전에 백작은 새 신부와 함께 유럽 일주 여행을 떠날 것이라고 했다.

캐롤라인은 마일로 삼촌을 진정시키느라 오랜 시간을 보낸 참이라, 프랭클린이 다시 그런 말을 꺼내자 몹시 화가 났다. 프랭클린에게 말도 안 되는 소리를 하지 말라고 언성까지 높여가면서 말했다.

프랑스에서 일어나는 상황으로 보아 다시는 아버지가 위험을 무릅쓰고 영국 밖으로는 나가지 않을 거야.

「제 아버지께선 아무 데도 가지 않으실 거예요.」

「하긴, 그가 그런다면 나와 함께 살면 되지.」

마일로 삼촌이 말했다. 분명히 어떤 말을 하기를 기다리면서 마일로는 동생을 노려보았다.

「멋진 생각이군요.」

프랭클린이 대답했다. 그 화제는 거기서 끝났다.

캐롤라인이 집에 돌아와 보니 자신에게 편지가 와 있었다. 현관에 있는 탁자에서 편지를 집어들고 거실로 들어갔다.

캐롤라인은 소름끼치는 편지 내용을 읽었을 때 혼자 있다는 것이 오히려 다행이라고 생각했다. 그녀는 난폭할 정도로 큰소리로 헐떡거렸다. 첫번째 문단은 대체로 그녀의 성격에 대한 비열하고 혐오스런 말로 가득 차 있었다. 그 다음 문단은 보다 자세했다.

'클레이미어네 계단에서 너를 밀친 것은 죽이려고 한 게 아니라 단지 놀래준 거다. 그리고 또한 마차 사고도 그렇다. 머지않아 널 죽이겠다고 맹세한다. 하늘의 뜻이 이행될 거고 복수가 이루어질 것이다!'

편지 내용은 그녀를 죽일 몇 가지 방법을 끔찍스럽게 나열해놓고 끝났다.

캐롤라인은 무엇을 해야 할지 몰랐다. 편지를 봉투에 다시 집어넣고 옷장 속에 숨겼다. 그녀는 진심으로 벤자민이 떠나지 않았기를 바랐다. 그러고 나서 마음을 가다듬고 데이톤에게 그 편지를 배달한 사람의 용모에 대해 물었다.

데이톤은 그 편지에 대해 아무것도 몰랐고, 다른 하인들도 마찬가지였다. 캐롤라인은 놀라움과 자신의 의도를 감추고 단지 현관 탁자 위에 놓인 편지를 발견했는데 누가 보낸 것인지 궁금하다는 말만 했다.

데이톤은 자신의 임무 태만에 당황해했다. 문이 열리는 것을 보는 것이 그의 임무였다. 누군가가 감히 영역을 침범해 들어오다니! 그는 항상 문이 잠겨 있다고 주장하다가 하녀 하나가 허락없이 문을 열었을지도 모르겠다고 말했다. 그러나 그런 일을 저지른 사람은 끝내 나타나지 않았다.

두서없는 생각에 빠진 데이톤을 남겨두고 캐롤라인은 다시 위층으로 올라갔다.

「전 마리가 그 편지를 받았다고 확신해요. 하지만 너무나 두려워서 솔직히 말하지 못한 거예요. 그녀는 항상 집안을 기웃거리고 돌아다녀요. 자기의 일은 끝내지도 않고 말이에요. 벤자민이 떠나자 음식은 다시 끔찍해졌어요. 그 어리석은 여잔 아무것도 배우지 못했어요! 데이톤이 그녀를 해고해야만 한다고 생각해요.」

메리 마거릿이 불평을 해댔다.

「그렇게 인정머리없이 굴지 마.」

캐롤라인이 단호하게 타일렀다. 그녀는 마리의 가족인 토비와 커비에 대해 생각을 하고 있었다. 그리고 요리사가 할 수 있는 한 일에 있어 최선을 다하고 있다고 생각했다.

「좀더 인내심을 보여봐, 메리 마거릿. 마리는 그 일이 필요해. 즉시 그녀와 이야기를 해볼게.」

하녀가 다시 항의하려고 하자 캐롤라인은 약속했다.

캐롤라인은 처리해야만 할 사소한 문제들에 짜증이 났다. 누군가 날 죽이려고 하고, 난 아직 그 이유를 전혀 짐작조차 할 수 없는데 아직도 일상적인 집안 일이 우선이라니.

캐롤라인은 아직은 아버지에게 그 편지에 대해 말하지 않기로 결심했다. 내가 위험에 처했다는 사실을 안다면, 날 다시 보스턴으로 가는 배에 태우겠지. 그 생각에는 약간 끌리기도 했지만, 캐롤라인은 자신이 지금 도망치려고 한다는 것으로 단정지었다. 또한 그건 브래드포드를 떠나 다시는 그를 보지 못한다는 것을 의미했다. 브래드포드가 그녀와 끝났다는 것을 아주 명확하게 나타내주었기 때문에 그건 중요하지 않다고 혼잣말을 했다.

캐롤라인은 이야기를 털어놓을 만한 사람이 없었다. 채러티에게 털어놓는 것은 그녀가 알고 있는 주변의 모든 사람에게 떠들어댈 것이므로 생각할 가치도 없었다. 그리고 채러티도 캐롤라인의 아버지처럼 겁을 먹을 것이다. 그녀를 14년 동안이나 동생에게 보냈었던 이유에 관해 아버지가 전에 한 말에서도 생각해봐도 결과는 분명했다.

블랙스톤은 캐롤라인이 안전하기를 원한다고 말했었다. 그래서 캐롤라인은 아버지가 관련된 정치적인 문제에 자신이 어떻게든 인질이 되었던 것 같다고 짐작했다. 또한 브래드포드도 아버지가 과거엔 급진주의자였다고 말했었다. 그래서 캐롤라인은 자신이 중간에 낀 것이라 생각했다. 그것이 그녀가 내린 유일한 결론이었다.

1주일 내내 캐롤라인은 자신의 방에 틀어박혀 있었다. 잠이 오지 않았고, 말수도 점점 줄어갔다.

그녀는 많은 초대를 거절했고, 누워 있다가도 아주 작은 소리에 놀라 벌떡 일어났다. 그녀가 집 밖으로 나가는 유일한 경우는 마일로 삼촌을 정기적으로 방문할 때뿐이었다.

백작이 캐롤라인의 이상한 행동에 관해 묻고는 밀포드가 극장에 가자는 제의를 그녀를 대신해서 받아들였다. 마침내 가겠다고 동의할 때까지 그는 고집 센 딸과 논쟁을 벌였다.

캐롤라인은 아버지를 기쁘게 하기 위해 그날 저녁을 즐겁게 보내기로 마음먹었다. 그녀는 밀포드가 보고 싶기도 했고, 만나는 게 슬프기도 했다. 그녀는 밀포드가 좋았고, 그의 위트를 즐겼다. 그리고 밀포드를 생각할 때마다 브래드포드가 떠올랐다.

그녀는 박하색 드레스를 정성 들여 입었다. 메리 마거릿이 그녀의 머리를 리본을 대고 따주었다. 그녀는 잠을 못 자서 짜증이 난 데다가 메리 마거릿이 핀을 찔러대 비명을 지를 것만 같았다.

「메리 마거릿, 밀포드가 도착하기까진 아직 1시간도 더 남아 있어. 가서 가위를 가져와. 」

캐롤라인이 말대꾸하는 것을 허락하지 않겠다는 음성으로 말했다.

「네가 채러티의 머리를 잘라준 것을 봤어. 내 머리도 잘라줬으면 좋겠구나. 지금 당장!」

캐롤라인은 말하면서 드레스를 벗어 던졌고, 동시에 머리에서 핀을 뽑아냈다.

「어서, 메리 마거릿. 난 결심했어. 난 이 모든 것을 지고 다니는 것이 지겨워 병이 날 지경이야.」

메리 마거릿이 치마를 걷어올리고 방 밖으로 달려나갔다.

캐롤라인은 하녀가 중얼거리는 말을 무시한 채 어깨를 곧게 펴고 거울 속의 자기 모습을 꼼꼼히 쳐다봤다.

「넌 충분히 비참해했어, 캐롤라인 리치몬드.」

채러티가 방안으로 들어와서 캐롤라인이 혼잣말을 하는 것을 들었다.

「뭐 하는 거니?」

채러티가 영문을 몰라 물었다.

「지금부턴 내가 주도해 나가겠어. 내가 가만히 받아들이는 사람이 아니라고 내게 말했던 거 기억나?」

캐롤라인이 말했다.

채러티가 활짝 웃으면서 고개를 끄덕였다.

「그럼, 이젠 네가 브래드포드를 쫓아다니겠다는 거야?」

캐롤라인이 고개를 저었다.

「아니. 하지만 몇 가지 다른 문제를 그렇게 하기로 결심했어. 다음주에 모두 설명해줄게. 내가 미치지 않았다는 것을 믿어야만 해.」

캐롤라인이 모호하게 말했다.

채러티는 어리둥절한 표정을 지었으나 이내 고개를 끄덕였다. 캐롤라인이 채러티를 밖으로 내보내려고 할 때 메리 마거릿이 방안으로 다시 뛰어들어왔다.

「난 메리 마거릿과 할 일이 있어. 곧 아래층으로 내려갈게.」

하녀는 캐롤라인의 머리를 1인치 이상 자르기를 완강히 거부했다. 하지만 캐롤라인이 그녀의 손에서 가위를 잡아채 스스로 자르는 것을 보고 하녀는 그녀의 결심이 확고한 것을 알았다.

하녀는 숨을 헐떡거리더니 재빨리 그 일에 몰두했다. 그리고 일을 마치고 나서 빙그레 웃으며 캐롤라인이 매우 굉장해 보인다는 것을 인정했다. 숱 많은 굵은 웨이브진 머리가 없어지고, 대신 귀 바로 밑까지 내려오는 부드럽게 곱슬거리는 머리 모양이 되었다. 머리를 이리저리 흔들어보던 캐롤라인은 시원하고 개운한 느낌에 만족해했다.

「느낌이 너무 좋아.」

캐롤라인이 하녀에게 말했다.

「훌륭해 보여요. 눈이 두 배나 커진 것 같고, 매우 여성적으로 보이세요, 아씨. 아씬 유행을 일으킬 거예요.」

메리 마거릿이 말했다.

머리를 자르고 나자 캐롤라인의 기분은 훨씬 더 좋아졌다.

「이제 내가 오늘 밤을 잘 견뎌낸다면, 무엇이라도 정복할 수 있을 것 같아.」

메리 마거릿이 그 말에 눈살을 찌푸렸으나 캐롤라인은 더 이상 설명하지 않았다. 밀포드가 일찍 왔다. 그래서 캐롤라인은 옷을 다시 입고 볼을 꼬집어 혈색이 돌게 하느라 그를 기다리게 했다.

밀포드는 현관 중앙에 서서 캐롤라인이 계단을 내려오는 것을 보았다. 즉시 그녀의 머리 모양이 바뀐 것을 알아차리고 그녀의 외모에 대해 찬사를 몇 마디 늘어놓았다. 그녀가 전보다 아름다워 보인다고 생각했으나 몹시 피로해 보이기도 했다. 요즘 그녀가 잠을 충분히 자지 못하고 있는 게 분명했다.

마차를 타고 드루리 레인 극장으로 가는 도중에 그가 캐롤라인에게 미소를 지으며 말했다.

「오랜만이오. 그렇지 않소, 펌프킨(호박, 얼간이, 바보라는 뜻. 좋아하는 사람을 부르는 애칭으로 사용됨)?」

「펌프킨이라고요? 다신 절 그렇게 부르지 마세요.」

캐롤라인이 대답했다.

밀포드가 어깨를 움츠렸다.

「잘 지내고 있소?」

밀포드가 물었다. 그가 동정으로 가득 찬 시선으로 바라보자 그녀는 속에서 성질이 났다. 그가 날 안됐다고 여기고 있나? 마음속으로 궁금했다. 그렇게 생각하자 점점 더 화가 치밀어 올랐다.

「아무도 죽지 않았어요, 밀포드. 그렇게 뚫어지게 볼 필요는 없어요. 그리고 전 더할나위없이 잘 지내고 있어요.」

「브래드포드도 잠을 잘 못 자고 있소.」

밀포드가 말했다.

「내 앞에서 그 사람 이름도 꺼내지 마세요.」

캐롤라인이 단호하게 말했다. 그녀는 자신이 고함을 질렀다는 것을 깨닫고는 즉시 목소리를 낮췄다.

「내게 약속해주세요, 밀포드. 그렇지 않으면 전 마차에서 내려 집에 걸어갈 거예요.」

「약속하겠소. 난…… 당신도 누군지 알 거요, 브래드포드에 대해 더 이상 말하지 않겠소. 단지 내 생각엔 당신도 알고 있어야만…….」

그가 급히 말했다.

「밀포드! 그에 관해 조금도 알고 싶지 않아요. 우린 끝났어요.」

캐롤라인이 지겹다는 듯이 한숨을 내쉬면서 말했다. 그녀의 목소리가 가늘게 떨렸다.

「이제 당신이 요즘 뭘 하고 지냈는지 말해줘요. 그때 이후로 다시 싸운 적이 있나요?」

분위기를 바꾸려고 갖은 애를 썼다. 캐롤라인은 신경이 끊어질 것 같았다. 막간에 그녀는 행복하게 보이려고 애쓰느라 진이 빠질 정도였다. 그 연극은 잘해야 2류였다. 그래서 막 사이에 휴게실에는 많은 사람들이 모여들었다.

캐롤라인은 계속 미소를 짓고 있어서 얼굴이 산산조각이 나려고 하는 거울처럼 느껴졌다. 휴게실 맞은편에 있는 브래드포드를 보았다고 생각하자 그 반응으로 심장이 불규칙적으로 뛰었다. 그 남자가 돌아섰으나 브래드포드가 아니었다. 그러나 캐롤라인의 심장은 여전히 미친 듯이 뛰고 있었다. 침착한 모습을 보이기가 더욱 힘들었다.

그녀와 밀포드는 많은 사람들 가운데 서 있었다. 그때 캐롤라인은 이런 식으로 사람들 앞에 나온 게 얼마나 어리석은 일인지 깨달았다. 손쉬운 표적이 될 거야. 그 소름끼치는 편지를 다시 떠올리며 그녀는 몸서리를 쳤다.

바로 그때 누군가 캐롤라인을 밀었다. 그러다 그녀는 공포의 눈빛을 꾸밈없이 드러내면서 재빨리 뒤로 돌아섰다. 하지만 이내 아니라는 것을 알고 재빨리 표정을 바꾸고 미소를 지었다.

그러나 충분히 빠른 것은 아니었다. 밀포드는 캐롤라인의 표정 변화를 보았고, 그녀의 행동에 몹시 놀라워했다.

「무슨 문제요?」

밀포드가 그녀를 자기가 있는 벽 쪽으로 끌어당기며 물었다.

등이 벽 쪽을 향하자 캐롤라인은 눈에 띄게 편안해했다. 그녀는 머리를 가로저으면서 이런 소음과 사람들 속에 1분도 더 있고 싶지 않다고 생각했다.

「여긴 안전하지 못해요. 이제 집에 가는 게 좋겠어요.」

밀포드는 놀라움을 숨겼다. 캐롤라인의 얼굴은 완전히 창백해져서 곧 쓰러질 것처럼 보였다.

밀포드는 무슨 일인지 궁금했지만 마차를 타고 그녀 아버지의 타운하우스로 가는 도중에 그 얘기를 다시 꺼냈다. 캐롤라인은 손을 무릎 위에 놓고 그의 맞은편에 앉아 있었다.

「캐롤라인? 당신이 말한 안전하지 않다는 것이 무슨 뜻인지 나에게 말해주시오.」

「아무것도 아니에요.」

캐롤라인이 대답했다. 그녀는 표정을 숨기면서 창문 밖을 내다봤다.

「다음주에 스탠톤이 여는 파티에 참석할 건가요?」

캐롤라인은 화제가 바뀌기를 바라면서 물었다.

하지만 계획은 성공하지 못했다. 밀포드가 그녀의 손을 잡고 부드럽게 압력을 가했다.

「날봐요, 캐롤라인.」

밀포드가 힘주어 손을 끌어당겼기 때문에 그녀는 그의 말을 따라야만 했다.

「왜 안전하지 않소?」

밀포드는 끈질겼다. 캐롤라인은 한숨을 쉬고 자신의 어깨가 축 처지는 것을 느꼈다.

「누군가 절 죽이려고 해요.」

그녀가 조심스럽게 속삭였다.

밀포드는 입을 쩍 벌리고는 할말을 잃었다. 잠시 후 그는 캐롤라인의 손을 놓고 의자 등받이에 기댔다.

「말해봐요.」

밀포드는 잠깐 생각에 잠겼다가 명령했다. 그의 어조는 브래드포드가 명령할 때처럼 단호하게 들렸다.

「당신이 비밀을 지키겠다고 약속해 주시면요.」

밀포드가 고개를 끄덕이자 캐롤라인이 말을 이었다.

「클레이미어네 계단에서 그냥 구른 것이 아니에요. 누군가 절 밀은 거죠. 그리고 마차 사고도 전혀 우연이 아니었어요.」

밀포드가 몹시 놀란 것처럼 보이자 캐롤라인은 자신이 미친 게 아니라는 것을 납득시키기 위해서 빠르게 말했다.

「지난주에 편지가 왔는데, 그건 끔찍했어요, 밀포드! 누군가 날 증오하고 있고, 날 죽이겠다고 맹세했어요. 전 누가 그러는지 또 왜 그러는지 이해할 수가 없어요.」

밀포드가 소리쳤다. 그의 머릿속에서 수많은 질문과 생각들 때문에 혼란스러웠다.

「당신 아버지는 어떻게 생각하고 있소? 그리고 도대체 왜 백작님이 당신이 외출하는 것을 허락한 거요?」

밀포드는 점점 흥분해져갔다. 캐롤라인은 마지막 질문에 신중히 대답했다.

「제 아버지는 그 협박에 대해 모르고 계세요.」

밀포드가 믿을 수 없다는 시선으로 쳐다보자 캐롤라인은 서둘러서 설명했다.

「아버지가 두려웠기 때문에 14년 전에 절 떠나 보낸 거라고 믿어요. 다시 그런 일이 일어나게 할 순 없어요, 밀포드. 아버지의 남은 세월은 평화롭고 행복해야 해요. 충분히 아버지에게도 그럴 권리가 있어요!」

「정말 믿을 수 없군. 누군가 당신을 죽이려고 난린데 당신은 아버지를 혼란시키고 싶지 않다고 말하고 있다니! 맙소사. 캐롤라인, 지금은 당신 자신을 생각할 때요.」

밀포드가 투덜거렸다.

「제발 진정하세요, 밀포드. 전 특정한 수단을 취하기로 이미 결심했어요. 제 걱정은 하지 마세요. 전 제 자신을 돌볼 수 있어요.」

캐롤라인이 말했다.

「어떤 수단이요?」

밀포드가 흥분을 참지 못하고 물었다. 브래드포드를 찾아서 자신이 알게 된 것을 말해주고 싶어서 캐롤라인을 집으로 데려다주는 동안에도 그는 조바심에 안달이 났다.

밀포드는 캐롤라인에게 비밀을 지키겠다고 한 약속을 완전히 무시했다. 하느님 맙소사! 그들은 둘 다 브래드포드가 의도된 희생자였다고 믿었는데! 밀포드는 놀라서 끊임없이 고개를 저었고, 점점 더 화가 났다. 그는 캐롤라인 혼자서 얼마나 무방비 상태에 놓여 있었는지 생각했다. 그리고 브래드포드가 이 사실을 알면 예전으로 돌아갈 거라는 것은 기정사실이었다. 그는 확실히 그럴 거야!

「우선, 전 탐정을 고용할 거예요.」

캐롤라인이 자신의 계획에 대해 말하기 시작했다. 단지 말을 하는 것만으로도 자신이 그 상황을 보다 통제하고 있다고 생각했다.

「내일 아침 일어나자마자 즉시 만나고 싶다는 전갈을 보낼 거예요. 그러고 나서 제 생각엔 제가…….」

「내게 더 이상 말하지 마시오.」

밀포드가 말을 잘랐다. 그는 속으로 여러 가지 가능성을 꼽아봤고, 그것들을 정리할 수 있게 잠시라도 조용하기를 바랐다.

캐롤라인은 그의 말에 의기소침해진 것처럼 보였다. 밀포드에게 자신의 문젯거리로 부담을 주고 있다는 것과 자신에겐 그럴 권리가 없다는 것을 깨달았다.

「이해해요. 당신을 비난하지 않을게요, 밀포드. 아는 게 적으면 적을수록 당신은 좀더 멀리 떨어져 있을 수 있을 거예요. 당신을 괴롭혀서 미안해요. 그리고 모든 문제가 해결될 때까지 당신이 제게서 멀리 떨어져 있는 게 좋겠다고 생각해요.」

밀포드는 눈을 크게 뜨고 거의 웃음을 터뜨릴 뻔했다.

「그건 왜요?」

「우선, 당신이 다칠 염려가 있으니까요. 왜 그렇게 절 쳐다보고 있는 거죠?」

캐롤라인이 말했다.

「확실하진 않지만 당신이 지금 날 모욕했다고 믿고 있소.」

밀포드가 말했다. 그가 캐롤라인을 보며 싱긋 웃고 있는 것으로 봐서 그는 기분이 상한 것 같지 않았다.

「드디어 집에 왔군. 내일 연락하겠소, 캐롤라인.」

「왜요? 당신이 제게서 멀리 떨어져 있어야만 한다고 지금 막 설명했 잖아요.」

캐롤라인이 말했다.

밀포드는 눈을 위쪽으로 굴리더니 캐롤라인을 집안까지 데려다주고는 떠났다.

브래드포드를 찾는 데는 1시간도 더 걸렸다. 밀포드는 도박장에서 많은 돈을 쌓아놓고 앉아 있는 친구를 보고는 거의 참을 수가 없었다.

브래드포드는 도박과 자신을 둘러싸고 있는 사람들에게 싫증이 난 것처럼 보였다.

밀포드가 그가 앉아 있는 탁자로 다가가서 몸을 숙이고 브래드포드만 들을 수 있게 몇 마디 말을 했다. 순간, 브래드포드의 지겨워하는 표정이 이내 사라졌다.

브래드포드는 모든 사람들이 놀랄 정도로 분노의 함성을 질러대며 자리를 박차고 일어났기 때문에 의자와 탁자가 엎어졌다. 그러고 나서 한마디 설명도 없이 자신의 돈을 챙기려고 조금도 머뭇거리지 않고 밀포드를 따라 밖으로 나갔다.

그는 밀포드에게 캐롤라인이 한 말을 전해듣고 나서 그녀를 만나러 가야겠다고 말했다.

「벌써 자정이 지났네, 브래드포드. 내일까지 기다리게나.」

밀포드가 설득했다.

브래드포드가 머리를 가로저었다.

「아니, 지금 만나러 갈 거야. 날 캐롤라인의 집에 내려주고 집으로 가게나.」

브래드포드가 단호한 목소리로 말했다.

밀포드는 지금 그에게는 어떤 말도 먹히지 않는다는 것을 알았다. 그래서 브래드포드가 집에 갈 수 있게 마차를 돌려보내주겠다고 약속했다.

브래드포드가 계속 문을 두들이자 데이톤이 문을 열었다.

「다시 뵐 수 있어서 기쁩니다, 공작님.」

집사가 정중하게 절을 하면서 말했다.

「캐롤라인에게 내가 이야기를 하고 싶다고 전하시오.」

브래드포드가 대답했다.

레이디 캐롤라인은 잠이 드셨을지도 모른다고 말하려고 데이톤이 입을 열었으나, 공작의 얼굴에 나타난 표정을 보고는 마음을 바꾸었다.

집사는 고개를 끄덕이고 황급히 계단을 올라갔다.

캐롤라인은 침대에 누워 있었으나 아직 깨어 있었다. 데이톤이 손님이 찾아와서 아래층에서 그녀를 기다리고 있다고 말하자, 캐롤라인은 즉시 브래드포드가 왔을 것이라고 추측했다. 밀포드! 그는 분명히 곧장 브래드포드에게로 달려가서 나와 한 말을 그대로 전했을 거야.

「공작님께 내가 만나고 싶어하지 않는다고 말해줘요. 데이톤, 아버지가 아직 집에 계시지?」

그녀가 데이톤이 복도를 걸어가려고 할 때 말했다.

「예. 주인님은 1시간 전에 잠자리에 드셨습니다. 제가 백작님을 깨울까요?」

데이톤이 말했다.

「당치도 않아. 무슨 일이 생기든지 간에 절대로 아버지를 깨우면 안돼, 데이톤.」

데이톤은 캐롤라인의 말에 고개를 끄덕였다.

캐롤라인은 문을 닫고 천천히 창문 쪽으로 걸어갔다. 맨발이 나무 바닥에 닿자 차가움이 느껴졌다. 데이톤이 브래드포드를 쉽게 돌려보내지 못할 거라는 것을 알고 있었다. 그리고 그가 날 침실에서 끌어내려고 적어도 한번은 더 집사를 올려 보내겠지.

문에서 노크 소리가 났을 때, 캐롤라인은 마음을 다잡고 그를 기다리고 있었다.

「그에게 가라고 말해줘, 데이톤.」

문이 열렸고, 브래드포드가 방문 앞에서 굳게 버티고 서 있었다.

「난 아무 곳에도 가지 않을 거요.」

그가 그곳에 서 있었다. 믿을 수 없을 정도로 잘생겨 보였다. 그리고 캐롤라인은 자신의 몸이 즉각적으로 반응하는 것을 느꼈다. 다리가 후들거렸고 가빠지는 숨을 고르기가 어려웠다. 그리고 눈에는 눈물까지 고였다. 단지 너무 피곤하기 때문에 이러는 거라고 스스로에게 말했다.

문을 쾅 닫고 그녀를 안고 싶은 충동과 싸우면서 브래드포드는 앞에 서 있는 그녀의 사랑스런 모습을 응시하고 있었다.

마침내 캐롤라인이 말문을 열었다.

「여기 있으면 안돼요, 브래드포드 이건 예의 바르지 못해요.」

그녀의 목소리는 쉰 것처럼 들렸다.

브래드포드가 웃었다.

「당신은 내가 예의 바르지 않다는 사실을 받아들여야만 할 거요.」

브래드포드는 부드러운 음성으로 말했다. 그 음성은 부드럽게 애무하고 있는 듯이 들렸다. 캐롤라인은 그의 음성과 그녀의 머리부터 발끝까지 불타게 하는 그의 시선에 움직일 수가 없었다.

브래드포드는 문을 닫고 천천히 걸어 들어왔다.

캐롤라인은 딸깍 하는 소리를 들었다. 그가 문을 안에서 잠근 거야. 캐롤라인은 심장이 멈출 것 같았다. 그녀는 화를 내고 그에게 욕설을 심

하게 퍼부어대려고 노력했으나 할 수가 없었다. 그녀는 여전히 동상처럼
서서 브래드포드의 다음 움직임을 기다리고 있었다.

「이건 악몽이거나, 아님 당신이 완전히 미친 거예요. 문을 열고 나가
요, 브래드포드.」

마침내 그녀가 말했다.

「아직 그럴 순 없소, 내 사랑.」

브래드포드의 음성은 아주 부드러웠다. 그가 다가오자 캐롤라인은 즉
시 뒷걸음질쳤다.

브래드포드는 그녀가 재빨리 가운을 집어들어 입는 것을 바라보며 그
녀에게 다가왔다.

그는 캐롤라인이 자신에게 소리를 지르지 않아서 조금은 놀랐다. 그는
그녀를 비열하게 대했었는데. 그 동기가 아무리 훌륭했다고 할지라도 캐
롤라인은 전혀 모를 텐데.

브래드포드는 캐롤라인을 공공연히 경멸했었다. 그런데 왜 그녀는 물
건을 집어던지지 않는 거지?

캐롤라인은 브래드포드의 움직임을 계속 주시했다. 수천 가지 생각이
머릿속에서 꿈틀거렸지만 그녀는 지금 한 가지 생각도 온전하게 할 수
없었다. 그녀는 완전히 압도당했다. 태어나서 처음으로.

브래드포드는 캐롤라인 바로 앞에서 멈춰 섰다. 그는 손을 뻗어 그녀
의 뺨을 부드럽게 어루만졌다.

「이러지 마세요.」

브래드포드는 자신에게 그녀가 반응을 하게 할 방법을 찾고 있었다.
그러는 동안 캐롤라인은 다시 한 걸음 뒤로 물러섰다.

「당신이 보고 싶었소, 캐롤라인.」

캐롤라인은 지금 들은 말을 믿을 수가 없었다. 그녀는 머리를 저으며
울음을 터뜨렸다. 브래드포드가 캐롤라인을 꼭 끌어안았다.

「미안하오, 내 사랑. 정말로 미안하오.」

브래드포드가 그녀의 머리에 대고 되풀이해서 속삭였다. 그리고 손으

로는 계속 그녀를 만지고, 쓰다듬고, 토닥였다. 캐롤라인은 그의 품에 안겨서 계속 울었다.

브래드포드는 그녀의 턱을 들어올려 손수건으로 그녀의 뺨에 흐르는 눈물을 닦아주었다.

「나도 정말 힘들었소」

브래드포드가 작은 목소리로 털어놓았다.

그는 캐롤라인의 이마와 코에 부드럽게 키스하다가 마침내 그녀의 입술에 닿았다. 캐롤라인은 마침내 정신을 차리고 그에게서 빠져나왔다.

「왜 당신이 힘들었죠?」

캐롤라인이 물었다.

브래드포드는 설명하기보다는 키스를 하고 싶었기 때문에 한숨을 쉬었다. 그는 흔들의자를 보고는 캐롤라인을 잡고 그쪽으로 걸어갔다. 그는 편안하게 앉아서 캐롤라인을 무릎에 앉히고는 만족스러운 미소를 띠며 말했다.

「내가 말을 마칠 때까지 내 말을 끊지 않겠다고 약속해주시오.」

캐롤라인은 진지한 표정으로 고개를 끄덕였다.

「누군가가 내 뒤를 쫓고 있다고 생각했소. 마차가 전복당했을 때 누군가 바퀴에 손을 댔다는 것을 알아차렸소 그리고 날 죽이고자 하는 사람은 다른 것에 대해서는 조금도 신경 쓰지 않는다는 것을 깨달았소 그래서 내가 결정한……」

「왜 누군가 당신을 쫓고 있다고 믿은 거죠?」

캐롤라인이 말을 잘랐다.

「내가 말을 다할 때까지 기다리겠다고 약속했잖소.」

브래드포드가 상기시켰다.

「손댄 것은 내 마차였고, 내 마부는 머리를 얻어맞았소, 캐롤라인. 그러니 그런 결론을 내리는 게 당연한 것 아니오.」

「그건 자만심 강한 결론일 뿐이에요.」

캐롤라인이 끼여들었다. 그녀의 말이 맞을지도 모른다고 생각하면서 브래드포드는 어깨를 움츠렸다.

「그래서 모든 사람들이 내가 당신에게 관심을 잃어버렸다고 생각하도록 하기 위해 관계가 끝난 체하기로 결심했었소.」

캐롤라인이 항의하려고 하자 그는 목소리를 높이면서 말했다.

「그렇게 하면 당신이 다치거나 이용되지 않을 거라고 확신했었소.」

「하지만 왜 나한테 말하지 않았죠?」

캐롤라인이 물었다.

드디어 그녀가 성질을 회복했다. 브래드포드가 자신에게 준 고통에 대해 생각하는 것만으로도 불같이 화가 났다.

브래드포드는 캐롤라인의 변화를 알아차리고 그녀의 분노에 대비해서 정신을 바짝 차렸다.

「그 말에 대답할 필요는 없어요. 이유는 충분히 알겠어요. 그건 당신이 절 믿지 않았기 때문이에요.」

캐롤라인은 그의 무릎에서 일어나 그를 똑바로 쳐다봤다.

「그렇다고 인정해요, 브래드포드.」

「캐롤라인, 난 단지 당신을 보호하고 싶었소. 내가 당신에게 털어났다면, 당신은 누군가에게 말했을 거고, 그럼 당신은 더 위험한 상태가 되었을 거요.」

브래드포드는 자신의 설명이 매우 논리적이라고 생각했다. 자신의 말은 완벽하게 뜻이 통했다.

캐롤라인은 그렇게 생각하지 않는 게 분명했다. 그녀는 방을 둘러보았다. 브래드포드는 그녀가 무기를 찾고 있는 것 같다고 생각했다.

「내가 그 사실을 아무에게도 말하지 않을 거란 생각은 하지도 않았겠지요?」

캐롤라인이 주장했다.

「그렇소. 그리고 만약 당신을 믿고 그 문제를 털어났더라면, 그건 성공하지 못했을 거요. 지금도 그렇지만 당신은 감정을 얼굴에 그대로 나타내고 있소, 내 사랑. 그럼, 당신이 실연당한 여자가 아니라는 사실을 모두가 알 거요.」

브래드포드가 설명했다.

브래드포드는 손을 뻗어 다시 캐롤라인을 무릎 가까이 끌어당기려고 했다. 그러나 그녀는 손을 피했다.

「캐롤라인, 내 본심은 단지 당신을 위해서 그랬던 거요.」

「당신은 내 분노를 잘못 받아들였군요, 브래드포드. 내가 다른 여자와는 다르다는 사실을 언제쯤에나 아실 건가요? 그리고 언제쯤에나 당신이 날 믿을 수 있다고 결정하실 건가요? 믿음 없이는 영원한 애정을 쌓을 수가 없어요.」

캐롤라인이 차가운 목소리로 말했다. 그녀는 혐오감을 얼굴에 나타내면서 그 앞에 서 있었다.

「당신은 영원히 날 당신이 과거에 알았던 여자들과 똑같다고 여기겠죠. 그것이 저를 아주 신물나게 해요.」

「내 사랑, 당신은 지금 소리지르고 있소.」

브래드포드의 상냥한 말투에 캐롤라인은 격분했다.

「만약 당신 아버지가 일어나서 내가 여기 있다는 것을 아신다면, 그는 즉시 당신과 결혼하라고 명령하실 거요.」

캐롤라인은 분에 못 이겨 숨을 헐떡거렸고, 브래드포드는 자신이 옳다는 뜻으로 고개를 끄덕였다.

「좋소, 난 내일 당장 결혼하고 싶은 맘은 없소. 모든 준비를 해야 하기 때문에 토요일도 충분히 빠른 거요.」

브래드포드가 말했다.

캐롤라인은 놀라움을 숨길 수가 없었다.

「내가 한 말을 한 마디도 듣지 않았군요?」

「충분히 들었소. 그리고 내 생각엔 하인들도 모두 다 들었을 것 같소. 이제 착한 여자가 되서 내게 그 편지를 주시오. 침대가 너무나 가깝게 있고 당신은 너무 유혹적이란 말이오.」

브래드포드가 말했다.

「세상에, 난 밀포드를 믿었는데.」

캐롤라인은 분노에 찬 작은 목소리로 중얼거렸다.

「내가 더 잘 알아야만 했는데. 그가 자신을 당신의 친구라고 한다면, 그도 당신보다 나을 것도 없군요.」

「편지를 주시오, 캐롤라인.」

브래드포드가 강요했다. 그는 일어나서 그녀 쪽으로 걸어왔다.

「편지를 내게 주시오, 그러면 내가 무엇을 할 것인지 결정하겠소.」

「당신은 아무것도 결정하지 못할 거예요. 그리고 난 당신과 이번 토요일이든, 내년 토요일이든 간에 결혼하지 않을 거예요. 당신은 사랑이란 말의 의미를 몰라요. 만약 당신이 안다면, 당신은 제 감정을 고려했을 거예요. 또한 절 믿었을 거구요.」

캐롤라인이 말했다.

「캐롤라인, 한번만 더 내게 믿음이란 말을 한다면, 더 이상 당신을 가만두지 않겠소.」

캐롤라인은 브래드포드의 눈을 보고 그가 그렇게 하고도 남으리란 것을 알았다.

「이젠 제발 나가주세요. 우린 서로 충분히 이야기를 나누었잖아요.」

「나도 그렇게 생각하오.」

브래드포드가 대답했다. 그리고 여전히 심각한 얼굴을 하고 있었다.

캐롤라인은 그가 정말로 떠날 거라고 생각했다. 그러나 브래드포드는 침대 모서리에 앉아 재킷을 벗더니 다시 부츠를 벗었다. 그러자 캐롤라인은 자신이 잘못된 결론을 내렸다는 것을 알았다.

「뭐하는 거예요?」

캐롤라인은 침대로 달려가 브래드포드가 부츠를 벗지 못하게 막으려고 저지했다.

「당신은 여기서 나가야만 해요.」

「난 할말을 다했소.」

브래드포드가 말했다. 그는 두 번째 부츠를 떨어뜨리더니 캐롤라인을 잡았다. 캐롤라인은 그녀 앞에 우뚝 선 브래드포드에게 재빨리 등을 돌렸다.

「당신에게 키스하고 싶었소, 캐롤라인.」

브래드포드는 다정한 목소리로 캐롤라인을 자극시켰다. 그러고 나서 그는 조심스러운 동작으로 캐롤라인의 입술을 더듬었다. 그는 입으로 그녀의 입을 벌리려고 했다.

캐롤라인은 그를 멈추려고 애를 썼다. 브래드포드의 히프가 그녀의 몸 위에 놓이자 그녀의 저항은 좀더 거세졌다. 그녀는 자신의 몸에 닿은 그의 단단함을 느꼈다.

브래드포드는 저항을 서서히 무력화시키면서 계속 그녀의 입을 약탈했다.

캐롤라인은 그와 몸이 닿은 순간, 너무나 달콤하고 기분이 좋았다. 그리고 이 순간이 영원했으면 하고 생각했다.

브래드포드는 손으로 얇은 옷감에 싸인 그녀의 가슴을 애무하면서 완전한 기쁨으로 신음 소리를 내었다.

캐롤라인은 어떻게 이런 일이 일어나고 있는지 당황스러웠다. 그러나 브래드포드를 멈출 만한 힘을 모으기 전에 그녀의 가운이 벗겨졌고, 잠옷의 단추가 열렸다.

그녀는 엉덩이로 힘껏 브래드포드를 밀었다. 그리고 그의 신음 소리를 듣고 그에게 고통을 준 것이 아니라 기쁨을 주었다는 것을 알아차렸다. 브래드포드는 무거운 자신의 허벅지로 그녀의 다리를 꼼짝 못하게 누르고 나서 그녀의 목줄기를 따라서 느리게 키스를 했다.

캐롤라인은 손으로 그를 밀어내려고 했으나 그의 입술이 욕망으로 타오르는 부드러운 고문을 계속했다. 그리고 그녀의 가슴에 닿자 조금도 주저하지 않고 오똑 솟은 젖꼭지를 부드럽게 애무했다.

캐롤라인은 그에게로 엉덩이를 들어올렸다. 그러나 자신이 보이는 관능적이고 본능적인 움직임을 그녀는 전혀 알지 못했다. 그녀는 항복의 한숨을 내쉬고는 자신의 등을 좀더 활처럼 구부렸다.

그는 입으로는 그녀의 한쪽 가슴을 찬양하면서 손으로는 다른 쪽 가슴을 애무했다.

「브래드포드!」

캐롤라인은 자신도 모르게 속삭였다. 그가 일으키는 에로틱한 감정에 빠져서 그녀는 어떤 말도 할 수가 없었다.

그녀의 잠옷은 무릎 정도까지 올라가 있었다. 브래드포드는 그녀의 민감한 피부를 어루만지면서 잠옷을 점점 더 위로 걷어 올렸다. 그의 손이 그녀의 다리 사이에 닿자 캐롤라인은 본능적으로 다리를 움츠렸다. 브래드포드는 자신의 무릎으로 그녀의 다리를 벌리고는 열정적인 키스로 그녀의 저항을 침묵시켰다.

브래드포드의 손가락이 그녀의 민감한 부분에 닿자 캐롤라인은 그가 자신에게 밀어붙이는 기쁨에 죽을 것 같다고 생각했다.

「당신을 잊을 수가 없었소, 캐롤라인. 난 당신이 흥분으로 떠는 것을 느낄 수 있소, 내 사랑.」

브래드포드는 손가락으로 자신을 유혹하는 그녀의 축축하고 부드러운 곳을 만지면서 그녀에게 다시 키스했다.

브래드포드는 단지 그녀에게 기쁨을 주고 그들이 함께 나눌 수 있는 정열과 흥분을 약간이라도 알려주려고 노력했다. 그리고 자신이 멈춰야만 한다는 것도 알았지만 그는 점점 자제력을 잃어 가고 있었다.

브래드포드는 신음 소리를 내고는 몸을 굴려 똑바로 누웠다. 그는 자신의 머리 뒤로 양손을 깍지 끼고는 심호흡을 몇 차례 했다. 그는 자기 옆에 있는 따뜻한 몸 말고 다른 것을 생각하려고 무진 애를 썼다.

「우린 이번 주 토요일에 결혼할 거요.」

목소리가 쉬어 있었으나 브래드포드는 어쩔 수가 없었다. 그는 자신에게 화가 났다.

캐롤라인은 눈더미 속에 홀로 던져진 것 같았다. 그녀는 오로지 브래드포드에게 팔을 감고 사랑의 행위를 계속해 달라고 간청하고 싶었다.

그녀는 그런 유혹을 물리쳐야만 한다는 것을 알아차리곤 재빨리 침대에서 일어났다. 다리가 아직도 후들거려 그녀는 침대 기둥을 꽉 잡아야만 했다.

「당신이 어떻게 절 이렇게 되게 할 수 있는지 이해할 수가 없군요.」

캐롤라인이 말했다. 그녀의 음성은 가늘게 떨렸다. 브래드포드는 그녀의 혼란스런 눈동자를 알아차리고는 웃었다.

「당신의 정열은 내 정열과 아주 잘 맞소.」

브래드포드가 만족한 표정으로 캐롤라인을 지긋이 잡았다. 그의 목소리는 부드러웠으나 쉬어 있었다.

「그리고 당신은 그걸 참거나 이용할 만큼 닳지는 않았소.」

「다른 여자들처럼요?」

캐롤라인이 믿을 수 없을 만큼 차분하게 물었다.

브래드포드는 그녀의 눈에서 타오르는 불꽃을 보았다.

다시 날 죽이겠다고 생각하고 있군. 브래드포드는 한숨을 내쉬면서 추측했다. 그리고 일어나 앉자마자 캐롤라인이 그에게 부츠를 집어던졌고, 그는 그것을 재빨리 잡았다. 그 빌어먹을 문제가 캐롤라인의 마음을 어지럽히고 있다고 생각하면서 다시 한 번 그녀를 진정시키려고 애썼다.

「난 다른 여자를 가지지 않았소.」

브래드포드가 말했다.

그들이 그 한적한 시골길에서 운명적으로 만난 이후로는 다른 여자를 건드린 적이 없다고 계속 말할 작정이었다. 그러나 캐롤라인이 등을 돌리고 가운을 입는 바람에 그는 더 이상 그 말을 계속할 수가 없었다.

「제발 편지를 주시오.」

브래드포드가 애원하다시피 말했다.

캐롤라인은 옷장으로 걸어가 편지를 숨겨놓은 곳에서 꺼냈다. 그리고는 천천히 브래드포드에게로 다시 걸어와서 편지를 건네주었다.

문을 두드리는 소리가 났다. 캐롤라인의 눈이 커졌다.

「제 침대에서 일어나요.」

캐롤라인이 미친 듯이 속삭였다. 그녀는 얼굴에 흘러내린 머리카락을 뒤로 넘기면서 허둥지둥 문으로 다가갔다. 손가락이 떨려서 자물쇠를 푸는데 힘들었다.

마침내 문을 열자 그곳엔 잠옷 차림의 블랙스톤 백작이 서 있었다. 그는 어찌할 바를 모르겠다는 표정을 짓고 있었다.

「아, 아빠, 저희가 깨웠나보죠?」

캐롤라인의 음성은 떨렸고, 그녀는 당황해서 기절할 것 같다고 생각했다. 그녀가 몸을 돌리자 브래드포드가 바로 뒤에 서 있었다. 부츠와 재킷을 제대로 입고 있어서 캐롤라인은 속으로 감사기도를 드렸다.

「좋은 저녁이군요.」

브래드포드가 블랙스톤 백작에게 말했다. 그의 표정은 온화했다.

캐롤라인은 브래드포드가 그녀의 침실에 있다는 사실에 조금도 신경 쓰지 않는다는 것을 깨달았다. 이 남자는 분명히 이런 일에 익숙한 거야. 그녀는 끓어오르는 분노를 억눌렀다.

「좋은 저녁이라고요?」

캐롤라인이 불만스러운 투로 말했다.

「브래드포드, 그게 당신이 말할 수 있는 전부인가요?」

그녀는 브래드포드를 사납게 노려보고는 아버지에게로 돌아섰다.

「아빠, 보시는 것과는 전혀 달라요. 보시다시피, 제가 아래층으로 내려오지 않으니까 브래드포드가…….」

그녀는 하던 말을 잠깐 멈추고 브래드포드에게 재빨리 시선을 던졌다.

「브래드포드가 너무나 고집스럽게 주장을 해서…….」

브래드포드가 그녀를 잡아 자기 옆으로 끌어당기면서 말을 잘랐다.

「내가 말하겠소.」

브래드포드가 거만한 어조로 말했다.

캐롤라인은 그를 올려다보고 나서 다시 아버지에게로 시선을 돌렸다. 불쌍한 아빠! 그의 표정은 당황스러움에서 분노로 바뀌더니 이젠 분명히 혼란스러워하는 것 같았다.

「이렇게 늦은 시간이 불편하지 않으시다면 몇 분만 시간을 내주셨으면 감사하겠습니다, 백작님.」

백작이 짧게 고개를 끄덕였다.

「내가 옷을 갈아입을 틈을 좀 주게나. 지금 곧 아래층에서 만나기로 하지.」

백작 말했다.

「그게 좋겠습니다, 아버님.」

캐롤라인의 아버지가 그곳에 계속 서 있자 브래드포드가 말했다.

브래드포드는 캐롤라인의 어깨를 가볍게 눌러 잠자코 있으라는 미묘한 신호를 보내면서 기다렸다. 백작이 복도를 걸어가기 시작하자 브래드포드가 문을 닫았다.

캐롤라인은 아버지의 반응과 실망했다는 표정에 너무나 마음이 심란해져서 울고만 싶었다.

「브래드포드!」

그녀는 비명을 질러대는 암탉처럼 소리를 질러댔다.

「도대체 당신의 머리는 어떻게 된 거예요?」

브래드포드가 캐롤라인을 양팔로 안더니 그녀에게 키스했다.

「아아, 제발 이러지 마세요.」

캐롤라인은 그의 가슴을 밀어내면서 말했다.

「당신이 또다시 절 혼란스럽게 하고 있어요. 전 그걸 허락할 수 없어요. 우린 아직 아무것도 해결하지 못했어요! 당신이 얼마나 비열한지 제가 아직 말하지 않았죠. 우린 서로에게 전혀 어울리지 않아요. 당신은……..」

브래드포드가 그녀에게 다시 키스를 했다. 그녀의 저항은 미약해서 그는 조금도 방해받지 않았다. 저항을 멈추자 그의 입술이 부드러워졌고 그녀를 잡고 있는 힘이 약해졌다.

「캐롤라인, 당신의 안색이 안 좋아 보이오. 잠은 자고 있는 거요? 지금 당장 침대에 누우시오, 당신은 지금 휴식이 필요하오.」

「천만에요.」

캐롤라인이 대답했다. 브래드포드가 그녀를 가슴에 꼭 안고 있어서 그의 재킷에 대고 말해야만 했다.

「전 당신과 함께 아래층으로 내려갈 거예요. 당신이 제 아버지를 달래기 위해 무슨 말을 할지 누가 알겠어요. 제 자신을 변호하기 위해서라도 전 그곳에 있어야만 해요.」

캐롤라인의 말에 대한 대답으로 브래드포드는 그녀를 안아 들고는 침대로 걸어갔다. 그녀를 가운데 눕히고는 베개를 받쳐주었다.

「내가 모든 것을 처리하겠소.」

브래드포드가 달래는 듯한 음성으로 말했다. 그리고 눈을 반짝이더니 덧붙여 말했다.

「날 믿으시오.」

그는 캐롤라인의 볼에 가볍게 키스하고 나서 문으로 걸어갔다.

「브래드포드, 아직 끝나지 않았어요.」

캐롤라인이 뒤에다 대고 소리쳤다.

브래드포드가 문을 열었다. 그는 그녀에게 등을 돌리고 있었으나 그녀는 그의 목소리에서 웃음기를 알아차릴 수 있었다.

「나도 알고 있소, 내 사랑. 드디어 당신이 그걸 이해했나 보군.」

캐롤라인이 침대에서 내려와 문이 닫히기 전에 브래드포드에게 달려왔다.

「그 편지에 대해선 말하지 않을 거죠, 그렇죠? 당신이 말하면 아버진 절 다시 보스턴으로 돌려보낼 거예요. 전 아버지를 걱정시키고 싶지 않아요.」

캐롤라인이 단호하게 말했다.

브래드포드는 머리를 젓고는 화난 표정을 지었다. 그가 복도를 걸어가기 시작했을 때 캐롤라인은 갑자기 끔찍스런 생각이 떠올랐다. 그녀는 브래드포드의 재킷 자락을 붙잡았다.

「아버지가 결투를 신청하시더라도, 당신은 하면 안돼요.」

브래드포드는 그녀의 말에 대답하지 않았다. 그는 캐롤라인을 뒤로 하고 계속해서 걸어갔다.

「그럼, 전 정확히 무얼 하면 되지요?」

캐롤라인이 물었다. 그녀는 자신이 아직도 그의 웃옷 자락을 잡고 있다는 것을 깨닫고는 재빨리 손을 놓았다. 저 남자가 날 바보처럼 행동하게 만들고 있어.

진정해야만 한다고 생각하면서 다시 그에게 물었다.

「전 뭘 하지요?」

그녀는 그 편지와 아버지의 분노에 대해 말하고 싶었으나 브래드포드에게 그런 설명을 할 정도로 머릿속이 맑지 않았다.

캐롤라인이 계단 난간을 꽉 잡고 그를 쳐다보고 있는 동안 브래드포드는 한번에 두 계단씩 내려가고 있었다.

「토요일까지 머리나 길러놓으시오.」

브래드포드가 소리쳤다. 그의 우스운 말에 캐롤라인의 허세가 모두 사라졌다.

그녀는 층계 꼭대기에 주저앉아서 손으로 머리를 감쌌다. 도대체 내가 어떻게 된 거지? 자제력이 필요해. 내겐 지금 질서가 필요해. 이런 혼란한 상황을 바로 잡아야 해. 방으로 들어가면서 혼잣말을 했다.

그가 내 인생에 다시 한 번 나타났군. 캐롤라인이 한숨을 쉬면서 생각했다. 그녀는 브래드포드가 자신을 다시 쫓아다닌다는 사실에 상반되는 느낌을 가졌다. 마음으론 그 사실에 기뻐했으나 이성적인 부분에서는 둘 사이에 문제가 여전히 남아 있다는 것을 알았다. 그에게 사랑하는 방법과 자신의 사랑을 내게 줄 수 있을 만큼 신뢰하는 방법을 가르칠 수 있는 길을 찾지 못한다면, 우리의 미래는 정말로 끔찍할 거야.

브래드포드에겐 난 단지 조금 예쁜 물건에 불과해. 그런 매력으로 그를 얼마나 잡아둘 수 있을까? 그가 내게 싫증을 내고 다른 사람에게 관심을 돌리는 데는 얼마나 걸릴까? 그가 게임이라고 말했었지.

캐롤라인은 그에게 있어 그가 게임이라고 한 말이 정말로 그뿐이라고 생각을 정리했다.

아직 브래드포드와 결혼할 순 없어. 아름다움이 사라지고 나이가 들어 얼굴에 주름살이 생겨도 날 사랑해줄 수 있는 남자와 일생을 함께 하고 싶어.

그건 불가능한 꿈이 아니야. 핸리 삼촌과 메리 숙모는 오랫동안 함께 산 지금, 더욱더 서로를 사랑하시잖아. 그리고 채러티와 폴 블리츨리도 그런 식으로 사랑하고 있고. 캐롤라인은 브래드포드가 폴의 잘생긴 얼굴에 흉터가 생기자 채러티가 등을 돌릴 거라고 믿었던 것을 기억했다.

캐롤라인은 그의 태도를 변화시킬 수 있을런지 자신이 없었다. 그는 용모를 가장 중요하게 생각하는 피상적인 사회에서 성장했잖아.

어떤 종류의 결혼이 될까? 난 피곤함 의상에 대해 걱정하면서 외모에 대해 초조해할까? 늘 중요하지 않다고 생각했던 그 모든 것을 가장 중요하게 받아들이게 될까? 너무 많이 변해서 레이디 틸만처럼 모자가 떨어지는 것에도 기절하며 낄낄거리고 웃을까?

캐롤라인은 머릿속에서 돌아다니는 그런 말도 안되는 생각을 그만 하려고 머리를 흔들었다. 그녀는 침대에 누워 잠을 자려고 애를 썼다. 적어도 난 그에게 결혼하지 않겠다고 말은 했잖아 라고 생각하면서 자신을 위로했다.

「그가 내가 생각하는 사람이 될 때까지는 절대 안돼.」

캐롤라인은 어둠 속에서 작은 소리로 맹세했다.

10

　아름다운 결혼식이었다. 적어도 모든 사람들이 캐롤라인에게 그렇게 말했다.

　캐롤라인은 방금 전에 죽음이 두 사람을 갈라놓을 때까지 서로 사랑하고 소중히 하겠다고 서약한 남자와 나란히 피로연장에 서 있었다.

　그 시련이 마침내 끝나서 캐롤라인은 감사했다. 그녀는 아버지와 채러티와 함께 브래드포드 힐스로 온 날에 이 피할 수 없는 일에서 벗어나려고 하는 것을 포기했다. 전통이 그러하므로 결혼식은 그곳에서 하기로 결정되었다. 브래드포드의 아버지와 할아버지와 증조 할아버지도 모두 그 저택에서 결혼을 했었다.

　브래드포드가 모든 결혼식 준비를 했고, 채러티와 백작은 결혼 발표와 손님 초대하는 일을 했다. 지금 아름다운 무도회장을 돌아보면서, 캐롤라인은 모든 일이 잘 돌아가고 있어서 놀랐다. 캐롤라인만 빼고 모든 사람들은 아주 즐거워하는 것처럼 보였다. 그녀는 아직도 모든 것을 받아들이기가 어려웠다.

브래드포드는 그들이 만났던 날 밤에 그녀의 아버지를 회유시켰다. 다음날 아침에 백작은 딸에게 그가 청혼한 사실에 가슴이 두근거린다고 말했다. 캐롤라인은 결혼식은 없을 거라고 말하려고 했으나 그녀의 아버지는 그 이유를 조금도 들으려고 하지 않았다.

캐롤라인은 아버지가 브래드포드를 사랑하느냐고 물어서 멍청하게도 솔직하게 그렇다고 대답한 것을 기억해냈다. 그리고 바로 그 순간부터 아버지는 그녀의 말에 귀머거리가 되었다.

도움을 청할 만한 사람이 아무도 없었다. 그리고 채러티는 미칠 정도로 그녀를 몰아붙였다. 캐롤라인은 집 밖으로 나가는 것이 허락되지 않았기 때문에 채러티에게서 벗어날 수가 없었다.

마담 뉴코트와 신경이 예민한 재봉사 세 명이 그녀의 집에서 밤낮으로 웨딩 드레스를 만들었다. 그리고 브래드포드는 건장하게 보이는 남자 두 명을 그녀의 보디가드로 고용했다. 캐롤라인의 아버지는 거기에 대해 아무 말도 하지 않아서 그녀는 아버지가 무슨 생각을 하고 있는지 궁금했다.

그 보디가드들이 단지 자신을 보호하기 위해 있다고는 믿지 않았다. 브래드포드가 그녀가 도망치지 못하도록 지키라고 그들에게 지시했을 것이라고 생각했다. 그런 생각이 들자, 그녀는 여러 번 보스턴으로 돌아가는 상상을 했다. 그땐 이렇게 복잡하진 않았는데.

캐롤라인은 브래드포드 힐스라고 불리는 웅장한 저택에 와서야 브래드포드의 어머니를 만났다. 그녀가 저녁식사를 위해 옷을 갈아입느라고 자신에게 배정된 방에 있을 때 품위 있는 부인이 들어왔다. 그녀는 캐롤라인보다 키가 컸고, 우아하게 옷을 입고 있었다. 그리고 왕족 같은 자태로 걸어 들어왔다.

캐롤라인은 서둘러 옷장에서 가운을 꺼내 입었다. 그러고 나서 자신을 유심히 쳐다보고 있는 공작부인에게 품위 있게 인사를 하려고 노력했다.

「브래드포드의 아이를 임신하고 있나?」

공작부인이 너무나 날카로운 음성으로 말해서 캐롤라인은 불쾌감을 느꼈다.

「아니에요」

캐롤라인은 상세하게 설명하지 않았다. 만약 브래드포드의 어머니가 그런 질문을 할 정도로 무례하게 군다면 나도 무례함으로 돌려주지.

두 사람은 오랫동안 서로에 대해 살폈다. 캐롤라인은 그 여자의 눈을 보고 브래드포드의 눈이 그녀를 닮았다는 것을 알았다. 그녀의 눈가에는 깊은 주름살이 있었다. 그래서 캐롤라인은 그녀가 자주 웃는다는 것을 알 수 있었다.

「넌 그에게 위축되지 않는구나.」

공작부인이 선언하듯이 말했다. 그녀는 의자에 앉더니 캐롤라인에게 다른 의자에 앉으라는 동작을 했다.

「전 위축당해 본 적이 없어요. 전 그게 어떤 건지조차 몰라요.」

캐롤라인이 곧 시어머니가 될 여자 앞에 앉으면서 말했다.

「갠 항상 참을성이 없었어. 뭔가 하겠다고 마음을 정하면, 그 아인 즉시 성취하고 싶어하지.」

캐롤라인이 고개를 끄덕였다. 그 여자의 날카로운 목소리가 더 이상 신경에 거슬리지 않았다. 그녀는 미소를 짓고 있었다.

「그는 참을성이 없을 뿐만 아니라 거만하고 건방지기도 해요. 제 생각엔 우리가 서로 잘 어울리지 않는다는 것을 어머님도 아셔야만 할 것 같아요.」

캐롤라인이 분명한 목소리로 말했다.

공작부인은 캐롤라인의 솔직한 말에 조금도 마음이 동하지 않는 것처럼 미소를 지었다.

「정말로 그 아이랑 결혼하고 싶지 않은 거니?」

그녀가 물었다.

「그는 절 사랑하지 않아요. 또한 절 믿지도 않아요. 슬픈 시작이죠. 그렇게 생각하지 않으세요? 아마도 어머님께서 그에게 말씀해주신다면 그가 다시 생각해보지 않을까요?」

　캐롤라인이 매우 건조하게 말했다.

「말도 안된다, 아가. 걔가 널 원하는 건 분명하단다. 그렇지 않다면 너랑 결혼하지 않을 게다. 내 아들은 자기가 하고 싶지 않는 것은 누가 뭐라 해도 하지 않는단다. 그 아이가 널 사랑하게 하는 건 다 너한테 달려 있다. 그게 꼭 필요한 것은 아니지만 말이다.」

「사랑하는 게 필요하지 않다니요?」

　캐롤라인이 혼란스럽다는 표정을 지으면서 물었다.

「실속 있는 결혼, 그게 중요한 거지.」

　공작부인이 대답했다.

　그러더니 그녀는 일어나서 문으로 걸어갔다.

「내 아들이 선택을 잘했다고 믿는다.」

　그녀는 그렇게 선언하듯이 말하고는 방을 나갔다.

「캐롤라인! 네 결혼식 날에 무슨 공상에 잠겨 있는 거니?」

　채러티가 관심을 끌기 위해 팔을 잡아당겼다.

「이제 네가 공작부인이 됐다는 것만 생각해.」

　캐롤라인은 브래드포드가 돌아서서 채러티의 열광적인 말을 듣고 있다는 것을 알지 못했다. 그녀는 고개를 흔들고는 대답했다.

「아니야, 난 먼저 브래드포드의 아내가 된 거야. 그것을 처리하기에도 지금은 벅차.」

　브래드포드는 캐롤라인의 말에 기뻐서 미소를 지었다. 이때 밀포드가 나타나 캐롤라인에게 정중하게 축하인사를 하고 나서 그녀의 손을 잡았다. 브래드포드가 손에 끼워준 사파이어 반지가 촛불의 불빛을 받아 반짝이는 게 그의 주의를 끌었다. 순간, 그는 만족의 물결이 솟아오르는 것을 느꼈다. 그 반지는 그녀가 그에게 속해 있다는 증거였다.

　밀포드가 축하인사를 하고 나서 말했다.

「내가 약속을 어긴 것을 용서해주겠소?」

　캐롤라인은 고개를 저었다.

「절대 용서 못해요. 그런 비열한 짓 때문에 내가 지금 어디 있는지 보라구요.」

밀포드는 조금도 후회하는 기색을 보이지 않았다.

「말해보시오, 당신이 결혼서약을 암송할 때 왜 그렇게 웃었소?」

밀포드가 물었다.

「내 아내가 결혼서약을 하면서 웃은 것에 대해 말하고 있는 거라면, 내가 장담하건대 너무 기뻐서 그런 거라네.」

브래드포드의 말에 캐롤라인은 억지로 미소를 지었다.

「전 쾌활한 성격이거든요.」

캐롤라인이 밀포드에게 말했다. 그리고 남편을 돌아보고는 덧붙여 말했다.

「물론, 제가 어쩔 수 없는 상황에 있기를 강요당하지 않을 땐 말이죠. 그렇게 되면 전 정반대로 변할 걸요.」

브래드포드는 그녀의 말에 반응을 보이지 않았다. 오히려 그녀의 손을 잡고 무도회장 중앙으로 데리고 갔다. 댄스가 시작할 시간이었다.

그가 손을 잡자 캐롤라인은 모든 게 흐릿했다. 그녀는 하나라도 분명하게 생각을 할 수 있고, 호흡을 가다듬을 수 있게 단지 몇 분이라도 혼자 있기를 바랐다. 그러나 브래드포드는 그녀의 곁에서 떠나지 않았다. 그리고 이내 위층으로 올라갈 시간이 되었다.

채러티가 그녀를 도왔다. 채러티는 점점 말수가 적어졌고, 캐롤라인은 그래서 고마웠다. 그녀가 목욕을 마치고 투명한 흰색 잠옷으로 갈아입고 나자 채러티가 그녀가 줄곧 걱정해왔던 문제를 물었다.

「무슨 일이 일어날지 알고 있니, 캐롤라인? 엄마가 남편과 아내가 함께 무엇을 하는지 설명해주었니?」

캐롤라인은 고개를 저으며 말했다.

「엄만 첫마디만 꺼내고는 기절하실 걸.」

채러티는 풀이 죽은 것 같아 보였다.

「오, 그럼 네가 알아낼 때까지 기다려야 하겠구나. 그게 정확히……」

「채러티! 날 더 이상 초조하게 만들지 마! 아아, 왜 우리가 이곳에서 오늘 밤을 보내야 하는 거지?」

캐롤라인이 고통스러운 듯 말했다. 그리고 그녀는 오늘 밤 어떤 일이 벌어질지 생각해보고 나서 내일 모든 사람의 얼굴을 대할 모습을 곰곰이 그려봤다.

「사람들은 모두 알 거야!」

그녀가 작은 목소리로 말했다.

「긴장하지 마. 네가 웃음을 터뜨린다면, 그러니까…… 너도 알 거야 뭔지, 그러면 브래드포드가 화가 날 거라고 생각해.」

채러티가 말했다.

캐롤라인은 침실 가운데 서서 기다리고 있었다. 그녀는 침대에 누워 있을 생각도 했으나 이불 속에 숨어 봤자 전혀 도움이 되지 않을 거라고 생각되었다. 브래드포드가 그걸 웃긴다고 생각할지도 모르고, 그가 그녀를 보고 웃는다면 죽어버릴 것 같았다.

브래드포드의 침실과 연결된 문이 조용히 열리더니 그곳에 그가 나타났다.

브래드포드는 문가에 기대어 서서 자신의 아내를 바라봤다. 그는 숨이 멎을 만큼 그녀가 아름다워서 숨을 쉴 수가 없었다. 캐롤라인이 입고 있는 선정적인 잠옷은 상상력이 필요 없을 정도로 훤히 비쳤다. 그래서 브래드포드는 천천히 그녀의 모양 좋은 긴 다리와 날씬한 엉덩이와 풍만한 가슴을 감상했다.

캐롤라인도 남편을 바라보았다. 그는 재킷과 넥타이를 걸치지 않고 있었고, 머리카락이 앞으로 흘러내려와 있어서 얼굴 윤곽이 부드러워 보였다. 그의 표정은 신중했다. 캐롤라인은 자신이 저항할 수 없을 정도로 그가 잘생겼다고 생각했지만 한편으로는 위협적으로도 느껴졌다. 그러나 더 이상 초조해하지 않았다. 단지 지금의 상황 때문에 겁이 났을 뿐이었다.

머리카락이 길었다면 가슴을 조금이라도 가렸을지도 모르겠다고 생각하면서 머리 자른 것을 후회했다. 침대에서 이불을 당겨 몸을 가리면 유치해 보일까?

그녀는 몸을 떨었다. 그것이 썰렁한 침실 때문인지 아니면 남편의 강렬한 시선 때문인지는 확실치가 않았다.

「채러티가 절 위해 기도를 해준댔어요.」

캐롤라인이 얼떨결에 말했다. 그녀의 음성은 희미한 속삭임보다 약간 더 컸을 뿐이다. 그러나 브래드포드가 한쪽 눈썹을 약간 치켜 올렸기 때문에 자신의 말을 들었다는 것을 알았다. 그러고 나서 그가 미소를 짓자, 캐롤라인은 더 이상 두렵지 않았다.

그녀는 가운을 어디다 두었는지 기억해내려고 애쓰면서 돌아섰다. 그때 브래드포드의 조용한 음성이 들렸다.

「두려워하지 마시오, 캐롤라인.」

브래드포드가 그녀에게 다가왔다. 그의 시선은 매우 부드러웠다.

「두려워하는 게 아니에요. 단지 여긴 너무 추워요.」

캐롤라인이 대답했다. 그녀는 양손을 문지르면서 미소를 지으려고 애썼다. 그녀의 몸은 계속 떨렸고, 그 떨림은 더 이상 멈출 수가 없었다.

브래드포드는 만족스러운 듯 평온한 미소를 띠고는 캐롤라인을 꼭 안았다.

「좀 낫소?」

그가 허스키한 목소리로 물었다.

캐롤라인이 고개를 끄덕였다.

「당신은 아름다운 집을 갖고 있군요, 브래드포드. 하지만 여긴 너무 추워요. 그리고 외풍도 심하고요.」

캐롤라인이 남편의 가슴에 대고 속삭였다.

브래드포드가 그녀를 안고 그의 방으로 향해 갈 때 캐롤라인이 덧붙였다.

「벽난로가 충분한 열기를 공급하지 못하고 있어요.」

맙소사, 그녀는 불쑥 말을 할 때조차도 자신이 그러지 않기를 바랐다.

어떻게 된 거지? 캐롤라인은 입을 다물고 더 이상 한마디도 하지 않겠다고 결심했다.

브래드포드는 들어와서 문을 닫고 잠갔다. 그러고 나서 캐롤라인을 침대로 데려갔다. 브래드포드는 네 개의 기둥이 달린 거대한 침대의 커버를 벗기고는 그녀를 침대 한가운데에 내려놓았다. 그러자 캐롤라인은 또다시 몸을 떨기 시작했다.

「곧 따뜻해질 거요, 내 사랑.」

브래드포드가 말했다. 그의 목소리와 눈에는 즐거움이 묻어 나왔다. 캐롤라인이 앞으로 일어날 일에 몸을 떨고 있다고 생각했기 때문에 그가 웃고 있는 것이라는 것을 그녀는 이내 알아차렸다.

캐롤라인은 불만스러워 보이기를 바라면서 브래드포드를 쳐다보았다. 지금은 그가 우세한 게 분명했다. 그러나 캐롤라인은 지금 완전한 무력감 속에서 그의 행동만을 바라볼 수밖에 없었다. 남편이 신발과 셔츠를 벗는 것을 바라보면서 그에게서 시선을 돌릴 수 있다면, 좀 어찌해볼 방법을 찾을 수 있을지도 모르겠다고 생각했다.

예전에 그의 키스가 자신을 얼마나 불타오르게 했는지 그리고 그의 애무가 멈추지 않기를 얼마나 바랐었는지 기억했다. 그런 생각을 하는 것만으로도 그녀는 작은 공포를 느꼈다.

브래드포드가 일어서서 바지를 벗으려다가 머뭇거렸다. 그는 캐롤라인이 자신의 건장한 가슴을 잘 볼 수 있도록 돌아섰다. 건장한 근육질의 몸이 곱슬거리는 검은색 털로 덮여 있었다. 캐롤라인은 자신이 뚫어지게 바라보고 있다는 것을 알았으나, 어쩔 수가 없었다.

「당신을 보고 있으면 스파르타 전사가 생각이 나요, 당신도 그게 뭔지는 알겠죠?」

캐롤라인이 불쑥 말했다. 그의 허리 바로 위에 흉터가 있다는 것을 알아차리고는 물었다.

「전투에서 얻은 흉턴가요?」

「싸움하다가 난 거요.」

브래드포드가 정정했다. 그는 미소를 짓고는 침대 위에 앉았다. 순진한 아내의 감정을 고려해서 당분간은 바지를 입고 있기로 마음을 정했다. 그녀는 갓 태어난 망아지처럼 몹시 겁내고 있었다. 그래서 그는 더 이상 그녀를 겁주고 싶지 않았다.

「흉터가 왼쪽에 있지만 밀포드도 똑같은 것을 가지고 있소. 우리가 도시 저쪽 편에서 보낸 첫날밤에 얻은 기념물이오.」

「그에게도 보여달라고 해야겠어요.」

캐롤라인이 눈을 빛내면서 말했다. 두 사람이 나누고 있는 가벼운 대화에 마음이 안정되어가고 있었다. 브래드포드는 마치 세상의 모든 시간을 가지고 있듯이 행동했고, 캐롤라인은 앞으로 일어날 상황에 대한 막연한 두려움이 점차로 희미해졌다.

「그런 짓을 하면 안되오.」

브래드포드가 낮은 목소리로 불만스럽다는 듯이 대답했다.

「친한 친구든 아니든 간에 그는 당신의 말이 끝나기가 무섭게 옷을 벗을 거요.」

「밀포드를 믿지 않으세요?」

캐롤라인이 의심스럽다는 듯이 물었다.

그녀의 말에 브래드포드는 대답하지 않았다. 그는 허리가 아팠기 때문에 더 이상 대화를 계속하기가 너무 힘들었다. 지금 그가 생각할 수 있는 것은 오직 아내를 안는 것뿐이었다.

「당신에게 경고해야 한다고 생각해요, 브래드포드…….」

캐롤라인이 말을 꺼냈다. 그녀는 그를 보지 않고 자신의 손을 내려다보았다.

그녀의 심각한 어조에 브래드포드는 눈살을 찌푸렸다. 그는 손을 뻗어 아내의 얼굴을 들어올려 자신을 똑바로 쳐다보게 했다.

「전 전혀 몰라요. 그러니까 그 과정을…… 전 제가 뭘 해야 하는지 전혀 몰라요.」

진지한 표정을 지으려고 최선을 다하면서 브래드포드가 고개를 끄덕였다.

「당신이 경험이 있으리라곤 생각하진 않았소.」

브래드포드가 말했다.

캐롤라인은 심각한 표정으로 계속 그의 눈을 쳐다봤다. 순간, 브래드포드는 그녀 특유의 반짝임이 되살아난 것을 알아차렸다.

「제 생각엔 당신은 어떻게 해야 할지 알고 있는 것 같은데요?」

브래드포드가 미소를 지으면서 천천히 고개를 끄덕였다. 캐롤라인이 덧붙여 말했다.

「당신이 알 줄 알았어요. 하지만 당신은 아직도 바지를 입고 그곳에 앉아 있잖아요. 저도 바지를 벗어야 된다는 것쯤은 알고 있는데 말이에요.」

브래드포드는 그 말에 대답하지 않고 그녀를 끌어안았다. 그는 그녀를 안고 누웠다. 그리고는 손으로 그녀의 엉덩이를 잡고 자신에게 힘껏 밀어붙였다.

「당신을 생각해서 바지를 입고 있어야겠다고 생각했소.」

「그건 성공하지 못한 것 같군요.」

캐롤라인이 속삭이듯 말했다.

브래드포드가 캐롤라인의 등을 어루만지면서 그녀의 목덜미에 키스를 했다.

「뭐가 말이오? 내 생각이요, 아님 내 바지가 그렇다는 거요?」

캐롤라인이 대답하려고 할 때 그의 따스한 숨결이 그녀의 귓가에 닿자 생각하고 있던 말을 잊어버렸다.

「당신이 절 따뜻하게 해주고 있어요.」

그녀가 속삭였다.

「아직 충분하진 않소.」

브래드포드가 대답했다. 그리고 그녀를 똑바로 눕히더니 자신의 몸으로 그녀를 덮었다.

「난 당신이 뜨거워지기를 원하오, 캐롤라인. 너무나 뜨거워서 당신의 몸이 열로 반짝이기를 원하오.」

그의 입이 그녀의 입술을 포개고 그 말이 이행될 것을 약속하는 키스를 했다.

캐롤라인의 입술이 벌어지자 브래드포드의 혀가 그녀의 달콤하고 부드러운 입 안으로 들어갔다. 그가 만들어내는 에로틱한 느낌에 그녀는 한숨을 쉬고 그의 어깨를 조심스럽게 애무하기 시작했다. 그의 피부는 너무나 단단한 근육질이었고 믿을 수 없을 정도로 따스했다.

브래드포드가 그녀의 입술에 부드러운 공격을 계속해대서 캐롤라인은 아무 생각도 할 수 없었다. 그녀는 관능적인 기쁨의 물결에 자신을 맡겼다. 그가 몸을 떼자 그녀는 불만에 찬 신음 소리를 냈다.

브래드포드는 일어나서 신속하게 나머지 옷을 벗었고, 캐롤라인은 그가 살아 있는 가장 아름다운 남자라고 생각했다. 그는 자신의 벌거벗은 몸을 조금도 가리지 않고 너무도 태연하게 행동을 해서 캐롤라인은 자신이 미루어 짐작했던 것만큼 당황하지 않았다. 물론 그의 근육질의 허벅지 사이를 보고는 넋이 나가서 그곳을 한동안 쳐다보고 있었다.

마침내 캐롤라인이 그의 얼굴을 쳐다볼 때까지 브래드포드는 여전히 침대 옆에 서 있었다. 그녀는 자신의 몸이 달아오르는 것을 느끼고는 자신이 조금만 더 세련되었으면 좋겠다고 생각했다. 아무튼 난 농장에서 자랐고, 그런 자연의 법칙을 알고 있잖아! 또한 내가 듣고 있다고 깨닫지 못할 때 서로에게 말하고 옷을 입는데 매우 개방적인 사촌오빠도 네 명이나 있잖아. 하지만 그건 한번도 본 적이 없다고 자신에게 상기시켰다. 그건 분명히 다르다고 그녀는 자신의 처녀성을 요구하는 남자를 쳐다보면서 생각했다.

「스위트하트, 날봐.」

브래드포드의 음성은 그의 자세만큼이나 기운찼다.

캐롤라인은 보고 있다고 대답하려고 생각했으나 그가 뭘 의미하고 있는지 알아차렸다. 그녀는 아무 말도 하지 않고 천천히 시선을 옮겼다. 그의 넓은 가슴을 뒤덮고 있는 곱슬거리는 털을 따라 내려가 단단한 배에서 시선을 잠깐 멈춘 다음, 그의 남성이 단단하게 일어선 모습을 보았다. 이 결혼이 완성되지 않을 거라 생각하면서부터 다시 두려움에 불안해했다. 우린 서로에게 너무나 어울리지 않는……

브래드포드는 캐롤라인의 눈에 비친 공포를 알아차리고는 욕망에 찬 한숨을 쉬었다. 그는 재빨리 캐롤라인의 옆에 누워서 그녀를 안았다.

캐롤라인은 그의 따뜻함을 원했다. 그녀는 자신에게 닿는 그의 남성을 느꼈고, 잠옷을 통해 그 단단한 열기를 느끼고는 조금이라도 밀어내려고 했으나 성공하지 못했다.

브래드포드는 그녀가 움직이게 그냥 두지 않았다. 그는 그녀를 진정시키기 위해 달콤한 말을 속삭이면서 천천히 그녀의 잠옷을 벗겼다.

캐롤라인은 아마도 또 다른 필수 조건일 것이기 때문에 그것이 일어날 줄 알고 있었다. 그러나 여전히 브래드포드의 손을 멈추려고 애쓰고 있었다. 그렇게 실랑이를 하는 동안 그녀의 얇은 천이 찢어졌고, 브래드포드는 재빠른 손놀림으로 그것을 그녀에게서 벗겨냈다. 순식간에 그녀의 알몸이 드러났다.

「그 잠옷은 채러티가 준 건데. 만약 당신이 그걸 찢었다는 사실을 안다면……」

캐롤라인이 숨을 헐떡이면서 말했다.

브래드포드가 열정적인 시선으로 바라보면서 캐롤라인의 몸 위로 올라가자 그의 몸이 자신의 몸에 완전히 딱 달라붙어서 그녀는 다시 숨을 헐떡였다. 그는 전혀 무겁지 않았다. 그녀는 그가 자신을 힘들게 하지 않기 위해서 팔꿈치로 버티고 있다는 것을 깨달았다.

「그녀에게 말하지 않으면 되오, 내 사랑.」

브래드포드가 속삭였다. 그의 음성은 부드러운 애무처럼 점점 커져 가는 캐롤라인의 두려움을 달래듯이 어루만졌다.

그는 그녀가 아직 준비가 되지 않았다는 것을 알고는 자제를 하려고 노력했다. 그러나 몸에서 결합을 하겠다고 비명을 질러댔다. 그는 이마에 땀이 나는 것을 느꼈다. 또다시 그녀에게 조금도 억제되지 않는 열렬한 키스를 했다.

　캐롤라인은 그의 포옹과 손길이 강렬해지는 것에서 브래드포드가 변한 것을 느꼈다. 그녀는 그 고통에 긴장했으나 브래드포드는 그녀의 다리를 벌리지 않았다. 대신에 그의 입술이 그녀의 목을 스치고 지나갔다. 그리고는 그녀의 가슴 사이의 계곡에 코를 비벼댔다.

　캐롤라인은 기쁨에 찬 한숨을 쉬었다. 속에서 따스한 기운이 퍼져 나가기 시작하자 캐롤라인은 자신의 혈관에 태양이 흐르고 있는 것처럼 뜨거운 기운이 느껴졌다.

　브래드포드는 캐롤라인이 몸을 활처럼 휠 때까지 젖꼭지 주위에 계속 원을 그리면서 그녀의 가슴을 애무했다. 그러자, 캐롤라인은 만족과 흥분으로 신음 소리를 냈다. 그는 손으로 그녀의 엉덩이를 어루만졌다. 그가 그녀의 다리 사이로 가까이 가면 갈수록 그녀는 점점 더 뜨거워졌다. 그녀는 숨을 쉴 수가 없었다. 그녀는 더 이상 참지 못하고 자신의 몸을 움직였다. 드디어 브래드포드가 그 촉촉한 불덩어리를 어루만지자, 캐롤라인은 기쁨에 찬 신음 소리를 냈다.

　브래드포드가 보기엔 그녀는 준비가 된 것 이상이었다. 부드러운 꽃잎은 매끄럽고 젖어 있었다. 그의 손길에 맞춰 그녀의 엉덩이가 느리고 에로틱한 동작으로 움직이자 브래드포드는 거의 절벽 끝까지 내몰린 것 같았다. 그는 서서히 손가락으로 그녀에게 들어가서 그곳이 뜨겁고 꼭 끼는 것을 느꼈다. 그녀가 자신의 이름을 신음하듯이 부르자 그는 더 이상 참을 수가 없었다.

　그는 고개를 들고 그녀의 눈을 바라보았다. 그리고 그녀의 다리 사이에 자신을 놓았다.

　「당신을 아프게 하진 않을 거요. 난 더 이상 참을 수가 없소.」

　그의 음성은 욕망으로 쉬어 있었다.

　브래드포드는 그녀를 꼭 안은 채 그녀의 엉덩이를 잡았다. 그리고는 고개를 숙여 그녀에게 키스했다.

　「날 안아요, 여보.」

그가 속삭였다. 그러고 나서 입으로 그녀의 입을 덮었다. 그의 혀가 그녀의 입 속으로 들어온 것만큼 힘차게 그녀의 몸으로 들어왔다.

캐롤라인은 고통에 찬 소리를 지르면서 몸을 활처럼 휘었다. 그리고는 밀어내려고 노력했다. 남편이 그녀가 움직이게 두지 않았으므로 그건 헛수고였다. 그는 그녀에게 체중을 실어 움직이지 못하게 했다. 찌르는 듯한 통증은 즉시 사라졌으나 두려움의 고통은 계속되었다. 캐롤라인은 브래드포드의 입술에서 입을 떼고는 다시 그를 밀어내려고 했다.

「움직이지 마시오, 캐롤라인. 아직은…… 조금만 참으면…….」

브래드포드는 그녀에게 다시 키스하는 데 온 신경을 쏟았다. 그의 손은 그녀의 엉덩이에서 눈물범벅이 얼굴로 가져갔다. 캐롤라인이 그에게 팔을 감자 그가 떨고 있다는 것이 느껴졌다. 그리고는 그 통증이 결국 그렇게 참을 수 없는 것은 아니라고 생각했다. 그때 브래드포드가 서서히 인내심 있게 움직이기 시작했다. 그러자 그녀는 즉시 통증을 느꼈다.

브래드포드는 그만둘 수가 없었다. 그는 그녀가 숨을 못 쉴 때까지 그녀의 입술에 공격을 계속 퍼부어댔다. 그녀는 졸리는 듯한 기쁨이 몸으로 퍼져나가자 통증은 곧 잊어버렸다.

그녀는 그가 그녀의 다리를 자신의 엉덩이에 두르는 것을 느꼈다. 그러더니 그녀의 입술에서 입을 떼고는 그녀를 바라보았다. 캐롤라인은 손을 뻗어 손가락으로 그의 입술 선을 따라 그리면서 그의 턱을 만졌다. 브래드포드가 얼굴을 돌려 그녀의 손가락을 입 속에 넣고 혀로 쓰다듬자 캐롤라인은 그에게 몸을 활처럼 구부리고는 그의 볼을 양손으로 잡아 자신에게 끌어당겼다. 그녀가 했다고 기억하는 것은 그게 끝이었다.

이제 브래드포드도 두 사람 사이에 흐르는 열정에 자제력을 완전히 잃었다. 태양 속으로 밀어내는 듯한 원초적인 기쁨에 캐롤라인은 정신을 잃었다. 그녀는 본능적으로 그가 자신을 안전하게 해줄 거라고 믿으면서 브래드포드에게 매달렸다. 그리고는 그 열기를 기쁘게 받아들였다.

브래드포드의 호흡은 거칠었다. 그는 사랑을 나누는 데 더 이상 부드럽지 않았다. 그의 움직임에 힘이 더해지고 기쁨은 커져갔다. 캐롤라인이 긴장해서 겁먹은 목소리로 그의 이름을 속삭이자 브래드포드는 그녀가 그들이 나누는 달콤한 고문에서 절정에 다다랐다는 것을 알았다.

그녀가 열정적으로 그에게 몸을 활처럼 휘자 브래드포드는 자신이 절정에 다다른 것을 알았다. 그는 자신의 영혼까지 떨리는 것을 느꼈다. 그는 그녀를 진정시키려고 모든 것이 괜찮다고 말하려고 했다. 그러나 떨림에 너무나 압도당해서 그는 단지 그녀를 꼭 안을 수밖에 없었다.

브래드포드가 심하게 고동치는 심장을 진정시키고 불규칙한 호흡을 가다듬는 데는 시간이 좀 걸렸다. 그는 믿을 수 없을 정도로 만족했다. 여전히 그녀의 몸 안에 있으면서 그는 팔꿈치로 몸을 버티고는 캐롤라인을 바라보았다. 그녀의 눈빛은 만족스러워 보였다. 브래드포드는 그녀에게 생긋 웃어 보이며 그녀가 푸른색 눈동자를 가진 고양이 새끼 같다고 생각했다. 그리고 그녀는 내 고양이지.

캐롤라인은 자신의 맥박을 늦추려고 노력했다. 그녀는 지금 자신에게 일어난 일들이 놀랍고 새로웠다. 그의 키스로 그녀의 입술은 부풀어 있었다. 그리고 브래드포드가 자신에게 밀어붙인 타는 듯한 기쁨에 아직도 몸이 떨렸다. 브래드포드는 그녀가 뒤로 물러나거나 한눈 팔게 놓아두지 않았다.

캐롤라인은 자신의 열광적인 반응을 생각하고는 얼굴을 붉혔다.

브래드포드는 부끄러워하고 당황해하는 아내의 표정을 보고는 씩 웃었다. 그는 그녀가 갑작스럽게 수줍어하는 데 속으로 기뻐하면서 그녀에게 키스를 했다. 잠시 전만 해도 내 품안에서 그녀는 들고양이 같았는데. 어깨에 손톱으로 할퀸 상처를 느끼고는 그녀에게 되풀이해서 들어갈 때 그녀가 자신을 멈추려고 고통에 찬 목소리로 간청했던 것을 기억했다.

「브래드포드, 당신 때문에 전 으깨질 것 같아요.」

캐롤라인이 그의 입가에 대고 말했다.

그는 한숨을 쉬고는 마지못해서 그녀의 몸에서 내려왔다. 브래드포드가 캐롤라인을 품속으로 끌어당겼기 때문에 두 사람이 떨어진 것은 아주 잠시였다. 그가 그녀의 이마에 흘러내린 축축한 머리카락을 부드럽게 쓰다듬었다.

「내가 아프게 했소, 캐롤라인?」

캐롤라인은 그의 목에 코를 비비고 있었다. 그러나 그의 물음에 대한 대답은 고개로 끄덕였다. 브래드포드는 그녀의 눈을 보려고 그녀에게서 몸을 떼었다.

「처음엔요. 하지만 나중엔 아프지 않았어요.」

그녀가 솔직하게 말했다. 그의 목에 대고 말하는 그녀의 목소리는 흐릿했다. 하지만 브래드포드는 그녀의 목소리에 깃든 수줍음을 알아들을 수 있었다.

브래드포드는 그녀 위에 머리를 편안히 얹고 그녀를 다정하게 꼭 안았다.

캐롤라인도 만족스럽게 미소를 짓고는 한숨을 쉬었다.

「이걸 자주 하고 싶으세요?」

그녀는 순진한 체하면서 물었다.

그녀는 그의 웃음소리가 터져나오기 직전에 그의 가슴이 울리는 것을 느꼈다. 그러고 나서 그녀는 다시 그의 몸 아래 깔렸다. 그녀는 황금색 조각이 흩뿌려진 것 같은 그의 갈색 눈동자를 쳐다보고 있었다.

「매우 자주 하고 싶소.」

브래드포드가 말했다.

캐롤라인은 대단히 기뻐하면서 미소를 지었다. 그의 남성이 곤두선 것을 느끼고는 그녀는 놀라서 눈이 휘둥그래졌다.

「브래드포드? 우리……..」

「당연하오.」

그는 입술로 그녀의 말을 막았다. 그녀는 그를 양팔로 감고 자신의 유방에 닿는 그의 가슴의 감촉을 즐기면서 그리고 자신의 연약한 피부에 닿는 그의 단단함을 즐기면서 그를 꼭 끌어안았다. 에로틱한 느낌 속으로 한 생각이 갑자기 뛰어들어서 그녀는 입을 떼었다.

「다시 아플까요?」

그녀가 걱정스런 목소리로 말했다.

「아마도.」

브래드포드가 말했다. 그가 몸을 일으키고는 그녀의 얼굴을 한동안 쳐다보다가 물었다.

「걱정이 되오?」

그녀가 아프다는 기색을 조금이라도 보인다면 자신이 그만둘 거란 것을 그는 알고 있었다.

「아마도요.」

캐롤라인이 대답했다. 그러고 나서 그녀는 그의 머리를 잡아당겨 모든 조심스러움을 날려 보내는 키스를 했다. 두 번의 '아마도'는 금방 잊혀졌다.

브래드포드가 잠에 곯아떨어진 후에, 캐롤라인은 잠이 들락 말락 하고 있었다. 그녀는 다른 사람과 함께 자는 것에 익숙하지 않았다. 그건 그가 갑작스럽게 돌아눕고 몸부림을 치기 때문이라고 자신에게 변명을 했다. 거기다 사실 그녀는 아프기도 했고, 온몸에 멍이 든 것도 같았다.

태양이 여느 때와 다름없이 하늘로 떠오르기 시작하려고 할 때 캐롤라인은 침대에서 미끄러져 내려와 옆방으로 갔다. 그녀는 따뜻한 물로 샤워를 하고 나서 양모 가운을 입었다.

잠자는 브래드포드에게로 조용히 돌아왔을 때 그녀의 몸에서는 장미 향이 배어 나왔다. 그녀는 이제 완전히 깨어 있었다. 그리고 남편이 언제까지 잘 것인지 궁금했다. 가운이 이불 속에서 엉겨붙어 그녀는 결국 가운을 벗었다.

밖에는 눈이 내리고 있었다. 캐롤라인은 잠시 동안 눈송이가 가볍게 쏟아져 내리는 것을 보고 있었다. 그녀는 일어나 앉아서 팔로 무릎을 감싸고는 벤자민에 대해 생각했다. 그가 보스턴으로 돌아가는 동안에 이 추위를 어떻게 견뎌낼까 걱정이 되었다. 또한 그의 안전이 걱정이 되어 그를 위한 기도를 했다. 바로 그때 그녀는 자신의 등뒤로 천천히 올라오는 브래드포드의 손길을 느꼈다. 그녀는 그를 보며 미소를 지었다.

「저 때문에 깼나 보군요?」

그녀는 사과의 말을 속삭였다. 그가 바라보는 시선 때문에 그녀는 잠시 동안 작은 두려움을 느꼈다.

「무슨 생각을 하고 있었소?」

브래드포드가 물었다. 그는 기지개를 켜며 크게 하품을 하고 나서 양손을 깍지 껴서 머리 뒤로 괴었다.

그가 늘어지게 기지개를 켜는 것을 보자 이내 두려움이 사라졌다. 캐롤라인은 그가 차라리 커다란 곰처럼 보인다고 생각했다.

「벤자민을 생각하고 있었어요. 지금쯤 그가 코트를 입고 있지 않다면 꽁꽁 얼었을 거예요.」

캐롤라인이 대답했다.

「무엇보다도 중요한 것은 벤자민이 떠나고 싶어했다는 거요. 또한 그는 보스턴으로 돌아갈 필요도 있었소, 여보. 이곳에서 그가 할 일을 다 했잖소.」

브래드포드가 말했다.

「어떻게 당신이 그걸 알고 있지요?」

캐롤라인이 물었다.

「당신의 보호자가 떠나기 전에 많은 이야기를 했었소.」

브래드포드가 그녀에게 말했다.

벤자민이 그녀의 보호자라는 그의 말에 캐롤라인은 미소를 지었다.

「우린 서로를 보호해주었어요. 그는 제 친구예요.」

그녀가 말했다.

「그가 당신을 어떻게 만나게 되었는지 내게 말해줬소.」

브래드포드가 말했다. 그는 캐롤라인의 마음을 끄는 미소를 지었다. 그 모습을 보자 캐롤라인은 심장이 멈출 것 같았다.

「벤자민은 아무하고나 쉽게 말하진 않는데요. 그가 당신에게 마음을 털어놓았다니 무척 놀랍군요.」

　그녀는 어떻게 브래드포드가 벤자민을 설득했을까 궁금해하면서 심각한 얼굴을 했다.

「내가 당신과 결혼할 것이고 당신의 안전을 배려하겠다고 그에게 말했소.」

　브래드포드가 그녀가 묻지 않은 문제에 대해 무심코 대답했다.

「그랬다니 당신은 무척 건방진 사람이에요.」

　캐롤라인이 말했다.

　브래드포드는 그녀의 말에 불쾌해하지 않았다. 그는 옆으로 누워서 이불을 발로 차고는 캐롤라인의 엉덩이를 조금씩 깨물었다.

　캐롤라인은 깜짝 놀라서 그의 얼굴을 찰싹 쳐서 밀어내려고 했다. 그리고는 웃으면서 그가 품위가 전혀 없다고 말했다. 그러나 그녀는 그의 남성이 다시 선 것을 보자 웃음이 사라졌다.

「브래드포드, 전 아직도 너무 아파요. 당신이 지금 또……..」

「다른 방법으로 사랑을 하겠소.」

　브래드포드가 말했다.

　캐롤라인은 무릎을 꿇고 돌아서 남편에게 눈살을 찌푸려 보였다. 그의 시선은 열렬했고, 욕망으로 가득 차 있었다. 브래드포드는 본능적인 기대로 젖꼭지가 오똑 선 그녀의 가슴과 가느다란 허리와 날씬한 엉덩이를 오랫동안 바라보았다. 그는 욕망으로 가득 찬 시선으로 그녀의 나체를 감상했다.

　그녀가 고개를 젓자 그가 손가락으로 가까이 오라는 신호를 보내면서 말했다.

「이리 와요, 캐롤라인. 이번에는 아프지 않을 거요. 약속하겠소.」

「아까도 그렇게 말했었잖아요.」

　그녀가 투덜거렸다. 바로 그때 그가 팔을 뻗어 그녀를 자신의 몸 위로 끌어당겼다.

「브래드포드, 전 정말로 아파요.」

　그녀가 말했다.

캐롤라인의 초조한 목소리를 들은 브래드포드는 서둘러서 그녀를 달 랬다.

「사랑을 나누는 방법은 셀 수도 없이 많이 있소, 캐롤라인. 긴장을 풀 어요.」

그녀의 등을 어루만지면서 그가 속삭였다.

캐롤라인은 브래드포드가 말하는 것을 전혀 믿지 않았다. 그녀는 몸을 들어올리고는 자신이 그의 말을 믿지 않는다는 것을 알리기 위해 그에 게 뚱한 시선을 던졌다. 그는 그녀의 등을 애무하면서 그녀의 찡그린 얼 굴에 키스를 했다.

브래드포드는 자신의 서두르지 않는 키스가 이내 만족스럽지 않아졌 다. 그리고 다시 강렬하고 뜨거운 그의 끓어오르는 갈증은 원시적인 정 열로 폭발했다. 브래드포드의 입은 가차없이 아내를 범했고, 그녀의 저 항을 사그라뜨렸다. 그는 그녀를 똑바로 눕힌 다음 팽팽해진 젖가슴을 예찬하기 위해 머리를 숙였다.

캐롤라인은 손가락으로 브래드포드의 부드럽고 결 고운 머리카락을 움켜쥐었다. 그녀는 남편에게 좀더 가까이 가려고 했으나 그의 다리가 꼼짝 못하게 침대에 묶어놨다. 그러고 나서 그의 뜨거운 키스와 벨벳 같 은 혀가 그녀의 몸을 타오르게 하면서 점점 더 밑으로 움직여갔다.

그가 무릎으로 그녀의 다리를 벌리고 손으로 그녀를 단단히 잡을 때 까지 그녀는 그가 뭘 하려고 그러는지 알지 못했다. 그의 손가락이 매끄 러운 그녀의 꽃잎으로 미끄러지듯이 들어가 그녀가 흥분으로 축축해지 고 매끄러워질 때까지 어루만지고 토닥였다. 그가 손을 치우고는 입을 갖다대자 캐롤라인이 놀라서 그만 하라고 간청했으나 그는 조금도 신경 쓰지 않았다.

고통스러울 정도로 달콤한 기쁨이 몰려왔다. 캐롤라인의 엉덩이가 천 천히 둔한 동작으로 움직이기 시작했다. 그녀는 침대 시트를 움켜잡았 다. 브래드포드가 부리는 마술에 그녀의 엉덩이가 움직이는 것처럼 그녀 의 머리도 베개 위에서 멈추지 않고 움직였다.

커져 가는 황홀감으로 더 이상 참을 수 없다고 생각하자, 그녀의 속에 있는 불덩어리가 산산조각이 나면서 폭발했다. 그녀는 욕망에 굴복해서 몸을 활처럼 휘고는 그의 이름을 불렀다.

브래드포드는 그녀에게 기쁨을 주고 자신이 그녀를 얼마나 황홀하게 할 수 있는가 알려주려는 생각뿐이었다. 그래서 그는 그녀의 유혹적인 따뜻한 몸 속으로 자신을 찔러 넣고 싶은 강한 충동과 싸워야만 했다. 그녀는 너무나 뜨겁고 너무나 팽팽했다. 그녀의 열광적인 반응에 그의 훌륭한 의도가 사라져가고 있었다.

그는 떨리는 몸을 진정시키면서 깊게 숨을 들이쉬고는 그녀에게서 몸을 떼었다. 그녀를 건드리지 않겠다고 격렬하게 맹세하면서 그는 관능적인 육체가 아닌 다른 것을 생각하려고 했다.

「잠시 내가 진정할 시간을 주시오.」

브래드포드가 말했다. 그의 목소리는 쉬어 있었으나 그것을 어쩔 수가 없었다. 더 큰 만족을 요구하면서 그는 몸을 떨었다.

「그렇지 않으면 난 약속을 깨고 말 거요, 여보. 그렇게 되면 당신은 아마 1주일은 걷기가 힘들 거요.」

캐롤라인이 웃었다.

「1주일이라고요, 브래드포드? 당신이 허풍떠는 게 분명해요.」

그녀는 손을 잡아 빼고는 한 손가락으로 그의 가슴 가운데를 따라 내려갔다.

「당신은 고통스러워하는 것처럼 보여요, 여보.」

그녀가 선정적인 음성으로 속삭였다. 자신의 손이 어디로 갈까 망설이자, 캐롤라인은 남편이 숨을 죽이는 것을 알아차렸다. 갑자기 자신이 매우 강력하고 아주 유혹적으로 느껴졌다. 브래드포드의 단단한 그것에 닿을 때까지 그녀의 손은 계속 내려갔다.

브래드포드가 눈에 보이게 몸을 움직였다. 그리고 나서 커다란 신음 소리를 흘렸다. 그 소리에 캐롤라인이 미소 지으며 속삭였다.

「좀 전에 당신이 제게 기쁨을 주었어요, 브래드포드. 제가 당신을 즐겁게 할 수 있는 방법도 있겠죠?」

「캐롤라인, 내 어린 순진한…….」

나머지 말은 그의 목에 걸려 나오지 않았다. 캐롤라인이 천천히 머리를 숙여 그의 그곳에 가볍게 애를 태우는 키스를 퍼부어대자 그는 낮은 신음 소리를 냈다.

「어떻게 해야 하는지 제게 말해주세요.」

캐롤라인이 속삭였다.

11

캐롤라인이 걱정했던 것처럼 손님들과 얼굴을 대하는 당황스러운 일은 실제로 일어나지 않았다.

주말이 끝나갈 무렵 마침내 그녀와 남편이 침실에서 나왔을 때는 모든 손님들이 돌아가고 난 후였다.

「우리가 끔찍할 정도로 무례하게 굴었군요.」

저녁식사를 마친 후에 캐롤라인이 남편에게 말했다. 브래드포드는 아내의 웃음에서 그녀가 그 행동에 마음쓰고 있지 않다는 것을 알아차리고는 웃었다.

브래드포드가 적당한 신혼여행을 준비해두었으나 그와 그의 신부는 환희로 가득 찬 낮과 밤 동안 정문에서 한 걸음도 나가지 않았다.

캐롤라인은 새로운 생활에 신속하게 적응했다. 그리고 비교적 쉽게 그 거대한 저택을 꾸려나가는 책임을 받아들였다. 브래드포드의 시종인 핸더슨과 가정부인 린덴보우 부인이 그녀가 집안을 꾸려갈 수 있게 도와주었다.

캐롤라인은 브래드포드가 다루기 힘든 사람이라는 것을 깨달았다. 사실, 그는 사랑하기에 쉬운 남자는 아니라고 수없이 자신에게 말했다. 화가 났을 때 그의 분노는 베수비우스 산(이탈리아 남부 나폴리의 동쪽에 있는 높이 1,281미터의 화산. 79년 폼페이 등의 여러 도시를 매몰시킨 대분화(大噴火) 이후 8회의 폭발이 기록되어 있음)과 맞먹었다. 그러나 고함을 질러대다가도 쉽게 풀렸다.

캐롤라인은 항상 받은 만큼 돌려주면서 그에게 용감히 맞섰다. 그리고 서서히 그들의 관계가 자신을 활기차게 해준다는 사실을 받아들였다.

캐롤라인은 남편이 사랑한다고 말해주기를 기다리면서 점점 좌절감에 쌓여갔다. 조만간 브래드포드가 마음에 쌓은 벽을 허물고 그녀에게 약한 면을 보여줄 거라고 믿었다.

그가 세상에서 가장 고집 센 남자라는 것은 의심할 여지도 없었다. 결혼식이 끝나고 몇 주가 지나면서 그가 말하고 싶어하지 않는 특정 주제가 있다는 것을 알아차렸다. 그 주제의 첫번째가 그의 가족이었다.

인내심은 캐롤라인의 강점은 아니었으나 자신이 얻어야 하는 것은 참을 만한 가치가 있다고 생각하면서 잘 해나갔다. 조만간 브래드포드가 진심으로 자신을 믿게 될 거니까.

캐롤라인은 런던으로 돌아가야 할 때가 되자 유감스러웠다. 채러티의 결혼은 매우 흥겨운 일이었으나 자신의 허니문이 끝나는 것이 싫었다. 런던으로 돌아가는 마차 안에서 브래드포드에게 그렇게 말하자 그는 그녀를 꼭 끌어안으면서 웃었다.

「런던에서도 사랑을 나눌 수 있소, 캐롤라인. 내가 당신을 호색한으로 만든 것 같소」

「그래서 싫어요?」

캐롤라인이 생긋 웃으면서 물었다.

브래드포드는 대답으로 그녀를 무릎 위에 앉히고 자신이 전혀 싫어하지 않다는 것을 행동으로 보여줬다.

캐롤라인은 브래드포드의 타운하우스가 매우 편리해 보인다고 생각했다. 남자의 영역임을 나타내는 무겁고 오래된 가죽가구로 장식된 커다란 남성적인 집이었다.

브래드포드의 방에 있는 커다란 침대의 두툼한 휘장은 낮이라 묶여 있었다. 브래드포드가 저녁식사를 위해 옷을 갈아입는 동안 캐롤라인은 매트리스를 시험해보고 있었다. 그는 그녀가 휘장을 푸는 것을 곁눈질로 보았다. 그녀가 시야에서 사라졌으나 그녀의 쉰 웃음소리를 듣고 재미있어 한다는 것을 알았다.

「여긴 금방 구워낸 빵 같아요. 기분 좋고 따뜻해요.」

그녀가 그에게 큰소리로 말했다.

브래드포드는 침대로 걸어가 휘장을 옆으로 걷었다. 그의 벌거벗은 가슴은 목욕을 하고 난 후라 반짝반짝 빛이 났다. 캐롤라인은 그를 올려다보며 미소짓고는 침대 위에 몸을 쭉 펴고 누웠다. 그의 버릇을 흉내내어 그녀는 머리 뒤로 깍지를 끼었다. 그리고는 그에게 천천히 유혹하는 윙크를 했다.

「내 침대에서 추웠던 적이 있소?」

브래드포드가 물었다. 그의 찡그린 얼굴과는 아주 어울리지 않게 목소리에는 즐거움이 가득했다.

캐롤라인은 단지 가운만 입고 있어서 한쪽 허벅지가 그대로 드러났다. 브래드포드의 시선이 천천히 그녀의 머리에서 발끝까지 훑고 지나갔다. 그리고 나서 그가 다시 그녀의 눈을 바라보았을 때는 이미 즐거움은 사라지고 없었다.

「당신이 날 유혹했소, 캐롤라인.」

브래드포드가 말했다. 그의 음성은 약간 쉬어 있었다.

「시간 있어요?」

브래드포드의 욕망에 가득 찬 시선에 대한 반응으로 그녀는 숨을 헐떡이면서 속삭였다. 그리고 매혹적인 미소를 지으면서 가운의 허리띠를 풀었다. 그러자 브래드포드의 욕망은 더욱 더 강렬해졌고, 그녀는 마음을 억누르면서 남편에게 손을 뻗었다.

브래드포드는 그 초대를 걱정하지 않았다. 그는 지금 막 입은 바지를 벗고 아내 옆에 누웠다.

캐롤라인은 그가 양팔로 안아주기를 기다렸으나 잠시 후에 그가 자신이 그렇게 해주기를 기다리고 있다는 것을 깨달았다. 브래드포드의 얼굴에 미소가 떠오를 정도로 그녀는 즐겁고 자유분방한 웃음을 웃고 나서 브래드포드의 몸 위로 올라갔다.

그러고 나서 그녀는 그의 몸에 마술을 부리기 시작했다. 그러자 자제력 있는 브래드포드 공작은 속에 숨어 있던 사나운 전사로 바뀌어갔다.

브패드포드는 자신이 폭발하겠다고 느낄 때까지 그 달콤한 고통을 허락했다. 그녀에게 그만하라고 말할 때 그의 목소리는 욕망으로 쉬어 있었다.

캐롤라인은 그의 말을 무시하고 그를 돌아올 수 없는 곳으로 밀어붙였다.

브래드포드는 전사와 같은 비명을 지르더니 갑자기 캐롤라인 위로 올라갔다.

「나도 자비를 베풀지 않을 거요.」

브래드포드가 그녀의 볼에 대고 으르렁거리듯 말했다. 그러고 나서 그는 그녀가 그만 하라고 간청할 때까지 그녀를 기쁨으로 마비시켜갔다. 그는 허리에 커져가는 통증과 욕구불만으로 얼굴을 찡그리고는 다시 그녀를 자신의 몸 위에 올려놓고는 모든 유혹과 희롱을 끝내면서 천천히 그녀의 몸 안으로 들어갔다.

캐롤라인은 머리를 뒤로 젖히고 브래드포드의 움직임에 대한 반응으로 낮게 신음 소리를 냈다. 바로 그 순간, 그들은 절정을 느꼈다.

브래드포드가 자신을 안전하게 안고 있자 캐롤라인은 마치 공중에 둥둥 떠 있는 것처럼 느껴졌다. 그녀는 만족스런 미소를 지으면서 천천히 현실 세계로 돌아왔다.

브래드포드의 가슴에 머리를 대고 자신의 고동소리와 그의 심장의 고동소리를 들었다. 그녀는 브래드포드의 호흡이 진정될 때까지 기다렸다가 속삭였다.

「사랑해요」

그들이 사랑 나누기를 마치고 나서 캐롤라인이 그에게 사랑한다고 말하는 것은 습관이 되었다. 그리고 항상 그녀는 그가 그 말을 해주기를 기다렸다. 자신이 그에게 말해달라고 하면 아마도 그가 해줄 거라는 것 또한 알았지만 그녀는 브래드포드가 진심으로 우러나서 그 말을 해주기를 바랐다.

브래드포드는 캐롤라인을 꼭 안고 만족스러운 한숨을 쉬었다. 그것이 그가 그녀의 말을 들었다는 유일한 표시였다.

캐롤라인은 그가 아직 준비가 되지 않았다는 사실을 다시 한 번 받아들였다.

그녀는 슬픔이 표정에 나타나지 않도록 노력하면서 팔꿈치로 몸을 괴고 그의 눈을 쳐다봤다.

「오늘 밤 내내 이곳에 있어요」

「주목할 만한 제안이군. 그러나 당신 가족들이 설명을 요구하지 않겠소? 그럼, 당신이 우리가 가지 못한 이유를 말하겠소, 아니면 내가 해야겠소?」

브래드포드가 싱긋 웃으면서 말했다.

그 말을 듣자마자 캐롤라인은 얼굴을 붉혔다.

「신사는 그렇게 말하면 안돼요. 제 생각엔 지금 우리가 갈 준비를 하는 게 낫겠군요.」

캐롤라인이 말했다.

그녀는 브래드포드에게서 몸을 떼려고 했으나 그가 단단히 안고 놓아주지 않았다.

「아직은 아니오, 캐롤라인. 내 생각엔 우리가 한 약속을 한번 더 반복해봐야만 할 것 같소」

캐롤라인이 눈동자를 굴리면서 한숨을 쉬었다.

「전 완전히 기억하고 있어요, 브래드포드 무도회가 열리는 동안에 당신 옆에서 떠나지 않을 테고 채러티와 어디로도 도망치지 않을 거예요. 그리고 만약 무슨 일이 생겨 당신이 제 곁을 떠나야만 한다면, 전 당신이 돌아올 때까지 밀포드에게 착 달라붙어 있을게요.」

브래드포드가 심각한 표정으로 고개를 끄덕였다. 캐롤라인은 손으로 그의 미간을 폈다.

「걱정하지 마세요, 브래드포드. 당신이 고용한 남자들은 아직 조그만 단서도 찾지 못했잖아요. 게다가 그건 아마 당신을 원하는 집념이 강한 여자가 절 겁주기 위해서 한 짓일지도 모른다고 제가 말했었잖아요.」

그녀의 말에 브래드포드가 화를 냈다.

「그럼, 그 가상의 숙녀가 당신을 계단에서 밀었다는 거요? 내 마차 바퀴를 톱으로 잘라놓고, 그 편지를 썼다는 거요? 이게 당신이 말하고자 하는 거요?」

「숙녀가 아니라 여자예요, 브래드포드. 그건 아주 다른 거예요. 그리고 그 말은 이치에 맞는 것 같아요. 그녀가 누군가를 고용해서 마차 바퀴를 건드리게 할 수도 있구요.」

브래드포드는 자신의 생각을 말하지 않았다. 그의 아내는 너무나 순진해서 그가 알아본 정보를 알려서 그녀를 놀라게 하고 싶지 않았다. 그녀를 위험으로부터 보호하는 것은 그의 임무였고, 그녀가 겁먹고 불안에 떨게 하고 싶지 않았다.

단지 그녀가 조심하기만을 바랐다. 함정이 사라지고 완전한 증거를 찾을 때까지는 그녀를 그의 시야에서 벗어나게 할 수 없다. 이제 그녀는 그만의 것이고 감히 그녀를 건드리려고 하는 사람이 있으면 누구든지 간에 죽여버릴 것이다.

브래드포드는 조용히 옷을 입었다. 캐롤라인이 계속해서 그를 방해했다. 그래서 그가 그녀의 침실이 바로 옆에 있고, 그곳에서 편안하게 옷을 입으라고 의무감에서 말을 했다. 그러자 그녀는 보란 듯이 비웃으면서 다른 침실을 쓰는 것은 좋아하지 않는다고 분명하게 말했다.

「당신이 옷을 입지 않고 돌아다니면 내 시중을 들 핸더슨을 들어오게 할 수 없잖소.」

브래드포드가 투덜댔다.

캐롤라인은 그의 말에 끄덕도 하지 않고 타원형 거울 앞에 서서 머리를 빗었다.

「내 말 들었소?」

「당신은 애들이 아니에요, 브래드포드. 당신은 혼자서도 옷을 입을 수 있어요. 전 오랫동안 그렇게 해왔어요.」

「당신의 하녀가 그것에 대해 불평을 하잖소.」

「메리 마거릿은 제 뒤를 따라다니는 일 말고도 할 일이 많아요.」

브래드포드는 논쟁을 그만두고 아래층으로 내려가서 기다렸다. 그는 코냑잔을 손에 들고 응접실을 걸어다니면서 저녁에 있을 파티에 대해 곰곰이 생각했다. 많은 사람들 속에서 캐롤라인을 안전하게 지키기가 어려웠기 때문에 그는 에임스몬드 후작의 웅장한 저택인 클레븐허스트에서 열리는 파티 초대를 거절하고 싶었다.

그러나 후작이 캐롤라인의 삼촌이고, 그녀가 가지 않으면 마음 상해할 것 같아서 거절할 수가 없었다.

무도회는 두 가지 목적으로 열렸다. 폴과 채러티의 결혼식이 이틀 후로 다가와서 혼전 축하행사로 여는 파티이고 또한 브래드포드 공작부부를 위해 여는 파티였다. 그리고 브래드포드와 캐롤라인이 남편과 아내로서 참석할 첫번째 파티였다.

캐롤라인은 차가운 파란색 실크로 된 희미하게 빛나는 드레스를 입고 나타났다. 그녀는 남편이 벽난로에 기대서서 자신을 바라보고 있는 것을 보았다. 그의 사나워 보이는 표정이 천천히 사라지고 거만한 표정으로 바뀌자 캐롤라인은 혼란스러웠다.

그녀가 남편을 바라보며 푸른색 눈동자를 빛내면서 우아하게 인사를 하자 브래드포드가 답례로 꼬냑잔을 들어올리자 미소를 지었다.

「좀 전에는 얼굴을 찡그리고 있더니 지금은 아주 즐거워 보이네요.」

캐롤라인이 말했다. 그리고 매우 잘생겨 보이기도 하고요, 라고 말하려고 했지만 생각으로 그쳤다.

그는 검은색 정찬용 예복을 입고 있었다. 벽난로에서 몸을 떼고 똑바로 서자 그는 다시 끔찍할 정도로 건장하고 강인해 보였다. 캐롤라인은 언제쯤에야 그의 모습을 보고도 자신의 맥박이 빨라지지 않을까 궁금했다. 단지 그를 보는 것만으로도 그의 팔에 안기고 싶은 열망으로 온몸에 소름이 돋았다.

캐롤라인은 자신의 생각을 숨기는 데 너무나 서툴렀기 때문에 브래드포드는 그녀가 무슨 생각을 하는지를 정확하게 알아차렸다.

브래드포드는 벽난로 위에 술잔을 놓고 천천히 걸어와서 캐롤라인 앞에 섰다. 그는 피가 끓어오르는 것을 느낌과 동시에 자신의 옷이 꽉 끼는 것을 느꼈다. 그리고 그것 모두가 아름다운 아내가 그런 특별한 눈길을 보냈기 때문이었다. 그는 캐롤라인과 닷 한 번 키스하고 싶은 욕망에 사로잡혔다.

「당신이 그렇게 나를 계속 바라보고 있으면, 우린 아무 곳에도 가지 못할 거요.」

브래드포드가 말했다.

그는 깊은 한숨을 내쉬면서, 그녀가 겨울 망토를 입는 것을 도와주고 마차를 불렀다.

블랙스톤 백작이 후작의 저택의 입구 안 쪽에서 서성거리고 있다가 캐롤라인이 망토를 벗기도 전에 그녀를 포옹했다.

「보고 싶었단다, 캐롤라인.」

블랙스톤 백작이 말했다. 그는 그녀를 한쪽으로 끌어당기고는 브래드포드에게 들릴 정도의 목소리로 속삭였다.

「행복하니, 캐롤라인? 그가 잘해주니?」

캐롤라인은 생긋 웃었다.

「전 너무 행복해요, 아버지.」

캐롤라인은 브래드포드가 듣고 있다는 것을 너무나 잘 알고 있었기 때문에 더 이상 말하지 않았다. 정말로 얼마나 행복하고 얼마나 만족스러운가를 아버지에게 솔직하게 말한다면, 남편과 함께 사는 것이 불가능할지도 몰라. 겸손이 그의 장점이 아니잖아. 게다가 그의 자만심은 끝도 없이 높아질 걸.

그때 채러티와 폴이 그녀의 관심을 끌었다. 그러고 나서 프랭클린 삼촌이 그의 아내와 함께 그들의 대화 속에 끼여들었다.

브래드포드 공작부부는 위엄 있게 들어와서 주최자에게 다가갔다. 마일로 삼촌은 손님들을 맞이하기 위해 파티장 입구에 앉아 있었다. 그를 본 캐롤라인은 그가 벌써 지쳤다는 것을 알아차렸다. 그가 일어서려고 했으나 캐롤라인이 재빨리 그를 저지하고 그의 옆에 나란히 앉았다.

브래드포드는 돌아다니지 말라는 뜻으로 단호한 표정을 지어 보이고는 캐롤라인을 삼촌과 함께 남겨두고 그 자리를 떠났다.

후작은 캐롤라인에게 지쳤다고 털어놓았으나 그녀는 단지 흥분해서 그럴 것이라고 말했다. 또한 그는 캐롤라인에게 윙크를 하고는 자신은 파티를 준비하는 데 손도 까딱하지 않았다고 속삭였다. 프랭클린과 로레타가 모든 일을 다했지.

캐롤라인은 그의 손을 잡고 그가 지난 여러 주 동안 어떻게 지냈는지를 한참 동안을 들어주었다. 자신이 옆에 앉아 있는 게 삼촌을 기쁘게 한다면 밤이 새도록 그러고 싶었다. 그래서 댄스 신청을 몇 차례나 거절했다.

마일로 삼촌이 언제 식구가 느는 것을 볼 수 있냐고 무뚝뚝하게 묻자 캐롤라인은 웃었다.

「저희는 그런 이야기는 해보지 않았어요. 전 브래드포드가 아이를 몇이나 갖고 싶어하는지 모르는데요」

캐롤라인이 말했다.

「네가 첫 아이를 낳을 때까지만이라도 살 수 있었으면 좋겠구나.」

후작이 그녀에게 말했다.

「삼촌이 영원히 사셨으면 좋겠어요」

캐롤라인이 속삭였다. 그 말에 삼촌은 기뻤고, 애정을 담아서 그녀의 손을 꼭 잡았다.

브래드포드는 캐롤라인과 후작이 있는 건너편에서 밀포드와 함께 서 있었다. 그는 캐롤라인에게서 시선을 떼지 않았다. 밀포드가 몇 가지 이야깃거리를 꺼냈다. 그러나 브래드포드가 대답을 하지 않자 마침내 화를 냈다.

「왕이 다음 주에 그의 아내와 이혼을 하고 프랑스로 갈 걸세.」

밀포드가 말했다.

브래드포드는 알았다는 듯이 고개를 끄덕이면서도 계속 아내를 바라보았다.

「캐롤라인은 사라지지 않을 걸세, 브래드포드. 제발, 이봐, 그만 좀 보게나.」

밀포드가 싱긋이 웃으면서 브래드포드의 등을 세차게 쳐서 다른 곳에 정신을 팔고 있는 그를 깜짝 놀라게 했다.

「그녀는 보석을 하나도 하고 있지 않군.」

밀포드가 그 말에 당황해서 눈살을 찌푸렸다. 그리고 시선을 돌려 캐롤라인을 쳐다보고 나서 다시 친구에게로 시선을 돌렸다.

「반지는 끼고 있네.」

밀포드가 말했다.

「그건 결코 뺄 수 없을 걸세.」

그 거만한 말에 밀포드는 미소를 지었다.

「브래드포드, 왜 우리가 보석에 대해 이야기하고 있는 건가?」

밀포드가 물었다.

브래드포드가 어깨를 움츠리더니 마침내 밀포드에게 관심을 돌렸다.

「내 문제에 대해 뭔가 알아낸 것이 있나?」

브래드포드가 물었다. 그는 캐롤라인의 적과 관련된 조사에 대해 말하고 있었으나, 많은 사람이 엿들을 만한 거리에 있었다.

「우리 문제도 그렇다네. 난 중요하다고 생각되는 것을 발견했네.」

브래드포드가 짧게 고개를 끄덕였다.

「저녁식사 후에 이야기하기로 하지.」

캐롤라인이 삼촌을 부축해서 일으켜 세우고는 지팡이를 건네주었다. 그녀와 1시간도 넘게 함께 있어서 삼촌은 이제 만족해했다. 그녀가 내일 오후에 방문하겠다고 세 번이나 약속하고 나서야 후작은 그녀에게 작별 키스를 했다. 그러고 나서 현관으로 걸어갔다. 캐롤라인은 아는 척을 하는 사람들에게 목인사를 하면서 후작의 옆에서 걸었다.

「이렇게 시끄러운데도 주무실 수 있겠어요?」

캐롤라인이 후작에게 물었다.

「난 요즘 아기처럼 잘 잔단다. 이제 가서 즐거운 시간을 보내려므나, 애야. 난 좀 쉬어야겠다.」

마일로 삼촌이 말했다.

캐롤라인은 양손을 맞잡고 서서 삼촌이 느린 걸음으로 계단을 올라가는 것을 바라봤다. 그가 시야에서 사라지자 그녀는 브래드포드가 눈에 띄기를 바라면서 주위를 둘러봤다.

그러나 레이첼 틸만과 그녀의 약혼자인 나이젤 크레스트월이 앞을 가로막았다.

레이첼은 캐롤라인의 주의를 끌려고 꽤나 적극적이었다. 캐롤라인이 아플 정도로 세게 팔을 잡았다.

「당신은 끔찍할 정도로 만족스러워하고 있나 보군요.」

레이첼이 말했다.

캐롤라인은 그녀의 격렬한 말투와 자신을 꽉 잡은 힘에 당황해서 레이첼을 놀란 표정으로 쳐다볼 수밖에 없었다.

「캐롤라인이 얼마나 순진한 척하는지 좀 보세요.」

레이첼이 나이젤에게 말했다. 그녀가 비웃는 듯이 말해서 캐롤라인은 매우 불쾌함을 느꼈다.

「레이첼, 무슨 말을 하고 있는 거예요?」

캐롤라인이 물었다. 그녀는 브래드포드를 찾으려고 주변을 둘러보면서 팔을 잡아 뺐다.

레이첼은 그녀의 행동을 잘못 해석하고 말했다.

「오, 걱정하지 말아요. 당신의 아름다운 파티를 엉망으로 만들지는 않을 테니까요. 그리고 초대해주셔서 무척 영광스럽기도 하고요. 내가 당신에게 속지 않을 거란 것을 당신에게 알려주고 싶었어요. 당신이 모든 일을 망쳤어요. 모든 일을!」

레이첼이 다시 캐롤라인의 팔을 손톱이 피부 속으로 파고들 정도로 힘주어 잡았다.

「그 대가를 치르게 될 거다, 이년아. 넌 기다리기만 하면 돼.」

「난 전에 여자를 때려본 적이 없지, 그렇지 않나, 밀포드?」

레이첼 뒤에서 브래드포드가 가볍게 말했다. 하지만 브래드포드는 레이첼의 분개한 표정은 볼 수가 없었다.

「그러나 만약 당신이 내 아내의 팔에서 즉시 손을 떼지 않는다면, 틸만양, 당신이 그 최초의 여자가 될 것 같군요.」

캐롤라인이 한 걸음 뒤로 물러날 정도로 격렬한 동작으로 레이첼은 재빨리 손을 놓았다. 브래드포드가 다가오는 것을 보지 못한 것이다.

그의 책임인 양, 그녀는 나이젤을 노려보고는 돌아서서 무도회장으로 걸어 들어갔다. 나이젤이 허겁지겁 그녀를 따라갔다.

캐롤라인은 그들이 멀어져가는 모습을 보며 화가 치밀었다. 밀포드가 그녀의 표정이 변한 데 대해 맨 처음 입을 열었다. 그가 캐롤라인의 팔을 잡고 부어오른 자국을 만져주었다.

「내 생각엔 당신은 그녀가 가버린 다음이 아니라 마주보고 있을 때 그렇게 반응했어야 했소.」

밀포드가 싱긋이 웃으면서 말했다.

캐롤라인은 웃고 있는 밀포드한테서 인상을 쓰고 있는 남편에게로 시선을 돌렸다.

「전 늘 반응이 느린 편이죠. 브래드포드! 레이첼이 절 증오해요. 그녀가 모든 게 제 잘못이라고 말했어요.」

캐롤라인이 퉁명스러운 목소리로 말했다.

「뭐가 말이오?」

밀포드가 물었다.

캐롤라인이 어깨를 움츠렸다. 그녀는 몇 사람이 자신을 쳐다보고 있는 것을 알아차리고는 급히 찌푸린 얼굴을 폈다.

「전 모르겠어요.」

「우린 집에 가야겠네. 밀포드, 내가 마차를 불러올 동안 캐롤라인과 함께 있게나.」

「우린 집에 가지 않을 거예요. 전 레이첼 틸만 같은 사람에게서 도망치지 않을 거예요. 그리고 전 만날 약속을……」

캐롤라인이 말했다.

「당신은 아무도 만나지 않을 거요.」

브래드포드의 목소리가 점점 거칠어졌다.

캐롤라인은 속으로 성질이 났다. 그녀는 떠나고 싶지 않았다. 아버지는 잠시도 함께 있지 못했기 때문에 실망하실 거야. 그리고 또한 저녁식사 후에 채러티와 은밀한 이야기를 하기로 약속도 했는데. 그녀는 브래드포드에게 자신의 생각을 한마디도 하지 않고 단지 이렇게 속삭였다.

「당신은 아직 저랑 춤도 추지 않았잖아요.」

「그렇군, 브래드포드.」

밀포드가 말참견을 했다.

공작부부가 밀포드를 불만스럽다는 듯이 쳐다보고 있을 때도 그는 계속 웃고 있었다.

「좋아! 우린 춤을 추고 나서 떠나겠네.」

브래드포드가 캐롤라인의 팔을 잡고 무도회장을 향해 걸었다.

캐롤라인은 작은 승리를 얻어낸 것을 깨닫고는 미소를 지었다.

「고마워요, 여보.」

싱글벙글 하지 않으려고 애쓰면서 그녀가 말했다.

「오직 한 번만 추는 거요.」

브래드포드가 춤을 추려고 사람들 속으로 들어가면서 말했다.

「알았어요, 브래드포드.」

그녀가 유순하게 받아들이는 말에 그는 잠시도 속지 않았다. 브래드포드와의 춤이 끝나자마자, 밀포드가 다가와 캐롤라인과 다음 번 춤을 춰도 되냐고 물었다.

브래드포드는 마지못해 허락했다. 레이첼과 나이젤이 떠나는 것을 보자 기분이 좋아졌다. 오늘 밤 그는 또 다른 충돌이 있기를 원하지 않았다. 내일 해도 늦진 않을 거야. 그때 저 비열한 여자와 잠시 이야기를 해보면 뭔가 해답이 나오겠지.

캐롤라인은 여러 사람들과 춤을 추었다. 그녀는 자정에 만찬이 끝나고 다시 댄스가 시작되었을 무렵에는 몹시 지쳐 있었다.

브래드포드가 만족스럽게 아내를 쳐다봤다. 그의 아름다운 아내가 일으키는 소동에 한 번인가 두 번 미소를 짓기까지 했다. 그녀가 위엄 있고, 자신감 있게 행동해서 그를 기쁘게 했다. 그리고 두 번째는 그가 전혀 기대하지 않았을 때 그녀가 파트너에게서 돌아서서 그에게 미소를 지었다.

브래드포드는 테렌스 세인트 제임스가 계속 캐롤라인 근처를 서성이고 있다는 것을 알아차렸다. 그리고 스탠톤이란 이름의 젊은이도 그랬다. 그는 꾹 눌러 참으면서 자신이 반드시 이야기를 해야 할 신사들 명단에 두 사람을 포함시켰다.

「자넨 다시 얼굴을 찌푸리고 있군, 브래드포드. 아직도 레이첼에 대해 생각하고 있는 건가?」

브래드포드가 고개를 저었다.

「내 아내에게 색정을 품고 있는 종마떼들을 보고 있을 뿐이야.」

브래드포드가 말했다. 그의 목소리는 지루하다는 듯이 들렸으나 밀포드는 친구의 눈빛을 보고 그가 화가 나 있다는 것을 알았다.

「오늘 밤이 끝나기 전에 그들 몇 명과 이야기를 해봐야겠어.」

밀포드가 머리를 흔들었다.

「그럼, 여기 있는 모든 남자와 이야기를 해야 할 걸. 보라구, 캐롤라인은 블랙스톤 백작과 함께 댄스플로워로 가고 있지 않나. 잠시 동안은 괜찮을 거야. 지금이 우리가 이야기를 나눌 때라고 생각하는데, 그렇게 생각하지 않나?」

밀포드가 말했다.

브래드포드는 고개를 끄덕이고 밀포드를 따라 파티장을 빠져나갔다. 그는 잠시 멈춰 서서 스탠톤의 눈에 두려운 빛이 떠오를 때까지 노려보고 나서 걸어나갔다. 그리고 밀포드와 매우 태연하게 후작의 서재로 들어가 문을 닫았다.

캐롤라인이 아버지와 춤을 추는 것을 끝내자 채러티가 숨막힐 듯한 기대를 품고 달려왔다.

「큰아버지, 괜찮으시다면 캐롤라인과 단 둘이 이야기하고 싶어요.」

캐롤라인은 얌전하게 사촌을 따라 엘코브로 갔다.

「이 엘코브라면 맘놓고 이야기할 수 있을 거야.」

채러티가 말했다. 그녀는 손에 안경을 들고 있다가 캐롤라인의 옆에 앉자마자 재빨리 썼다.

「난 발코니에서 이야기를 할까도 생각했었는데 거긴 너무 추울 것 같아서.」

캐롤라인이 미소를 지으면서 사촌의 손을 토닥였다.

「긴장하지 마, 채러티. 이틀만 지나면 넌 널 사랑하는 남자랑 결혼할 거야. 그럼, 모든 것이 황홀할 걸.」

「그게 황홀해?」

채러티는 작은 소리로 묻고는 얼굴을 찡그렸다.

「정말 엄마가 여기에 나와 함께 있었으면 좋겠어. 난 겁이 나, 그러니까 그게…… 하여간 넌 그게 뭔지 알 거야. 그리고 난 대단히 불길한 예감이 들어.」

「채러티, 그건 좋은 거야.」

캐롤라인은 너무나 우쭐해지는 것을 느꼈다. 그러고 나서 자신이 첫날 밤에 얼마나 겁을 먹었던가를 기억해내고는 얼굴을 붉혔다.

「폴은 네가 방법을 알고 있으리라 생각하지 않을 거야.」

그녀는 그 주제에 점점 당황해가면서 말했다.

「그리고 그건 정말로 매우 좋아.」

채러티가 웃었다.

「그가 키스를 할 때 난 정말로 좋아. 그리고 네가 거짓말하고 있지 않다는 것을 알겠어. 네가 그게 황홀하다고 말한다면, 그건 분명히 그럴 거야.」

채러티가 솔직하게 말했다.

캐롤라인은 채러티가 자세하게 묻지 않기를 바라면서 미소를 지었다. 그리고 사촌이 일어서서 안경을 벗자 다행이라고 생각했다.

「네 덕분에 내 기분이 훨씬 더 좋아졌어.」

채러티가 핑크색 새틴 드레스 자락을 펄럭이면서 사라졌다. 약혼자를 찾으러 간 게 분명했다. 캐롤라인이 일어났을 때 키 크고 마른 테렌스 세인트 제임스가 나타나 잠시만 시간을 내달라고 간청했다.

캐롤라인은 그의 간청을 거절했다. 그녀가 있는 앨코브에서는 사람들이 전혀 보이지 않기 때문에 적당한 것 같지 않았다. 게다가 캐롤라인은 그 남자랑 이야기하고 싶지도 않았다. 그의 시선은 그녀에게 매혹되었다는 사실을 적나라하게 나타내고 있었다. 그래서 그녀는 짜증이 났다. 어쨌든 난 유부녀잖아!

「당신이 런던에 머무르는 동안에 당신을 꼭 만나고 싶습니다. 이제 당신은 결혼했으니까, 기분 전환이…….」

세인트 제임스가 말을 끝내지 않고 어깨를 움츠렸다.

캐롤라인은 그 남자의 뻔뻔스러움을 용납할 수가 없었다.

「이번만은 당신의 무례한 말을 안 들은 걸로 하지요.」

캐롤라인이 말했다. 그녀의 음성은 눈초리만큼이나 차가웠다. 그리고 그녀는 혐오감으로 몸을 떨면서 그를 지나쳐 갔다.

「하지만 당신은 이해하지 못하고 있소.」

테렌스가 그녀의 등뒤에서 작게 말했다.

캐롤라인은 그의 말을 못 들은 체하고 앨코브 맞은편에 있는 아버지를 알아보고는 그에게 가기 위해 사람들 사이를 빠져나갔다.

그 불쾌한 영국 남자가 마음속에 무슨 생각을 품고 있는지 정확하게 이해하고 있다고 생각하면서 그녀는 화를 참았다. 그녀는 자신이 만난 몇몇 남자들의 이런 구역질 나는 도덕 관념에 대해 브래드포드에게 말해야겠다고 생각했다. 그러고 나서 그 문제를 잠시 접어두었다.

폴과 춤을 추고 난 후에 캐롤라인은 브래드포드를 찾느라고 몇 분을 보냈다. 폴은 브래드포드가 서재에 있을지도 모른다고 말했다. 캐롤라인은 서재를 향해 걸어갔다. 그녀는 자신이 피곤하고 곧 떠날 거라고 이미 아버지에게 말했었다. 이제 남은 일은 남편을 찾아 집으로 가는 것뿐이었다.

레이첼 틸만과 테렌스 세인트 제임스가 그녀를 깊은 생각에 잠기게 했다. 그녀는 이 소란스럽고 경박한 곳에서 한시 바삐 벗어나고 싶었다. 그리고 무엇보다도 남편의 품에 안기고 싶은 생각뿐이었다.

캐롤라인은 서재의 문을 노크하고 문을 열어 안을 들여다보고 나서야 테렌스가 뒤따라 온 것을 알아차렸다. 서재에는 아무도 없어서 캐롤라인이 막 뒤로 돌려고 할 때 테렌스가 그녀를 안으로 밀어 넣고 나서 문을 닫았다.

「내 앞에서 꺼져요.」

캐롤라인이 단호하게 말했다. 그녀는 그를 굴복시킬 수 있을 만큼 화가 났다. 그리고 세인트 제임스가 고개를 가로젓자 그녀는 더욱 더 화가 났다.

「난 아주 부자요 내가 당신에게 줄 수 있는 건……」

그가 말을 꺼냈다.

캐롤라인의 인내심은 다했다. 그녀가 그를 밀어젖히고 문을 향해 걸었다. 그러자 세인트 제임스의 목소리가 불쾌하게 변했다.

「난 사실은 부자가 아니지.」

그가 그녀의 앞을 가로막으면서 말했다.

「당신의 평판을 떨어뜨려주는 대가로 난 많은 돈을 받기로 돼 있지. 당신의 남편은 질투가 심한 남자야.」

「그래요.」

캐롤라인이 대답했다. 그녀는 책상으로 가서 촛대를 무기로 사용해야 겠다고 생각하면서 뒷걸음질쳤다.

「당신 따위는 힘없이 죽일 정도로 질투가 심하죠.」

「사람들 앞에서는 그러지 못할 걸.」

세인트 제임스가 대답했다.

「왜요? 왜 당신은 이런 짓을 하는 거죠?」

캐롤라인이 물었다.

「물론, 돈 때문이지. 레이첼이 내일 돈을 주겠다고 했지. 그녀는 정말 로 당신이 못마땅한 것 같던데.」

테렌스가 어깨를 움츠리면서 대답했다.

캐롤라인은 책상에 몸이 닿자 뒤로 돌았다. 그러나 그녀는 충분히 재 빠르지 못했다. 테렌스 세인트 제임스가 그녀의 팔을 힘주어 잡았다. 그 가 자신을 잡은 목적은 분명했다.

「난 당신하고 키스하고 싶어. 당신은 꽤나 즐거운 여자거든. 당신의 화난 남편한테 한두 대쯤 얻어맞더라도 말이야.」

캐롤라인은 그의 팔에 안겨서 딱딱하게 굳은 자세로 서 있었다. 그녀 는 더 이상 저항하지 않았다. 그러나 기회를 노리고 있었다. 테렌스의 다리가 벌어졌다. 그가 마음을 놓기만 하면, 사촌오빠인 케이먼이 남자 의 손아귀에서 빠져나오는 방법이라고 가르쳐준 것을 그대로 해야지.

「내 남편은 내가 말하는 것을 믿을 걸요.」

캐롤라인이 뽐내듯이 말했다.

테렌스가 다리의 자세를 바꾸자 캐롤라인은 즉시 그의 다리 사이에 자신의 오른쪽 다리를 놓았다. 바로 그 순간에 소리가 들려왔다. 캐롤라 인이 비명을 지르려고 입을 벌리자 테렌스가 그녀를 침묵시키려고 자신 의 입으로 그녀의 입을 재빨리 막았다.

캐롤라인이 자신을 잡고 있는 남자에게 심한 고통을 줄 수 있기를 바라면서 무릎을 들어올리려고 할 때 문이 열렸다.

그녀가 그렇게 할 기회도 없었다. 브래드포드의 분노는 번개보다 더 빨랐다. 캐롤라인을 잡고 있는 테렌스 세인트 제임스를 떼어내더니 힘껏 책상 위로 집어던져서 캐롤라인은 그냥 멍하게 바라보고 있었다. 그리고 테렌스의 발이 자신의 얼굴 옆을 지나가자 그녀는 재빨리 몸을 피했다.

브래드포드가 등을 돌리고 있었기 때문에 캐롤라인은 남편의 얼굴을 볼 수 없었다. 그는 세인트 제임스가 일어서려고 하는 모습을 쳐다보고 있었다. 캐롤라인이 문 쪽을 보자, 분명히 다른 사람들이 들어오는 것을 막고 있듯이 밀포드가 그곳에 서 있었다.

세인트 제임스는 마침내 일어섰으나, 몸통 부분을 강하게 얻어맞고 다시 쓰러졌다. 캐롤라인은 브래드포드의 옆으로 달려가서 드디어 그의 표정을 보았다. 불길한 예감이 그녀의 등줄기를 타고 내려갔다. 그녀가 남편을 바라보자 그의 얼굴은 분노와 혐오감과 경멸로 가득 차 있었다.

「무슨 생각을 하고 있는 거예요?」

캐롤라인은 작은 소리로 묻고는 그가 대답하기를 기다렸다.

「조용히 해!」

그 차가운 명령에 캐롤라인은 소름이 끼쳤다. 브래드포드의 얼굴 표정과 화난 목소리에 너무나 마음이 상해서 그녀는 울음을 터뜨렸다. 하나님 맙소사, 그는 정말로 내가 저 끔찍한 남자가 접근해오는 것을 좋아했다고 믿고 있는 건가? 그녀는 그게 사실이라는 것을 부인하려고, 그가 자신을 그렇게 과소평가 한다는 사실을 부인하려고 머리를 저었다.

세인트 제임스는 탐욕스러운 것만큼이나 어리석은 것 같았다. 그는 악전고투 끝에 다시 일어났다. 브래드포드는 다시 그에게로 몸을 돌려서 그의 목덜미를 잡아 책장에 세차게 밀어붙였다.

얼굴이 점차 얼룩덜룩하게 붉어지면서 브래드포드의 손아귀에서 벗어나려고 버둥대는 테렌스는 마치 인형처럼 보였다. 캐롤라인은 남편의 손을 밀어내려고 노력했으나 성공하지 못했다. 그녀는 밀포드에게로 돌아서서 싸움을 말려달라고 애원했다.

「그가 죽이게 놔두어선 안돼요.」

그녀가 말했다.

밀포드는 대답으로 관심이 없다는 듯이 어깨를 움츠렸다. 캐롤라인은 눈물을 닦고 다시 남편에게로 돌아섰다.

「브래드포드, 그를 죽이면 당신은 교수형을 당할 거예요. 그리고 그는 자기가 무슨 짓을 하고 있었는지 이미 말할 마음의 준비를 하고 있을 거예요.」

캐롤라인이 말했다.

「당신네 둘이 무엇을 하고 있었는지 난 빌어먹게도 잘 알고 있소.」

브래드포드가 날카롭게 말했다.

그때 밀포드가 끼여들었다.

「그는 이렇게 문제를 일으킬 가치도 없는 인간이야, 브래드포드. 그를 쓰레기처럼 던져 버리게나.」

「그럼, 정확하게 우리가 무엇을 하고 있었지요? 말해봐요, 브래드포드. 당신이 무슨 생각을 하는지 말해요.」

캐롤라인이 말했다.

브래드포드의 표정이 점차 변해서 마침내 거의 지루한 표정으로 변했다. 그는 테렌스를 잡고 있던 손을 놓고 바닥에 푹 쓰러지는 것을 지켜봤다.

세인트 제임스는 죽지 않았다. 캐롤라인은 그가 숨을 들이쉬느라 헐떡거리는 소리를 들으면서 남편이 대답해주기를 기다렸다.

「브래드포드, 자네 아내의 말을 들어봐. 캐롤라인, 여기서 무슨 일이 있었는지 설명해봐요.」

밀포드가 중재자 역할을 하려고 애쓰면서 말했다.

「전 아무 설명도 하지 않을 거예요.」

캐롤라인이 말했다. 그녀의 음성은 단조롭고 감정이 전혀 묻어 나오지 않았다. 그녀가 꼭 쥔 주먹만이 그녀가 화가 나 있다는 사실을 나타내고 있었다.

「무슨 일이 일어났는지 봤잖아요. 당신이 결론을 내리세요. 제 남편은 벌써 결론을 내린 것 같네요. 그렇지 않나요, 브래드포드?」

캐롤라인이 문 쪽으로 향해 걸음을 옮기려는데 브래드포드가 그녀의 팔을 가볍게 잡았다.

「난 이 일에 당신의 책임이 없다고 믿고 있소.」

마침내 브래드포드가 말했다. 그의 어조는 빨랐고, 여전히 끔찍할 정도로 냉담했다.

「우리가 떠날 준비를 마칠 때까지 이곳에 있으시오. 밀포드? 마차 좀 불러주게나.」

「자네가 하게.」

밀포드가 대답했다. 그는 브래드포드를 세인트 제임스와 담겨두고 떠나고 싶지 않았다. 그는 친구가 아직 화가 다 풀리지 않았다는 것을 알고 있었다.

브래드포드가 명백하게 투덜대면서 서재를 떠났다.

밀포드가 테렌스한테로 걸어가 발로 그를 툭툭 걸어찼다.

「브래드포드가 돌아오기 전에 기어서라도 빨리 여기를 나가는 것이 좋겠네.」

캐롤라인은 눈을 내리뜬 채 방 가운데 서 있었다. 그래서 세인트 제임스는 그녀를 피해 멀리 빙 돌아서 방을 나갔다.

밀포드는 그가 나가는 것을 보고 나서 캐롤라인에게로 걸어왔다. 그는 그녀를 진정시키려고 손으로 그녀의 어깨를 잡았다. 그러나 그녀가 몸을 홱 피하자 눈살을 찌푸렸다.

「무슨 일이 일어났었는지 내게 말해봐요.」

그녀를 진정시킬 목적으로 밀포드는 달래는 듯한 목소리로 간청했다.

캐롤라인이 고개를 저었다.

「브래드포드한테만 말하겠어요.」

그녀가 작은 소리로 말했다.

「그게 그렇게 끔찍했소?」

캐롤라인은 그의 부드럽고 걱정이 담긴 목소리에 마음이 끌렸다. 그녀는 몸이 떨렸다. 그래서 떨리는 것을 멈추려고 양손을 맞잡았다. 친절한 모습을 조금이라도 받아들이면 자신의 침착함이 사라져버릴 거란 것을 본능적으로 알았기 때문에 밀포드가 자신을 달래주려고 하는 것을 받아들일 수가 없었다.

「전 이제 집에 가고 싶어요.」

밀포드가 다시 그녀를 잡으려고 하자 그녀는 한 걸음 뒤로 물러서면서 말했다.

그는 그녀의 고통스런 목소리를 듣자 면목이 없었다. 그녀는 위엄 있게 똑바로 서서 표정을 감추고 있었으나 목소리에선 여전히 고통이 묻어 나왔다.

「브래드포드가 곧 돌아올 거요. 캐롤라인, 그가 좀 전에 당신 책임이 아니라고 말했잖소. 그는 세인트 제임스한테만 화가 난 거요.」

밀포드가 말했다.

밀포드의 말을 멈추려고 캐롤라인이 고개를 저었다.

「처음엔 아니었어요. 그가 믿은 건 최악의…….」

그녀가 반박했다.

「그가 진정하고 나선…….」

「전 브래드포드하고 같이 집에 가고 싶지 않아요.」

밀포드의 진지한 말을 끊고 캐롤라인이 말했다.

「그것 참 빌어먹게도 안된 일이군.」

문가에서 무자비한 목소리가 들려왔다. 그곳에 브래드포드 공작이 서 있었다.

캐롤라인은 브래드포드를 쳐다보지 않았다. 그녀가 어깨에 망토가 둘러지는 것을 느꼈을 때 브래드포드가 옆으로 끌어당겼다.

집으로 가는 동안 내내 그들은 한마디도 하지 않았다. 캐롤라인은 그 동안 화를 삭이려고 노력했다. 그녀는 브래드포드가 노려보고 있다는 것을 느꼈으나 여전히 그에게 눈길을 주지 않았다.

캐롤라인은 가슴이 찢어질 정도로 아팠다. 그녀가 탓한 것은 자신뿐이었다. 그녀는 자신이 바보라고 생각했다. 그와 사랑에 빠지지 않았다면 그가 날 이렇게 상처 입히진 못할 거야. 그를 진심으로 믿었었는데 이제 그것 때문에 이렇게 내 마음이 부서지다니.

브래드포드의 질투와 불신은 너무나 터무니없고 불합리해서 캐롤라인은 어떻게 싸우고 어떻게 자신을 보호해야 할지 몰랐다. 아버지의 집에서 디너파티가 열리던 날 밤에 클레이미어가 억지로 키스를 해댔을 때 그가 어떻게 날 대했는지 기억이 나. 그의 분노가 클레이미어에게만큼이나 내게도 꽂혔잖아. 오늘 밤에도 순식간에 사라지긴 했지만 똑같은 모습이었어. 분노가 내게로 똑바로 향했었다고.

브래드포드의 타운하우스에 돌아왔을 때 캐롤라인은 자신의 침실 문을 잠그고 울고만 싶었다. 자신이 안전한 은신처를 찾고 있는 부상당한 동물같이 느껴졌다.

브래드포드는 캐롤라인이 침실로 향해 계단을 올라가는 모습을 보았다. 그는 그녀에게 무슨 일이 일어났는지 이야기하자고 서재로 따라오라고 명령조로 말했다.

남편의 명령을 완전히 무시하고 캐롤라인은 계속 올라갔다. 그녀가 자신의 침실 앞에까지 다 왔을 때 브래드포드가 자신을 바라볼 수 있게 그녀를 돌려세웠다.

「내 말을 듣지 못했소? 서재로 와!」

「싫어요!」

캐롤라인이 돌아서서 침실 안으로 들어가 남편의 놀란 얼굴에 대고 문을 쾅 닫았다.

하지만 문이 다시 열려서 벽에 부딪혔다. 브래드포드가 안으로 돌진해 들어와서 침대로 가는 캐롤라인에게 다가갔다. 캐롤라인은 손을 잡아 무릎 위에 놓고 침대 모서리에 앉아 있었다. 그는 다리를 벌리고 손을 엉덩이에 대고는 그녀 앞에 우뚝 섰다. 캐롤라인이 그의 얼굴을 올려다보자 화난 표정이 보였다. 그러자 그녀는 자신의 분노를 폭발시켰다.

「오늘 밤부터 난 다시는 당신과 말도 하지 않을 거예요」

그녀의 맹렬한 목소리에 브래드포드가 격분했다.

「필요하다면 당신을 때려서라도 세인트 제임스와 서재에서 무슨 짓을 하고 있었는지 내게 말하게 할 거요」

「당신은 절 때리지는 않을 거예요」

캐롤라인이 확신을 가지고 조용하게 말하자 브래드포드는 놀라서 숨을 몰아쉬었다.

「당신이 어떻게 그걸 아오?」

그가 목소리를 낮추고 물었다.

「생각과 표정으로 훨씬 더 심한 타격을 미칠 수 있는데 당신이 주먹을 휘두를 필요는 없잖아요. 게다가 당신은 여자를 때리지는 않을 거예요. 그것은 당신에겐 어울리지 않거든요」

브래드포드는 그녀가 옳다고 인정했다. 말뿐인 협박으론 자신의 목적을 달성할 순 없었다. 그는 조용히 추론하는 방법을 사용해보기로 결심했다.

「무슨 일이 일어났었는지 내게 말해주시오」

「당신이 제 질문에 대답을 해주면, 저도 당신에게 모든 상황을 말해드리죠. 나는 이미 사실을 알고 있지만 당신이 직접 말하는 것을 듣고 싶어요」

캐롤라인이 일어나서 남편을 마주보았다.

「세인트 제임스와 함께 있는 저를 보자마자, 제가 당신을 배반했다고 믿었어요, 그렇지 않나요?」

「난 당신이 그럴 맘이 없다는……」

「그건 제가 물어본 게 아니에요. 지금 제 말에 대답해요. 사실을요, 브래드포드?」

캐롤라인이 말했다.

그는 얼굴을 찡그리더니 어깨를 움츠렸다.

「그게 당연한 결론이잖소. 내 대답은 그렇다는 거요. 단지 1, 2초 동안만 당신이 날 배반했다고 믿었소. 당신이 누군가를 만나고 싶다고 오늘 저녁에 이미 말했었잖소. 그러나 내가 과잉반응을 보였다는 것을 깨달았소. 그리고 당신이 날 속이지 않았다는 것을 알고 있소.」

캐롤라인의 어깨를 축 늘어뜨리고 머리를 저었다.

「전 채러티와 비밀리에 할 이야기가 있다고 말한 거였어요. 그녀가 내가 만났던 사람 중에 하나죠. 당신에게 무슨 일이 있었는지 이제 말해드리죠. 전 당신을 찾으러 갔어요. 폴이 당신이 서재에 있을지도 모른다고 했어요. 그런데 세인트 제임스가 절 따라온 거죠. 제 평판을 떨어뜨려주면 레이첼이 그에게 돈을 주겠다고 했나봐요. 당신도 알다시피 당신이 얼마나 질투가 심한지는 모든 사람들이 다 알고 있잖아요. 당신의 멍청한 아내만 빼고요! 그리고 세인트 제임스는 돈이 필요했어요. 나는 당신이 본 것이 아니라 제 말을 믿을 거라고 그에게 정말로 뽐내면서 말을 했었죠. 제가 틀렸지만요.」

「이런 식으로 말을 돌리지 마시오. 당신은 오늘 밤에 내 옆에 붙어 있겠다고 나하고 약속했었소. 내가 한눈을 팔자마자, 당신은 기다렸다는 듯이…….」

브래드포드가 날카롭게 말했다.

「전 당신을 찾으려고 간 거예요. 제 실수였어요.」

캐롤라인이 말했다.

「그 말이 맞소.」

브래드포드가 대답했다.

「제 실수는 당신과 결혼했다는 거죠. 제 실수는 당신을 진심으로 믿었다는 거예요. 제 실수는 또한 당신을 사랑하게 된 거죠. 하지만 사랑과 미움은 같은 감정이에요. 지금은 제가 당신을 증오하고 있는 것 같군요. 그리고 그건 모두 당신 탓이에요. 당신이 제 사랑을 서서히 목 졸라 죽이고 있으니까요.」

캐롤라인이 고함쳤다.

그에게 등을 돌리고 마음속에서 그가 바로 뒤에 있다는 사실을 몰아내려고 애쓰면서 옷을 벗기 시작했다.

그녀는 슈미즈만 남기고 옷을 벗고는 가운을 가지러 그의 침실로 가려고 브래드포드 쪽으로 돌아섰다. 그러나 그가 앞을 가로막았다.

「왜 얼굴을 찡그리고 있는 거죠, 브래드포드? 지금 기뻐하고 있어야 하잖아요. 우리가 처음 만났던 날부터 제가 당신을 속이기만을 기다리고 있었잖아요. 당신은 제가 당신이 과거에 사귀었던 여자들과 똑같다고 너무나 확신하고 있었잖아요. 그리고 당신이 옳다는 사실이 증명되었잖아요. 전 창녀와 다름없어요, 안 그래요?」

캐롤라인이 냉담한 음성으로 말했다.

「무슨 말을 하고 있는 거요?」

브래드포드가 물었다.

「절 제 자신에게서 보호하는 게 당신의 임무라고 생각하지요, 그렇지 않나요? 우리 가엾은 여자들은 너무나 약하죠. 그리고 물론 우리 여자들은 도덕관념이라고는 없지요. 여자들이 처음 만난 남자하고 침대로 뛰어드는 게 당연하지 않나요? 대답해봐요, 브래드포드. 어떻게 제가 우리가 결혼할 때까지 처녀인 채로 남아 있을 수 있었을까요?」

「빌어먹을, 당신의 말은 이치에 맞지도 않소」

그는 소리를 지를 수밖에 없었다. 그러나 그녀는 사실에 점점 다가가고 있었다.

「영국은 소름끼치는 곳이에요. 보스턴에서 살던 그 오랜 세월 동안, 전 그런 무뢰한을 딱 한 번밖에 보지 못했었죠. 술 취한 남자 셋이 있었고, 전 시내의 이상한 곳에 있었죠. 하지만 이곳에서 내가 어디를 보든 간에 전 공격을 당하고, 위협 당하고…… 그리고 그런 짓을 전혀 모르는 사람이 하는 것도 아니에요. 제 남편까지도 끔찍한 생각으로 절 공격하잖아요. 전 집에 가고 싶어요. 전 보스턴으로 돌아가고 싶다고요.」

캐롤라인은 울기 시작했다.

「캐롤라인, 난 성질이 급하다는 사실을 숨긴 적이 없소」

「그건 귀머거리에게 고함지르는 것이나 장님에게 보라고 명령하는 것처럼 아무 소용없는 말이에요. 오늘 밤에 전 당신의 믿음이 너무나 견고해서 무엇으로도 당신을 변화시킬 수 없다는 사실을 깨달았어요. 당신은 진심으로 절 믿으려고 해본 적도 없어요. 당신은 그렇게 할 수가 없었겠죠. 당신과 결혼하지 않았어야만 했어요.」

캐롤라인이 말했다.

「당신에겐 선택의 여지가 없었소.」

브래드포드가 말했다. 그는 그녀의 가혹한 말에 다시 화가 치밀어 올랐다. 감히 그녀가 그런 식으로 말하다니 그는 격분했다.

브래드포드는 캐롤라인이 침대에 누워 이불을 덮는 것을 바라보았다. 그녀는 그에게 등을 돌리고 옆으로 돌아누웠다.

「제 침실에서 나가줬으면 좋겠군요.」

캐롤라인이 말했다. 그녀는 절망과 추위로 몸을 떨었다. 그리고 자신이 허물어져서 본격적으로 울음을 터뜨리는 것은 단지 시간 문제일 뿐이었다. 그녀는 이 비참한 상황에서 혼자 있고 싶었다. 한바탕 울고 나면 어떻게 할 것인지 이성적으로 생각할 수 있을 것 같았다.

「당신은 그것을 거꾸로 보고 있소, 캐롤라인. 당신은 항상 모든 것을 거꾸로 보고 있지. 당신이 내게 화낼 이유는 없소. 그 나쁜 놈과 함께 서재에 있는 당신을 발견한 것은 바로 나요. 그것도 당신이 혼자서는 떠나지 않겠다고 나한테 약속한 후에 말이오. 당신에게 너무나도 빌어먹을 정도로 믿음이 가는군, 캐롤라인. 그리고 그건 항상 당신이 처리할 수 없는 상황에 끼여들기 때문이오.」

브래드포드가 불만스럽게 말했다.

「전 어떤 것도 거꾸로 보지 않아요.」

캐롤라인이 대답했다. 그녀는 돌아누워 브래드포드의 등을 노려봤다.

「마침내 제가 그게 옳다는 것을 알게 된 거죠. 우리가 따로 침실을 써야 한다고 말한 사람은 바로 당신이었잖아요. 그리고 여긴 제 방이죠, 그러니 어서 나가요. 전 당신이 제 옆에서 잠자는 게 싫어요.」

캐롤라인이 심하게 퍼부었다. 도전적인 목소리로 덧붙여 말할 때 그녀의 눈에서 뜨거운 눈물이 끓어올랐다.

「전 그것을 허락할 수 없어요」

「허락한다고? 당신이 허락할 수 없다고?」

브래드포드의 고함소리에 캐롤라인은 입을 다물었다. 브래드포드는 그녀가 자신의 화난 모습을 잘 볼 수 있게 돌아섰다. 그러나 이제 캐롤라인은 그것을 눈여겨보지도 않았다.

「어느 누구도 감히 내게 이런 식으로 말한 적이 없어! 어느 누구도! 알아듣겠소, 캐롤라인. 이 결혼에서 허락할 수 있는 사람은 바로 나요, 당신이 아니라.」

브래드포드는 셔츠를 벗으면서 침대로 올라왔다. 캐롤라인은 배를 깔고 누웠다. 이불이 홱 벗겨지는 것을 느꼈고, 그가 옆에 눕자 브래드포드의 체중으로 침대가 삐걱거리는 소리를 내는 것을 들었다. 그리고 그는 그녀의 슈미즈를 밑으로 잡아당겨 어깨에서 허리로, 다음엔 허벅지로, 마침내 다리로 끌어내렸다. 그녀는 꼼짝도 하지 않았다. 등의 매끄러운 피부의 근육을 긴장시킨 게 그녀가 보인 유일한 반응이었다. 다음 공격이 일어나지 않았기 때문에 그녀는 허파가 터지겠다고 생각될 때까지 숨을 멈추고 기다렸다. 대신에 그녀는 브래드포드의 입술이 목덜미에 살짝 닿는 것을 느꼈다.

「당신이 절 만지는 게 싫어요」

캐롤라인이 베개에 대고 말했다.

「그래봤자 소용없소. 당신이 싫어하는 건 중요하지 않소」

브래드포드의 음성은 무자비하고 단호했다.

캐롤라인이 브래드포드의 몸 옆에 부딪힐 정도로 거세게 돌아누웠다. 그녀의 얼굴은 그의 얼굴에서 몇 센티미터도 떨어져 있지 않았다. 분노가 두 사람 사이를 억제되지 않고 흐르는 것을 느끼면서 그들은 서로를 오랫동안 말없이 노려보았다.

「아마도 브래드포드 공작님께는 제 생각은 중요하지 않겠죠. 하지만

이 침대에선 당신의 권력과 돈은 아무것도 아니에요. 이 침대에선 당신은 제 남편일 뿐이에요. 사람들은 브래드포드 공작님께 복종하겠지만 난 내 남편에게 결코 복종하지 않을 거예요. 결코요! 당신과 작위를 떼놓는 법을 배우세요. 맹세컨대 그것이 이 결혼이 유지될 수 있는 유일한 길이에요.」

브래드포드는 혼란스럽다는 표정을 지었다. 그리고 캐롤라인은 그가 이해하도록 비명이라도 지르고 싶었다.

「당신의 거만함과 함께 질투심과 분노도 문 밖에다 버리고요. 제겐 제레드 마커스 벤튼으로 오세요.」

그녀는 자신의 마지막 바람을 말하고 그를 무시하면서 다시 배를 깔고 누웠다. 브래드포드가 아직도 이해하지 못했다는 것을 알아차리자 그녀는 유감스러워서 마음이 아팠다.

브래드포드는 그녀가 불가능한 것을 요구하고 있다고 생각했다. 그녀가 수수께끼를 냈으나 그는 그것을 풀 인내심이 없었다. 그는 브래드포드 공작님이지 않는가! 그리고 사람과 작위를 떼어낸다는 것은 불가능했다. 빌어먹을! 그녀는 작위가 옷과 같다는 것을 모르나? 그녀가 내 가치와 중요성을 빼앗으려고 하는 건가?

불확실한 생각이 그를 끊임없이 괴롭혔다. 아니면 내 방어벽을 무너뜨리려 하는 걸까? 만약에 그녀가 성공한다면 그럼 뭐지? 남아 있는 게 뭐냐고?

그녀가 내게 너무나 많을 것을 요구하는 거야. 자신의 마음도 이해하지 못하고 있으면서. 그녀는 권력과 재산과 지위를 거부했지만, 하지만 그것 때문에 나와 결혼한 것 아니겠어. 아니면 그것들과 결혼했던지? 그녀가 정말로 제레드 마커스 벤튼이란 남자를 사랑할 수 있을까?

브래드포드는 머리를 흔들고 그녀가 야기시킨 혼란스런 생각을 무시하려고 노력했다.

맙소사, 그녀가 끄집어낸 문제 때문에 머리가 빙빙 돌 것 같아. 아버지와 형이 죽은 이후 처음으로 자신이 취약하다는 것을 느꼈다. 그는 그런 자신에게 욕을 퍼부어댔다.

그녀가 그를 혼란시켰고, 그는 그녀가 꺼낸 믿음과 그녀가 요구한 변화를 다룰 준비가 되어 있지 않았다. 지금 이 순간 자신이 그녀를 원한다는 사실만을 알고 있었다. 그리고 그는 그녀가 자발적으로…… 그리고 정열적으로…… 사랑을 나누기를 원했다.

캐롤라인은 눈물을 멈추려고 눈을 꼭 감았으나 쓸데없는 짓이었다. 그녀는 브래드포드가 옆으로 와서 자신의 다리 위에 무거운 허벅지가 올라오는 것을 느꼈다. 그가 손으로 그녀의 등을 부드럽게 애무하기 시작했다. 너무나 부드러운 감촉에 그녀는 다시 혼란스러워졌다. 그의 따뜻한 숨결이 척추를 타고 흐르자 그녀는 소름이 돋았다. 그는 손가락으로 그녀의 목 밑에서 엉덩이까지 천천히 에로틱한 선을 그렸다. 그리고 잠깐 주저하다가 그녀가 뜨거워지는 것을 만지기 위해 그녀의 허벅지 사이로 들어갔다.

그녀는 그의 분노가 사라졌다는 것을 감지하자 부드러운 유혹의 손길에 반응을 나타냈다. 그가 강요하는 관능적인 기쁨을 증오해야 한다고 자신에게 말하면서 그녀는 저항하려고 생각했다. 그러고 나자 그가 자신에게 전혀 반응을 보일 것을 강요하고 있지 않다는 것을 인정했다.

그의 입이 그녀의 등에 키스를 퍼부어대는 동안 그의 손가락은 그녀를 욕망으로 축축하고 뜨겁게 만들기 위해 마술을 부렸다. 그의 손길이 닿자 자신의 근육이 수축하는 것을 느꼈고, 떨림을 멈출 수가 없었다.

그의 손가락이 되풀이해서 마술을 부렸다. 그녀는 그 황홀한 고문에 죽을 것만 같았다. 절정을 맛보기를 바라면서 그에게로 몸을 활처럼 구부렸다. 그녀는 요구하고 간청하면서 그의 이름을 허스키한 음성으로 신음하듯이 불러댔다.

그러자 브래드포드가 몸을 움직여 그녀의 다리 사이에 무릎을 꿇었다.

「당신이 얼마나 이것을 원하는지 말해.」

그가 명령했다.

브래드포드의 목소리는 욕망으로 흔들려서 거칠었다. 그는 자신이 그녀를 원하는 만큼 그녀도 자신을 원한다고 말하는 것을 듣고 싶었다.

「전 당신을 원해요, 제레드. 제발, 어서요.」

캐롤라인이 속삭였다

「나도 당신을 원하오, 캐롤라인.」

그가 으르렁대듯이 말했다. 그는 손으로 그녀의 엉덩이를 잡고 한 번의 동작으로 힘차게 그녀에게로 들어갔다.

그가 태울 듯한 몽롱한 기쁨 속에서 애정이 넘치는 말을 낮게 속삭여 그녀를 부추겼다. 그는 자신이 주는 것을 받으라고 그녀에게 간청했다. 그는 그녀가 완전히 항복할 때까지 기다렸다. 그녀가 다시 그의 이름을 부르자, 브래드포드는 그녀를 태양 같은 뜨거운 열기 속으로 밀어 넣으면서 타는 듯한 절정을 맛보았다.

만족스럽게 낮은 신음 소리를 내면서 그가 아내 위에서 무너져내렸다. 그리고 떨림이 사라지자 그는 사랑스런 아내를 끌어안았다. 그녀의 머리 위에다 자신의 머리를 대고 손으로 그녀의 뺨을 부드럽게 어루만졌다. 그는 손끝에 닿는 그녀의 눈물을 느끼고 캐롤라인이 마침내 자제력을 되찾아 울음을 그칠 때까지 되풀이해서 속삭였다.

「울지 마, 여보. 울지 말라고.」

「당신은 언제라도 제가 당신을 원하게 만들 수 있어요.」

캐롤라인이 속삭였다. 그녀의 음성은 마치 중대한 죄를 고백하고 있는 듯이 들렸다.

브래드포드는 즉시 대답하지 않았다. 그가 이불을 덮어주고 그녀의 등을 끌어당겨 다정하게 안아주자 그녀는 다시 울음을 터뜨렸다.

「캐롤라인, 내가 미안하다고 말하는 것을 듣고 싶은 거요? 그건 거짓말인데도. 난 좀 전에 당신을 강제로 안지 않았소. 내가 당신을 원하는 것만큼 당신도 날 원했었소.」

브래드포드가 한숨을 내쉬면서 말했다.

그가 마지막 말을 마치기도 전에 그녀가 머리를 저었다.

「당신이 날 원하지 않았다는 거요.」

그녀가 거짓말을 하는 데 놀라서 그가 물었다. 그녀는 항상 솔직했고 그래서 때로는 버릇이 없기까지 했는데. 그래서 그녀의 정직함을 믿어왔었는데.

「아니에요, 전 당신을 원했어요. 하지만 제가 오늘 밤 파티에서 수치스런 행동을 했다고 당신이 생각했기 때문에 당신에게 미안하다는 말을 듣고 싶어요.」

그녀가 설명했다. 그녀의 말은 베개에 묻혀 거의 들리지 않았다. 그래서 브래드포드는 그녀의 말을 듣기 위해 팔꿈치를 괴고 몸을 일으켜야 했다.

그녀의 관자놀이에 키스를 하고 나서 말했다.

「당신은 과잉반응을 하고 있소.」

「제가 과잉 반응을 보이고 있다고요?」

그가 대수롭지 않게 한 말에 캐롤라인은 놀랐다.

「당신은 오늘 밤에 한 남자를 죽일 뻔했고, 절 바라볼 때의 당신 표정은 끔찍했어요! 그게 내 탓이라고 믿고 싶었죠, 안 그래요?」

「제발, 당신은 연극을 하고 있는 것 같소.」

브래드포드가 말했다. 그가 화를 내며 말하자 그 반응으로 캐롤라인도 신경을 곤두세웠다. 그는 자신이 그녀의 마음을 얼마나 상하게 했는지 전혀 모르고 있었다.

「난 곧 상황을 이해했소.」

「충분히 빠르지는 않았어요.」

캐롤라인이 날카롭게 말했다. 그녀는 일어나 앉으려고 발버둥을 치다가 고개를 돌려 브래드포드를 보았다.

「당신이 절 완전히 믿을 때까진 이 결혼의 운명은 뻔해요. 전 맹시적인 신뢰를 원해요. 그보다 더 작은 것에 만족하지 않을 거예요. 전 무조건적인 믿음을 원해요. 침대에 두 남자와 함께 있는 절 발견하고도 판단을 내리기 전에 제 설명을 들어줄 수 있을 만큼요.」

「당신은 바보와 결혼한 게 아니오, 캐롤라인.」

「전 그렇다고 확신하진 않아요.」

캐롤라인이 대답했다. 그녀는 남편의 눈이 분노로 번뜩이는 것을 보고 말을 이었다.

「바보는 그의 적을 이해하는데 시간을 할애하진 않죠. 당신은 제 인격에 대해 성급한 판단을 내렸고, 내가 가장 중요하게 생각하는 것을 공격했어요.」

「그게 뭐요?」

브래드포드가 물었다. 그의 목소리는 차분했고 끔찍할 정도로 자제되어 있었다.

「제 명예요.」

「당신 눈에는 이 결혼이 전쟁터로 보이오? 우린 남편과 아내요, 캐롤라인. 전쟁터의 적군이 아니라.」

「지금은 전 그 차이를 모르겠네요. 차라리 우리의 결혼이 전쟁터인 편이 낫겠어요. 당신이 날 인정…….」

캐롤라인이 말했다.

「난 아무것도 인정하지 않을 거요.」

브래드포드가 날카롭게 말했다. 그 대화는 그가 이해할 정도를 훨씬 넘어섰다. 그녀가 전에 말한 어떤 것이 그의 머릿속에 남아 있었다. 그는 그것이 무엇인지 기억해내려고 애썼다. 그게 무엇이든지 간에 곧 떠오르겠지. 그는 하품을 하면서 생각했다. 지금은 오로지 아내를 안고 잠자고 싶을 뿐이야. 그런 생각을 하면서 그는 그녀와의 말다툼을 끝내려고 했다.

「내 힘과 우월성을 인정해야 할 사람은 바로 당신이오. 당신이 감히 그게 다르다고 말하겠소?」

「당신은 정말 둔하군요. 당신은 제가 당신에게 뭘 원하는지 정확하게 알고 있어요. 당신이 절 믿든가 그렇지 않으면…….」

「아마도 조만간 당신이 내게 그걸 입증해 보이겠지.」

브래드포드가 대답했다. 마음속에서 그 주제를 잊어버리면서 그는 다시 하품을 했다. 그리고 캐롤라인을 다시 안으려고 했다.

캐롤라인은 재빨리 남편의 품에서 벗어났다. 그리고는 침대에서 내려와 이불을 잡아당겨 분노로 떨면서 몸에 둘렀다.

「전 당신에게 제 자신을 완전하게 증명해 보였어요. 당신이 당신의 방식을 고수한다면, 남자가 내게 말을 하려고 입을 벌릴 때마다 난 두려움에 몸을 떨어야만 할 것이고, 당신이 성급한 결론을 다시 내릴까봐 두려워해야만 할 거예요. 제가 물질적인 것에 열광하는 천박한 여자도 아니고, 런던 남자를 모두 정복하려는 교활한 창녀도 아니라는 것을 당신이 깨닫게 된다면 우리의 미래가 평화롭겠죠. 그때까지 당신은 혼자서 빌어먹게 잘 자라구요. 의심이 당신을 따뜻하게 해줄 테니까요.」

그녀는 방에서 걸어나갔다. 문을 쾅 닫고 나자 만족감이 생겼으나 오래 가진 못했다. 브래드포드의 침대에 눕자 그녀는 다시 화가 치밀어서 몸이 떨렸다. 그가 자신의 등을 잡고 그의 옆으로 질질 끌고 갈 것이라고 생각했으나 그러지 않아서 놀랐다.

그가 침실 문을 열고 머리를 흔들면서 그녀 앞에 우뚝 섰다.

「나도 마찬가지요.」

그녀를 얼어붙게 하는 음성으로 그가 말했다.

「여긴 내 침실이오. 내 방에서 자려면 내 허락을 받아야 하는 거요. 당신이 얼마나 어리석게 행동했는지 깨닫게 되면, 당신의 사과를 받아줄 용의도 있소.」

그의 말에 캐롤라인은 대답하지 않았다. 그녀는 그의 침대에서 내려와 자신의 침실로 걸어갔다. 그녀는 추위로 떨면서 침대에 누워서 울다가 잠이 들었다.

그녀가 마지막으로 한 생각은 브래드포드가 이 세상에서 가장 고집불통인 사람이라는 것이다.

브래드포드는 아내의 우는소리를 들었다. 그는 침대에서 일어나서 그녀에게 가려고 하다가 멈췄다. 그녀가 이런 문제를 야기시켰으니 와야 할 사람은 바로 그녀야.

그는 눈을 감고 생각을 정리하려고 노력했다. 막 잠이 들려고 할 때 그는 자신의 마음을 괴롭히고 신경에 거슬리던 게 무엇인지 기억해냈다. 그녀가 날 이름으로 불렀었지. 사랑을 나누고 있을 때 그녀가 제레드라고 불렀었지. 그는 그게 왜 그렇게 중요한 걸까 생각하느라 눈살을 찌푸렸다.

12

캐롤라인은 이틀 동안을 어떻게 참아낼 수 있을지 몰랐다. 채러티의 결혼식을 보는 것은 너무나 고통스러워서 견딜 수가 없었다. 사촌은 사랑에 푹 빠져서 너무나 행복해 보였다.

캐롤라인은 질투로 인해 마음이 몹시 쓰렸다. 그녀는 자신의 감정을 숨기고 남편 옆에 서야 할 때마다 순종적인 아내인 양 행동했다.

캐롤라인은 보스턴 가족들에 대한 심한 향수병과 브래드포드와 함께 있는 자신의 상황을 생각할 때마다, 발작적으로 일어나는 우울증이 교차했다. 캐롤라인은 그에 대한 사랑의 덫에 자신이 빠진 것을 느끼고 그런 난봉꾼을 사랑하는 고통이 멈추기를 여러 번 바랐다.

결혼식은 매우 아름다웠고, 캐롤라인은 결혼식 서약을 하는 동안 남편이 얼굴을 찌푸릴 정도로 훌쩍거렸다. 그는 교회에 있는 사람들 모두가 다 들을 만큼 크게 짜증스런 한숨을 내쉬더니 손수건을 쥐어 주었다.

캐롤라인은 브래드포드를 남편으로서 비참하다고 느끼는 감정을 숨기고 있는 반면에, 그가 자신에 대한 혐오감을 숨기려고도 하지 않자 약이 올랐다. 그는 불만에 가득 찬 학생같이 얼굴을 찡그리고 있었다. 하지만 그는 결혼식 다음에 열린 피로연에서는 아주 즐거워하면서 한두 차례 웃기까지 했다.

그러나 브래드포드는 그녀를 뺀 다른 사람들에게만 즐거운 모습을 보였다. 그녀에게 명령을 할 필요가 있을 때만 빼고는 계속해서 그녀의 존재를 완전히 무시했다.

레이첼과 그녀의 어머니가 결혼식과 피로연에 참석했다. 캐롤라인은 그들이 참석한 사실에 놀랐다. 그녀는 밀포드와 브래드포드와 함께 마차를 타고 타운하우스로 돌아가는 길에 그들의 얘기를 꺼냈다.

「레이첼이 결혼식에 온 이유를 모르겠군요. 그녀는 날 증오하는 감정을 전혀 숨기지 않았잖아요. 게다가 내가 그곳에 온다는 것도 알았을 텐데요.」

캐롤라인이 말을 꺼냈다.

「그들은 두 사람 다 초대된 거요. 어머니와 딸 둘 다 말이오.」

밀포드가 지적했다.

「하지만 그녀가 제게 그렇게 끔찍한 말을 했었는데도요.」

캐롤라인이 고개를 흔들면서 말했다.

「맞소, 당신과 브래드포드와 나이젤뿐만 아니라 나도 알고 있소. 그녀의 어머니는 아직도 당신의 아버지를 낚아채고 싶어하고 있소.」

밀포드가 대답했다.

「그녀와 이야기를 해보려고 했어요. 하지만 그녀는 생쥐처럼 제가 가까이 가기만 하면 그녀는 멀리 다른 쪽으로 피해갔어요.」

캐롤라인이 말했다.

밀포드가 싱긋 웃었다.

「그녀는 생기기도 생쥐처럼 생겼소.」

그러나 브래드포드는 재미있어 하지 않았다.

「난 당신이 그 여자 옆에 가는 게 싫소.」

브래드포드가 엄격한 목소리로 말했다.

「전 단지 그녀가 절 그렇게 미워하는 이유를 알고 싶었을 뿐이에요. 그녀는 모든 게 제 잘못이라고 말했어요. 제가 한 어떤 짓이 그렇게 미움을 샀는지 전 알 권리가 있다고 생각해요, 브래드포드. 그녀는 절 클레이미어네 계단에서 밀어서 죽일 뻔했다구요.」

「왜 당신은 그녀가 그런 짓을 했다고 생각하는 거요?」

밀포드가 질문을 하면서 브래드포드를 바라보았다. 친구가 고개를 짧게 흔들어서 그 문제를 계속 얘기하지 말라고 신호를 보냈다. 밀포드는 모르겠다는 듯이 한쪽 눈썹을 치켜 뜨고는 화제를 바꿨다.

「채러티가 식민지로 가고 나면 보고 싶어지겠군요?」

그건 어리석은 질문이었으나 캐롤라인의 주의를 다른 데로 돌리고자 그가 생각해낼 수 있는 건 그것뿐이었다.

「뭐라고요? 아, 물론 전 그녀가 보고 싶을 거예요.」

캐롤라인이 그의 물음에 놀란 듯한 표정으로 대답했다.

「전 줄곧 제 가족들에게 다니러 가고 싶다는 생각을 하고 있었어요.」

캐롤라인은 자신의 말을 어떻게 받아들이고 있는지 브래드포드를 힐끔 쳐다봤다. 그러나 그는 창 밖만을 바라보면서 여전히 그녀를 무시하고 있었다.

「봄에 잠깐 다녀올 수 있을지도 모르겠어요.」

그녀가 덧붙여 말했다.

「당신은 아무 데도 가지 않을 거요.」

브래드포드가 말했다. 그의 음성엔 논의의 여지가 없었다. 그리고 캐롤라인은 긴 하루를 보내느라 너무나 피곤해서 그와 싸울 힘이 없었다.

밀포드는 다른 더 안전한 주제를 끄집어내려고 안간힘을 썼다. 마차 안의 긴장은 눈에 보일 정도였고, 그를 매우 불편하게 했다.

「당신의 삼촌은 어떻소? 그가 병으로 누워 있다고 들었는데.」

밀포드가 불쑥 말했다.

「단지 감기일 뿐이에요. 브래드포드와 제가 어제 찾아가 뵈었어요. 그는 코가 조금 빨갛고 눈물이 조금 날 뿐이에요. 하지만 의사가 며칠만 지나면 괜찮아질 거라고 말했어요. 그는 채러티의 결혼을 못 보게 되서 무척 마음 아파했어요.」

캐롤라인이 대답했다.

타운하우스에 도착하자 캐롤라인은 곧바로 위층으로 올라갔다. 브래드포드와 밀포드는 서재로 가서 이야기를 했다.

캐롤라인은 침대에 들기 전에 족히 1시간 동안은 침실을 서성거렸다. 그녀는 그 매트리스가 싫었고, 욕구불만을 해소하기 위해 주먹을 쥐고 여러 차례 그것을 쳤다. 남편과 자신 사이에 깊어 가는 골에 비참함을 느꼈다. 그리고 그건 풀릴 수 없는 문제라는 생각이 들기 시작했다.

브래드포드의 침실 문을 열고 캐롤라인은 입구에 서서 유혹적인 커다란 침대를 노려봤다. 그의 사랑을 바라는 게 틀린 건가? 내가 고집불통인 걸까? 브래드포드가 날 비현실적이라고 했었지. 아마 그가 옳을지도 모를 거라고 캐롤라인은 생각했다. 아마도 내가 그에게 너무 많은 것을 요구하는 건지도 몰라.

「난 반쪽만은 갖지 않을 거야.」

캐롤라인이 속삭였다. 그녀는 브래드포드의 생각이 틀렸다는 것을 진정으로 알고 있었다. 자신의 결심을 흔들고 있는, 그의 품에 안기고 싶다는 욕망 때문에 꺾일 수는 없었다.

캐롤라인은 자신의 확고한 결심을 유지시킬 힘을 달라고 기도하고 나서 남편의 침실과 연결된 문을 쾅 닫고 천천히 차갑고 아무도 기다리고 있지 않는 자신의 침대로 걸어갔다.

다음날 아침 브래드포드는 브래드포드 힐스로 돌아갈 때라고 말했다. 캐롤라인은 그 말에 아무런 반대도 하지 않았으나 남편의 분위기에 맞춰 쌀쌀맞은 태도를 취하고 있었다.

브래드포드는 그녀의 적대적인 태도가 점점 마음에 들지 않았다. 그는 아내의 적나라한 유머 감각을 좋아했고, 또한 그녀와 말다툼하는 것을 즐겼다.

그녀는 식민지와 영국에서 일어나는 정치적인 문제를 이해하는 지적인 여자였다. 그래서 그는 두 나라 사이의 차이점에 대해 그녀와 열띤 논쟁을 다시 벌이고 싶었다.

그들은 신속하게 시골 저택으로 갔다. 브래드포드는 캐롤라인을 그곳으로 데려가면 그녀가 외로워서 자신과 이야기를 할 거란 확신을 가졌다. 그는 또한 육체적으로도 그녀가 그리웠다. 그래서 그들이 다시 친밀한 관계로 돌아갈 수 있게 그녀가 사과를 해오기를 기다렸다.

그러나 그 주가 끝나갈 무렵 그는 자신의 생각을 재평가해야만 했다. 캐롤라인은 조금도 외로워하는 기색을 보이지 않았다. 그리고 만약 그가 그녀를 아주 잘 알지 않았더라면, 그녀가 런던에서의 소란스런 사교활동보다 시골 생활을 더 좋아한다고 생각했을지도 몰랐다.

캐롤라인의 아버지가 그녀에게 아라비아산 말 두 마리를 키울 것을 권했었다. 그녀는 매일 아침 경호원을 붙이고 승마를 즐겼다.

브래드포드는 사업상 런던으로 돌아가야만 했다. 그곳에 머무르는 동안에 그는 값비싼 보석을 몇 점 구입했다. 그가 가장 좋아한 것은 다이아몬드와 루비로 된 목걸이였다.

다음날 아침에 브래드포드 힐스로 돌아갔을 때 그녀의 겸손한 감사인사를 받으려는 마음에서 그는 그것들을 특별 배달 편으로 아내에게 보냈다.

같은 배달꾼이 그날 저녁 늦게 그 목걸이를 도로 가지고 돌아왔다. 아무런 편지도 없었다. 그러나 지친 배달꾼은 공작부인이 가능한 빨리 그 목걸이를 다시 남편에게 전해주라는 말을 남기고 떠났다.

브래드포드는 그녀가 자신의 선물을 받아들이지 않아서 분통이 터졌지만 그녀가 그것이 맘에 들지 않았을 뿐이라고 생각했다. 아직 세팅하지 않은 훌륭한 보석을 몇 점 구해놓았으니 내가 선견지명이 있었지. 집으로 돌아갈 때 그것들을 가지고 가야지.

또한 그는 마차에 여러 가지 최신 유행의 옷감을 캐롤라인에 대한 화해의 선물로 실었다. 새 드레스에 대한 유혹을 견뎌낼 수 있는 여자는 아마 없을 걸. 브래드포드는 자신의 관대함에 그녀가 무릎을 꿇을 거라고 확신했다.

하지만 브래드포드 힐스로 돌아온 그는 자신이 생각했던 데로 일이 되지 않자 아내의 거절보다는 자기 자신에 대해 더 화가 났다. 그녀는 어떤 선물도 받아들이지 않았고, 사실 그게 자신을 모욕한 것 같은 태도로 보였다.

화해의 선물을 받아들이기엔 그녀는 너무나 빌어먹게 고집불통이라니까! 물론 내가 그 의도를 설명하지는 않았지만, 지능이 조금이라도 있는 여자라면 내 뜻을 이해할 수 있었을 거야.

저녁 늦게 브래드포드와 캐롤라인은 서재에서 마주보고 있었다. 그가 그녀의 거절에 당황했다고 말을 하자 캐롤라인은 더욱 화를 냈다. 그녀는 단순한 디자인의 진 보라색 드레스를 입고 어깨에 두툼한 숄을 두르고 있었다.

「언제쯤 제가 다른 여자와 다르다는 사실을 받아들이겠어요?」

캐롤라인이 그에게 물었다. 그녀는 남편에게 등을 돌리고 활활 타오르는 벽난로에 손을 쬐고 서 있었다.

「전 당신에게 비싼 보석을 바란 게 아니에요.」

「그럼, 좋은 물건들이 당신에게는 아무 의미가 없다는 거요?」

브래드포드가 물었다. 그의 목소리는 믿을 수 없을 만큼 차가웠다. 캐롤라인은 돌아서서 그의 눈이 분노로 번득이는 것을 보았다.

「인생에는 훨씬 더 마음을 끄는 다른 것들도 있어요.」

캐롤라인이 대답했다. 다른 무엇보다도 자신은 그의 사랑과 믿음을 갖고 싶다는 말을 어떤 식으로 그에게 전할까를 생각하면서 그녀는 잠시 머뭇거렸다. 그녀는 그 문제를 꺼내기가 무섭게 남편이 자신에게 마음을 닫을 거란 것을 알았다. 그래서 그녀는 필사적으로 그의 마음에 다가갈 방법을 찾았다.

「내가 당신을 다루는 데에 있어 큰 실수를 저지른 것 같소.」

브래드포드가 판결을 내리듯이 말했다. 다시 말을 잇는 그의 음성엔 거만한 기색이 서려 있었다.

「내일 당신의 소지품을 싸서 다른 곳에 있는 내 영지로 가시오. 그곳엔 브래드포드 가문에서 최초로 세웠던 집이 있소. 당신은 사치품이 당신에겐 아무런 의미가 없다고 내게 말했소. 그럼, 그것을 증명해 보이시오! 당신이 사실을 인정하는 데 얼마나 걸리는지 두고 보겠소.」

캐롤라인이 자신의 비탄을 숨기려고 애쓰면서 고개를 끄덕였다. 다른 집에서 산다면 두 사람 사이의 차이점을 어떻게 해결할 수 있을까?

「그럼, 당신도 저와 함께 그곳으로 갈 건가요?」

그녀가 조용한 음성으로 물었다.

브래드포드는 그녀의 눈에서 놀라움이 서리는 것을 보고 웃을 뻔했다. 마침내 자신이 그녀에게 지각을 되찾게 할 방법을 찾았다고 생각했다.

「아니오. 당신을 보호하기 위해 고용한 남자들이 당신과 함께 갈 거요. 그리고 난 런던으로 돌아갈 거요. 그곳에서 볼일이 끝나면 다시 이 집으로 돌아올 거고. 털어놓건대 나의 사랑스런 아내인 당신과는 달리, 난 재산이 주는 편안한 생활을 즐긴다오.」

브래드포드가 대답했다.

「그럼, 런던에 있는 동안 다른 여자를 가질 건가요?」

캐롤라인이 매우 침착한 어조로 물었다. 그녀가 등을 돌리고 있어서 브래드포드는 그녀의 표정을 볼 수 없었다.

그는 그녀의 질문에 깜짝 놀랐다. 그는 캐롤라인을 만나고 나서부터 다른 여자를 건드릴 생각조차 해보지도 않았지만 그때서야 그걸 알아차렸다. 그녀에게 상처를 입힐 다른 무기를 가지고 있다는 것을 깨달았으나 그걸 사용할 마음은 없었다.

「아니오.」

그는 설명을 덧붙이진 않았으나 캐롤라인이 말을 하기를 기다렸다.

「고마워요.」

그녀의 간단한 대답에 그는 다시 말을 꺼냈다.

「왜 그렇소? 왜 그게 당신에게 중요하오?」

브래드포드가 물었다.

캐롤라인이 천천히 걸어와서 남편 바로 앞에 섰다. 그는 책상 모서리에 몸을 기대고 있었다.

「제레드 마커스 벤튼, 제가 당신을 사랑하기 때문이지요.」

그녀는 자신의 시선에 진실 그대로를 담아 남편의 눈을 바라보면서 말했다.

「당신은 참 이상한 방법으로 사랑을 표현하는 것 같소.」

브래드포드가 말했다. 그리고 손을 뻗어 그녀를 가까이 끌어당겼다.

「내가 당신을 내 침대에서 몰아낸 것이 아니오, 캐롤라인. 당신이 자발적으로 떠났지.」

그의 말에 캐롤라인은 대답하지 않았다. 그가 유혹을 더 이상 견뎌낼 수 없을 때까지 계속 그를 올려다보고만 있었다. 그의 입술이 그녀의 입술에 살짝 닿았다. 그녀가 아무런 저항도 하지 않자, 그는 키스를 하고 또 했다.

캐롤라인의 입이 그의 부드러운 공격에 벌어졌다. 그녀는 손으로 그의 허리를 감았다. 그녀는 자신의 욕망과 사랑을 그가 느낄 수 있게 하기 위해 감정을 숨기지 않았다.

브래드포드는 혀로 그녀의 따뜻하고 달콤한 입 속을 더듬었다. 서로의 혀가 닿을 때마다 욕망의 불꽃이 타올랐다. 그녀가 브래드포드의 몸을 밀어붙이자 숄이 바닥에 떨어졌다.

캐롤라인은 키스가 끝나지 않기를 바랐다. 브래드포드가 그녀의 입에서 입술을 떼고 목덜미를 애무하기 시작하자, 캐롤라인은 쾌감과 쌓여 가는 욕구불만으로 한숨을 내쉬었다.

「난 오늘 밤에 당신을 가질 거요.」

브래드포드가 벨벳처럼 매끄럽게 말했다. 그가 다시 모든 저항을 잠재워버리는 길고, 뜨겁고, 혼을 빼는 키스를 했다. 그러고 나서 그녀를 팔로 들어올려 그의 침실을 향해 걸어갔다.

「반대는 없겠지, 캐롤라인?」

브래드포드가 문을 닫고 그녀에게 물었다.

캐롤라인이 고개를 저었지만 브래드포드는 다시 그녀에게 키스를 하고 나서 천천히 그리고 능숙하게 그녀의 옷을 벗겼다. 그리고 캐롤라인이 무릎을 꿇고 부츠를 벗는 것을 도와주는 것에 놀라면서 자신의 옷을 벗었다.

그녀는 브래드포드가 바라는 대로 해주었지만 브래드포드는 그런 갑작스런 변화에 눈살을 찌푸렸다.

캐롤라인은 순순히 몸을 일으켜 침대로 걸어갔다. 브래드포드는 그녀가 세상에서 가장 우아하고, 가장 청순하고, 가장 관능적인 여자라고 생각하면서 그녀를 바라보았다.

침대 양옆에서 두 개의 촛불이 타고 있었지만 브래드포드는 그것을 끄지 않았다. 그는 캐롤라인의 정열을 느낌만이 아니라 보고도 싶었다.

브래드포드는 이불을 벗겨내고 옆으로 누웠다. 그는 기대감이 쌓여 가는 지금 이 순간을 음미하고 싶었다. 그러나 그녀를 팔에 안고 부드러운 몸을 느끼자마자 더 이상 참을 수가 없었다. 그녀만이 충족시켜줄 수 있는 강렬한 갈망으로 타올라서 그는 거의 야만스러울 정도로 그녀에게 키스했다.

오늘 밤 남편의 손길은 유난히 부드러웠다. 그리고 남편과 똑같은 욕망을 갖고 있는 캐롤라인은 예전에 항상 했던 애태우는 고문을 원하지 않았다. 결합을 위해 그에게로 엉덩이를 밀어붙이면서 그녀는 손톱으로 그의 어깨를 할퀴었다.

브래드포드는 한번에 그녀에게 들어갔다. 캐롤라인이 낮은 비명을 지르자 그는 긴장해서 즉시 멈췄다.

「맙소사, 캐롤라인, 당신을 아프게 하고 싶진 않았소.」

그가 속삭였다.

캐롤라인은 몸을 떼려고 하는 그를 자신의 몸에서 나가지 못하게 하면서 몸을 활처럼 휘었다.

「멈추지 마세요, 브래드포드. 제발.」

그녀가 애원했다.

브래드포드는 자신이 움직일 때마다 아내가 기뻐하는 것을 보았다. 그녀의 눈은 짙은 푸른색으로 변해 있었다. 그가 점점 빠르게 움직이자, 그녀는 그의 영혼에 닿는 깊은 곳에서 나오는 원색의 신음 소리를 냈다. 그 소리에 그는 폭풍의 눈으로 들어갔다.

브래드포드는 캐롤라인이 긴장하는 것을 느꼈을 때 그녀의 눈빛에 굴복했다. 그리고 그녀가 절정을 느낀 것을 알았고, 그도 만족해서 그녀의 몸 위로 쓰러졌다.

캐롤라인은 브래드포드의 거친 숨소리를 들었고, 그의 심장이 고동치는 것을 느꼈다. 그녀는 만족에 찬 한숨을 내쉬고는 눈을 감았다.

점차 시간이 지나감에 따라 그녀의 만족감은 천천히 사라져갔다.

브래드포드는 옆으로 누워서 캐롤라인을 팔에 안았다.

「여기가 우리가 싸우지 않는 유일한 장소인 것 같군.」

그가 속삭였다.

「브래드포드, 플레이스에 있는 침대는 편안하겠죠?」

캐롤라인이 물었다.

「몇 군데는 가구도 없을 거요. 제기랄, 당신은 정말 고집불통이오, 캐롤라인. 당신이 내게 속해 있다는 것을 인정하기만 하면 이곳에 있을 수 있소」

「제가 당신에게 속해 있지 않다고 말한 적은 없어요」

자신의 말을 잘못 이해하고 있는 그의 말에 놀라면서 캐롤라인이 대답했다.

「당신은 우리가 말다툼을 하는 이유를 알아요. 그리고 당신이 깨달을 때까지, 그러니까 제가 만족……」

「당신은 이 집에서 필요한 것을 가지고 갈 수 있소」

브래드포드가 말을 잘랐다. 그는 물러설 마음이 없었다. 그의 말을 듣고 캐롤라인은 그가 얼마나 단호한지 깨달았다.

「왜 절 경호원과 함께 보내는 거죠? 전 당신이 레이첼과 이야기를 했었다는 것을 알아요」

그녀가 그의 얼굴을 보려고 노력하면서 말했다.

브래드포드는 그녀가 움직이려고 바둥거리는 것을 무시하고 가슴에 꼭 안고 있었다.

「레이첼은 책임이 없소. 그녀는 당신을 죽이려던 사건의 배후인물이 아니오.」

「확실해요?」

캐롤라인이 브래드포드의 팔에서 빠져나오는 데 성공했다. 그녀는 일어나 앉아 혼란스러워서 눈살을 찌푸렸다.

브래드포드는 지금 아내가 보여주는 귀여움과 섹시한 모습을 감상했다. 그녀의 곱슬거리는 머리가 가느다란 목선을 강조하면서 얼굴 주변에 헝클어져 있었다. 그녀가 꼭 잡고 있는 이불 위로 그를 유혹하듯이 그녀의 가슴이 살짝 엿보였다.

「브래드포드, 그게 확실하냐고 물었어요.」

캐롤라인이 다시 말했다.

브래드포드는 내키지 않다는 듯이 말을 했다.

「확실하오.」

캐롤라인이 한숨을 쉬었다.

「당신은 이 모든 일에 너무나 태평한 태도를 취하는 것 같아요. 만일 누군가가 당신을 죽이려고 하면, 전 온 런던을 뒤집어엎어서라도 그놈을 찾아내려고 할 거예요. 당신은 이 문제가 지긋지긋하다는 듯이 행동하고 있어요.」

캐롤라인이 불평을 했다.

「내가 이 상황을 처리하겠다고 약속했잖소. 당신이 그것에 대해 자세하게 알 필요는 없소. 그건 내 걱정거리지 당신 문제가 아니오.」

브래드포드가 말했다.

「아니에요, 브래드포드. 그건 우리의 문제예요.」

브래드포드가 그 말에 한숨을 쉬고 나서 말했다.

「레이첼은 당신이 당신 아버지에게 그녀의 어머니와 결혼하지 말라고 말해서 당신의 아버지가 결혼을 하지 않는다고 믿고 있소. 그녀는 그 결혼에서 금전적으로 이득을 볼 수 있었는데 당신이 그걸 방해했다고 믿는 거요.」

「어째서 그녀가 그렇게 말도 안되는 생각을 하게 된 거죠?」

캐롤라인이 어리둥절한 표정을 지으며 물었다.

브래드포드는 한참 동안 생각하고 나서 그녀에게 말하기로 결심했다.

「당신의 아버지가 그녀에게 그렇게 말했기 때문이오.」

「하지만 왜 아버지가 그러셨을까요?」

「캐롤라인, 당신의 아버지는 부담스럽다고 느껴서 당신을 핑계거리로 삼은 거요. 레이첼의 어머니에게 당신과 결혼하고 싶지 않다고 사실대로 말하기는 힘들었을 거요. 그래서 당신을 희생양으로 사용하는 쉬운 방법을 선택한 거요.」

그 말이 사실이 아닐 것이라고 생각하면서 캐롤라인은 머리를 가로저었다.

「그런 건 겁쟁이나 하는 짓이에요.」

그녀가 작게 말했다.

「경우에 따라 그럴 수도 있소.」

브래드포드가 동의했다. 그는 다시 팔을 뻗어 캐롤라인을 품에 끌어안았다.

「그러나 당신의 아버지는 다른 경우요. 그는 자신의 작은 세계에서 혼자서 살았었소. 그것도 오랫동안……」

「14년 동안이었어요.」

캐롤라인이 말참견을 했다.

「그렇소, 하여간 그는 틸만 같은 여자를 다룰 수 있을 정도로 세련되진 못했소. 그녀는 줄곧 아버님을 낚으려고 노력했소. 그래서 아버님은 생각해낼 수 있는 유일한 탈출구를 이용하신 거요.」

「그녀에게 솔직하게 털어놓기가 두려웠던 걸까요? 당신이 말하는 게 그거예요?」

캐롤라인이 물었다.

브래드포드는 다시 한숨을 쉬었다.

「아버님은 너무 늙으셨소, 캐롤라인. 그래서 자신의 방법을 바꿀 수가 없는 거요. 아버님이 두려우셨던 게 아니라 어찌할 바를 몰랐다고 생각하오.」

「날 14년 전에 보스턴에 있는 삼촌에게 보낼 때에도 아버지는 두려워했어요. 전 그렇다고 확신해요.」

「그때는 아버님은 아내와 갓 태어난 아들을 막 잃고 나서요, 캐롤라인. 그분은 슬픔에 빠져 어쩔 수가 없었을 거요.」

그녀는 브래드포드가 아버지를 위해서 계속 하는 말을 하나도 듣지 않고 있었다. 그가 아버지의 행동을 변호하고 있잖아. 아버지가 겁쟁이처럼 행동한 데 대해 단호하고 융통성 없는 결론을 내리는 대신에, 그는 그 반대가 사실이라고 말했어. 그가 분별력 있고 사려 깊게 행동하고 있잖아.

그런데 어째서 그는 나한테는 분별력이 없는 걸까? 그녀는 궁금했다. 잠시라도 그는 왜 나한테 긴장을 풀지 않는 걸까? 그의 마음을 방패가 둘러싸고 있어서 그의 약한 면을 숨기고 있다는 것을 캐롤라인은 알았다. 그러나 그녀는 그것을 제거할 방법을 몰랐다.

브래드포드는 아무 말이 없었다. 그의 깊고 고른 숨소리가 들려서 그가 잠에 곯아떨어진 것을 알았다. 그녀는 몸을 움직이려고 했으나 그의 손이 그녀를 꽉 잡고 있었다.

캐롤라인은 눈을 감았으나 한동안 잠들 수가 없었다. 머릿속에는 의문과 결심이 들끓었다. 남편은 자신이 깨닫고 있는 것보다 더 날 좋아한다는 것을 알아. 아마도 그가 사랑한다고 고백하는 건 시간 문제일 뿐일 걸. 그리고 그 고백과 함께 날 믿어줄까?

솔직히 캐롤라인은 몰랐다. 서로를 이해하기 위한 전투에서 그를 적군이라고 불렀었다. 그에게 자신을 전혀 모르고 있다고 말한 것이 기억났다. 브래드포드가 값비싼 보석으로 용서를 사려고 해서 그녀의 믿음이 옳다는 것을 증명해주었다.

아마도 그가 과거에 알았던 여자들은 그것에 만족했을지 모르나 캐롤라인은 더 많은 것을 원했다. 그녀는 그의 마음의 방패가 사라지기를 원했다. 그녀는 그의 모든 것을 원했다.

아버지를 편드는 브래드포드의 말을 듣고 놀란 그녀는 자신도 큰 실수를 저질렀다는 것을 알았다. 그의 냉소벽 뒤에 있는 이유를 알아보려고 하지도 않고, 여자에 대한 그의 가혹한 성격만 비난해댔으니 말이야. 또한 그가 적이 아니라는 것도 알았다.

캐롤라인은 그의 갑옷을 공격할 최후의 결단을 내리고는 확신을 갖고 기도했다. 그의 방어벽을 부수지 못할지도 모른다. 그러나 그것에 흠집은 낼 수 있을 거야!

캐롤라인은 일어나서 옷을 입고 브래드포드가 일어나기 전에 자신의 옷가지들을 싸고 있었다. 그녀가 무엇을 하고 있는지 보는 순간, 그는 화가 났다.

「이건 어리석은 짓이오.」

브래드포드가 투덜댔다.

캐롤라인은 드레스를 접다가 멈추고 그것을 침대에 놓았다.

「저도 그렇게 생각해요.」

그녀는 남편이 서 있는 두 침실을 연결하는 문으로 걸어갔다. 그리고 발꿈치를 들고 서서 그의 뺨에 키스를 했다.

「전 떠나고 싶지 않아요. 하지만 당신이 절 완전히 믿겠다고 약속해주시면, 짐을 풀겠어요.」

그녀가 그에게 말했다.

「캐롤라인, 난 당신과 말다툼을 할 만큼 아직 잠이 깨지 않았소. 외부적인 힘이나 내부적인 위험에서 당신을 보호하는 것은 내 책임이오. 당신이 나쁜 길로 빠질 기회도 없이 내가 감시할 테니 난 약속할 필요도 없소.」

「당신이 그런 믿음으로 절 다시 모욕하고 있어요, 브래드포드. 하지만 용서해드리죠. 당신은 지금의 상황을 잘 알지 못하니까요.」

그리고는 그녀는 그에게서 돌아서서 다시 짐을 싸기 시작했다. 눈물이 눈썹을 찔렀다. 브래드포드는 그녀가 끊임없이 자신을 조종하려고 하는 것이 지겨웠다.

그녀를 보내는 데 두 가지 동기가 없었더라면 그녀를 못 가게 붙잡았을지도 몰랐다.

그의 첫번째 이유는 캐롤라인의 보호였다. 자신이 그녀의 적을 함정으로 몰아넣을 동안 캐롤라인이 안전하기를 바랐다. 브래드포드 플레이스는 중세에 지어진 요새로 그 목적엔 더할나위없이 적당했다. 그 건물은 전부 돌로 지어졌고, 황무지 꼭대기에 있었다. 그곳으로 다가오는 사람을 멀리 떨어진 곳에서도 볼 수 있었다. 그는 경호원 두 명을 캐롤라인과 함께 보낼 것이고 세 명은 이미 요새에 있었다.

아내의 안전에 비하면 하찮은 것이지만 다른 이유는 주도권 문제였다. 그는 캐롤라인에게 배울 만한 가치가 있는 교훈을 가르치려고 줄곧 노력했다. 혼자서 한 주만 보내고 나면, 그녀가 자신이 줄 수 있는 사치한 생활로 돌아오고 싶어서 난리일 거라고 그는 확신했다.

그녀는 매우 대담하게도 그에게 작별 키스를 했다. 그들은 브래드포드 힐스의 대리석 계단에 함께 서서 인사를 했다. 브래드포드는 그녀가 자신이 한 결정처럼 단호해 보인다고 생각했다. 그리고 아내가 세계도 정복할 준비가 된 것처럼 보인다고 생각했다.

그는 이것이 모험이 아니라 고행이라고 그녀에게 말하려다가 아무 말도 하지 않기로 마음을 정했다. 브래드포드 플레이스를 보면 그녀도 그 사실을 알겠지.

「캐롤라인, 당신의 마음이 어떻든 그곳에서 1주일은 있어야만 하오. 알아듣겠소?」

캐롤라인은 고개를 끄덕이고 출발하려고 돌아섰다. 그러나 브래드포드가 그녀의 손을 잡았다.

「먼저 당신의 약속을 받아야겠소. 당신은 1주일 동안 그곳을 떠날 순 없소, 어떤 이유로도, 어떤……」

「왜요?」

「당신에게 설명하고 싶진 않소. 난 당신이 약속해주기를 원하는 거요, 캐롤라인.」

브래드포드가 말했다.

그가 어깨를 너무나 꽉 잡아서 캐롤라인은 멍이 이틀은 갈 거라고 생각했다. 그녀는 그의 말에 얼굴을 찡그렸다.

「약속할게요, 브래드포드.」

「그리고 1주일 후에 당신이 속해 있는 내 옆으로 돌아오기로 결심할 때쯤엔, 당신의 사과를 들을 수 있기를 바라오.」

캐롤라인의 그의 손에서 몸을 빼고 계단을 내려갔다.

「브래드포드, 그렇게 얼굴을 찌푸리지 마세요. 그 문제에 대해선 이미 약속을 했잖아요.」

캐롤라인이 마차에 오르다가 갑자기 브래드포드 쪽으로 돌아섰다.

「물론, 당신이 제가 그걸 지킬 거라고 믿어야만 하겠지만요.」

그녀는 날카롭게 말을 내뱉고는 남편이 움찔하는 모습에 더없는 만족감을 느꼈다.

그 만족감은 그녀가 남편과 멀어져가자 증발해버렸다. 브래드포드 플레이스까지 가는 데는 거의 4시간이나 걸렸다. 남편이 소유한 넓은 영지에는 언덕이 많았다.

캐롤라인은 자신의 일시적인 집으로 가는 동안에 도 언덕을 세 개나 보았다. 그녀는 그곳이 일시적인 집이고 남편이 자신을 보고 싶어하기를 간절히 바랐다. 이 별거가 고통스러운 만큼 가치가 있을지도 몰라. 그가 날 사랑한다는 사실을 깨달음과 동시에 날 보고 싶어할지도 몰라.

캐롤라인은 집이 보이자 생각했다. 그 괴기한 건물은 썰렁하고 음울해 보였다. 주위에 나무 한 그루도 없이 언덕 위에 덩그러니 서 있는 건물이었다. 낡아 보이는 나무다리가 진흙탕투성이의 물 위에 아치형으로 놓여 있었다. 그러나 그녀를 수행하고 있는 경호원들은 다리가 마차 무게를 견뎌내지 못할지도 모르니 걸어서 건너자고 말했다.

새 집을 보다 가까이에서 보았는데도 캐롤라인의 기분은 전혀 나아지지 않았다. 그 2층 건물은 회색 돌로 지어져 있었다. 그래서 캐롤라인은 그 건물이 아직까지도 서 있는 이유가 돌 때문일 거라고 생각했다.

「세상에, 없는 건 해자와 이끼뿐이군.」

캐롤라인이 중얼거렸다.

메리 마거릿은 한마디 말도 하지 않고 여주인을 따라 정문까지 걸어갔다.

「넌 나와 함께 이곳에 있지 않아도 돼. 네가 브래드포드 힐스로 돌아가고 싶어하는 것을 이해할 수 있어.」

캐롤라인이 하녀에게 말했다.

「우린 이곳에서 할 일이 있어요.」

메리 마거릿이 대답했다. 캐롤라인은 돌아서서 그녀가 보조개를 보이면서 미소짓는 것을 보았다.

「마님이 이리로 쫓겨난 이유를 모르겠어요, 하지만 전 주인 어른에게뿐만 아니라 마님에게도 충성을 다해요. 게다가 주인 어른께 마님을 보살피겠다고 맹세를 했어요.」

「알았어. 내부도 얼마나 끔찍한지 보는 게 좋을 것 같구나.」

캐롤라인이 한숨을 쉬면서 말했다.

문은 잠겨 있었으나 경호원인 허긴스가 쉽게 문을 열었다. 비바람과 세월에 뒤틀린 문을 열자 삐걱거리는 소리가 났다.

돌 바닥과 회반죽을 바른 벽으로 이루어진 현관 홀은 황량했고 먼지가 수북히 쌓여 있었다. 그곳엔 2층으로 올라가는 층계도 있었으나 난간이 망가져서 언제라도 바닥으로 떨어질 것 같았다.

오른쪽에는 식당이 있었다. 캐롤라인은 어두운 식당 가운데 놓여 있는 식탁으로 걸어가 손가락으로 먼지를 닦아보았다. 다음엔 창문을 보았다. 포도주색 커튼이 세월이 지나면서 바닥에 흘러내려 끌리고 있었다.

캐롤라인은 다시 입구로 느리게 걸어갔다. 가장 큰 방은 식당 맞은편에 있었다. 캐롤라인은 방의 배치가 아버지의 타운하우스와 거의 비슷하다고 생각했으나, 비슷한 점은 그것뿐이었다.

가장 큰 방은 유리로 된 문으로 닫혀 있었다. 그 문은 집을 다 지은 후에 누군가가 덧달은 게 분명했다. 그녀는 문을 열고 계단을 세 계단 내려갔다.

「여기가 청소를 하고 나면 어떻게 보일지 그려봐야겠군.」

뒤따라오고 있는 하녀에게 캐롤라인이 말했다.

그 방은 매우 넓었다. 오른쪽 벽에는 커다란 벽난로가 있었고, 그 반대쪽 벽엔 커다란 창문이 두 개 있었다. 다른 벽의 가운데에는 밖으로 통하는 문이 있었다.

캐롤라인은 그 문으로 걸어갔으나 창유리를 통해서 밖을 내다볼 수가 없었다. 그녀가 문을 열자 돌로 된 좁은 길이 나타났다.

「봄에는 이 방이 아주 아름다울 거야. 만약 정원에 꽃을 심고, 그리고……」

그녀가 하녀에게 말했다.

「그렇게 오래 이곳에 계실 생각은 아니시겠죠, 그렇죠?」

메리 마거릿의 목소리에 걱정이 묻어 나왔다.

캐롤라인은 대답하지 않았다. 그녀는 문에서 밀려 들어오는 바람에 한기를 느끼자 재빨리 문을 닫았다. 그녀가 천천히 계단을 다시 올라가자 먼지가 주위에서 소용돌이쳤다.

그녀는 패배감에서 어깨를 늘어뜨리고 주저앉았다. 여기를 괜찮게 만들려면 몇 달은 걸릴 거야. 브래드포드가 1주일만 지나면 내가 돌아올 거라고 확신했었는데 이제 그가 그렇게 확신을 가졌던 이유를 알겠어!

「집으로 돌아가고 싶으세요?」

메리 마거릿이 희망을 담아서 물었다.

캐롤라인은 고개를 저었다.

「먼저 침실부터 시작하자. 우리가 계단을 올라가다가 죽지 않는다면 말이야.」

톰이란 이름을 가진 거대한 체구의 두 번째 경호원이 캐롤라인의 말을 듣고 즉시 계단의 안전성을 조사했다.

「지금 막 세운 것처럼 튼튼합니다. 난간에 못을 몇 개 정도는 박아야겠지만요.」

경호원이 말했다.

캐롤라인에게 갑자기 영감이 떠올랐다.

「즉시 이곳을 먼지 하나 남기지 않고 치우는 거야.」

기대에 찬 눈을 반짝이며 그녀가 열광적으로 말했다.

메리 마거릿이 눈을 굴려 주인의 기대에 찬 표정을 보았다.

「방 하나만 치우는 데도 1주일은 걸릴 거예요.」

「도움이 없다면 그렇겠지! 네가 우리가 지나온 마을로 가서 사람을 고용하도록 해. 그리고 요리사도.」

캐롤라인이 명단을 작성해주자 메리 마거릿이 마차를 타고 출발했다. 그러나 즉시 그 집을 깨끗이 치우겠다는 그녀의 생각은 얼마 가지 않아 그녀의 자만이었다는 것으로 증명됐다.

해뜰 때부터 해가 질 때까지 쉬지 않고 일했는데도 청소를 끝내는 데 꼬박 1주일이 걸렸다.

하지만 그녀의 생각에 그 변화는 매우 볼만했다. 벽은 더 이상 우중충한 갈색이 아니라 흰색으로 깨끗하게 칠해져서 눈이 부셨다. 식당과 응접실의 나무 바닥은 반질반질 윤이 났다.

다락에 있는 창고에서 가구를 찾아 배치하자 황량했던 응접실이 따스하고 매력적으로 바뀌었다. 캐롤라인은 배가 불룩 나온 난로를 사서 가장 큰 방의 구석에다 놓았다. 그러자 현관 홀로 통하는 문을 닫으면 그 방은 갓 구운 빵처럼 따뜻했다.

그러나 그 한 주가 다 지나가자, 캐롤라인은 불안해졌다. 그녀는 그 주가 끝났을 때 브래드포드가 플레이스의 현관문 앞에 서 있는 모습을 기대했으나 그는 나타나지 않았다. 그래도 그녀는 기다렸다.

캐롤라인은 자기 자신과 남편과 불공평한 인생에 대해 욕을 퍼부으면서 매일 밤 울다가 지쳐 잠이 들었다. 마침내 그녀는 포기하고 상황을 그대로 받아들이기로 결정했다. 그리고 그녀는 다음날 브래드포드 힐스로 돌아갈 거라고 메리 마거릿에게 말했다.

캐롤라인은 브래드포드에게 무슨 말을 할까 생각하면서 응접실에 있는 벽난로 앞에 서 있었다. 그에게 용서를 빌 마음은 없어. 내가 그에게로 돌아가면 그는 자기가 이겼다고 생각하겠지. 내가 무슨 생각을 하고 있는지 그에게 이해시킬 방법을 찾아야만 해.

의심의 여지도 없이 그가 잘못된 결론을 내려 그녀가 사치한 생활이 그리워졌다고 믿을 거라는 생각에 이르자 그녀는 머리를 저었다. 자존심이 찌르는 듯이 상했고, 성질이 났다. 그러나 계속 혼자서 있어 봤자 내 동기와 목표에 무슨 소용이 있겠어? 자존심이 뭐가 중요하지? 반쪽만은 받아들이지 않겠다고 자신했으나 이제 전혀 없는 것보다는 그만큼이라도 있는 게 낫다는 것을 인정했다.

메리 마거릿이 문을 열고 밀포드 허스트 백작님이 오셨다고 말했다.

「안으로 모셔.」

캐롤라인이 웃으면서 말했다.

밀포드가 문 앞에서 나타나 씩 웃었다. 메리 마거릿이 그가 두툼한 겨울 코트를 벗는 것을 돕고 나서 문을 닫고 나갔다.

「당신이 제 첫 방문객이에요, 밀포드.」

캐롤라인이 그에게 말했다. 그녀는 달려가서 밀포드의 손을 꼭 잡고 나서 충동적으로 그의 뺨에 키스를 했다.

「세상에, 당신은 꽁꽁 얼었군요. 불 앞에서 몸을 녹이세요. 왜 이 먼 곳까지 오신 거예요?」

그녀가 말했다.

「그냥 당신에게 안부 인사를 하러 왔소.」

밀포드가 애매모호하게 말했다.

「안부 인사를 하러 런던에서 여기까지 왔단 말이에요?」

캐롤라인이 물었다.

밀포드는 좀 소심해 보였다. 그는 캐롤라인의 손을 잡고 긴 의자로 데려가 그녀와 나란히 앉았다.

「살이 빠졌군, 캐롤라인. 내가 다시 참견을 하려고 그러는 거요. 당신이 내 말을 들어주었으면 좋겠소. 브래드포드는 물러서지 않을 거요. 그에겐 자존심이 너무나 중요하오. 당신이 그걸 인정하는 게 빠르면 빠를수록 당신은 더 좋은 출발을 하게 될 거요」

「알아요.」

「당신이 안다고 그랬소? 그럼, 왜…….」

그녀가 쉽게 인정하자 밀포드는 불시에 공격을 당한 것 같았다.

「그렇다면 이젠 일이 확실히 쉬워졌군. 그럼, 떠납시다, 캐롤라인. 지금 브래드포드 힐스로 돌아갑시다.」

「브래드포드가 그곳에 있나요? 전 그가 런던에 있을 거라고 생각했는데요.」

캐롤라인이 말했다.

「아니오, 내가 그를 만나고 오는 길이오. 그러나 그는 내일 런던으로 다시 돌아갈 거요. 짐을 쌀 필요는 없소. 지금 나와 같이 갑시다.」

밀포드가 그녀에게 말했다.

캐롤라인이 미소를 지으면서 머리를 가로저었다.

「밀포드, 이 방이 마음에 드세요?」

밀포드는 캐롤라인과 논쟁할 준비를 하다가 그녀의 가벼운 질문을 듣자 당황했다.

「뭐요? 이 방 말이오?」

그는 주변을 둘러보고 나서 다시 캐롤라인을 바라보았다.

「그런데 왜 묻는 거요?」

그가 물었다.

「전 브래드포드가 이곳에 와서 이곳을 보기를 바랐어요. 그의 기준으로 보기엔 작지만 여긴 따스하고, 안락하고…… 그리고 이건 가정이에요. 그가 본다면 이해할지도 모른다고 생각했는데…….」

캐롤라인이 설명했다.

「캐롤라인, 무슨 말을 하는 거요? 좀 전에 브래드포드가 물러서지 않을 거라고 말하지 않았소.」

「그가 그럴 필요는 없어요. 제가 그에게 절 보러 와달라고 편지를 보낼 테니까요.」

캐롤라인이 달래듯이 말했다.

「시간을 벌자는 거요?」

밀포드가 싫은 표정을 하며 물었다.

캐롤라인은 머리를 저었고 밀포드는 한동안 그녀를 바라보았다. 그러고 나서 그녀에게 사실을 말해주기로 마음을 정했다.

「그럼, 편지를 쓰시오. 제기랄, 당신은 정말 고집불통이오. 브래드포드가 당신과 결혼한 것도 당연하지. 당신도 알겠지만, 당신네 둘은 같은 깍지에서 나온 두 개의 완두콩처럼 똑같소.」

「아니요, 우린 전혀 비슷하지 않아요. 전 조용하고 내성적인데 반해 그는 고함을 질러대지요. 전 낙천적인데 반해 제 남편은 고집이 세고 냉소적이에요.」

캐롤라인이 대답했다.

「그럼, 당신은 성인군자고 그는 죄인이라는 거요?」

밀포드가 싱긋이 웃으면서 물었다.

캐롤라인은 그 말에 대답하지 않았다.

「런던으로 돌아가시기 전에 이곳에서 하룻밤 머무르실래요? 그러면 안되는 건가요?」

「그건 다음에 해도 되는 일이오. 당신의 사생활을 보호해줄 정도로 많은 경호원을 데리고 있잖소.」

밀포드가 웃으면서 대답했다.

밀포드와 캐롤라인은 함께 저녁식사를 하면서 여러 가지 주제에 대해 폭넓게 이야기를 나누었다. 그러다 결국 브래드포드의 이야기로 돌아갔다. 밀포드는 두 사람이 어떻게 만나게 되었는지 그녀에게 말했다. 그는 두 사람이 자신들의 형들에게 저질렀던 끔찍한 못된 장난을 몇 가지 말했다. 그래서 캐롤라인은 즐겁게 웃었다.

「어째서 그가 이렇게 변한 거죠, 밀포드? 뭐 때문에 그가 그렇게 냉소적이 된 거죠?」

캐롤라인이 물었다.

「과중한 책임이 그를 너무 빨리 어른이 되게 한 거요.」

밀포드가 말했다. 그는 잔에 포도주를 따라서 한 모금을 마셨다.

「그의 아버지와 형이 살아 있을 땐, 브래드포드는 아주 잊혀진 아이였소. 그의 부모는 자신들의 상속자에게만 눈에 띨 정도로 편애하셨소. 그때 브래드포드는 무모하고 미숙했었소. 그는 빅토리아란 여자랑 사랑에 빠졌었고, 또한 그는 여자의 속임수에 대해서도 전혀 몰랐었소.」

캐롤라인은 술잔을 떨어뜨릴 뻔했다.

「그는 그런 말을 한마디도 하지 않았어요. 그가 정말 사랑에 빠졌었나요? 빅토리아 누구요? 그녀는 아직 살아 있나요? 무슨 일이 있었던 거죠? 내게 한마디도 해주지 않은 그 남자를 저주해요!」

그녀는 흥분해서 허겁지겁 질문들을 퍼부어댔다. 그녀의 브래드포드가 자기가 아닌 다른 여자를 사랑했다고 생각하자 너무나 속이 뒤집혀서 어쩔 줄을 몰라했다.

밀포드가 조용히 하라고 손을 저었다.

「내가 말한 것처럼 그는 아주 어렸고, 빅토리아는 모든 처녀들이 그런 것처럼 순진한 체했었소. 그녀는 속임수에 능한 음란한 여자였고, 아는 사람은 다 그것을 알고 있었소. 브래드포드는 형과 부모님에게 그녀와 결혼하겠다고 말을 했었소. 그러자 그 반응이라니! 브래드포드의 형은 빅토리아만큼이나 교활했소. 그래서 그는 빅토리아가 얼마나 닳고 닳은 여자인가 동생에게 알려주는 건 아주 신나는 일이라고 생각했소. 그가 그 여자를 침대로 데리고 갔지. 물론 그건 계획된 일이어서 브래드포드는 바로 그 순간에 그 방으로 들어간 거요.」

「어째서 그가 브래드포드에게 그녀가 속임수를 쓰고 있는 거라고 말하지 않았을까요? 왜 그렇게 잔인한 행동을 했을까요?」

캐롤라인은 물었다. 그 이야기에 그녀는 소름이 끼쳤고, 남편에 대한 동정으로 마음이 아팠다.

「그는 브래드포드를 얼간이로 보이게 하고 싶었던 거요. 빅토리아는 그 대가로 많은 돈을 받았소. 캐롤라인, 브래드포드의 어머니를 만나봤지요. 사실, 그녀는 나이가 들고 외로워지면서 성격이 부드러워진 거요. 그러나 그녀는 항상 소극적이고 냉담한 사람이었소. 브래드포드의 아버지도 그랬고. 브래드포드가 그런 치욕을 당하고 나서 2주 후에 마차가 전복되어 그의 아버지와 형이 죽었소. 그러자 갑자기 공작부인한테는 가족이 브래드포드밖에는 없었고, 그땐 너무 시기가 좋지 않았소. 그는 그녀를 모르는 사람처럼 대했고, 그건 모두 그의 어머니 탓이었소.」

밀포드가 말했다.

「그때부터 브래드포드는 소위 직업여성들하고만 사귀었소. 그러다가 식민지에서 온 푸른색 눈동자의 순결한 여자를 만나 지금까지의 그의 세계가 완전히 뒤집혀버린 거요.」

밀포드가 캐롤라인을 보고 축배를 들듯이 잔을 들어올리면서 미소를 지었다.

「빅토리아는 어떻게 되었죠?」

캐롤라인이 물었다.

「아마도 그녀는 지금쯤 성병에 걸렸을 거요. 그렇게 놀라지 말아요, 캐롤라인. 브래드포드는 그녀와 함께 자진 않았소. 요즘엔 그 여자 소식을 들은 사람은 아무도 없소.」

밀포드가 껄껄 웃으면서 말했다.

「당신이 제게 이런 이야기를 해주는 유일한 이유는 내가 남편에게 인내심을 갖고 대하기를 바라서겠죠.」

캐롤라인의 상냥한 말에 밀포드가 싱긋 웃었다.

「당신은 좋은 친구예요, 밀포드. 아시다시피 전 그를 사랑해요. 하지만 그건 쉬운 일이 아니죠. 그 이유가 중요한 게 아니에요. 과거는 과거일 뿐이잖아요. 전 브래드포드 곁에서 결코 포기하지 않을 거예요.」

캐롤라인이 말했다.

「무엇을 포기하지 않겠다는 거요?」

밀포드가 물었다.

「그의 냉소벽에 대한 제 공격을요.」

캐롤라인이 대답했다. 그리고 일어나서 한숨을 쉬었다.

「밤이 늦었어요. 당신은 매우 피곤하실 거예요. 하지만 당신만 좋다면, 우리 카드놀이를 해요.」

밀포드는 캐롤라인을 따라 입구로 갔다. 그는 피곤했다. 휘스트(4명이 하는 카드놀이)나 패로우(카드놀이 이름)를 하고 싶은 마음은 전혀 없었다. 그러나 캐롤라인이 두 주도 넘게 혼자서 외로웠을 거라 생각하자 그걸 참아낼 수 있을 것 같았다.

「뭘 하고 싶은 거요?」

그가 물었다.

「물론, 포커죠. 못한다고 말하진 마세요.」

그녀가 앞장서서 응접실로 걸어 들어갔다.

「메리 마거릿을 가르치려고도 해봤어요. 하지만 그 애는 카드에 관심이 없어요.」

뒤에서 크게 웃는 소리를 듣고 그녀가 덧붙여 말했다.

「물론, 당신이 싫다면 우린 도박을 못하겠죠.」

그녀는 긴 의자 뒤에 있는 사각 탁자에 앉아 가운데 놓인 카드 한 벌을 집어서 능숙한 동작으로 섞었다.

밀포드는 크게 한번 웃고는 재킷을 벗었다. 그는 셔츠 소매를 걷어붙이고 캐롤라인의 맞은편에 자리를 잡았다.

「당신에게 돈을 따면 마음이 편치 않을 것 같은데.」

그녀가 반박해주기를 바라면서 밀포드가 말했다.

「전 잃지 않을 거예요. 게다가 그건 브래드포드의 돈이지 제 돈이 아니에요. 그리고 당신이 몇 판 잃고 나면 마음이 바뀔 거예요.」

캐롤라인이 말했다.

그들은 밤중까지 카드놀이를 계속했다. 캐롤라인이 마침내 피곤해서 더 이상 못하겠다고 말하자 밀포드가 가로막았다.

「내가 잃은 것을 딸 기회를 줘야만 하오.」

그가 항의했다.

「당신은 1시간 전에도 그렇게 말했어요.」

캐롤라인이 말했다. 그녀는 그에게 잘 자란 인사를 하고 자신의 침실로 올라갔다.

침대에 들면 외로움이 더 심해졌다. 오늘은 브래드포드가 전에 없이 더 보고 싶었다. 구식의 매트리스는 속이 뭉쳐서 울퉁불퉁했고, 돌아누울 때마다 등이 배겼다.

그녀는 브래드포드의 과거에 대해 생각하자 그에게 보다 인내심을 보이지 않았던 자신이 조금은 부끄럽게 느껴졌다. 그러다가 품에 베개를 꼭 안고 그걸 남편이라고 생각하면서 잠이 들었다.

캐롤라인이 브래드포드에게 보낸 심부름꾼이 다음날 아침 늦게 돌아와서 브래드포드 공작님은 어제 런던으로 가셨다고 말했다.

밀포드는 친구를 뒤쫓아가야 할 불편함에 투덜댔다. 그리고 캐롤라인이 다시 고집을 피워 마음을 바꿀까봐 걱정이 되었다. 그는 그녀에게 작별 키스를 하고 나서 런던을 향한 여행을 시작했다.

캐롤라인도 실망했다. 두 사람이 다시 함께 살게 되었을 때 자신이 어떻게 해야 할까와 남편에 대해 생각하면서 브래드포드 플레이스 안에서 이 방 저 방을 돌아다녔다. 그러다가 자신의 침실로 돌아가서 침대에 주저앉았다.

캐롤라인은 남편이 왔을 때 어떤 드레스를 입고 있을까에 대해 생각했다. 그녀는 남편과 함께 안락함을 즐기면서 브래드포드 플레이스에서 하룻밤을 보내고 싶었다. 그러다가 남편은 이 끔찍한 매트리스에서는 단 1분도 못 잘 거라는 생각을 했다.

생각은 꼬리에 꼬리를 물고 이어졌다. 마침내 캐롤라인은 너무나 별난 생각까지 떠올렸다. 그녀는 만족스럽게 웃고 나서 생각을 행동으로 옮기려고 아래층으로 달려 내려갔다.

그의 갑옷을 찌르는 마지막 시도라고 생각하면서 캐롤라인은 자신의 행동을 정당화시켰다. 딱 한번 마지막 공격을 하는 거야. 그러고 나서 마음을 잡고 그를 받아들이는 방법을 배우는 거야.

13

브래드포드는 숨이 막힐 정도로 공포에 질려 있었다.

급사가 브래드포드 힐스로 와서 프랭클린 캔달이 뒤따르던 탐정을 피해 달아났다고 말하자 브래드포드는 즉시 캐롤라인에게 가고 싶었다.

하지만 잠시 생각한 후에 자신이 그녀를 보호하기 위해 고용한 경호원이 다섯 명이나 함께 있으니 안전할 거라고 판단하고 그녀에게 달려갈 생각을 지워버렸다.

또한 브래드포드는 미행 당할 염려도 있었다. 만약 내가 브래드포드 플레이스로 간다면 그녀의 적을 앞문까지 인도해주는 것이겠지.

온 런던을 뒤집어엎어서라도 그 남자를 찾아내겠다고 맹세를 하면서 그는 런던으로 떠났다. 두 번이나 놈을 함정에 빠뜨리려고 시도했으나 매번 그 교활한 놈은 미끼를 물지 않았다. 이제 함정을 놓는 건 그만이야. 그는 후작의 동생이 그놈이라는 것을 알았다. 그리고 그에게 결투를 신청하면 그가 받아들일 것이라는 것도 알았다.

캐롤라인에게 친척들과 연락을 하지 않겠다는 약속을 받아놓은 것은 선견지명이었다. 그녀는 그걸 두고 자신을 비열하게 취급한다고 생각하고 있다는 것도 알았다. 하지만 그건 전혀 말도 안되는 생각이었다.

그는 일부러 그녀에게 설명하지 않았던 것이다. 그녀가 어디 있는지 아무도 모르기를 바라고, 단지 밀포드에게만 말해놓았다. 물론 친구는 비밀을 지켜줄 것이다.

그 문제에서 캐롤라인을 제외시킨 것에 브래드포드는 죄의식을 느꼈다. 그러나 그녀가 알고 있는 것이 적으면 적을수록 걱정도 덜할 거라고 생각했다.

브래드포드는 그날 저녁 늦게야 타운하우스에 도착했다. 고용한 탐정 중 한 사람이 정문에서 기다리고 있다가 프랭클린이 다시 나타나 주말 내내 새로운 정부와 숨어서 지냈다고 황급히 알렸다.

탐정에게 새로운 지시를 내리고 브래드포드는 집안으로 들어갔다. 그가 서재로 가고 있을 때 블랙스톤 백작이 방문한 것과 자신을 즉시 만나고 싶다는 전갈을 받았다.

블랙스톤은 기분이 언짢은 것 같았고 지쳐 보였다. 그가 즉시 방문한 목적을 꺼냈다.

「자네가 이곳에 있을지도 모른다고 생각이 들어서 찾아왔네. 캐롤라인은 자네와 함께 있지 않나?」

「네, 그녀는 이곳에 없습니다.」

브래드포드는 그 이상 설명하지 않았다. 그는 장인에게 술을 한잔 갖다주고 맞은편에 앉았다.

「두 사람이 싸웠나? 난 공연한 참견을 하려는 마음은 없네. 그러나 후작님이 미쳐가고 있다네. 프랭클린이 계속 이상한 말을 꾸며대고 있어서 마일로는 어찌할 줄 몰라 하네. 그리고 캐롤라인이 만나러 오지도 않고 편지도 없어서 그는 버림받았다고까지 생각하고 있네. 그는 동생의 쓰레기 같은 더러운 거짓말을 믿고 있지 않네. 그러나 그는 캐롤라인이 아파서 자네가 그 사실을 숨기고 있다고 확신하고 있네. 늘 그렇게 잔걱정이 많은 사람이지, 마일로는. 물론, 캐롤라인은 무쇠처럼 건강하지 않나?」

백작이 걱정하는 투로 묻자 브래드포드는 재빨리 고개를 끄덕였다.

「네, 캐롤라인은 건강합니다. 그녀와 의견 차이가 좀 있지만 아버님이 걱정하실 정도는 아닙니다. 프랭클린이 뭐라고 말했습니까?」

브래드포드가 말했다.

「그 말은 입에 담기도 싫으네. 그는 내 마음씨 고운 딸의 평판을 떨어뜨리려고 무진 애를 쓰고 있다네. 그가 캐롤라인을 싫어하는 데 왜 그러는지 난 짐작도 못하겠네.」

백작이 날카롭게 말했다.

브래드포드는 아무 말도 하지 않았다. 프랭클린이 거짓말을 하는 이유를 너무나 잘 알고 있기 때문에 속에선 분노가 끓어올랐다.

「그래서 말인데, 이 사람아, 잠시 동안만이라도 캐롤라인을 런던으로 데리고 오게나. 마일로는 흥분 상태에 빠져서 헤어나지 못하고 있네. 꼭 그 아이를 데려와야 하네, 알겠나?」

「실망을 드려서 죄송합니다만 지금은 안됩니다.」

「자존심은 세우지 말게나, 브래드포드! 조금은 동정심을 가져보게. 자네는 앞으로 평생 동안 내 딸과 싸울 수 있지 않나. 지금은 잠시 싸움을 멈추게나. 마일로는 자네처럼 건강한 사람이 아니야. 그는 살 날이 얼마 남지 않았네. 더군다나 14년이나 기다려서 캐롤라인을 다시 만나게 되었는데. 그도 나만큼이나 그 애를 사랑하네.」

백작의 시선에 고통스러워하면서 브래드포드는 오랫동안 머뭇거렸다. 그러고 나서 마침내 마음을 정했다.

「캐롤라인과 저는 의견 차이가 좀 있습니다만 그것만이 그녀가 이곳에 없는 이유는 아닙니다.」

브래드포드는 아내가 이곳에 없는 진짜 이유를 설명했다. 누군가가 클레이미어네 계단에서 왜, 그녀를 밀었는지와 마차 사고도 어떻게 일어났는지 자세하게 설명해주었다. 또한 캐롤라인이 받은 편지의 일부분도 말했다. 그러고 나서 프랭클린이 모든 일의 배후에 있다고 결론을 내리면서 이야기를 끝냈다.

「그가 가장 덕을 보는 사람이지요. 다양한 통로를 통해 전 후작님이 캐롤라인에게 상당히 많은 돈을 남긴 것을 알게 되었죠. 물론, 작위와 영지는 프랭클린에게 남겼지만요. 그러나 그는 지금처럼 살다가는 곧 빈털터리가 될 겁니다. 로레타는 상당한 액수의 노름빚이 있지요.」

브래드포드가 계속해서 설명했다.

「캐롤라인이 런던으로 돌아오자, 후작님은 유언장을 변경하고 사인한 후에 프랭클린과 로레타에게 무엇을 했는지 말했죠.」

이야기가 진행됨에 따라 블랙스톤은 의자에 몸을 점점 더 파묻었다. 그리고 급기야 얼굴을 손으로 감쌌다.

「후작님은 그가 연속적으로 정부(情婦)를 갈아치우는 것에 넌더리가 났죠. 그리고 로레타가 놀음벽이 있다는 것도 알고 있었죠.」

백작은 머리를 흔들더니 이내 울음을 터뜨렸다.

브래드포드는 백작의 반응이 걱정되어서 서둘러 그를 진정시켰다.

「아버님이 들은 얘기처럼 나쁘진 않습니다. 캐롤라인은 잘 보호되고 있고 프랭클린은 내가 모르게 한 발자국도 움직일 수 없습니다. 단지 그의 죄를 증명하기에 충분한 증거가 없을 뿐이죠. 하지만 그에게 결투를 신청해서 이 일을 처리하겠습니다.」

블랙스톤이 머리를 저었다.

「아니네, 자네가 지금 잘못 알고 있는 게야. 왜 그 아이가 내게 말하지 않았을까? 그럼, 자네와 결혼하기 전에 캐롤라인을 돌려보냈을 텐데. 난……..」

백작의 음성은 고통과 절망으로 가득 차 있었다.

「그녀를 돌려보낸다고요? 보스턴으로요?」

브래드포드는 더 이상 말을 이을 수가 없었다. 불길한 느낌이 들자 그는 갑자기 백작을 일으켜 세웠다.

「말해주세요! 뭔가 알고 계시죠, 그렇죠? 제발 무슨 생각을 하는지 말해주세요.」

「오래 전 일이라네. 난 마지막 사람이 죽을 때까지 기다렸다가 캐롤라인을 돌아오게 한 거라네. 꽤 오래된 일이지만, 내겐 아직도 어제 일처럼 느껴지네. 아내와 아들이 죽고 나자 캐롤라인과 난 내 시골집으로 갔네. 아일랜드에 대한 나의 급진적인 견해가 몇 가지 문제를 야기시켰지. 그리고 나에게 반대하던 집단의 우두머리 중 하나였던 퍼킨스가 내 방해를 참아낼 수가 없었던 걸세. 그는 다른 귀족보다 훨씬 더 넓은 땅을 아일랜드에 갖고 있었지. 그런데 내가 지지하던 아일랜드인인 카톨릭 교도들에게 토지 소유권을 인정해주자는 법안이 통과된 거라네. 그때 퍼킨스가 날 증오한다는 것을 알고는 있었네. 하지만 그가 얼마나 사악한 놈인지는 몰랐지. 겉으로 보기에 그는 아주 훌륭한 시민이었거든.」

백작은 의자에 털썩 주저앉더니 다시 손으로 얼굴을 감쌌다. 브래드포드는 장인에게 술을 한잔 더 따라 주고 기다려야만 했다.

백작은 크게 한 모금 들이키더니 말을 이었다.

「퍼킨스가 내게 사람을 보낸 거지. 그가 날 영원히 침묵시키고자 한 거였어. 그는 소유지를 확장하고 싶어했지. 그런데 내가 지지를 얻어가고 있었던 거네. 내가 자신에게서 땅을 빼앗을 방법을 찾아낼 거라고 생각했던 걸세. 우습게도, 난 그때 이미 그 문제에 대한 관심이 사라지고 없었네. 아내가 죽자 내 세계가 아수라장처럼 느껴졌지. 내가 유일하게 바란 건 내 어린 딸과 조용히 평화롭게 사는 거였네. 캐롤라인은 그때 네 살이었네. 그 앤 장난기로 가득 찬 명랑한 아이였지.」

백작은 깊게 숨을 한 번 들이쉬더니 계속해서 말했다.

「그들이 밤에 왔지. 두 명이었네. 캐롤라인은 위층에서 자고 있었는데 고함소리에 깼던 것 같네. 그 아이가 아래층으로 내려왔지. 한 놈이 권총을 들고 있었는데 내가 그걸 그 자의 손에서 떨어뜨리게 했네. 그런데 어떻게 된 일인지 캐롤라인이 그것을 집어들고 그를 쐈지. 그리고 3일 후에 그는 죽었네.」

브래드포드가 그 이야기에 깜짝 놀라서 의자에 주저앉았다.

「그건 사고였지. 내게 그 권총을 가져다주려고 하다가…… 날 도우려고 한 걸세. 한 놈이 나를 칼로 찔러서 방이 온통 피투성이였거든. 캐롤라인이 나한테로 달려오다가 발이 걸려 넘어졌는데 그만 총이 발사된 거라네.」

백작의 긴 설명에 브래드포드가 눈을 감았다.

「이런 세상에, 그때 그녀는 아이였을 뿐인데. 그녀는 저한테 그런 말은 한마디도 하지 않았어요.」

「기억하지 못하니까.」

브래드포드는 백작의 말을 거의 듣지 못했다. 오로지 캐롤라인이 어렸을 적 모습을 그리면서 그 공포가 그녀에게 얼마나 영향을 미쳤을까에 대해 생각했다.

장인의 말이 마침내 이해가 되었다.

「전 그녀가 어렸을 때 권총을 무서워했다고 들었죠. 그녀는 그걸 결점이라고 생각해서 극복할 때까지 연습을 했어요.」

브래드포드는 목소리가 떨렸으나 어떻게 할 수가 없었다.

「맞아. 핸리가 그렇다고 편지에 썼지. 내 동생은 캐롤라인을 그곳으로 보낸 진짜 이유를 아는 유일한 사람이라네. 그는 자기 처한테도 말하지 않았네.」

블랙스톤이 말했다.

「관련된 놈들은 어떻게 되었죠? 그들 중 한 놈은 3일 후에 죽었다고 하셨죠?」

「그렇다네. 총알이 복부를 관통했지. 그놈의 이름은 듀건이었고.」

「가족은요?」

「없었네. 듀건은 고아였지.」

「그럼, 다른 놈들은요?」

「퍼킨스는 작년에 죽었네. 세 번째 놈의 이름은 맥도널드였지. 그도 말할 만한 가족이 없었지. 런던에는 단지 두 달만 있었거든. 그는 퍼킨스가 시킨 일이라고 털어놨지만 내가 고발하면 증언하지 않겠다고 했지. 어떻게 내가 그럴 수 있겠나! 내 딸을 그런 스캔들에 휩싸이게 하라고? 그럴 수는 없었네! 그리고 퍼킨스가 또 다른 놈을 보낼지도 모르고. 자네도 이해하다시피 그 자를 믿을 수가 없었네. 그래서 내가 가장 믿는 친구 두 사람과 함께 캐롤라인을 보스턴으로 보낸 거야. 그러고 나서 나 스스로 퍼킨스를 쫓아다녔지.」

「어떻게요? 어떻게 아버님이 그 자를 쫓아다녔습니까?」

브래드포드가 물었다. 그는 애써 진정하려고 손으로 의자 팔걸이를 꼭 쥐고 있었다.

「내가 총을 들고 퍼킨스의 집으로 찾아갔지. 그 자에겐 아들이 둘 있었어. 퍼킨스가 혼자 있을 때 가서 나와 내 딸에게 무슨 일이 일어나면, 그와 두 아들을 죽이라고 사람을 이미 고용했다고 말했지. 그는 그 말뜻을 알아들었지. 내가 말한 대로 할 거란 것을.」

백작은 고개를 끄덕이는 브래드포드를 보고 나서 말을 이었다.

「위협이 끝났다고 생각했지만 난 모험을 할 수가 없었네. 나는 오직 캐롤라인뿐이었네. 그래서 정치에서도 손을 떼고 그놈들 모두가 죽기 전에는 내 딸을 데리고 오지 않겠다고 맹세를 했네.」

브래드포드의 태도가 갑자기 날카롭고 사무적으로 변했다. 그에겐 아내를 보호하는 게 최우선의 문제여서 감정이 끼여들 틈을 줄 수가 없었다. 동정은 나중에 해도 되었다. 그가 캐롤라인에게 말할 때 말이다.

「알았어요. 퍼킨스와 그 자가 고용한 남자들이 모두 죽었군요. 그럼, 남은 사람이 누구죠?」

두 사람이 그 문제를 생각하는 동안 시간을 알리는 시계 종소리가 방안에 울려 퍼졌다.

「무슨 일이 일어났는지 다른 사람이 알지 못한다고 확신하십니까? 퍼킨스가 다른 사람에게 말하진 않았을까요?」

블랙스톤이 고개를 저었다.

「그 자는 그렇게 할 용기가 없었을 거야. 그리고 나도 내 동생을 빼고는 아무한테도 말하지 않았네.」

블랙스톤이 대답했다.

브래드포드는 일어나서 방안을 서성거리기 시작했다.

「어떻게 할 건가?」

백작이 물었다. 그는 양손을 맞잡아 연속 비틀고 있었다.

브래드포드는 백작이 후작만큼이나 약하고 늙어 보인다고 생각했다.

「아직 확실히는 모르겠습니다. 그러나 이제 그 편지가 말이 되는군요. 그것을 쓴 사람이 누구든지 복수를 하겠다고 맹세했습니다. 하지만 거기엔 너무나 많은 다른 지리멸렬한 욕설이 쓰여 있어서 전 별로 신경 쓰지도 않았습니다.」

「오, 세상에나. 내 딸이 아직도 안전하지 않다니! 그 아이는……..」

브래드포드가 참지 못하고 무뚝뚝한 말투로 장인의 말을 끊었다.

「그녀에겐 아무 일도 일어나지 않을 겁니다. 빌어먹을, 그녀가 제게 얼마나 소중한 사람인지 이제야 깨달았는데. 누구도 그녀를 건드리게 놔두지 않을 겁니다. 전……..」

「뭐라고?」

브래드포드가 말을 멈추자 백작이 재촉했다.

「저는 그녀를 사랑합니다.」

브래드포드가 크게 한숨을 쉬었다.

「지금 그녀를 잃을 수는 없습니다.」

그가 맹세하듯이 말을 덧붙였다.

「걱정하지 마세요. 캐롤라인이 감기나 뭐 그런 게 걸렸다고 후작님께 말씀드려주세요. 그녀가 지금은 침대에서 일어날 수 없으나 편지를 쓸 거라고 그에게 말해주세요. 제가 행동 계획을 세울 때까지 그분을 그렇게 달래주세요.」

백작은 세상이 시작할 때부터 자신이 지고 있었던 짐이 마침내 가벼워짐을 느꼈다. 그는 그러겠다고 고개를 끄덕이고는 문으로 걸어갔다.

「내가 자네에게 한 이야기를 캐롤라인에게는 하지 않겠지? 그 아이가 이 일에 대해 알 필요는 없어. 딸은 이 모든 것을 전혀 모르고 있네.」

블랙스톤이 말했다.

브래드포드가 고개를 끄덕였다.

「지금은 말하지 않을 겁니다만 나중에, 이 일이 끝나면, 그녀에게 말할 겁니다.」

그는 현관까지 장인을 배웅하면서 말했다.

「아버님이 걱정하실까봐 캐롤라인이 아버님께 그런 위협에 대해 말하지 않은 겁니다. 그리고 저도 그녀가 걱정하는 게 싫어서 그녀의 적에 관련된 제 생각을 그녀에게 거의 말하지 않은 거구요. 우리는 서로를 보호하려고 너무나 몰두해서 바르게 추적할 수 없었던 겁니다. 전 항상 맹목적인 신뢰를 주장해왔는데……..」

브래드포드는 그 말이 자신에 입에서 나오자마자 말을 멈췄다. 그리고 머리를 저었다.

「맹목적인 신뢰. 그녀가 제게 요구하는 거죠.」

브래드포드가 자백하듯이 말했다.

「뭐라고?」

백작은 당황한 것 같았다.

「그녀는 제게 사랑과 믿음을 주었죠.」

브래드포드가 말했다.

그의 음성은 퉁명스러웠으나 그것은 속에서 떨리는 것을 감추기 위해서 그랬을 뿐이다.

「그녀가 때론 절 제레드라고 부른다는 것을 알고 계셨습니까?」

백작이 머리를 가로젓고는 화제가 변해버린 것에 당황해서 눈살을 찌푸렸다.

브래드포드가 헛기침을 하고는 문 손잡이를 잡았다.

「제가 아버님께 계속 알려드리겠다고 약속드리겠습니다. 이제 댁으로 가서서 좀 쉬십시오.」

백작이 계단을 반쯤 내려갔을 때 브래드포드가 갑자기 질문을 해서 그는 멈춰 섰다.

「그게 정확히 언제 일어났습니까?」

「뭐 말인가?」

「그 남자들이 왔던 날짜 말입니다, 아버님.」

「지금으로부터 거의 15년 전이었지.」

백작이 대답했다.

「아니, 제 말은 정확한 날짜 말입니다. 몇 월 며칠이었는지 기억하고 계십니까?」

「1788년 2월 20일 저녁이었네. 그게 자네에게 그렇게 중요한 건가?」

백작의 물음에 브래드포드는 얼굴에 어떤 반응도 나타내지 않았다.

「그럴지도 모르죠. 제가 연락드리겠습니다.」

그러나 문이 닫히자 그의 표정이 순식간에 변했다. 그의 걱정은 얼굴에 뚜렷이 드러나 보였다. 분노로 몸을 떨면서 자신의 생각이 틀리기를 빌었다. 자신의 생각이 옳다면, 시간이 많이 남아 있지 않았다. 6일 안에 그 나쁜 놈을 찾아야 해! 2월 20일까지는 6일밖에 안 남았어.

브래드포드는 머리를 저으면서 자신이 해야 할 일의 목록을 작성했다. 그리고 한밤중이 되어서야 잠자리에 들었다. 내일 계획을 실행에 옮긴 후에 아내에게 돌아가야지. 그렇게 생각하고 나니 마음이 조금은 진정되었다.

그녀에게 사랑을 고백하고 용서를 구하고 싶었다. 브래드포드 공작이자 제레드 마커스 벤튼으로 그녀에게 돌아가야지. 자신이 진정으로 그녀를 사랑한다는 것을 알았다. 또한 권력과 재산과 작위가 내일 사라진다 해도, 그녀는 내 곁을 떠나지 않을 거야. 난 믿어.

브래드포드는 내일 할 일을 생각하고 사랑하는 아내를 만날 생각을 하자 커다란 만족감으로 마음의 평화를 느꼈다. 또한 그녀와 사랑을 나눌 다른 방법에 대해 생각하기 시작했다. 그러다가 얼굴에 미소를 지으면서 잠이 들었다.

밀포드는 브래드포드가 떠날 준비를 하고 있을 때 브래드포드의 타운 하우스에 도착했다.

브래드포드는 캐롤라인을 쫓고 있는 자가 누구든지 간에 6일 안에 움직일 것이라고 자신의 생각을 빠르게 설명했다. 그러나 이유는 말하지 않았다.

그는 아내에게 먼저 말해야 한다고 생각했다. 10여 년 전에 일어난 일을 밀포드나 다른 사람에게 말하는 것은 그녀가 결정할 문제였다.

「자네가 나와 함께 브래드포드 플레이스로 가준다면 정말로 고맙겠네. 난 자네의 도움이 필요하네. 캐롤라인 옆에 믿을 만한 사람이 많으면 많을수록 좋을 것 같으니까.」

브래드포드가 말했다.

「맙소사, 어제 종일 말을 탔기 때문에 허리가 끊어질 것 같은데. 하지만 내가 함께 가리란 걸 자넨 알고 있어. 돕고 싶은 것 말고도 난 누가 먼저 사과를 하는지도 보고 싶네.」

밀포드가 친구의 안달하는 표정을 보고는 웃었다.

「왜 내가 사과를 할 거라고 생각하나?」

브래드포드가 싱긋이 웃으면서 물었다.

「자네가 고집이 세기는 하지만 바보는 아니니까.」

브래드포드가 그렇다는 듯이 고개를 끄덕이자 밀포드는 놀랐다.

「그럼, 자네가 사과를 할 건가?」

밀포드가 물었다.

「필요하다면 무릎이라도 꿇겠네.」

브래드포드가 말했다. 그러고 나서 친구의 표정을 보고는 웃음을 터뜨렸다.

「왜 그러나? 자네가 이제까지 중재자 역할을 하느라 지쳤다고 생각했는데.」

브래드포드가 친구의 등을 철썩 때리면서 연이어 말을 했다.

「그게 자네가 캐롤라인에게 간 이유가 아닌가? 그녀에게 이유를 가르쳐주러 간 거 아니었나?」

밀포드가 순한 표정을 지었다.

「맞네. 브래드포드, 이젠 그렇게 과장해서 말할 필요가 없어. 자네가 딱 한 번만 져준다면 캐롤라인은 평생 동안 자네 곁에 있을 거야. 게다가 그녀는 집에 올 준비가 되었네. 하느님도 아시겠지만, 난 그녀를 사랑하네. 하지만 그녀는⋯⋯.」

밀포드가 말했다.

「나도 그렇다네.」

브래드포드가 그의 말을 끊었다.

「뭐가 그런가?」

「그녀를 사랑한다고.」

브래드포드가 말했다.

「나한테 말하지 말고 캐롤라인에게 말하라구, 이 사람아.」

브래드포드가 머리를 흔들었다.

「자네가 같이 가준다면 그럴 걸세, 친구.」

두 사람은 집으로 가는 동안 거의 한마디도 하지 않았다. 런던에서 브래드포드 힐스로 가는 거리를 줄이고자 지름길을 이용해서 거의 1시간이나 단축했다. 브래드포드는 힐스로 다가갈수록 기분이 밝아졌다.

브래드포드는 거실로 들어가서 새로운 지시를 내리려고 핸더슨을 소리쳐 불렀다. 그리고 나서 브랜디를 조금 따라 기운차게 한 모금 마신 후에 의자를 찾아 돌아섰다. 그런데 그는 자신이 좋아하는 가죽의자가 보이지 않자 눈살을 찌푸리면서 등받이가 낮은 의자에 앉았다. 그는 브랜디를 한 모금 더 마시고 나서 잔을 항상 탁자가 있던 곳인 자신이 가장 좋아하는 의자 옆에 놓으려고 돌아앉았다. 그런데 그 탁자도 그곳에 없었다.

그는 그 작은 불편에 얼굴을 찡그렸다. 그때 밀포드가 그를 부르면서 방으로 걸어 들어왔다.

「브래드포드, 자네 서재 안은 봤나?」

밀포드는 흥미가 있다는 듯이 물었다.

브래드포드가 고개를 저었다.

그는 시간이 갈수록 점점 더 초조해졌다. 이제 곧 사랑하는 여자에게 자신의 마음과 영혼을 숨김없이 털어놓게 될 생각에 여전히 불편해하고 있다는 것을 깨달았다. 그리고 그곳에 앉아서 내린 결론은 자신이 연습을 많이 하지 않았다는 거였다.

그러나 밀포드는 한순간도 그를 혼자 내버려두지 않았다. 그는 손에 들고 있는 빵을 씹는 동안에도 몇 차례 브래드포드에게 자기와 함께 서재로 가봐야만 한다고 말했다.

「자네가 그곳에서 무슨 의미를 알려고 하는지 아네. 하지만 난 그걸 이해할 수가 없어.」

브래드포드가 중얼거렸다.

결국 브래드포드는 항복하고 밀포드를 따라 서재로 갔다.

「도대체 무슨 일이야, 핸더슨?」

브래드포드가 소리쳤으나 아무런 대답이 없었다.

그는 주변을 돌아보며 천천히 자신의 은신처 안으로 걸어 들어갔다. 방은 완전히 비어 있었다. 책상과 의자와 책과 서류와 심지어 커튼까지도 사라지고 없었다.

브래드포드는 밀포드에게로 돌아서더니 당황해서 머리를 설레설레 흔들었다.

「핸더슨이 어딘가에 숨어 있을지도 모르네. 무슨 일이 벌어지고 있는 건가?」

밀포드가 크게 말했다.

브래드포드는 여전히 얼굴을 찡그리면서 어깨를 움츠렸다.

「그 이유는 나중에 알아보기로 하고 지금 내가 해야 할 일은 먼저 옷을 갈아입고 브래드포드 플레이스로 떠나는 것뿐이야.」

브래드포드가 한 번에 두 계단씩 계단을 올라가면서 어깨 너머로 소리쳤다.

「자네도 옷을 갈아입고 싶다면 내 것을 하나 주겠네.」

브래드포드는 캐롤라인의 방문 앞에서 멈춰 섰다. 충동적으로 그는 문을 열고 재빨리 내부를 살펴보았다. 모든 것이 있어야 할 곳에 제대로 있었다. 그러나 여전히 그는 얼굴을 찡그리고 있었다. 그는 문을 닫고 자신의 침실로 걸어갔다. 그리고 침실 문을 열자마자 그는 웃음이 터져 나왔다. 그 방도 역시 서재처럼 텅 비어 있었다.

핸더슨이 밀포드와 함께 달려왔다.

「말릴 수가 없었습니다, 공작님.」

핸더슨이 위엄 있게 말했다. 마치 아침 내내 추운 바깥에 서 있었던 것처럼 그의 얼굴은 불그레했다.

「그럼, 그 이유가 뭔가?」

브래드포드가 물었다. 그는 눈에 눈물이 맺힐 때까지 계속 웃었다.

「마님이 주인님의 물건을 다 옮기라고 명령하셨죠. 전 그게 주인님이 내린 지시라고 믿었습니다.」

브래드포드가 고개를 끄덕였다.

「물론 그랬겠지, 핸더슨.」

브래드포드가 황당한 표정을 짓고 있는 친구에게 몸을 돌리고 말했다.

「그녀는 내 물건만 가져갔다네, 밀포드. 그건 분명히 의미가 있는 거지. 그리고 그것을 알아내기란 어려운 것도 아니야.」

「그럼, 그 의미가 뭔가?」

밀포드가 브래드포드처럼 웃으면서 물었다.

「캐롤라인이 내 물건을 모두 브래드포드 플레이스로 가지고 간 거야. 바보라도 그것은 이해할 수 있어. 그녀는 내가 어디에 속한 건지 이런 식으로 보여주고 있는 걸세.」

브래드포드는 머리가 나쁜 친구의 어깨를 세차게 치고는 복도를 걸어 갔다.

「어떻게 내 침대를 들고 계단을 내려왔나, 핸더슨? 그걸 옮기려면 적어도 네 사람은 있어야만 했을 텐데.」

핸더슨은 주인이 이 상황을 재미있어 하자 조금은 마음을 놓을 수 있었다.

「사실, 다섯 명이었습니다.」

핸더슨이 말했다. 그는 헛기침을 하고 나서 덧붙여 말했다.

「또한 저도 붙잡아 데려가려고 했습니다. 그들이 떠날 때까지 제가 식품 저장실에 숨어 있어야만 했다고 말하게 되어서 어쩔 줄을 모르겠습니다.」

「숨어봤자 아무 소용없었을 텐데, 핸더슨.」

브래드포드는 흥분을 자제하고 나서 말했다.

「그녀는 조만간 자네를 다시 찾을 거야. 만약 그녀가 자네를 브래드포드 플레이스로 데리고 가겠다고 마음을 먹었다면, 자네는 그것을 순순히 받아들이는 편이 나을 걸.」

「제가 여쭤봐도 괜찮으시다면, 주인님은 어디에 계실 건가요?」

핸더슨이 말했다.

「내 아내와 함께 있지.」

브래드포드가 씩 웃으면서 말했다.

밀포드와 브래드포드는 새 말을 타고 다시 출발했다. 그러나 지름길이 없었기 때문에 브래드포드 플레이스로 가는 시간을 조금도 줄일 수 없었다.

저녁식사 시간 즈음에 그들은 황량해 보이는 요새로 들어갔다. 그러나 집안은 더 이상 요새가 아니었다. 그건 가정이었다.

브래드포드는 현관 홀 가운데 못 박힌 듯이 꼼짝도 못하고 있었다.

「그녀가 아주 형편없었던 것을 이렇게 아름답게 변화시켰군.」

「당신 말인가요 아니면 이 집 말인가요?」

계단 위에서 당당한 목소리가 들렸다. 브래드포드는 돌아서서 계단 꼭대기를 올려다보았다.

그의 아내가 그곳에 서서 그의 대답을 기다리고 있었다. 브래드포드는 숨이 막혀 한마디도 할 수가 없었다.

캐롤라인은 계단을 달려 내려가서 남편의 품안으로 뛰어들고 싶었다. 하지만 그녀는 먼저 화를 낼지 기뻐할지 모를 남편의 반응을 기다렸다.

남편은 한참 동안 아무 말 없이 캐롤라인을 올려다보고 있었다. 침묵이 길어져 갈수록 그녀는 점점 더 거북해졌다. 그녀는 조금 전에 단순한 노란색 드레스로 갈아입었는데 그것이 그녀의 안색을 환자처럼 보이게 했다. 파란색 드레스를 입었어야 했는데, 하고 자신을 꾸짖었다. 그가 온다는 것을 알았더라면 얼마나 좋았을까! 맙소사, 머리도 단정하게 빗지 않았는데.

「이곳까지 오는 게 무척 즐거웠던 것 같군요.」

자신의 외모에 대한 생각을 옆으로 밀어놓고 그녀가 말했다. 내 꼴이 엉망으로 보이는 것은 내 탓이 아니라 그의 탓이야.

그녀는 계단을 내려와 남편의 앞에 섰다. 그는 심각하고 생각에 빠진 듯한 표정을 짓고 있었다. 그러나 남편의 부드러운 눈빛을 보자 그녀는 평정을 잃었다. 그가 브래드포드 힐스에 들리지 않고 곧장 이리로 온 게 분명하다고 생각했다. 그렇지 않다면, 그가 지금쯤은 소리를 질러대고 있어야 정상이지.

캐롤라인은 남편에게 미소를 지으며 인사를 했다.

「집에 오신 걸 환영해요.」

그녀가 말했다.

캐롤라인은 남편을 건드리지 않았다. 그녀는 남편 품에 안기고 나면 자신이 준비해놓은 말을 다 잊어버릴 것이란 걸 알았다. 그리고 그 일을 먼저 해내야 한다고 마음을 먹었다.

그녀는 남편에게 시선을 고정시켜놓고 밀포드에게 인사를 했다.

「당신이 제게 빚진 돈은 가져왔겠죠?」

그녀가 말했다.

브래드포드는 캐롤라인의 말을 들었으나, 그녀가 무슨 말을 하고 있는지 이해하지 못했다. 오직 그녀가 가까이 있다는 것에만 신경이 쓰였다. 어쩜 저렇게 사랑스러워 보일까! 그는 처음으로 웃으면서 그녀가 약간 초조해 보인다는 것을 알아차렸다. 그리고 그 착잡한 마음속에서 무슨 생각을 하고 있는지 궁금했다.

브래드포드는 즉시 그 대답을 얻었다.

「런던에서 곧장 이리로 왔군요? 당신들은 브래드포드 힐스에 들리지 않았었죠?」

캐롤라인은 일부러 그의 재킷 단추에 시선을 고정시키고 물었다.

「들렀다 오는 길이오.」

「정말요? 그런데 저한테 화가 나지 않으셨네요?」

그녀는 말을 하고 나서 바보 같은 질문이라고 생각했다. 날 보고 웃고 있으니 화난 게 아닌 건 분명하잖아. 그래서 그가 자신이 한 짓을 알아차릴 정도로 브래드포드 힐스에 오래 머무르지 않았다고 결론을 내렸다. 그리고는 신경질적으로 웃으면서 그가 곧 알아차리게 될 거라고 생각했다. 그럼, 돌이킬 수 없게 되는 거지 뭐. 브래드포드가 위층으로 올라가기 전에 말을 하는 게 최선의 방법이야, 하고 캐롤라인은 생각했다.

「당신에게 꼭 드릴 말이 있어요, 브래드포드.」

「밀포드에게 밤 인사나 하시오, 캐롤라인.」

「뭐라고요? 하지만 그는 이곳에 좀 전에 왔어요. 벌써 그가 가지는 않을 거죠?」

「밀포드는 가지 않을 거요, 캐롤라인.」

브래드포드가 대꾸했다.

「밀포드가 떠나지 않는다고요?」

문제의 손님은 브래드포드가 아내에게 무슨 말을 하는지 훨씬 더 빨리 알아차렸다. 그는 현관 탁자에 코트를 집어던지고 유쾌하게 휘파람을 불면서 저녁식사를 하러 복도를 걸어갔다.

「침대로 갈 시간이오, 캐롤라인.」

「하지만 전 피곤하지 않은데요.」

「다행이군.」

「아직 날도 저물지 않았어요. 전 잠이 들지 못할 거예요.」

「나도 그러기를 바라오.」

브래드포드가 자신을 안아들고 계단을 올라가자 캐롤라인은 얼굴을 붉혔다. 그의 의도가 무엇인지 알아차렸기 때문이다.

「우린 이런 짓을 할 순 없어요. 밀포드가 알 거라구요!」

캐롤라인이 항의했다.

브래드포드가 층계를 다 올라가서 물었다.

「당신의 침실이 좋겠소, 아니면 내 침실?」

「우리 침실이요.」

캐롤라인이 더 이상 반대하는 것을 포기하고 그의 말을 정정했다. 그녀는 오른쪽에 있는 첫번째 문을 가리켰다. 그러나 남편이 그 문을 열려고 하자, 그녀는 가구를 기억해내고는 그의 손을 잡았다.

「방에 대해 당신에게 설명하고 싶은 게 있어요.」

그녀가 서둘러서 말했다.

브래드포드가 그녀의 말을 무시하고 문을 열었다. 안으로 걸어 들어가 문을 닫으면서 그는 아무 표정도 짓지 않으려고 노력했다.

캐롤라인은 그가 무슨 말이라도 하기를 기다렸다. 그러나 브래드포드는 그녀를 안은 채 문에 기대어 만족해하는 표정이었다.

그는 방구석에 있는 빈 목욕통을 보고는 자신이 먼지투성이라는 것을 기억했다. 마지못해 캐롤라인을 바닥에 내려놓고 머리 위에 가벼운 키스를 한번 했다. 자신이 원하는 식으로 그녀에게 키스를 하면 목욕하는 것은 생각도 나지 않을 것이라는 걸 알았다.

「하나씩 순서대로 합시다, 여보.」

그가 내키지 않는다는 듯이 한숨을 쉬면서 속삭였다. 그는 돌아서서 문을 열더니 모든 경호원이 들을 수 있을 정도로 크게 물을 가져오라고 소리를 질렀다.

「브래드포드, 당신은 제게 주의를 기울여줄 수 있나요?」

캐롤라인이 물었다. 그녀는 침대로 걸어가 모서리에 걸터앉았다.

「뭐가 달라졌는지 알아차리겠어요?」

그녀가 물었다.

「난 모든 것을 알아차렸소. 당신의 머리는 엉망이고, 그 보기 싫은 드레스가 당신을 어제 죽은 사람처럼 보이게 하고 있군. 목욕 준비가 끝나는 대로 그걸 벗어버리시오.」

브래드포드는 그녀를 보고 웃었다. 그의 표정은 그녀가 편안함을 느끼게 했다. 그는 그녀를 원했다.

「당신이 그렇게 유머 감각을 갖고 있는지 미처 몰랐군요. 당신이 가구에 대해 화를 낼 거라고 생각했어요. 하지만 당신은 알아차리지 못하는군요. 어쨌든 당신의 서재는 아래층에 있어요.」

그녀가 속삭이듯이 고백했다.

「난 알고 있었소. 내가 보기엔 저렇게 큰 침대는 영국엔 하나밖에 없거든.」

브래드포드가 껄껄 웃으면서 말했다.

「브래드포드, 단 1분만이라도 진지해지려고 노력해봐요. 당신과 말하고 싶은 게 있다구요. 그리고 당신이 절 보고 그렇게 웃으면 전 몹시 긴장이 된다구요.」

문에서 노크 소리가 나서 그녀는 하던 말을 멈추었다. 브래드포드가 문을 열고 양손에 물동이를 들고 있는 경비원들에게 들어오라고 했다. 그는 커다란 목욕통을 벽난로 앞으로 끌고 왔다. 그리고 목욕통이 가득 차는 동안 벽난로에 불을 피웠다.

그 기다림이 캐롤라인에게는 영원한 것 같았다. 그녀는 하던 말을 빨리 끝내고 싶었다. 브래드포드가 싱글벙글하고 있는 건 확실했다. 그러자 모든 게 이해가 되었다. 밀포드! 그가 브래드포드에게 자신이 브래드포드와 함께 집으로 돌아갈 거라고 말한 게 틀림없어. 그게 지금 남편이 속 편한 태도로 있는 이유가 아니겠어.

「밀포드가 무슨 말을 했죠? 그가 절 방문했을 때, 그는……」

캐롤라인은 말을 마칠 수가 없었다. 브래드포드가 옷을 벗기 시작하자 그녀는 혼란스러웠다. 그는 셔츠를 벗어서 바닥에 던졌다. 그러고 나서 작은 탁자로 걸어갔다. 남편이 도자기 대야에 담긴 물에다 손과 얼굴을 씻는 것을 캐롤라인은 최면에 걸린 듯이 바라보았다.

「목욕하기 전에 세수를 해요? 그건 약간 좀스러운 짓 아닌가요?」

캐롤라인이 어쩔 줄을 몰라하면서 물었다.

브래드포드가 웃었다. 그는 침대로 와서 아내 옆에 앉았다.

「무릎을 꿇어요, 아가씨.」

브래드포드가 으르렁대듯이 말했다.

캐롤라인은 그 말을 듣고 놀랐다.

「제가 무릎을 꿇었으면 좋겠어요? 이것 봐요, 브래드포드, 전 밀포드가 당신에게 무슨 말을 했는지는 모르지만, 하지만……」

그녀의 등이 꼿꼿해지기 시작했다.

「부츠를 벗는 것을 좀 도와주구려.」

「뭐요?」

캐롤라인이 화를 냈다. 그녀는 무릎을 꿇지는 않았다. 대신에 브래드포드가 그녀의 뒷모습을 바라볼 수 있게 돌아서서 그의 양다리를 벌렸다. 그녀는 그 일이 끝나자 엉덩이에 손을 얹고 돌아섰다.

「이제 제 말을 들어줄 수 있나요?」

「우리가 목욕을 한 후에 듣겠소.」

「우리가 목욕을 해요?」

캐롤라인이 얼굴을 붉히는 것을 보고 웃으면서 브래드포드가 고개를 끄덕였다. 그리고 천천히 그녀의 옷을 벗겼다.

캐롤라인은 그의 손이 작게 떨리고 있다는 것을 느꼈다. 그리고 지금 무슨 생각을 하고 있는지 남편의 얼굴에선 아무런 짐작도 할 수 없었기 때문에 그녀는 더욱 놀랐다.

브래드포드는 그녀의 부드러운 육체가 일으키는 관능과 싸우면서 그녀를 들어올렸다. 그리고 욕조에 들어가서 캐롤라인을 다리 위에 내려놓았다.

「당신은 처녀처럼 얼굴을 붉히고 있군. 내 몸을 씻겨주시오.」

브래드포드가 계산된 듯한 짓궂은 눈길로 바라보면서 말했다. 그리고는 그녀에게 비누를 건네주었다.

캐롤라인은 남편의 가슴에 비누를 천천히 묻혔다.

숨막힐 듯한 그 순간에 아무도 말을 꺼내지 않았다. 캐롤라인은 비누를 떨어뜨리고 그의 가슴에서 거품을 씻어냈다. 그녀는 아무 생각도 할 수가 없었다. 그에게 다리를 씻게 일어서라고 속삭이는 음성이 소용돌이치는 바람처럼 거칠게 들렸다.

「못 일어날 것 같소.」

브래드포드가 그녀에게 말했다.

아내가 그의 가슴을 너무나 열정적으로 바라보고 있었다. 그는 자신을 똑바로 볼 수 있게 아내의 얼굴을 들어올렸다.

「당신도 알겠지만, 당신이 그렇게 만든 거요.」

그가 허스키한 음성으로 말했다.

「뭘 했다고요? 」

캐롤라인이 수줍게 물었다.

「날 욕망으로 약하게 만들었소. 이번에는 천천히 하고 싶었는데. 내가 당신을 만지는 순간순간을 음미하면서, 그리고 기대를 하면서…….」

「당신이 지금 키스를 해주지 않으면, 전 죽을 것만 같아요.」

캐롤라인이 속삭였다. 그의 목에 팔을 감고 그의 머리를 끌어당겼다.

그가 약을 올리듯이 조금씩 키스를 했다. 그녀는 참을 수가 없어서 이로 그의 아랫입술을 잡아당겼다.

브래드포드는 그녀에게 더 이상 애를 태울 수 없었다. 그는 그녀에게 깊은 키스를 했다. 그의 입술은 뜨겁고 너무나 맹렬했다. 캐롤라인은 정열과 욕망으로 반응했다.

그녀의 혀가 그의 혀를 찾았다. 브래드포드는 그녀가 자신의 엉덩이에 다리를 걸칠 때까지 그녀의 몸을 돌렸다. 그녀가 젖가슴으로 자신의 가슴을 유혹적으로 문지르자 그는 격정에 빠져들었다. 그녀를 만지고, 그녀에게 키스하는 것을 멈출 수가 없었다.

캐롤라인은 그의 목에 매달려 둘 사이의 불타오르는 정열을 받아들였다. 브래드포드의 혀가 그녀를 고문했다. 그녀는 더 이상 가까이 갈 수 없을 정도로 그에게 몸을 밀착시켰다. 마침내 그녀는 타오르는 원시적인 욕망에 압도당했다.

브래드포드는 에로틱한 사랑의 말을 속삭였다. 그러나 모든 것을 태울 듯한 타오르는 정열에 빠진 캐롤라인은 타오르는 불꽃 외에는 어느 것도 신경을 쓸 수가 없었다.

브래드포드는 손으로 그녀의 등을 어루만지며 욕망의 불꽃을 밝혔다. 그리고 나서 그녀를 애무했다. 캐롤라인은 고통과 커져가는 황홀경으로 소리를 질렀다.

「제레드!」

그건 요구였다.

브래드포드가 그녀 안으로 들어갔다. 캐롤라인은 몸을 활처럼 휘었다. 그리고 그들이 나누고 있는 절정을 즐겼다.

캐롤라인은 남편의 가슴 위에서 쓰러지듯이 무너졌다. 그녀는 그와 성급하게 나눈 사랑의 기쁨으로 지쳐 있었다.

브래드포드의 심장소리는 마치 폭발할 것처럼 들렸다. 캐롤라인은 속도가 느려질 때까지 기다렸다가 몸을 움직였다.

「우리가 욕조 속에 있다는 것을 잊고 있었어요.」

그녀가 살짝 웃으면서 속삭였다. 그의 목덜미에 머리를 묻고 한숨을 내쉬며 눈을 감았다.

「사랑해요, 브래드포드.」

「그 말은 아무리 들어도 싫증나지 않을 거요.」

브래드포드가 속삭였다.

캐롤라인은 그의 말을 듣고 유일한 반응으로 고개를 끄덕였다. 그러고 나서 그녀는 울기 시작했다. 지금 순간만큼은 채러티처럼 크게 엉엉 울 수 있었다.

브래드포드는 캐롤라인의 어깨를 부드럽게 쓰다듬으면서 그녀가 마음 편히 울 수 그냥 두었다. 잠시 후 그녀가 진정이 되어서 자신이 하는 말을 들을 수 있게 되었을 때 그가 말했다.

「캐롤라인, 내 말을 들어요.」

「아니에요. 먼저 당신이 제 말을 들어야 해요. 당신이 절 아직 사랑할 수 없다는 것을 이해해요. 전 너무 참을성이 없었고 요구만 해왔어요.」

또 한 차례 크게 울고 나서 그녀가 말을 이었다.

「당신은 정숙한 여자를 알 틈이 없었어요. 그런데 제가 당신이 전혀 당해보지 않았던 요구를 해댄 거죠. 전 현재의 당신을 그대로 받아들이기로 했어요.」

자신의 말에 남편이 기뻐할 거라고 믿었다면, 그녀가 잘못 판단한 거였다. 브래드포드는 언짢은 낯을 했다.

「참 고상한 행동이오, 여보. 그럼, 당신이 포기하겠다는 거요?」

캐롤라인이 흘깃 쳐다보자 남편의 눈에 서린 즐거움이 보였다.

「뭐라고요? 아니에요. 단지 받아들이겠다는 거죠, 브래드포드.」

그녀가 대답했다.

「그럼, 당신은 얼마나 참을 계획이오?」

그가 웃으면서 물었다.

「당신은 절 혼란스럽게 하고 있어요, 브래드포드. 당신이 제 결정에 감동할 거라고 생각했어요. 그런데 당신이 그걸 재미있어 하는 것을 보게 되는군요. 제가 그걸 어떻게 생각해야만 하나요?」

이건 남편에게 물었다기보다는 그녀 자신에게 물은 거였다.

캐롤라인은 일어나서 남편의 배를 발판으로 삼아 욕조에서 나갔다. 그가 크게 신음을 내뱉는 걸 듣고는 만족감을 느꼈다.

「당신이 그렇게 거만하게 구는 데에 대한 적당한 대우죠. 밀포드가 제가 집에 돌아가고 싶어한다고 당신에게 말했겠죠? 그게 당신이 그렇게 행복해하는 이유죠, 아닌가요?」

캐롤라인이 점점 화를 내면서 말했다.

「내 순종적인 아내랑 지금 막 사랑을 나눴기 때문에 행복한 거요.」

브래드포드가 싱긋이 웃으면서 대답했다.

「제겐 순종적인 구석이란 조금도 없어요.」

캐롤라인이 말했다. 그녀는 욕조 옆에 무릎을 꿇고 앉아 물에서 비누를 건져 남편을 북북 문지르기 시작했다.

「물론, 제가 약속하지 않았을 때는 그렇다는 거죠. 또한 제 짐작엔 제가 순종적으로 그 약속을 지킬 거라고 당신이 말할 것 같은데요. 당신이 이겼다고 생각하지요?」

그녀가 한숨을 내쉬면서 말했다.

브래드포드는 그녀가 자신이 하는 짓을 알고나 있는지 궁금했다. 그녀는 그의 오른쪽 다리에 거품이 쌓이는 것만큼 점점 흥분해가는 것처럼 보였다. 그는 다시 웃기 시작했다.

「당신은 내 껍질을 벗기려고 하는 것 같군. 그렇게 당황하지 마시오, 여보. 당신의 사과는 끝난 거요, 아니면 더 있소?」

브래드포드가 거의 관심이 없다는 투로 물었다.

「전 사과하지 않았어요, 하지만 그걸 갖고 말다툼하고 싶진 않아요.」

「그럼, 이젠 내 차례 같은데. 미안하오, 캐롤라인. 날 사랑하는 게 쉬운 일이 아니란 걸 알고 있소. 내가 당신에게 너무나 많은 고통을 주었지. 내가 할 수 있는 유일한 변명은 내가 당신을 너무나 사랑해서 바보처럼 굴었다는 거요. 난……」

브래드포드가 말했다.

캐롤라인이 비누를 떨어뜨리고 일어섰다.

「감히 날 놀리지 마세요, 브래드포드.」

눈물이 뺨을 타고 흘러내리자 그녀는 손등으로 눈물을 닦았다.

「제게 솔직히 말하고 있는 건가요? 아니면 정말로 절 사랑하나요?」

브래드포드는 욕조에서 나와 캐롤라인을 조심스럽게 안았다.

「내가 당신을 그렇게 만든 거요?」

그가 고통에 찬 목소리로 물었다.

「세상에, 캐롤라인, 당신을 사랑하오. 늘 그랬었던 것 같소. 그런데 이제야 마침내 말을 하는 거요. 당신 울고 있잖아! 내가 당신에게 거짓말을 한 적은 한 번도 없었소, 캐롤라인. 한 번도!」

그의 목소리는 매우 단호하고 거칠었다. 그래서 캐롤라인은 그의 고통을 알아들을 수 있었다.

그녀는 그의 가슴에 안겨 울었다. 브래드포드도 완전한 무력감을 느끼면서 그곳에 서 있었다. 그녀가 그에게 안겨 뜨거운 눈물을 흘리는 동안 그의 몸에서 흘러내린 물은 온 바닥으로 퍼졌다.

「그 말은 취소할 수 없어요.」

캐롤라인의 말은 거의 들리지가 않아서 그는 무슨 말을 했는지 다시 말해달라고 해야만 했다. 그녀는 코를 훌쩍이면서 딸꾹질을 하고 있다가 마침내 말을 꺼냈다.

「당신이 그 말을 취소할 수 없다고 말했어요.」

브래드포드는 눈에 눈물까지 흘리면서 크게 웃었다. 떨고 있는 아내를 침대로 데리고 가 이불 속에서 그녀를 안았다. 그녀에게 만족스러운 긴 키스를 하고 나서 그가 그녀를 얼마나 사랑하고 있는지 되풀이해서 말했다. 마침내 그녀가 자신의 말을 믿는다고 확신할 때까지.

「전 나머지 말도 듣고 싶어요.」

캐롤라인이 그에게 말했다. 그녀는 손가락으로 그의 가슴을 꼬박 1분 동안은 두드리고 나서야 브래드포드가 다른 말을 하지 않을 거란 것을 깨달았다. 그리고는 웃음을 터뜨렸다.

「세상에, 하지만 당신은 정말로 고집 센 사람이야! 물론, 당신은 절 사랑하겠죠. 전 그걸 아주 오래 전부터 알고 있었으니까요. 이제 어떤 상황에서라도 절 믿겠다는 것을 털어놓으세요.」

「내가 털어놓기 전에 모든 것을 대강 말해보시오.」

브래드포드가 웃으면서 대답했다. 그녀의 머리를 자신의 턱 밑으로 밀어붙이고는 그녀만의 향기를 들이마셨다.

「당신에게선 장미 냄새가 나오.」

그가 속삭였다.

「당신도 그래요. 우린 제 비누를 사용했거든요. 그 냄새예요.」

캐롤라인이 그에게 말했다.

브래드포드가 혼자서 투덜거렸다.

「적어도 이젠 더 이상 당신의 말에서 나는 냄새는 안 나는군요. 당신도 알다시피 브래드포드, 당신의 말 이름이 결정적인 실마리였는데 전 이제야 그걸 알아차렸군요.」

캐롤라인이 싱긋 웃으면서 말했다.

「무슨 말을 하는 거요?」

브래드포드가 못 알아듣겠다는 듯이 물었다.

「릴라이언스(신뢰라는 뜻, 브래드포드의 말 이름임)! 그게 당신이 가장 큰 가치를 둔 것이자 당신이 삶에서 찾지 못하고 있었던 거죠.」

캐롤라인이 설명했다.

「난 정말로 당신을 믿소, 캐롤라인. 그렇지만 질투에 관해서는 난 약속할 수 없소. 그러나 노력하겠소.」

브래드포드가 맹세했다. 그리고 다시 사랑한다고 말했다. 단지 그렇게 말하는 것만으로도 자유와 즐거움을 느낄 수 있었다. 그리고 이번에는 천천히 그녀와 사랑을 나눴다. 그는 아주 정확하게 불을 피웠다. 또한 정확히 어디를 만져야 하는지 알고 있었다. 그리고 어떻게 그녀를 기쁘게 해줄 것인지 그녀와 떨어져 있던 밤 동안 상상했던 대로 그녀를 불타오르게 했다.

그는 그녀를 다시 울게 만들 만큼 강렬하게 사랑을 했다.

「사랑하오, 캐롤라인.」

브래드포드가 그녀를 꼭 안으면서 말했다.

「그 말은 아무리 들어도 싫증나지 않아요.」

금방 브래드포드는 이 말이 자신이 그녀에게 했던 바로 그 말이란 것을 기억해냈다. 캐롤라인의 유머에 감탄하면서 그는 미소를 지었다.

「브래드포드? 언제 알게 된 거죠? 언제 당신이 절 사랑한다는 것을 깨닫게 된 거죠?」

「그건 번개가 치듯 그렇게 갑작스럽지는 않았소.」

브래드포드가 그녀에게 말했다. 캐롤라인이 등을 대고 똑바로 누웠다. 그러자 브래드포드가 팔꿈치를 괴고 그녀를 쳐다봤다.

그는 그녀의 실망스런 표정을 보고 씩 웃으면서 그녀의 찡그린 기색을 없애려고 키스를 하고는 계속 말을 이었다.

「당신은 내 살 속에 들어 있는 가시와 같소. 끊임없이 날 괴롭히는 가시 말이오.」

브래드포드가 그녀에게 말했다.

캐롤라인이 웃었다.

「당신은 너무나 로맨틱하군요!」

「당신만큼 로맨틱한 거지. 당신이 날 사랑하는 게 복통을 일으킨 것과 같다고 말한 것을 난 기억하고 있소.」

「브래드포드, 그땐 화가 나서 그런 거예요.」

캐롤라인이 솔직히 말했다.

「난 당신에게 금방 매혹되어 버렸소. 그래서 당신을 내 정부로 삼으려고 했었소. 하지만 당신이 동의했다면 아마 난 그 결과에 욕설을 퍼부었을 거요.」

브래드포드가 말했다.

「저도 알고 있어요.」

「그러나 당신은 다른 여자들과 전혀 달랐소. 우리가 에임스몬드의 파티에 갔던 날 밤에 당신은 보석을 한 점도 달지 않았었소.」

「그게 무슨 상관이죠?」

캐롤라인이 물었다.

「보석이 당신한테는 아무 의미가 없었다는 거요.」

브래드포드가 설명했다. 그는 자신의 멍청한 행동을 생각하면서 웃고는 솔직하게 말했다.

「내가 선물로 당신의 애정을 사려고 했었지 않았소?」

「당신이 그랬지요.」

그가 말한 뜻을 알아차리고 나서 캐롤라인이 기뻐하면서 말했다.

「그리고 당신은 절 너무나 끔찍하게 대했어요. 절 이곳으로 보낼 때 이곳의 상태를 알고 있었지요?」

브래드포드가 얼굴을 찌푸리고는 마지못해서 고개를 끄덕였다.

「난 화가 났었소, 캐롤라인. 당신이 내가 주는 모든 것을 거부하고 있었잖소.」

그가 어깨를 움츠리면서 말했다.

「모든 것은 아니었어요.」

캐롤라인이 속삭였다. 그녀의 목소리는 이제 표정만큼 진지하게 변해 있었다.

「전 단지 당신의 신뢰와 사랑만을 바랐을 뿐이에요.」

「이젠 그렇다는 것을 잘 알고 있소. 평생 동안 시골에서 나와 함께 사는 것에 만족할 수 있겠소?」

브래드포드가 물었다.

「당신이 절 사랑하는 한 당신과 함께라면 런던 빈민굴에서도 살 수 있어요. 시골생활이 정말 좋아요. 전 농장에서 자랐거든요.」

「그리고 영국을 모국으로 부르도록 노력하겠소?」

그가 물었다.

「음, 그렇게 하는 것이 무척 어려웠다고 말해야 하겠네요. 보스턴이 훨씬 더 조용했어요, 브래드포드. 아무도 절 계단에서 밀거나 그런 소름끼치는 편지를 쓰지 않았거든요. 그리고 절 죽이려고 할 정도로 증오하는 사람이 누군지 모르겠어요. 또한 도덕관념이 없는 신사분들도 이곳엔 꽤 있어요! 당신도 그걸 알고 있나요? 물론 식민지에도 그런 난봉꾼들이 있어요. 하지만 그들은 신사처럼 옷을 입지는 않아요.」

그녀가 장황하게 이야기를 했다.

브래드포드가 미소를 지었다.

「당신이 곤경에 빠진 거지. 하지만 내가 당신을 지켜주겠소.」

그가 말했다.

「당신이 그럴 거라는 걸 알아요. 게다가 전 매우 좋은 사람들을 만나기도 했죠. 이젠 영국이 제 집이에요.」

캐롤라인이 한숨을 쉬고는 대단히 만족해서 남편에게 바싹 다가갔다.

「여긴 지루하지 않다고 말할 수 있어요.」

「여보, 당신의 삶은 결코 지루하지 않을 거요. 벤자민이 당신이 보스턴에서 저지른 장난에 대해 말해줬지. 당신 아버지는 당신 삼촌이 있는 보스턴에서 자란 걸 고마워해야만 할 거요. 당신은 꽤나 다루기가 어려운 아이였으니까 말이오.」

브래드포드가 말했다.

「전 항상 조용하고 말이 없었어요.」

캐롤라인이 단호하게 말했다. 남편이 크게 웃자 그녀는 그가 자신의 말을 믿지 않는다는 것을 알았다.

「전 조용하고 말이 없으려고 노력했어요. 그리고 제 아버지는 14년 동안 줄곧 저와 함께 있기를 바라셨어요.」

그녀가 말했다.

「아버님이 그러셨다는 것은 알고 있소.」

브래드포드가 대답했다. 그는 잠시 생각에 잠긴 표정을 짓다가 덧붙여 말했다.

「아버님은 당신을 위해 희생을 한 거요, 캐롤라인.」

그녀가 고개를 끄덕였다.

「그러셨을 거라고 확신하고 있었죠. 하지만 전 그 이유를 모르겠어요. 언젠가는 아버지가 제게 말씀해주실 거예요.」

브래드포드는 캐롤라인의 아버지가 그 사고에 대해 캐롤라인에게 말하지 말라고 얼마나 애원했었는지를 기억했다. 그리고 위험이 지나간 다음에 자신이 그녀에게 말하겠다고 약속한 것도 기억했다. 그러나 지금 그녀에게 그 사실을 숨기는 게 잘못이란 것을 깨달았다. 그녀는 내 아내이자 연인이야. 그러니 우리는 기쁨만이 아니라 걱정거리도 함께 나누어야만 해.

「내가 런던에 있는 동안에 당신의 아버지가 날 찾아왔었소. 아버님이 15년 전에 일어났던 사건에 대해 말해주셨지. 어느 날 밤 남자 몇 명이 당신 아버지의 집으로 찾아왔었소. 아버님의 시골집으로 말이오. 당신은 자고 있다가 소리를 듣고 아래층으로 내려왔소. 그 자들이 당신의 아버지를 죽이려고 하자 당신이 어쩌다가 그 자들 중 한 명을 권총으로 쏜 거요.」

브래드포드가 말했다.

캐롤라인의 얼굴엔 놀라움이 역력했다.

「제가 그랬다고요?」

브래드포드가 고개를 끄덕였다.

「당신은 그걸 전혀 기억 못할 거요, 안 그렇소?」

그녀가 머리를 가로저었다.

「어떻게 그런 일이 일어났는지 말해줘요. 왜 그들이 제 아버지를 죽이려고 한 거죠?」

그녀가 물었다.

브래드포드는 장인에게 들은 대로 이야기를 했다. 그는 말을 끝마치고 캐롤라인이 이해할 수 있게 잠시 동안 말없이 기다렸다. 그녀는 이야기를 듣는 동안 일어나 앉았다. 그리고 주의를 집중해서 그를 쳐다보았다.

「제가 아버지를 죽이지 않았다니 천만다행이군요. 전 무엇을 하고 있는지도 몰랐을 거예요.」

그녀가 작게 말했다.

브래드포드가 빠르게 그렇다고 했다.

「그때 당신은 애기였을 뿐이오.」

그녀가 조금밖에 당황하지 않았다는 것을 알았으나 여전히 그녀를 달래려고 애썼다.

「그건 사고였소, 캐롤라인.」

「불쌍하신 아버지! 그 동안 얼마나 괴로워하셨을까요. 이제야 모든 게 이해가 되는군요. 나를 핸리 삼촌에게 보낸 이유도 아버지가 그렇게 오랜 시간이 지난 후에 절 집으로 데려오신 이유도 말이에요! 오, 가엾은 아빠!」

고뇌에 찬 눈물이 그녀의 뺨을 타고 흘러내렸다.

브래드포드가 그녀를 품안으로 끌어당겨 눈물을 닦아주고는 꼭 안았다. 캐롤라인은 그의 따뜻한 몸에 안겨서 그 믿겨지지 않는 이야기를 오랫동안 생각하고 또 생각했다. 그러나 아무리 노력해도 그 사건이 조금도 기억나지 않아서 결국 포기했다.

「제가 그날 밤을 기억해낼 수 있다고 생각하세요?」

그녀가 물었다.

「모르겠소. 당신의 아버지가 당신이 그 남자를 쏜 후에 기절했다고 말씀하셨소. 그리고는 다음날 아침에야 깨어난 거요. 그때 당신은 아무 일도 일어나지 않은 것처럼 행동했소. 그게 당신 기억에서 완전히 지워져버린 것처럼 말이오.」

브래드포드가 추측해서 말했다.

「제가 기절했다고요!」

캐롤라인은 충격을 받아 약간 모욕을 당한 것처럼 보였다. 그러자 브래드포드가 미소를 띠며 말했다.

「당신은 그때 네 살밖에 되지 않았었소.」

그가 그녀에게 다시 말했다.

「브래드포드! 편지요!」

캐롤라인이 고함을 질렀다. 그녀는 새로 이해한 사실에 눈을 끄게 뜨고 갑자기 움직였다.

「그건 그때 일어난 일과 분명히 관련이 있어요, 그렇죠? 누군가 복수를 하려는 거예요! 그 편지가 말했던 게 바로 그거예요.」

순간, 브래드포드의 표정이 무섭게 변했다.

「당신 아버지에게 당신의 과거에 대해 이야기를 들은 후에야 그 모든 게 이해되었소.」

그가 착잡하게 말했다.

「그럼, 그 자들과 어떤 관련이 있다고 생각하나요? 내가 쐈던 남자는 어때요? 그 자는 아들이나 딸이 있었나요?」

브래드포드가 고개를 저었다.

「아직까진 찾지 못했소. 빌어먹을, 캐롤라인, 내 육감이 옳다면, 우리에겐 시간이 별로 남아 있지 않소.」

「왜요?」

남편의 목소리에서 묻어 나오는 좌절감에 마음을 쓰면서 캐롤라인이 물었다.

「15년 전에 그 사건이 일어났던 정확한 날까진 앞으로 6일밖에 남지 않았소.」

「그럼, 할 일은 하나밖에 없겠군요.」

캐롤라인이 말했다. 그녀는 단호하게 눈을 빛내면서 말을 이었다.

「함정을 놓으면 제가 미끼가 될게요.」

「말도 안되는 소리는 하지도 마시오! 난 벌써 함정을 파놓았소. 그러나 당신을 개입시키진 않을 거요. 알아듣겠소?」

브래드포드의 음성에는 반박의 여지가 없었다. 캐롤라인은 그에게 키스를 하고 나서 양팔로 꼭 끌어안았다.

캐롤라인은 그가 자신에게 한 말에 너무나 기뻤다. 또한 그의 생각을 바꿀 수 있는 날이 6일이나 남아 있다고 미소를 지으면서 자신에게 말했다. 날 죽이려고 하는 자를 잡는 걸 돕는데 모든 노력을 다 바치겠어.

그녀는 문득 어떤 생각이 떠올랐다.

「브래드포드, 그날 밤에 무슨 일이 일어났는지 누가 알고 있죠?」

「꼽아 봅시다. 아버님이 당신 삼촌인 핸리에게 말했소. 그러나 다른 보스턴 가족들은 모르고 있소. 그리고 나한테도 말했고. 그러니 무슨 일이 일어났었는지 아는 사람은 우리 넷뿐이오.」

브래드포드가 대답했다.

「아니에요.」

캐롤라인이 거의 넋놓고 대답했다.

그녀는 핸리 삼촌과 그가 자신이 권총에 대한 두려움을 극복하게 어떻게 도와주었는지 생각하고 있었다 내가 가서 도와달라고 했을 때 삼촌은 너무나 이해력 있고 참을성 있게 도와주셨어. 케이먼과 루크와 함께 사냥하러 가고 싶어했던 것을 기억해. 그러자 무기에 대한 공포심을 갖고 있다는 게 너무나 겁쟁이처럼 느껴졌어. 그 두려움을 없애는 데는 거의 1년이나 걸렸어. 하지만 삼촌의 도움이 있었기 때문에 성공할 수 있었던 거야.

「뭐가 아니라는 거요? 그 사건과 관련된 세 사람을 뺀 다면, 오직 네 사람만 무슨 일이 일어났었는지 알고 있는 거요. 그 자들이 죽었으니, 남는 건 당신의 아버지와 당신의 삼촌인 핸리와 당신과 나뿐이오.」

「그리고 마일로 삼촌도 알고 있어요.」

캐롤라인이 말했다.

브래드포드가 고개를 저었다.

「그렇지 않소, 여보. 당신 아버지는 매우 명확하게 말했소. 오로지 동생한테만 말했었다고 말이오. 그밖에 다른 사람에게는 말하지 않았다고 했소. 난 그걸 믿소.」

그가 말했다.

캐롤라인이 고개를 끄덕였다.

「알아요, 당신이 무슨 말을 하고 있는지 알아요. 아버진 그 사건이 일 어났던 당시에는 말하지 않았어요. 하지만 제가 집에 돌아온 후에 아버 지는 후작님한테 가서 모든 것을 다 말했어요. 전 그랬다고 확신해요. 왜냐하면 후작님이 절 거부하지 않도록 하기 위해 그에게 다 설명할 필 요가 있다고 아버지가 말씀하셨거든요. 그땐 아버지가 무슨 말을 하는지 이해할 수가 없었죠. 하지만 지금 생각해보니…… 브래드포드, 왜 절 그 런 식으로 쳐다보고 있는 거지요? 뭐 이상한 게 있어요?」

「왜 아버님이 그걸 말해주지 않았을까?」

브래드포드가 고함을 질렀다. 그러다가 아내가 놀라는 것을 보고 재빨 리 목소리를 낮췄다.

「알겠어. 모든 게 들어맞기 시작했소. 그거뿐이오. 빌어먹을, 프랭클린 이 배후에 있을지 알고 있었다고!」

「프랭클린이라고요? 브래드포드, 확실한 거예요? 이런 그 작은 똥개

같으니! 그는 형과 사이가 좋지 않았어요. 항상 형을 화나게 하려고 애썼죠. 하지만 그가 그럴 수가…… 내 삼촌이!」

캐롤라인이 믿을 수 없다는 듯이 말했다.

그녀는 갑자기 말문이 막혔고, 얼굴이 분노로 벌겋게 달아올랐다.

「난 그렇다고 확신하오. 그 자는 강력한 동기를 갖고 있소, 캐롤라인. 탐욕이지. 후작은 당신에게 상당한 돈을 물려주실 거요. 그가 유언장을 바꾸고 나서 동생에게 말해준 거요. 그렇게 한 게 천만 다행이었소. 그렇지 않았다면 프랭클린이 당신의 삼촌인 후작을 죽였을 거요.」

「로레타는 어때요? 그녀도 관련이 있다고 생각해요?」

캐롤라인이 물었다. 그녀는 그 비열한 두 사람을 생각하는 것만으로도 소름이 끼쳤다. 또한 아버지가 디너파티를 열었던 날 밤에 로레타가 브래드포드와 어떻게 시시덕거렸었는지 기억하는 것만으로도 몹시 불쾌해졌다.

「로레타는 많은 노름빚을 지고 있소. 그래서 돈에는 필사적이오. 고리대금 업자들이 그녀가 만든 영수증을 갖고서 후작이 죽기만을 기다리고 있소.」

「그녀가 그들에게 마일로 삼촌의 돈을 주겠다고 약속했다는 거예요? 제 물음에 대답해요! 물론, 그녀도 관련되어 있겠지만요 그 여잔 도덕관념이라곤 조금도 없어요!」

캐롤라인이 격분해서 말했다.

「당신 아버지가 무슨 일이 일어났었는지 후작님께 말씀드릴 때 프랭클린이 엿들었던 게 분명하오. 그리고는 혐의를 벗기 위해 그 사실을 이용한 거요.」

캐롤라인이 고개를 저었다.

「전 이해가 안 가요.」

「당신은 밀포드와 내게 그 편지를 보여줬소. 그리고 당신의 아버지는 아직 생존해 계셔서 그때 무슨 일이 일어났었는지 말할 수 있소. 프랭클린은 복수처럼 보이게 일을 꾸민 거요. 그게 날짜가 중요한 이유요 20

일에 당신에게 무슨 일이 일어난다면, 프랭클린에겐 멋진 작은 선물이 되겠지.」

브래드포드의 어조는 차분했으나 눈은 분노로 번득였다. 캐롤라인은 몸이 떨렸고 소름이 돋았다. 그녀의 반응을 보고 그는 자신의 몸 위로 그녀를 끌어올렸다.

「제기랄, 내가 옳아 그 자가 프랭클린이기를 바라오. 그 후레자식놈을 좋아한 적이 없었거든!」

「곧 알게 되겠죠.」

캐롤라인이 속삭였다.

「겁먹지 말아요, 내 사랑. 난 지금까지 당신을 기다려 온 거요. 당신을 다치게 하는 자는 누구라도 가만두지 않을 거요.」

「당신이 절 보호해줄 거란 걸 알아요.」

캐롤라인이 대답했다. 그녀는 그의 턱에다 키스를 했다.

「당신과 함께 있으면 전 항상 안전함을 느껴요. 물론, 당신이 제게 소리를 질러댈 때는 빼고요.」

「다시는 당신에게 소리지르지 않겠소.」

그가 대답했다. 브래드포드는 자신이 거짓말을 하고 있다는 것을 너무나 잘 알고 있어서 미소를 지었다.

캐롤라인은 그의 미소에 밝은 웃음으로 대답했다. 그때 그녀의 뱃속에서 꼬르륵 소리가 울렸다.

「전 시장해요.」

즐거워하던 브래드포드가 그녀의 말을 오해하는 쪽을 선택했다. 그녀에게 자신도 시장하다고 말했다. 그리고는 그녀에게 시장한 만큼, 그리고 충족을 느낄 만큼 철저하게 키스를 해댔다. 그러고 나서 그녀를 똑바로 눕힌 다음에 그녀와 사랑을 나누기 시작했다.

캐롤라인은 저녁식사를 하고 싶다고 말하려고 했다. 그러나 그 말은 그녀의 마음속 어딘가로 사라져버렸다. 저녁식사는 좀더 있다가 해도 되겠지 뭐. 게다가 자신은 항상 순종적인 아내가 아닌가.

14

　브래드포드의 기분은 하룻밤 사이에 완전히 변해버렸다. 음성은 무뚝뚝했고, 태도는 날카로웠다. 캐롤라인은 그가 프랭클린을 잡는 데 신경 쓰느라 다른 것에는 관심도 없다는 것으로 이해했다.

　브래드포드와 밀포드는 토론을 할 때 그녀를 따돌리지 않았다. 캐롤라인은 15년 전에 자신에게 무슨 일이 있었는지 밀포드에게 말했다. 밀포드는 그 말을 듣고 놀란 게 분명했다. 그러나 그는 프랭클린이 캐롤라인을 죽이려고 그 정보를 이용하고 있다고 전적으로 확신할 수는 없었다. 그는 브래드포드에게 복수를 하려는 또 다른 사람이 있을지도 모른다고 말했다.

　세 사람은 응접실에 앉아서 그 문제를 이야기하고 있었다. 브래드포드는 밀포드가 자신의 주장을 다 말하기를 끈기있게 기다렸다가 마침내 자신의 주장으로 밀포드의 주장을 반박했다.

　「난 프랭클린이 캐롤라인을 계단에서 밀었을 때는 과거에 일어났던 사건에 대해서는 모르고 있었으리라고 생각해. 또한 마차 사고를 계획한 것도 그 자의 뒤틀린 마음이 복수처럼 보이게 계획을 세우기 전이라고 생각하네.」

「하지만 그게 사실이라면, 마일로 삼촌이 프랭클린에게 말했어야만 하잖아요.」

캐롤라인이 고개를 가로저으며 반박했다.

「캐롤라인, 당신 삼촌인 프랭클린은 당신을 형의 눈 밖으로 밀어내려고 줄곧 애써 왔었소. 그래서 후작님이 당신 편을 들어주느라고 동생에게 무슨 일이 일어났었는지 말한 거라고 생각하오.」

브래드포드는 자신의 주장에 몰두해서 어깨를 움츠리고는 다시 말을 이었다.

「프랭클린은 당신을 계단에서 밀어 죽이겠다고는 생각하지 않았을 거요. 하지만 그 자는 당신에게 겁을 주고 싶었던 거요. 그 자는 당신이 겁을 먹고 아버지에게 말할 거라 생각했겠지. 대부분의 딸들이 그러듯이 말이오. 하지만 당신이 그러지 않자, 마차 사고를 꾸민 거요. 그 자는 당신이 나와 밀포드와 함께 탈 거라는 것을 알고 있었소, 기억나오?」

캐롤라인이 고개를 끄덕였다.

「예! 기억나요. 마일로 삼촌이 제 아버지가 누구와 함께 탈 건지 결정하셨다고 우리에게 말씀하셨어요. 그리고 프랭클린 삼촌이 사라져버린 것도요. 브래드포드, 전 당신에게 너무나 화가 나 있어서 프랭클린 삼촌이 갑자기 사라져버린 것에 대해서는 조금도 생각해보지 않았어요.」

「왜 브래드포드에게 화가 났던 거요?」

밀포드가 대화를 계속하려고 노력하면서 물었다.

「나이젤 크레스트월이 캐롤라인에게 홀딱 반해서 내가 좀 흥분했었거든.」

브래드포드가 말했다.

「좀 흥분했었다고요?」

캐롤라인이 남편에게 물었다.

브래드포드가 어깨를 움츠리면서 재빨리 그 문제를 마무리지었다.

「프랭클린이 우리 중 하나가 그 사고를 당신 아버지에게 말하리라고 확신하고 있었을 거라고 믿소. 그때는 당신이 보스턴으로 돌아가기만을 바랐을 거요. 그의 형이 또다시 격노해서 당신을 유언장에서 빼버리게 말이오. 모든 게 너무나 명백하지 않소?」

밀포드가 친구의 논리적인 말에 고개를 끄덕였다.

「자네가 프랭클린에겐 또 다른 골칫거리였겠구만. 모든 사람들이 자네가 캐롤라인을 가지고 싶어한다는 것을 알고 있었으니까.」

밀포드가 말했다.

브래드포드가 친구의 말에 대답을 하려고 할 때 캐롤라인이 먼저 끼여들었다.

「모두가 추측이지만, 만약 이게 사실이라면 마일로 삼촌이 위험하지 않을까요?」

브래드포드가 고개를 끄덕였다. 그는 줄곧 아내가 그 생각을 떠올리는 데 얼마나 걸릴 건지 기다렸다. 그리고 그녀가 다음엔 무슨 생각을 할 건지도 알았다.

「우린 런던으로 돌아가야만 해요.」

캐롤라인이 말했다.

「그건 안전하지 못한 생각이오. 게다가 브래드포드가 옳다면, 후작님은 살아계실 거요. 적어도 당신이……」

밀포드가 자신이 미묘한 문제를 건드린 것을 깨닫고 이야기를 재빨리 멈추었다.

캐롤라인이 고개를 끄덕였다.

「제가 살해당할 때까지는요?」

그녀가 남편에게 시선을 돌리고는 말했다.

「당신이 제가 런던에서 안전하게 있을 수 있는 방법을 찾아낼 수 있을 거예요.」

남편이 고개를 끄덕이자 그녀는 깜짝 놀랐다.

「당신은 매우 안전할 거요. 새벽에 떠나기로 합시다.」

그가 말했다.

「브래드포드, 제발 생각 좀 더 해보게나! 이제 4일밖에 남지 않았네. 자네가 프랭클린이 그 자라고 아무리 주장한다 해도, 그게 확실한 것은 아니네.」

「그게 확실하지 않다고 어떻게 아시죠?」

캐롤라인이 밀포드에게 물었다.

「그건 간단하오. 그가 확신한다면 프랭클린은 지금쯤 죽었을 거요.」

밀포드가 대답했다.

밀포드의 말을 생각하다가, 캐롤라인은 충격을 받은 것처럼 보였다.

「당신 남편이 그 자를 살려두리라고 정말로 믿은 거요?」

이제 밀포드가 충격을 받은 것처럼 보였다.

「그녀를 걱정시키지 말게.」

브래드포드가 끼여들었다. 그는 아내의 머리에 짧은 키스를 했다.

「우린 함정을 파러 런던에 갈 걸세.」

캐롤라인을 런던의 타운하우스에 안전하게 데려다놓고, 브래드포드는 곧바로 그녀의 아버지에게 즉시 만나뵙기를 바란다는 전갈을 보냈다.

캐롤라인은 긴 여행으로 몹시 지쳐서 긴 의자에서 잠이 들었다. 그래서 브래드포드가 그녀를 2층으로 안고 가서 침대에 눕혔다. 그녀는 남편과 아버지가 무슨 말을 했는지 다음날 아침이 되서야 알았다. 그때 브래드포드는 그녀의 아버지가 그녀를 보스턴으로 보낸 진짜 이유를 후작에게 말했다는 것을 확인할 수 있었다.

「마일로 삼촌을 뵈러가도 되나요?」

캐롤라인이 물었다.

「나도 그 말을 하려던 참이오.」

브래드포드가 대답했다. 그는 아내의 놀란 표정을 보고는 웃었다.

「프랭클린은 정부와 함께 숨어 있지만 로레타는 그곳에 있소 우리가 20일 아침에 브래드포드 힐스로 돌아갈 거라고 내가 넌지시 말을 흘릴 거요.」

「어떻게 프랭클린이 정부와 있고, 로레타가…….」

「캐롤라인, 나한테도 상식이 조금은 있다고 믿어봐요. 난 오랫동안 그 두 사람에게 사람을 붙였소.」

「로레타도 관련이 있다고 확신하세요?」

캐롤라인이 초조해하면서 물었다.

브래드포드가 한숨을 쉬면서 느리게 고개를 끄덕였다.

「가서 준비를 하시오.」

그가 말했다.

캐롤라인이 계단을 뛰어 올라가고 있을 때 브래드포드가 불러서 그녀는 멈춰 섰다.

「여보? 당신 삼촌이 새로 고용한 하인을 보고 너무 놀라지 않도록 노력해야 하오.」

「그게 누군데요?」

캐롤라인이 그의 말에 어리둥절해하면서 물었다.

「전에 당신 아버지의 요리사였소.」

「마리? 농담하는 거예요?」

캐롤라인은 브래드포드가 한 말에 놀라서 눈이 휘둥그래져서 난간을 잡고 있었다.

「이런 세상에나! 우리 모두를 독살할 수도 있었을 텐데…… 왜 그러지 않았을까요?」

「아마도 프랭클린이 그 비뚤어진 계획을 세우지 못했었더라면 그랬을 거요. 그러나 실제로는, 당신을 감시해서 그에게 보고하는 게 그녀의 임무였소.」

「내가 그 소름끼치는 편지를 발견할 수 있게 탁자 위에 놔둔 사람이 바로 그녀로군요!」

브래드포드가 고개를 끄덕였다.

아내가 자신이 즐겨하는 욕설 중 하나를 반복해서 말하자 그는 충격을 받았다.

그러나 그녀의 그런 행동을 탓하지 않았다. 앞으로는 메리 마거릿의 육감을 믿어야만 하겠다고 중얼거리면서 캐롤라인은 돌아서서 급히 자신의 방으로 갔다.

폴과 채러티가 방문해서 후작을 만나러 가는 것은 늦춰졌다.

캐롤라인은 사촌을 보고 몹시 흥분했다. 그래서 브래드포드는 꾹 참고 신경이 끊어질 때까지 그 한가한 잡담을 들어야만 했다. 그는 프랭클린이 돌아올까봐 걱정하면서 이야기가 그만 끝나기를 바랐다. 캐롤라인이 다치는 것에 대해서는 걱정도 하지 않았으나, 자신이 그 자를 친형 앞에서 목 졸라 죽일 것 같아 걱정이 되었다.

그는 프랭클린을 처치하려고 전력을 다했다. 그러나 캐롤라인이 그것을 볼 수 없기를 바랐다.

한여름까지는 채러티와 폴이 보스턴으로 떠나지 않을 거란 사실을 알게 되자 캐롤라인은 너무나 행복해서 후작을 보러갔을 때도 기분이 좋았다.

브래드포드는 아내에게 말할 것을 미리 이야기해두었다. 그리고 그는 지금 아내가 꽤 잘하고 있다고 생각했다. 그녀는 마리를 보고도 눈 하나 깜짝하지 않았다. 그러나 로레타와 이야기를 나눌 때는 그녀의 음성은 조금 긴장되어 있었다.

후작은 응접실의 벽난로 앞에 매우 건강한 모습으로 앉아 있었고 캐롤라인이 그의 손을 잡고 옆에 앉았다. 그녀는 남편이 처리할 일이 있어서 브래드포드 힐스로 20일에 돌아가는데 그의 옆을 떠나고 싶지 않아서 자신도 함께 갈 거라고 말했다.

마일로 삼촌이 신혼 티를 낸다고 놀리자 캐롤라인은 예쁘게 얼굴을 붉혔다. 로레타가 떠나자 캐롤라인에게 떠날 시간이라고 신호를 보내면서 브래드포드가 일어섰다.

「마일로 삼촌, 부탁이 하나 있어요.」

캐롤라인이 말했다. 그녀는 남편을 쳐다보고는 다시 앉으라고 눈짓을 했다.

「널 위해서라면 무엇이든지 해주마, 얘야.」

마일로 삼촌이 대답했다.

「전 아버지가 염려되요. 아버진…… 아버지가 건강이 좋지 않은 것 같아요. 아버진 늘 혼자 계시면서도 우리와 함께 브래드포드 힐스로는 가고 싶지 않으신가봐요.」

캐롤라인이 말했다.

「블랙스톤이 아픈 거냐?」

후작이 물었다. 그의 눈엔 걱정이 가득했다.

캐롤라인은 후작의 손을 잡고 진정시키려고 노력했다.

「의사 말로는 아버지가 정말로 괜찮대요.」

캐롤라인은 남편을 힐끗 쳐다보았다. 브래드포드는 그녀가 제정신이 아니라는 시선으로 쳐다보고 있었다.

「아시다시피 그건 아버지 생각 때문이에요. 아버진 혼자이고 그리고 몹시 외로우실 거예요. 그래서 전 삼촌이 잠시 동안만이라도 아버지와 함께 사실 생각이 있으신지 알고 싶어요. 아버지가 제가 없는 생활에 다시 익숙해지실 때까지만요.」

마일로 삼촌은 그 말에 기뻐하는 것 같았다.

「멋진 생각이구나. 도와줄 수 있어서 정말 기쁘구나.」

그가 말했다.

「브래드포드가 짐을 옮기는 것을 도와드릴 거예요.」

캐롤라인이 자진해서 말했다. 그녀는 남편을 보고 생긋 웃고 나서 덧붙였다.

「삼촌이 아버지와 함께 있어야 걱정이 사라질 것 같아요, 마일로 삼촌. 그러면 오늘 아버지의 타운하우스로 가시는 건 어때요?」

브래드포드는 그녀의 삼촌을 보호하는 훌륭한 방법이라고 생각하면서 그 계획에 끼여들었다. 그는 또한 그분의 눈이 간절하게 반짝이는 것도 알아차렸다. 그리고는 그가 얼마나 외로운 분인지 또한 깨달았다.

인정 있는 아내는 이미 알고 있었군. 그는 아내에게 키스하고 싶은 충동과 싸웠다. 다시 한 번 자신이 이 세상에서 가장 아름다운 여자와 결혼했다는 사실을 깨달았다. 그리고 그 아름다움은 캐롤라인의 마음에서 나왔다.

마침내 마차에 단 둘이 있게 되자 그녀를 끌어안고 열정적으로 키스를 퍼부었다.

「왜 이런 키스를 하는 거죠?」

캐롤라인이 물었다. 그녀의 목소리는 키스의 열기로 떨렸고, 배는 꽉 죄는 느낌으로 가득 찬 것 같았다.

「아름다움 때문이지.」

브래드포드가 그녀에게 말했다.

캐롤라인은 한숨을 쉬었다.

「절 아름답다고 생각해주니 고마워요, 브래드포드. 하지만 제가 늙어 주름살 투성이가 되면 어떻게 될까요?」

그녀는 초조한 음성으로 말했다. 그리고 이내 그의 얼굴에서 대답을 찾을 수 있었다.

「당신을 사랑하오, 여보. 그러나 그건 당신의 외모 때문이 아니라 당신의 아름답고 예쁜 마음씨 때문이오. 그리고 그건 변하지 않을 거요. 내가 외모 때문에 당신에게 사랑한다고 말할 정도로 속이 없다고 생각한 거요?」

캐롤라인은 그 사실을 부인하면서 고개를 저었다. 그러자 브래드포드가 다시 키스를 했다. 자신의 눈에 나타난 장난기를 보지 못하도록 그녀의 머리를 자신의 어깨로 끌어내린 후에 그가 덧붙여 말했다.

「만약 내가 그랬었더라면, 당신이 머리를 잘라버렸을 때 당신을 버렸을 거요.」

캐롤라인은 그 말을 믿지 않았다. 그녀는 그의 위트를 즐기면서 웃었다. 그리고는 자신이 그와 결혼한 유일한 이유는 돈 때문이라고 말했다.

그 다음 이틀 동안 서로를 놀린 건 그때가 마지막이었다.

프랭클린을 미행하던 남자가 그가 다시 움직이고 있다고 보고했다. 그리고 20일 아침에 브래드포드 공작의 마차는 브래드포드 힐스로 출발했다.

캐롤라인은 덫에 대해 매우 실제적인 자세를 취했다. 그러나 실제 실행에 옮길 때가 되자 프랭클린을 잡는 일은 다른 사람에게 시키고 남편에게 자기와 함께 있어 달라고 애원했다.

브래드포드의 마음을 바꿀 수 없다는 것을 깨닫자, 캐롤라인은 그에게 조심하라고 당부했다.

「저한테 그렇게 많은 경호원을 남겨놓고 가실 필요는 없어요.」

그녀가 말했다.

「내가 돌아올 때까지 침실을 떠나지 마시오.」

브래드포드가 그녀의 말을 무시하고 대답했다.

「매복 장소에 들어가기 전에 꼭 사람 수를 세야 해요.」

그녀가 주의를 주었다.

「제발, 캐롤라인, 당신 남편의 능력을 좀 믿어 보시오!」

브래드포드가 신경질적으로 고함치며 말했다. 그러고 나서 그녀에게 키스를 해서 자신이 고함칠 생각은 조금도 없었다는 것을 알렸다.

캐롤라인은 그를 따라 침실 문까지 가서, 밀포드에게 작게 속삭였다.

「그를 지켜주세요, 밀포드.」

브래드포드는 그녀의 말을 듣고 고개를 설레설레 흔들었다. 그녀에게 재빨리 포옹하고는 자신이 돌아올 때까지 서성이고 기도할 아내를 남겨두고 문을 닫았다.

브래드포드는 두 사람에게 빈 마차를 몰고 가라고 시켰다. 그리고 그와 밀포드는 6명의 건장한 남자와 함께 다른 길로 갔다. 런던 근교에 도착하자 그들은 길을 버리고 비탈을 탔다.

브래드포드가 보기에 매복이 있을 이상적인 장소가 몇 군데 있었다. 2시간 동안 전속력으로 달린 후에야 프랭클린의 사람들을 볼 수 있었다.

양옆으로 비탈이 진 곳에서 4명의 남자가 무기를 들고 빽빽한 덤불 속에 웅크리고 앉아 있었다. 브래드포드는 그 자들 외에 한 남자가 언덕의 가장 높은 곳에서 내려다보고 있는 것을 보았다. 얼굴을 볼 수는 없었으나, 브래드포드는 그 자가 프랭클린이라고 확신했다.

그가 밀포드에게 신호를 보내자, 밀포드도 돌아서서 그 외따로 떨어져 있는 자를 알아보았다.

「프랭클린일까?」

「그 자는 내가 처리하겠어.」

브래드포드가 단호하게 말했다.

매복하고 있던 자들은 어찌해볼 틈도 없었다. 기습 공격은 짧은 시간에 끝이 났다. 그러고 나자 브래드포드는 위에서 그 광경을 보고 있는 남자를 잡기 위해 자신의 종마로 달려갔다. 언덕 꼭대기에 이르기 전에 브래드포드는 그 자의 흔적을 찾았다.

숲은 빽빽했으나 눈이 쌓여 있어서 추척하기가 쉬웠다. 브래드포드는 적이 다음 등성이로 사라지기 전에 그 자를 거의 따라잡았다.

빠른 속도로 브래드포드가 그 남자에게 돌진해가서 몸을 날렸다. 두 남자는 땅으로 굴러 떨어졌다. 브래드포드가 재빨리 일어났다. 다른 남자는 얼굴을 땅에 박고 아무런 움직임 없이 엎어져 있었다. 목이 이상한 각도로 놓여 있는 걸 보고 브래드포드는 떨어질 때 그 자의 목이 부러진 것이라고 생각했다. 그는 너무나 빨리 그렇게 된 데 화가 났다. 아직도 복수에 대한 욕망이 가라앉지 않아 고통스러웠다. 그 후레자식놈이 이렇게 편하게 죽다니.

브래드포드는 엎어져 있는 몸뚱어리로 다가가 발로 그 자의 몸을 뒤집었다. 모직 스카프가 죽은 자의 얼굴 아래쪽을 가리고 있었다. 브래드포드는 그 자를 알아보았다. 브래드포드가 짐작했던 대로 바닥에 목이 부러져서 있는 건 바로 프랭클린이었다.

그는 시체를 어떻게 처리할까에 대해 생각하는 시간을 낭비하지 않았다. 프랭클린은 자신이 살았던 식으로 매장되야 해. 이제 그 자의 몸을 스캐빈저(독수리같이 썩은 고기를 먹는 동물)가 처리해주겠지.

마침내 모든 것이 끝났다. 로레타와 마리는 브래드포드가 보낸 사람들에게 체포당했다. 그들의 죄를 심판하는 재판은 일어나지 않았다. 브래드포드는 로레타를 평생 동안 이 나라에서 추방시키겠다고 아내에게 약속했었다. 그는 캐롤라인의 생각을 충분히 이해했다. 그녀는 마일로 삼촌과 그 사실이 그에게 미칠 영향을 생각하고 있는 거야.

위험이 지나가자 이제 브래드포드에겐 미래가 중요했다. 사랑하는 아내와 함께 하는 미래가.

브래드포드 공작은 런던에서 처리해야 할 필수적인 업무를 마치고 오후 늦게 브래드포드 힐스로 돌아왔다. 그는 아내와 3일밖에 떨어져 있지 않았지만 영원처럼 느껴졌다. 그리고 너무나 아내를 품에 안고 싶었다.

핸더슨이 캐롤라인이 두 신사분과 함께 2층에 있다고 알려주자 브래드포드는 깜짝 놀랐고 이내 얼굴을 찌푸렸다.

집이 항상 캐롤라인의 손님으로 북쩍대는군. 내 반대에도 불구하고 순종적인 아내가 벌써 내 어머니를 한번 초대했었지. 또 지난주엔 폴과 채러티가 4일이나 있다가 갔지.

그는 짜증이 나서 한숨을 쉬고는 자신이 손님을 접대하는 데 지쳤다고 말할 심산으로 2층으로 올라갔다. 그러나 자신의 침실에서 들리는 웃음소리에 브래드포드는 얼이 빠져서 문을 열기 전에 잠시 머뭇거렸다.

마침내 문을 열었을 때 마주친 상황은 그에게 인내심을 요구했다. 그의 침실에는 두 남자가 있었다. 한 사람은 안락의자에 엎드려 있었고, 다른 한 사람은 캐롤라인에게 기대어 침대 모서리에 앉아 있었다.

「자꾸 그렇게 몸을 꼬고 돌리면, 내가 부츠를 벗길 수가 없잖아.」

캐롤라인이 낯선 남자에게 말했다.

브래드포드는 그 말에 한쪽 눈썹이 치켜 올라갔다. 그때 아내가 문쪽을 돌아보고는 그를 알아봤다.

「당신의 도움이 필요해요.」

캐롤라인이 브래드포드에게 큰소리로 말했다.

그는 아무 말도 하지 않고 아내의 어깨에 매달려 있는 남자에게로 걸어가서 그들의 팔을 치웠다.

「지금 무슨 생각을 하고 있는 거요?」

브래드포드가 매우 부드러운 어조로 물었다.

그녀에게서 팔을 떼내자마자 낯선 남자는 푹 쓰러졌다. 그의 눈은 감겨 있었고 매트리스에 쓰러져 코를 골아댔다.

「당신을 만나면 먼저 키스를 해야 한다고 생각했어요. 집에 오신 걸 환영해요.」

캐롤라인이 웃으면서 대답했다. 그리고 발꿈치를 들고 그의 볼에 가볍게 키스를 했다.

「환영치곤 비열한 환영이군.」

브래드포드가 씁쓸하게 말했다.

「브래드포드 공작님에 대한 환영이죠. 그리고 이건 내 남편에 대한 환영이고요.」

캐롤라인이 그의 머리를 당기면서 말했다. 그녀는 그에게 매달려서 자신의 혀로 그를 애태우면서 길고 격렬한 키스를 했다.

「당신이 날 제레드라고 부를 때는 내가 당신을 침대로 데려가주기를 바라고 있을 때뿐이란 것을 지금은 알고 있소.」

브래드포드가 속삭였다.

「매우 날카롭군요.」

캐롤라인이 대답했다. 그녀의 눈에는 그에 대한 사랑이 넘쳐날 정도로 나타나 따스하고 유혹적으로 보였다.

낯선 남자 중 하나가 자다가 무슨 소리를 중얼대자 브래드포드가 그들에게 관심을 돌렸다.

「캐롤라인, 도대체 이 사람들은 누구요?」

브래드포드가 아내를 향해 돌아보고 물었다. 그런데 캐롤라인은 이미 침대에 누워 있는 남자에게로 몸을 돌려 다시 부츠를 벗기려고 애를 쓰고 있었다.

「옷을 벗기게 도와줘요.」

그녀가 말했다.

브래드포드는 화가 나서 한숨을 쉬고는 그녀의 팔을 잡았다. 그리고 자신을 쳐다보게 한 후에 다시 물었다.

「누구냐니까?」

「핸더슨이 말해주지 않던가요?」

캐롤라인의 눈이 갑자기 커졌다. 그녀는 침대에서 코를 골며 자고 있는 남자를 쳐다본 후 다시 남편에게 시선을 옮겼다. 그러고 나서 그녀는 그의 품속으로 파고들어 그에게 키스를 퍼부어댔다. 그러자 브래드포드는 그 남자들이 누구고 무슨 일이 일어나고 있는 것인지 거의 신경을 쓸 수가 없었다.

「왜 이들이 우리 방에 있는 거요?」

브래드포드가 물었다.

「저들은 제 사촌인 케이먼과 루크예요. 의자에 있는 사람이 케이먼이죠. 이런, 그들이 당신에게 좋은 인상을 주기를 정말로 바랐는데. 하지만 제 사촌오빠들은 런던에 도착하자마자 흥겹게 술을 마시기 시작했고, 전 오빠들이 많이 취해서 겁이 났어요. 그래서 우리 방까지 가까스로 오빠들을 옮긴 거죠. 브래드포드, 당신이 제게 소리치지 않았다는 것을 알고 있나요? 당신은 성급하게 결론을 내리지 않았어요.」

캐롤라인이 말했다.

브래드포드가 다시 화가 난 척했으나 속으로는 웃고 있었다. 그는 아내의 말대로 어떤 이상한 생각도 하지 않았다.

「나는 당신을 믿소.」

그가 말했다.

「전 항상 그것을 알고 있었죠.」

대답하는 캐롤라인의 눈에는 눈물이 가득 고였다. 그녀는 남편을 꼭
끌어안았다.

「전 브래드포드 공작님과 제레드 마커스 벤튼을 사랑해요.」

그녀가 속삭였다.

「난 항상 그것을 알고 있었소.」

브래드포드가 대답했다. 그의 음성은 거만하게 들렸으나…… 그 부드
러움은 그 어떤 것과도 비길 수 없을 정도로 감미로웠다. 그는 아내를
안아들고 단 둘이 있을 수 있는 장소를 물으면서 문 쪽으로 걸어나갔다.

캐롤라인은 남편에게 키스하면서 자신들만의 행복한 장소를 그의 귀
에 대고 살며시 속삭였다.

- 끝 -

영원한 사랑의 약속

Now You See Her

『아주 특별한 연인』『Kill and Tel』 등으로 이어지는
린다 하워드의 뉴욕타임즈 베스트셀러 작품들은
재치 섞인 관능성과 강도 높은 스릴감이 조화있게 어우려져 있다.

린다 하워드의 새로운 로맨틱 스릴러

패리스 스위니는 어느 날부터인가 유령을 보기 시작한 후로 그림 그리기에 몰두하며 살아가던 그녀의 존재감을 상실하게 된다. 설상가상으로 그녀는 몽유현상이 일어나는 중에 보게 되는 혼란스러운 이미지를 그림으로 그리기 시작한다. 그러다가 그녀는 기괴하고도 등골이 오싹해지는 한기를 느끼면서 깨어나게 된다. 그녀의 인생에 불시에 찾아든 남자, 스위니의 그림을 팔아주는 화랑 주인의 전남편이 되는 리처드 워스와 직접적인 신체접촉을 가져야만 없어지는 한기를.

그런 후에 스위니는 깨닫게 된다. 실제 살인사건이 일어나기도 전에 자신이 피살자의 모습을 그리고 있음을. 그렇다면 그녀는 살인사건이 일어나기 전에 사건을 막을 수 있지 않을까? 그렇지 않다면 그녀 자신이 바로 살인사건이 첫번째 용의자가 되든가 혹은 다음 살인사건의 희생자가 되지는 않을까?

짜임새 있는 서스펜스, 끔찍한 성장기 과정에서 강한 독립심을 지니게 되어 독자들의 동정심과 공감을 불러일으키는 스위니와 지난날의 삶에서 벗어나려는 충동과 함께 스위니를 자신의 미래의 일부가 되게 하려는 결심을 갖게 되는 리처드의 관계를 조화 있게 이끌어 가는 작가의 솜씨가 뛰어나다.

4월 중순 출간예정입니다.

Only Mine

영국 귀족사회의 폐단으로 병들어 버린
순수한 연인들의 이야기

상속자를 얻는 데에만 혈안이 되어, 아내를 학대하고 임신시키는 아버지와 여섯 번의 유산 끝에 결국 세상을 뜨고만 어머니를 지켜본 제시카는 결혼에 대해 두려움을 가지고 있다.

울프는 그런 제시카가 믿는 유일한 남자이다. 결혼이라는 걸 해야할 나이가 되자 제시카는 그저 울프에게 매달린다. 아직 자신의 감정이 사랑인지도 모르면서 그만을 믿는 제시카.

인디언 주술사와 영국 백작 사이에서 태어난 울프는 귀족의 상속자이지만 13살에 영국으로 건너가 사생아가 받는 냉대와 야만인이라는 냉대를 한 몸으로 받으며 자란다. 결국 스캔들 때문에 다시 미국의 거친 서부로 건너가 그곳이야말로 자신에게 어울린다는 자각을 하게 된다. 당연히 귀족 사회에서 편안하게 자란 제시카가 미국에서 살게 될 때 겪어야 할 어려움을 잘 알기에 그녀와의 결혼을 피하려고 하지만, 제시카는 울프와 함께 살 수만 있다면 그리고 고어 경과의 결혼을 피하기 위해서라면 무릎을 꿇고 마룻바닥을 비눗물로 문지르는 일까지도 마다하지 않는다.

5월 초 출간예정입니다.

옮긴이 박 지 영
....
다년간의 영어 학습을 통하여
현재 전문 번역가로 왕성하게 활동 중

선택

지은이 | 줄리 가우드
옮긴이 | 박지영
발행처 | 현대문화센타
발행인 | 양장목
출판등록 | 1992년 11월 19일
등록번호 | 제3-448호
주소 | 경기도 고양시 일산동구 백석동 1449-5
대표전화 | (031) 907-9690~1 | 팩시밀리 | (031) 813-0695
이메일 | hdpub@hanmail.net

초판 1쇄 인쇄일 | 2000년 4월 10일
초판 1쇄 발행일 | 2000년 4월 14일

값 12,000원

ISBN 89-7428-139-2(03840)